U0024643

銀狐

Silver Fox

新修版

郭雪波 著

我背著酒壺走遍科爾沁草原，沙漠和草地上只有兩個神奇的東西令人嚮往：一是銀狐的傳說，一是薩滿教・孛師的故事。如今我把它記錄下來，為的是紀念我的父親——一位平凡而了不起的民間藝人。

——作者題記

目錄

007 — 第一章 大漠狐蹤
038 — 第二章 孽因
062 — 第三章 銀狐傳說
097 — 第四章 薩滿傳人
133 — 第五章 狐魅

第六章　鐵家老樹　173
第七章　草原風暴　212
第八章　滅狐　267
第九章　孛法大會　321
第十章　回歸自然　382

第一章　大漠狐蹤

銀狐是神奇的，
遇見牠，不要惹牠，也不要說出去，
牠是荒漠的主宰。

——流傳在科爾沁草原的一句名諺

一

大漠寒夜。

那隻獸，在肅殺的雪野上行走如雲，快步如飛，正疾速地靠近一片黑樹林。朦朧月色中，牠如影如幻。

「汪，汪，汪！」一隻夜狗有所警覺，在榆林邊兒截住來獸，狺狺地吠叫。

那獸倏地伏在雪地上，融入月色，與皚皚雪地共色。此獸遍體白毛，燦如銀雪，匍匐在地，無聲無息，無影無跡。唯有一雙眼睛碧綠碧綠，在雪地上一閃一閃，猶如鑲嵌雪地的兩顆綠寶石。

夜狗失去目標，疑惑起來，盯視良久，不甘心地走近去。這隻長夜裏在野外閒蕩的大黑狗，有些固執地嗅嗅停停，走近那兩個綠瑩瑩的小點，驀然，一條白影在牠眼前一晃。大黑狗敏捷地一撲，落空。白影已閃在牠右側，狗又撲，仍落空。

那白影遠比牠敏捷得多。大黑狗也犯倔，左撲右撲，固執又傻乎乎地追撲那左右晃動的白影。後來，黑狗發現這白影只不過是那隻白獸的尾巴而已，一條毛茸茸的白色長尾巴。那白獸只不過用尾巴逗弄牠。大黑狗被激怒了，「呼兒，呼兒」地狂叫狂嘶著，兇猛地咬向那晃動的尾巴根。

「哧兒——」

一股惡臊氣，從那尾根施放出來，正衝著黑狗伸過來的鼻臉。

「哽，哽，哽……」

那隻大黑狗像被什麼硬物擊中了一般，難忍地呻吟起來，很快就變得懵懵懂懂，活似一個喝醉的酒漢般暈頭轉向，在那塊雪地上打起轉來，追咬著自己的尾巴，一圈，兩圈，三圈……

這時，那隻白色野獸從雪地上站立起來，緩緩伸展腰身，兩隻綠眼瞅瞅在一旁轉圈的黑狗，高昂起頭，向著冰冷的藍色夜空，張開尖尖的嘴巴，長嚎一聲：「嗚——」便如箭般射向前邊那片稀疏的小榆林。那裏有一片墳塚。

而那條可憐的黑狗，依舊追著自個兒的尾巴，原地轉著圈……

奼干·烏妮格，這就是牠——銀狐的名字。

遙遠的北方，科爾沁草原最北部五百里之外的汗·騰格爾山裏，早先有一個狐狸家族。

那是一個真正的古老的烏妮格狐家族，與其他動物虎豹熊鹿、狼豺狍獐一起形成了汗·騰格爾山的象徵。

狐狸家族在山的陰面處一座山洞裏穴居，一代一代相傳。牠們家族曾從遼契丹人耶律阿骨打箭弩下逃生，曾甩脫蒙古科爾沁部首領的追擊，又有與女真人周旋不敗的光榮歷史。牠們這支家族在那弱肉強食、戰火紛爭的混亂年代能夠生存發展，全憑其超乎其他族類的狡猾奸詐、聰明智慧以及矯健的體魄。

一個溫暖的初春下午，汗・騰格爾山北麓的山洞裏，有一隻老母狐正在生產。牠側躺在柔軟的乾草堆上，身子往下一使勁，便擠出一隻小崽來，輕輕鬆鬆擠出了五隻。牠慵懶地伸出前肢打了個哈欠，以爲下完了，想站起來伸伸發麻的身軀。結果，當牠剛立起身子，第六隻崽子——本書的主角奼干・烏妮格，便從母狐的後兩腿中間那個鮮紅而神聖的洞穴裏掉了下來。

老母狐驚奇地回頭，凝望這隻最小的老六，一個壓幫崽，似乎不大相信是從自己肚子裏掉出來的。先出來的那五隻個個肥大健康，而這老六簡直在牠肚子裏若有若無，可憐巴巴，瘦小嫩弱。可有一點引起了老母狐的注意，就是這隻壓幫崽的尾巴尖是雪白色的！顯得柔美、閃亮、迷人。

也許這雪白的尾巴尖，勾起了老母狐對往日的一個情人——一隻也有一條雪白色尾巴的年輕狐狸的留戀，也許這隻最弱最小的生靈，引起了牠母性愛憐，格外給予關照。

當五個大崽爭搶奶頭，把弱小的老六奼干・烏妮格擠出一邊或壓在腳底下時，老母狐總是伸出尖嘴，把牠叼過來餵給最有奶的奶頭，同時，老母狐不停地用牠那神奇的舌頭，舔這隻小狐的毛皮，使得牠整個身子亮晶晶的，猶如一隻精靈跳竄在山洞裏。

五個大崽剛會覓食，老母狐就把牠們趕出老窩，獨立生活去了，唯有這隻壓幫崽奼干・烏妮格，依舊留在牠身邊。對於老母狐來說，這是從未有過的破例現象。牠每年一窩一窩養出的子孫，遍佈在整個汗・騰格爾山脈和南邊廣袤的科爾沁大草原，牠是發展增多狐狸這家族的功勳卓著的老母親。

可這次，對這隻神奇的老六、白尾巴尖的奼干・烏妮格，牠怎麼也捨不得放走。或許牠意識到，過於衰老的牠不可能再生育了，而這隻奼干・烏妮格，是牠眾多子孫中最末尾的名副其實的壓幫崽。牠一天天看著這隻壓幫崽長大，牠把自己所有生存之道、精明奸猾的本事，全部傳授給這隻壓幫崽，並不斷地帶牠出去實踐，闖蕩。爲了生存，牠們從不只停留在紙上談兵，而講究實踐和血性的肉搏。

果然青出於藍勝於藍，有一次，牠們倆爲追逐一隻野兔，闖進了東山黑豹領地。正當牠們撕扯兔肉的時候，血腥味引來了那隻黑山豹，黑山豹向牠們猛撲過來。牠們沒命地逃竄，黑豹幾個撲躍就趕上牠們，張開了大嘴。奼干・烏妮格驚恐萬狀，甩動尾巴左右閃跳，躲避那致命的一擊。黑豹對付狐狸頗有經驗，眼睛不盯尾巴，只盯狐狸頭部。

正當萬分危急時，奼干・烏妮格身上產生了一種奇特的變化，由於驚嚇，牠的尾巴根下的那個平時緊閉的小氣眼，突然張開，衝黑豹的鼻嘴放射出一股氣味。這是一股奇特的，具有強烈刺激性的臊臭氣味，其中含有某種醉人的奇香。

不知怎麼搞的，兇猛無比的那頭黑豹聞到這股氣味後，突然腳步晃了一下，雙眼有些迷瞪，好像無法忍受這股氣味的刺激，不敢再往前走一步，掉頭就往回跑。老母狐和奼干・烏妮格，趁機鑽進旁邊的樹叢逃之夭夭。

從此，老母狐對自己這隻壓幫崽另眼相看了。因爲牠也聞到了那股迷魂般的氣味。作爲這隻古

老狐狸家族最老的母狐，牠身上也有能施放此氣味的本能，但很微弱，而奼干・烏妮格這種情況，在整個狐狸家族中是極少見的，百年不遇的。

這是一個揭不透的謎，就如人類身體之內的氣功現象一樣，屬於狐狸這個古老得幾乎與人類同時出現的動物的最原始遺傳本能，而這種遺傳的原始本能，也不是每隻狐狸都能有的，大概要經歷多少年，偶爾在一隻有緣分的狐狸身上，才能夠體現的吧。就像牛黃不會長在每頭牛身上一樣，可遇而不可求。

老母狐由此對壓幫崽有所驚懼，牠本能地意識到，壓幫崽將替代牠的位置，成爲家族中的強者和首領。老母狐深感悲哀，開始本能地咬逐這隻小崽，離開老窩去獨立生活。奼干・烏妮格躲避著母親的排擠追咬，不願離開這溫暖的洞穴。牠狺狺地吠叫著，老母狐也不敢往死裏咬，牠也害怕那股氣味。

決裂的那天終於來臨。

那是個春夏之交時期，發情的狐狸們三五成群，聚集在汗・騰格爾山的樹林和草地上。一隻身體矯健頎長的年輕公狐，正跟老母狐調情。似乎牠們相互很熟，或許是離散幾年的老情人。

這時，奼干・烏妮格出現了，牠遊蕩遍了狐狸調情的樹林山窪草地，靠嗅覺，聞遍所有老中青不同層次的公狐們，仍是沒有發現使牠動心的情人。牠心灰意懶，又寂寞難耐。

驀然回首，牠正在斜陽闌珊處。那光滑漂亮的火紅毛色，那花白粗壯的迷人長尾，以及那雙黃綠黃綠的寶石般勾魂的眼睛，處處體現出雄性健美，令奼干・烏妮格這個剛出道首次發情的年輕母狐，心靈震顫。

當牠不顧一切地展現出年輕雌狐的魅力，向那隻意中狐靠近時，旁邊的老母狐向牠齜出尖利的牙齒，發出威脅的吠哮。奼干・烏妮格猶豫了一下，但色膽包天，異性的誘惑勝過一切，無所顧忌地向公狐搖起尾巴。老母狐忍無可忍，兇猛地撲過來咬牠，而奼干・烏妮格輕靈地一閃，躲開了其母的攻擊，牠並不回頭拼鬥，而繼續靠近與已注意到自己的公狐調情。

這時，那隻公狐向牠搖著尾巴走過來了，顯然這隻年輕美麗的小母狐，對牠更有吸引力。受冷落的老母狐，又衝變情的背叛者齜牙咧嘴，公狐毫不在乎。老母狐終於向奼干・烏妮格這插足的第三者，也是自己剛趕出去生活的小女兒，發起了第二次進攻。

然而，牠的嘴剛要咬住對方的後腿時，牠便聞到了那股奇特的又臊又香的入骨氣味。被激怒的小母狐，情不自禁地放出本能的自衛方式，老母狐「哽哽」叫著，驚恐地跳開了。牠不敢再冒然進攻。那股氣味使牠無法接近。而那隻公狐嗅嗅覓覓，變得瘋狂起來，與奼干・烏妮格糾纏在一起。然後，又隨著牠向前邊的密林飛躍而去。一場驚心動魄的交媾開始了。

老母狐仰起脖子，向天空發出了尖利細長的咆哮。附近三三兩兩的同類們，聽到這一聲充滿不平、憤怒、怨恨的長嗥，都有些驚疑地瞅著老母狐。稍頃，又各自忙起各自的事去了。這是個千金難買的大好時節，牠們不能耽誤了工夫，失意的老母狐無法分散牠們的精力。漸漸，老母狐的長嘯變成了低狺，終於無可奈何地閉住嘴，從微合的眼角淌出兩滴哀傷的淚水。

牠夾起了尾巴，展開慵懶的四肢，向那個自己的老洞穴走去。顯得那麼孤獨失意、老態龍鍾、萬念俱灰。牠緩緩鑽進洞穴，疲倦地躺臥下來，慢慢地閉上了雙眼。從此，牠再也沒有走出這個洞穴。嚴格地說，再也沒有睜開雙眼，也沒有進一口食物。絕食絕水，慢慢地等待了死亡。

一個倔強又高傲的生命。汗・騰格爾山脈烏妮格狐狸家族，這位傑出的一代領袖，就這樣安靜而莊嚴地結束了自己血性奮鬥的一生。臨終時，旁邊沒有任何同伴或子孫。牠的毛色依然那麼火紅，閃亮，美麗。那個洞穴，再也沒有其他狐狸進住過。

當從洞穴中傳出屍體腐爛的氣息後，狐狸子孫們三五成群地圍著洞穴佇立，一同發出長時間的哀號悲嘯，爲這隻牠們的母親、情人、祖母、外祖母、首領，集體送行。其中包括奼干・烏妮格和那隻已經和牠姘居的年輕公狐，然後，狐狸們便四散了。

炎熱而發瘋的春夏已結束，猛烈發情的日子已過去，牠們將迎接寒冷而漫長的嚴冬來臨。爲度過那艱難的季節，牠們要拼命捕食小動物，增加體膘和強健，還要儲存食物，同時躲避更兇猛的大野獸的襲擊，因爲這是個血性的季節。對動物和人，生存都是第一被優先考慮的。

不久，汗・騰格爾這支大興安嶺山脈的延伸山嶺，發生了一場可怕的大變亂。

高鼻子的俄國人和塌鼻子的東洋人，在中國領土上，離汗・騰格爾山脈不遠的地方發動了諾木汗戰役，爲的是爭奪對中國東北的控制權。

他們雙方曾在旅順口打過一場，東洋鬼子取勝，爲了顯示殖民權，日本人在旅順口市內市外所有山頭，都樹立了大理石建造的堅固紀念塔，上邊清晰記錄著他們征服中國土地的「光榮」業績，這些無數個塔和碑，據說也是爲了鎮住中國人復興的「龍氣」風水，起著斷龍絕氣永不讓翻身的作用。

而如今，我們的一些過分寬容而不在乎的中國同胞，依舊不僅保留著這些個「鎮碑鎮塔」，還一到節假日三五成群登塔觀瞻遊玩，毫不在意那個恥辱的歷史，毫不在意這些一座座恥辱的象徵——

——塔和碑，抱著鐵炮照相，倚著石碑留念。

東洋兵在汗・騰格爾山上放了一把火。爲的是山上的樹太多太密，爲的是山太峻太秀，爲的是山上的野味太多太難追捕，或者什麼也不爲，只是與俄國人打仗太疲累、太無聊需要發洩。就像後來，他們拿機關炮掃射龍虎山天下第一山體陰部一樣，出於一種無法明說的陰暗心理。

正値秋天，草木枯黃，大火整整燒了兩三個月，天燒得通紅，河水烤得發乾，附近幾百里斷了人煙。汗・騰格爾山變成了一座一絲不掛的赤裸裸的岩石堆，像是一個剃光了頭髮鬍鬚、脫盡了遮體衣物的野漢子，矗在那兒，面對亮晃晃的世界。生活在汗・騰格爾山裏的動物野獸們遭殃了，飛禽的翅膀飛不出無邊的火海；走獸的四肢跑不過四面的火陣；烏妮格狐狸家族，與大家一起遭受了這場歷史大劫難。

唯有姤干・烏妮格這隻年輕的母狐，憑著自己的機敏嗅覺、精明超常的本能，跳進了南邊的霍林河，順河水漂流才逃出火場。然後牠繼續向南，逃進了茫茫無際的科爾沁草原。懷裏還揣著與年輕公狐的結晶——一窩小崽。

科爾沁草原，這是個陌生的世界，在這裏，牠將與兩條腿的人打交道了，牠對他們完全陌生，牠是來自荒無人煙的汗・騰格爾山脈，那裏沒有人類，沒有火槍。

那時秋季已經結束，寒冷的冬天正在開始。姤干・烏妮格猶如一隻幽靈，無家可歸，孤零零地遊蕩在這陌生的冰天雪地的草原上。拖著牠的已完全變成雪白的大尾巴，牠整日徜徉，尋覓，可平展展的大草地完全不同於山區，牠幾次爲吃兩條腿的人養的雞，險些掉進農夫設下的陷阱。

後來，牠繼續向西南方向移動，終於走進了位於科爾沁草原西南部的莽古斯大沙漠。

這裏柔軟的沙土更適合牠生存，這裏有無數的野鼠，供牠輕易捕獲，還有廢棄的野豬窩，供牠生養第一代子孫。牠就在這兒落戶了。

二

老鐵子被自個兒的肚子給鬧醒了。

老漢索性就起炕了。與其躺在炕上聽饑腸轆轆，不如到戶外雪野上去走動走動，運氣好，還能撞上野兔野雞什麼的。不過他也知道這多半是枉然。坨子上倖存的動物也在挨餓，連年的枯旱，草木凋零，禽獸亡盡，莽莽百里沙坨也不會有幾隻活物存在。

老鐵子穿上破舊的羊皮襖，又把隨身武器投獵棒別在腰帶上。這投獵棒二尺多長，手柄處用銅箍繞護，彎頭處墜著一塊橢圓形小鉛墜兒。這是沙坨子裏營生的男人們平時不離身的便當武器，野外遇上狼可自衛，撞上野兔則可投擲。

老鐵子在投獵棒上頗有造詣，他臂力過人，能擊倒五十米開外的野物，準頭也極佳。據說，他年輕時遇過一次沙豹，來不及開槍，撲過來的惡豹咬住了他的腿，他危急中就抽出後腰上的銅頭投獵棒，一下子擊碎了沙豹的天靈蓋兒。

外邊，大雪封門，一股寒氣吹得他打了個冷戰。

他向院角狗窩吆喝一聲：「大黑！大黑！」可那裏沒有動靜。以往一聽主人的呼叫，那隻愛犬大黑便會跑過來跟主人廝耍。今天沒有動靜，只有一串向院外走出的狗爪印留在雪地上。

「牠倒自個兒先去尋食了。」老鐵子拴好院門，跟著狗印兒向村外坨野走去。

全村還在沈睡。唯有村長胡大倫家那隻失準頭的公雞，雖然遲了，仍不管三七二十一地啼鳴。村東頭老喇嘛家的煙囪在冒煙，老喇嘛吉戈斯每天早起念晨經，讓侄媳婦早早起來燒火，這是慣例。村南傳出一聲尖尖的狗聲，這是供銷社的護院狗，虛張聲勢地吠叫，毫無意義。再晚一些，就是女人們了，抱柴、擔水、生火、餵豬、吵罵、催孩子上學、揪丈夫起炕幹活兒……然後就漸漸又復歸平靜。上學的走了，下地的也走了，女人們自己也走了——下碾道、挖野菜、賣雞蛋、去趕集。村裏就剩下老頭兒老太太，坐在熱炕頭烙屁股，無聲無響。他們該說該幹的，早已說完幹完，剩下的只有等待。

老鐵子跟著大黑的足印兒，走向村西北的坨地。銀白色的雪野展現在他的眼前。大黑的腳印一直往前伸展，牠好像發現了什麼，直奔目標。不久，在自己鐵家墳地的榆樹林邊兒，老鐵子發現了大黑的影子。大黑早已迷迷糊糊地暈倒在雪地上。附近地上，全是大黑轉圈走動的爪印兒。

老鐵子暗暗吃驚，大黑是一隻挺有靈性的獵狗，夜裏牠遇見什麼了？如此狼狽，昏睡不醒。他使勁踢了大黑一腳，往牠耳朵裏猛吹一口氣，大黑一激靈，掙扎著起來。

他以獵人的目光，開始搜索觀察，不久便發現了一堆獸類糞便。老漢的眼睛頓時亮了，這是狐狸的屎橛子，夜裏來過狐狸！乖乖，這一帶沙坨子，狐狸絕跡有幾年了，這是從哪兒冒出來的？難怪大黑遇上麻煩，顯然牠是讓這隻狡猾的狐狸給耍了。他深爲大黑不平。

老漢那雙銳眼，很快覓見了狐狸足跡。那印兒，輕微地點在雪地上，若有若無，倘若沒有經驗，根本就無法發現。這畜生東走走，西轉轉，尋尋覓覓，後來似乎發現了雪地老鼠之類的，猛躥過去了。老鐵子跟蹤著不放，來到一處沙窪地。

這時太陽正難得地露臉升起。東方雪線上，猶如滾動著一顆大而圓的紅火球。柔和的晨霞，照出了那隻獸的輪廓。老漢差點叫出來。是一隻白燦燦的銀狐！通體雪白奪目，毛色發亮，光滑，與白雪地幾乎同色，若不動彈，根本看不出那是個活物。

老鐵子多年前也遇見過一隻銀狐，那是大西北的嘎海山一帶，那也沒有眼前這隻耀眼閃目、美麗動人！這隻銀狐蹲坐在後屁股上，毛茸茸的雪白長尾巴盤在後腿旁，在悠閒地啃吃老鼠。老鐵子心中暗暗稱奇，這可是真正的神物！他老鐵子打了一輩子狐狸，知道這種神物只可遇而不可求。這是一隻有年頭兒的老狐。

他有些後悔沒帶獵槍來，便從後腰上摸下投獵棒，貓著腰靠過去。他不想放過這百年不遇的機會。

銀狐似乎太饑餓了，對靠近的獵人好像沒有警覺。當老鐵子的投獵棒呼嘯著飛過去時，牠才猛地閃開。顯然這種投擲的投獵棒根本傷不到牠。銀狐不慌不忙地逃走了，牠顯然知道，兩條腿的人追不上牠這隻四條腿的獸。

「鬼東西，真機靈！」老鐵子望著遠去的銀狐影子，罵一句，走過去揀起投獵棒。他不想放棄，循著狐狸的腳印追蹤過去。

前邊極目處，有節奏地躥越著那隻雪狐。步伐舒緩、輕捷，不慌不忙，哪裡像是一隻躲避獵人逃竄的獸類，簡直是一個滑動著舞步的舞蹈家。牠壓根兒就沒有把老鐵子和他的投獵棒放在眼裏。只見狐狸轉過幾個坨子，晃悠著尾巴，閃進那片稀疏的榆樹林子不見了。

老鐵子知道徒步追不上牠，本想回家取獵槍騎馬追蹤的，可一見老狐狸逃進那片榆樹林子，心裏格登一下，那裡可是他們鐵姓家族的祖墳地，豈能容這隻畜生進去褻瀆！他要去看個究竟，老狐是躲在墳地，還是穿過墳地逃進西北的莽古斯大漠。

他趕到榆樹林中的墳地，然而，老狐的足跡卻不見了。本來清晰可辨的腳印兒，一到榆樹林中就消失了，老鐵子半天查不到一點蛛絲馬跡。牠簡直是長翅膀飛走了，要不鑽進了地裏，令老鐵子一臉茫然。

「他奶奶的，真邪門兒！」老鐵子感到此事有些玄妙。倘若狐狸不是消失在鐵家墳地，他也無所謂，可如果村人知道一隻老銀狐出入鐵姓墳地，那閒言雜語會淹沒了鐵家，他心中有些不安。

大雪覆蓋的墳地，一片死靜。

老鐵子真希望祖先顯靈，明示那隻該死的獸類此刻的去處。他望著這片毫無生氣的墳塚，久久地出神。

祖先無語，無任何的暗示，他們都在地下長眠，幫不上活人的忙。

三

珊梅打著哈欠，推了推旁邊的丈夫鐵山。

「老爺子又往外走了。」

「毛病！一下雪就手癢癢，可打啥呀？坨子上連麻雀都有數的！」鐵山翻過身來，又摟住了珊梅，要親熱。

「小心，老爺子回來又罵你是懶蛋、敗家子兒，離不開老婆的被窩兒！」珊梅刮一下丈夫的

鼻子，從胸口掰開他死纏硬抱的雙手，然後鑽出熱乎乎的被窩，穿起衣服，「我可不敢，起來做飯嘍！」

丈夫又睡過去了。她的警告跟往常一樣仍不起作用。她搖了搖頭，愛憐地看了一眼丈夫。她過門兒三年了，爲了要個孩子，丈夫每天夜晚往她身上使死勁，弄得兩人都筋疲力盡。然而，至今還是做白工，白折騰。丈夫白天要去上課，兼著幾個班的主課，一天下來疲累不堪的，夜晚又來應付她，雙重負擔一肩挑。

她深感對不起丈夫，懷孩子本應是女人的最起碼職責和本事，應盡的義務，可她到如今完全沒有感覺，硬是找不到感覺，好似一塊兒鹼地，下了多少種子也不長莊稼。她當然不知道，懷不上孩子也許還是男人的原因，他們下的是瞎種子。她從來沒有懷疑過男人，因爲她們還沒普及過這種知識。

「算了吧，命裏注定的事，強求也沒用。」有時她勸累癱的丈夫。

「算了？老頭子不宰了我？他就我這一個兒子，叫鐵家香火到了我這兒斷了，他能輕饒我呀？」丈夫鐵山苦著臉說。他們兩人都怕老爺子雷公般的怒吼。只好繼續努力，夜夜玩命。

珊梅從院角柴禾垛上抱來一捆柴禾，點火燒飯。她進屋，又推了推丈夫。

「喂，醒醒，醒醒，你們校長可上路了，再不起你可遲到了！」

這話靈。鐵山一骨碌爬起來，忙不迭地找褲子找衣服。

吃完鹹菜就苞米麵貼餅子，鐵山夾起書包匆匆上路了。可公公還未見回來，珊梅挺納悶。以往早該回來吃飯，忙著下地了。

她也挺同情公公的，老伴死得早，守著鐵山這唯一的兒子，脾氣也變得火爆古怪，唯有到野外打獵才使他散心，要不往死裏幹活兒，承包了照管坨子裏散牲口的活兒之後，更是長年住在大沙坨子裏的野外窩棚，跟野狼和牛馬牲口打交道，人變得更加孤獨，一旦火兒起來，驚天動地。

太陽升出老高，公公才回來。黑著臉，眼神有怒光，鼻子尖凍得紫紅。邊吃著飯，邊對她說：「上午妳到老喇嘛那兒買些黃紙錢，再弄些上供的東西，到咱家墳地那兒燒一燒。」

「爹，還沒到清明呢，祭祖墳幹啥呀？」珊梅不解。

「叫妳做就做，囉嗦個啥？」老鐵子吼了一句。珊梅不再吱聲，悄悄收拾桌子。

「我騎馬進沙坨子，中午不回來吃。」老鐵子往懷裏塞了兩個貼餅子，帶上水壺，獵槍，然後從棚子裏牽出馬，向西北茫茫沙坨子進發了。

「唉，這老爺子。」珊梅收拾完桌子，就準備些祭供的東西，然後去老喇嘛吉戈斯家買紙錢，老喇嘛常給人念經超渡，家裏常備著些爲死人用的東西。其實，珊梅娘家姓是跟老喇嘛家一姓同族，按輩分，她應叫老喇嘛爲爺爺。

鐵家祖墳地在村西北五里外的小黑樹林裏。

原先的羊腸小道已被雪蓋住，珊梅只能沿著乾硬的露土的地方走。有時不小心踩進雪坑，布棉鞋裏灌進雪粒兒，冰冷冰冷的。雪後的小北風，呼呼的吹得她雙頰通紅，淺綠色的方頭巾只包住頭和耳，擋不住臉。

紅紅的俊臉、新鮮的綠頭巾，相襯得珊梅更顯得年輕漂亮。在村裏，她算得上是美人，又加上嫁了個當老師的丈夫，很是叫村裏的媳婦和未嫁的村姑們豔羨，珊梅也很看重自己這一公家教員老

婆的身分。在貧困的沙坨子村，丈夫每月從公家糧店裏領回來供應的白麵大米，每月又有固定的工資收入，點一把花花的票子，這可是非常體面的事情。

平時聽姐妹們議論：「看人家珊梅長了一張好看的臉，嫁了掙錢的丈夫，多福氣！」「還是人家鐵家祖墳風水好，混出了個當老師掙工資的！」珊梅心裏美滋滋的，當然心中也對鐵家祖墳更多了幾分敬重。

她和鐵山是從小同學，後一起考進庫倫鎮中學。初中畢業後，鐵山考上了通遼市師範學校，她家裏生活困難，回家務農。但他們之間早已萌發的愛情沒有斷，透過信函，透過寒暑假接觸，兩人的感情一直發展著，以致發展到那年夏天，高粱地裏兩個人提前辦了事兒。不幸的是，早有防範的老鐵子，闖進那片迷人的高粱地，抓住了他們，掄起皮鞭子，狠抽兒子鐵山。

老鐵子寄厚望於兒子，把鐵家的興旺發達全寄託在他身上，將來讀書成大事，光宗耀祖，別讓村裏人白說了這麼多年鐵家墳有風水這話。誰曾想，這個不成器的兒子沒有出息，貪戀女色，還是個村裏姑娘，壞了心氣兒。尤其讓老鐵子無法容忍的是，這姑娘的家族與老鐵家從祖上起就不和，相鬥了上百年，兒子娶媳婦，也絕不能娶吉戈斯老喇嘛家族的姑娘呀。

他不讓，老喇嘛也出來說話了。他們家族的姑娘不是白讓你們鐵家男的糟蹋的，要不定親成婚，要不上法庭告狀，非把你兒子從學校告回來不可。老鐵子著急了，不能讓人家把兒子告回來毀了一生啊，只好硬著頭皮答應下這門親事，氣得他三天三夜罵兒子是沒出息的敗家子，罵珊梅是狐狸精。

至今老鐵子對兒媳不怎麼露笑臉，怪她勾著兒子，一畢業就分回村來，當了一名窩窩囊囊的鄉村教師。再加上過門三年，兒媳的肚子始終是癟的，這關係到鐵家延續香火問題，老頭兒的臉更是總陰沈著，動不動訓罵他們兩口子。

珊梅脾性柔順，公公怎麼罵從不還口，照樣侍候他們父子倆舒舒服服的。她知道自己的肚子不爭氣，人家的娘們兒生下三個五個，像是藤上結瓜似的容易，有的婚前就領來一個兩個的，唯有她半個兒也養不下。乾著急沒辦法，別說公公丈夫火冒三丈，她自個兒有時上吊抹脖子的心都有。

她求過菩薩，吃過藥，從娘家那邊的喇嘛爺爺那兒請過符念過經，全不管用。月月見紅，年年瞎種，小肚子下邊，始終是空空蕩蕩。於是，她慢慢生起一股負罪感，內心裏深深譴責自己，精神變得壓抑，失去平衡，膽小多疑，總感到別人在背後笑話她罵她，懷疑丈夫要離棄她。

珊梅想著心事，不知不覺快到鐵家墳地，才想起出來時匆忙，忘了抱一捆柴禾來，祭墳時要點一堆火，往火裏點灑祭品。她就近揀些露出雪地的乾草和乾樹枝，夾在胳肢窩，走向墳地。

正這時，似有個人影在前邊的墳地裏晃動。她吃了一驚，誰在大雪天跑到她們家墳地裏幹啥？緊走兩步，真有一個人正手持鐮刀砍著墳地上的乾草和樹枝。

「大白天的，割人家墳頭上的柴草，膽子不小哇！」珊梅突然冷喝一聲。

那人嚇得一哆嗦，砍柴刀掉在地上，急忙回過頭來。

「原來是杜撇嘴大嬸，好哇！」

這位杜大嬸六十來歲，年輕時當過「列欽」——薩滿教的女巫師，走南闖北，後被政府遣送回村，是個出了名的風騷女人，曾嫁過兩個丈夫，都被她折騰死後再也沒嫁，一直獨身。平時她說話五迷三道，對什麼不服都先撇嘴，人們就給她起了個「杜撇嘴」這外號。她聽著也不在乎。

「喲，是珊梅大侄女兒呀，家裏又沒柴燒了，大雪天猴兒冷的，不出來弄點燒柴，我可要凍乾巴了。」杜撇嘴心知理虧，不敢撇嘴，只咧嘴笑。

「沒柴燒，就砍別人家墳地上的柴草呀！怎不去砍自家墳地？」

「我是個孤老太，哪兒來的祖墳地呀大侄女，實在凍得受不了，對不起了，我這就回去，妳就放過我這次吧，大侄女。」杜撇嘴討好地笑著，哈下腰去抱已砍下的那捆柴草。

「先別走，」珊梅腳踏住那捆柴，口氣依舊很硬地說，「墳地上的草，我們自己鐵家人都不敢動一根，妳砍了這麼多還想抱走？」

「想怎麼樣？」杜撇嘴也不是省油燈，臉色也變了。

「把柴草留下，妳去見我公公。他是最恨別人在他家墳地上動土動草，妳自個兒去向老爺子說吧，放走了妳，我可沒法兒交代。」

「啊？見妳公公？那個老倔巴頭？」杜撇嘴倒吸一口冷氣，全村人裏，她唯獨就怕這個倔老漢，如今偷砍他家墳地上的草，沖了人家風水靈氣，犯在他手裏，他不得活吞了自己呀。她的兩眼滴溜溜轉動，想著脫身之計。什麼東西能打動眼前的這位年輕女人呢？

她看著珊梅平平的肚子，頓時計從心來。

「珊梅大侄女，妳要是放過我這次，我可能幫妳一個大忙。」杜撇嘴一改討好的笑臉，裝出一副討價還價的樣子。

「妳能幫我啥忙？」

「我有個偏方，只要妳照我的偏方做，保證妳爲鐵家養個大胖小子。」杜撇嘴說得活靈活現。

「真的？」珊梅禁不住誘惑。

「唬妳是王八蛋！妳知道我年輕時是幹啥的，那時候跑江湖，跟我師傅學到了不少絕活兒哪，只可惜現在都用不上了。」杜撇嘴見珊梅已經動心，繼續加溫，「大侄女，我一個孤老太婆過日子多難，活了這麼大歲數矇妳幹啥呀，只要妳放我走，我立馬兒回去拿方子給妳，保證靈。」

有什麼比這更讓她動心的？早就聽說此巫婆走南闖北，不簡單，也許真有個妙方呢。只要是給鐵家生個大胖兒子，放走了這個杜撇嘴，老公公和鐵家祖宗也不會責怪她的。

「妳說的要是真的，我放妳走，妳要是唬弄我，我就告訴公公跟妳算賬。」

「看妳這大侄女兒說的，我真沒騙妳。我這就回家拿方子給妳。」杜撇嘴如脫韁的魚，抱起那捆柴，匆匆走出鐵家墳地。

珊梅久久望著那個女人越走越遠的背影，心中不知是啥滋味，有一種惆悵，夾雜著一絲熱乎乎的希冀。她向墳地中央走去。每年清明掃墓時，大家都到墓地深處的那棵老樹下祭拜。她今天也想這麼做。白雪覆蓋著整個墳地，遮住了原有的陰森氣氛，周圍顯得寧靜而安謐。她踩著雪地，「沙沙」地走著，內心深處生出隱隱約約的一絲恐懼。儘管她早已成了鐵家的人，可在這個死人的世界，這個躺著鐵家眾多祖先的墳地，她仍生出一絲壓不住的恐懼。

那棵老樹銀裝裹身。大小枝椏上都壓滿積雪，唯有粗壯的主幹，裸露著栗黑色的樹皮。這棵老樹足有幾百年的歷史，令人敬重，有一種威儀，老態龍鍾又枝椏繁多，主幹三四人合抱不過來，樹皮足有拳頭厚。兩米高處的主幹上，有個黑乎乎的樹洞，那是老樹的糟樹心受雷擊後自燃形成的，燒焦的洞口總是那麼黑乎乎的，而空心的老樹卻仍然活著，吸收陽光雨露和土地養分，年年抽出新枝嫩芽。

這似乎在說，這不是樹的敗落，而是樹的堅強、不可摧毀，天雷也奈何不了它。心枯死而神卻昂揚，令所有觀瞻者靈魂震顫，令所有年輕者感到歲月的差距和自己的幼稚不足，於是更突出了這個死氣沈沈的墳地特徵。有什麼比老樹更能與墳場和諧的呢？

珊梅仰頭看了一下老樹，身上微微顫慄。她趕緊蹲下來，準備祭墳。

拿根樹枝往雪地上畫出一個四方形，再把那捆柴草放進方框裏，劃根火柴點燃。她把祭品紙錢啦、點心果子啦、酒茶啦、五色布條啦，統統放進燃燒的火堆上。

她雙膝跪在這堆散發出各種味道的火堆前，虔誠地磕起頭來。心中暗暗祈禱，嘴裏念念有詞：「鐵家的列祖列宗，接受晚輩媳婦珊梅的祭拜吧，這些錢分著花，吃的分著吃分著喝，咱們這沙窩子年年旱，年景也緊巴巴的，你們將就著享用吧，不要爭，不要搶……」

珊梅學著以往老公公祭祖時說的那些詞兒，突然感到自己有些滑稽，好像在餵一群饑餓的孩子或牲口，眼睛注視著火堆上，難道祖先的鬼魂真的在那些跳蕩的火苗上飄浮著，享用著祭品嗎？

一想到鬼魂，她心一緊，趕緊又磕起頭來，同時想自己日夜期盼的願望，何不在此向鐵家祖先請求一下，於是，她在祭詞裡加進了自己的內容：「列祖列宗聽小媳一願望，我來你們鐵家已有三年，還沒有生出一男半女，對不起你們，諸位祖先可憐小媳，在陰間庇佑子孫，賜給鐵山我們倆一兩個孩娃，爲鐵家續上香火吧，我在這兒磕頭懇求啦……」說著說著，珊梅的眼裏浸滿了淚水，有些悲戚起來。

她不知磕了多少個頭，也不知重複了多少遍同樣的內容，恨不得盼著鐵家祖先立馬兒從墳墓裏跑出來，塞給她一兩個孩子。她想，享用了她的祭品，等於受了賄賂，就要爲她辦事。

半濕半乾的柴草「劈啪」燃燒著，嫋嫋升騰的青煙，在雪白的墳地裏縈繞，格外醒目。老樹從根部往上一人多高地方的那個黑樹洞，被往上升起的濃煙迷漫住了。突然，從那個黑森森的被煙熏的樹洞口，傳出一聲淒厲的尖嘯，像貓頭鷹般哀鳴，像小狗般尖吠，又像狐狼般的嗥叫，聲音那麼刺耳、怪異、尖利、恐怖，聽得使人毛骨悚然，心揪成一團。

珊梅渾身一哆嗦，坐倒在雪地上，急忙抬頭張望。只見從那黑樹洞中，倏地伸出個什麼野獸的頭部來。或許是因爲恐懼，或許是眼花，在珊梅的眼裏，那個獸頭幻覺般地像一個老太太花白的頭，一會兒又幻化成個少女的白嫩嫩的瓜子臉，一會兒又像是一隻尖嘴毛頭的狗狐類野獸。珊梅嚇傻了，癱軟在雪地上。

那堆祭火還在燃燒冒煙，黑黃色的濃煙繼續升騰，熏嗆得那隻神秘的鬼獸又發出一串尖吠。這是一串勾人魂魄的吠哮，似乎還有一種魅力，還有某種無法抵禦的誘惑，儘管你多麼恐懼，仍不由自主地朝牠觀望。於是，珊梅第二次抬起無力的頭。

她發現那個吠哮的鬼物，已從樹洞裏飛躍下來，就站在她的前邊幾米遠的地方，正衝她齜出白牙迷人地笑。這笑使她心驚肉跳，喪魂失魄，與此同時，她聞到了一股奇異的沁人肺腑的又香又臊的氣味。接著，她的眼前有個白影倏忽晃過，那個神秘的鬼或人，或狼狐，刹那間不見了，消失了。

珊梅的心裏生出一股奇特的感覺。暖融融、迷迷糊糊的，像是喝醉了甜酒般的朦朦朧朧的感覺。在她一片朦朧的腦子裏，突然映現出已死去多年的婆婆的模樣，婆婆是死於一種髒病——下身

流血不止，流乾了身上的所有血後死掉的。此事對她刺激很大，覺得當女人真難。此刻，她又想放開喉嚨大笑一場，於是她就笑了起來。而那笑出的聲音，已不像是她的聲音，而是變成了她婆婆的聲音。

於是，鐵家的祖墳地裏，傳出一聲聲老鐵子那已死女人的放蕩不羈的狂笑，那笑聲刺人，尖利，響徹四方……

四

同樣的這大雪天，去往庫倫鎮的沙石路上，走著一個流浪漢模樣的人。被風刮起的雪粒兒直往他臉上打，往他脖頸裏灌。四周是茫茫雪野，已近黃昏，天上灰濛濛還要下雪。前邊的庫倫鎮雖然依稀可望，可走起來少說也有十里地。他只能靠自己兩條腿走了，別指望再搭車了。

他從路旁撅了根樹棍拄著，豎起薄棉衣的領子，勒緊紮棉衣的布帶，一瘸一拐地走起來。木然繃緊的臉上，倒沒什麼畏懼和悲歎的樣子。

這時，從後邊風馳電掣過來一輛吉普車，他頭脖依舊朝前梗著，兩眼壓根兒不斜視這輛車。吉普車卻停在他的旁邊。

「去庫倫鎮?上來吧。」車裏傳出一個厚重的嗓音，推開了車門。

「不上。」他說。

「呵，架子倒不小。」前邊的司機腳踩油門，要走。

「等等，小劉。」車後座裏的那個粗嗓門，又向他說，「爲啥不上?正好順路，看你摔傷了，就捎上你，你這樣子，兩個鐘頭也趕不到鎮子上。」

「走一夜也是我的事，我高興在雪夜壓馬路。」他傲然地拄著樹棍兒向前走去，然後又補一句，「我身上一個子兒也沒有了！」

「搭我們的車不收錢，別犯倔，還是上來吧。」

「說不上就不上，我聞著汽油味就噁心，還有長官氣味。」

「哈哈哈，真有意思，挺有骨氣，小劉，咱們走，咱們就別拿氣味熏人家了。」

司機小劉開動了車，一邊行駛，一邊說：「這人我認識，他是最近從省城下放到咱們這兒來的那個文化人。」

「是他？停車，小劉，把車倒回去！」那位中年男人趕緊說。

小車「嗚嗚」叫著，又倒回他身旁。

這次，中年男人從車裏下來，微胖而偉岸的身體，黑褐色的臉上有一雙銳利的眼睛，他說：「你就是白爾泰同志？我聽說過你，從省城社科院分到咱們旗文化館工作的學者。」

「不是分來的，是發配來的。」白爾泰依舊冷冷地說。

「不能這麼講，你還是很有才華的年輕學者，你的情況我知道些，要不是我把你留在縣文化館的話，按上邊的意思，還要把你放到下邊的鄉村鍛煉。」

「那我還得感謝你囉。其實，對我來講，在縣城和鄉村都一個樣。這不，我剛從你們的三家子村下鄉回來。我在縣文化館報到的第二天，就被派下去蹲點，搞計劃生育。公路上搭了個順路車，還被洗劫了一把。」白爾泰自嘲般地冷笑了一下。

「難怪你這麼大的火氣。上車吧，咱們聊聊話，我叫古治安。」

「哦，是古旗長，按老百姓過去的習慣，應該稱你爲『王爺』。」白爾泰緩和一下口氣。

「見笑啦，我不同意這麼叫。」古治安抬頭看看天色，「怎麼，還嫌我這車上的油味加官氣？」

「古旗長，謝謝你的美意，你是個大忙人，先走吧，我真想這樣雪地上走一走，我好久沒有這種感覺了，其實這麼走走，挺舒服的。」白爾泰的固執叫古治安也感到無奈，旁邊的司機小劉直撇嘴。

古治安搖了搖頭，大度地笑了笑：「也好。旗裏有個會，正等著我去主持，要不然我也想陪你走一走散散步。這樣吧，哪天我約你到辦公室談一次，我這個人沒上幾年學，對讀書人是打心眼裏尊重。」古治安說著，從車裏拿出自己披的綠色軍大衣，「你穿得太少了，天這麼冷，雪地上走路會凍僵你的，這大衣留給你防寒吧。」

古治安旗長不由分說，把大衣往白爾泰懷裏一塞，然後上了吉普車。小車「嗖」一聲開走了，白爾泰站在原地愣了半天神。

「這樣的『王爺』倒難得一見……」

那雪花又紛紛揚揚地飄灑下來。

浩宇蒼穹，茫茫雪野。踽踽獨行著他這一落魄文人。只見他一聲仰天長嘯，嘴裏悠悠流出一首蒙古式長調歌來。

蒼天的風喲——無常！
大地的路喲——無頭！
啊哈呵……

白爾泰要去的庫倫鎮早先叫「席熱吐・呼日延溝」，意即「御賜金椅之溝」。

在一座山嶺前的寬闊平原上，陡然出現一條長溝壑，東西走向，寬二三百米，長二三十里，上邊終日青煙蒸騰，走不到跟前，無法發現腳底下還藏有這深溝大壑，而且溝底還神奇地坐落著一個幾萬人的大鎮——庫倫旗旗府所在地庫倫鎮。

古治安就在這大溝裏當旗長。

內蒙古的旗制是清代開始實行的，旗等於縣，那會兒管旗的大官叫「王爺」。

有人沿襲舊稱開玩笑地叫他爲「古王爺」時，他開始有些反感，後來一想，這是帶引號的叫法。眼下人們都願意恢復老字號舊名稱，漫延著一種復古文化的心態，他也就一笑了之不去在意。旗府接待辦，甚至把政府賓館的那間招待貴賓的雅室，取名爲「王爺廳」，並掛上黑木金匾，古治安也覺得挺有「古風」，尊賓爲「王爺」嘛。上邊來來往往的貴客們，在王爺廳中酒酣耳熱時，也不免生出幾分像是當了「王爺」的飄然感覺。

庫倫溝，說來神奇。據說幾百年前，清朝開國罕王努爾哈赤，年輕時在明朝駐遼總兵李成梁帳下做事。

有一天李總兵洗腳時，對他的嬌妾說：「妳看，我能當總兵，就是因爲腳下長了七顆黑痣！」

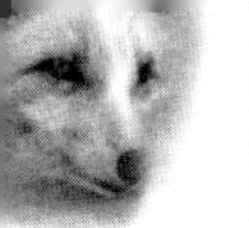

其妾卻對他說：「官爺，咱帳下那女真人努爾哈赤，腳下還有七顆紅痣呢！」總兵大吃一驚，這是天子象徵，傳聞紫微星下降到東北方向，朝廷已諭嚴密緝捕，此人原來就在他帳前。

李總兵暗中佈置，準備好囚車押送罕王到京都斬首。總兵愛妾平時喜歡罕王，心中十分懊悔說漏嘴，趕緊透信給罕王逃跑。罕王感激不盡，盜騎自己的大青馬，領著平時餵的大黃狗，逃出總兵府。他的十二名女真弟兄，聞訊後也跟隨他而去。總兵愛妾事後在柳枝上掛白綾吊死。所以滿族人每年黃米下來那天要插柳枝，其原因就在這裏。

罕王逃了幾天，李總兵的追兵趕到，從後邊射死了他的大青馬。罕王泣誓曰：「如果得天下，就號稱大青（清）！」眼看要被追上，罕王鑽到路旁空心樹中，恰巧飛來許多烏鴉群集樹上掩蓋住。故滿人從不射烏鴉。

追兵放火燒山，罕王被火熏倒，他的大黃狗跑到河邊浸濕全身，再往罕王身上和周圍打滾，把人和地弄濕，罕王得救，狗卻累死他腳旁。罕王發誓：「子孫萬代不吃狗肉，不穿狗皮。」這也成了以後滿族的禁忌。

最後，罕王和他的弟兄們，逃進了這個不易發現的庫倫溝。

時至黑夜，罕王他們疲憊饑餓難忍，忽然發現前邊溝坡上有燈光，原來是一間依坡而築的草屋。有一身披袈裟的大喇嘛在燈下誦經，對闖入者熟視無睹。

「大師念的是什麼經？」罕王問，當時東部蒙古地還沒興起喇嘛教，罕王不認識喇嘛。

「喇嘛教的佛經。」

「喇嘛教的佛經裏講什麼？」

「講天堂和地獄。」

「真有天堂和地獄嗎？」

「你是何人？」

「我是帶兵的罕王，女真部落的首領。」

「哈哈哈，女真人真蠢，選你這樣的笨人當首領，像屠夫。」

「我宰了你！」罕王怒拔腰刀。

「地獄之門由此打開！阿彌陀佛！」老喇嘛合掌唱曰。

「唔唔，我失禮了，請大師原諒我的魯莽……」聰慧的罕王頓悟禪機。

「哈哈哈，天堂之門也由此敞開！」老喇嘛又唱喏，然後顧自念起桌前的經來。木魚聲和緩悅耳，小銅鈴如泉水叮咚，老喇嘛的誦經聲如珠璣落盤、林鳥鳴叫，充滿魅力，聞者心頭不由得充滿暖意，升出一股肅然的仰慕之情。

罕王從忘情之中醒過來，問：「大師，我是個只會打仗的粗人，將來有機會，一定請大師講經傳佛，大師名號能否見告？」

「我是蒙古科爾沁部落從西藏佛界請來傳播喇嘛教的禪師，法號爲迪安奇喇嘛。」

罕王只聽說西天佛界，今日卻在這庫倫大溝遇見西天來的喇嘛大師，深感奇蹟奇緣。

「大師，我們走了幾天，人馬勞頓饑餓，能否賜些吃喝食物？」

「門邊瓦缽裏有，你們自便。」

罕王見瓦缽裏只有一把炒米，瓦罐裏只見半罐水，心想：這位大師也是化緣度日，飽一頓饑一

頓的，就說：「我們十幾號人，這點哪夠哇……」

「錯，錯，錯。」老喇嘛說，「少則多，多則少，多多少少，少少多多，全在一念之貪。棄貪念，去欲惑，舌尖則點滴米水可足夠矣，何須求多。」

罕王有所悟，便舉缽吃米捧罐喝水，結果他吃飽喝足，那缽罐裏的米和水，沒見少了一粒一滴，他深感神奇，讓手下十二人全都吃喝過，那神奇的缽罐裏，依舊是原來那麼多的米和水，沒少一點也沒多一點。罕王這才感到遇到神人，帶領手下急忙叩頭謝禮。

當他們抬起頭時，老喇嘛和他的草屋早已杳如黃鶴，消逝不見了，眼前只有空曠的溝坡，一線天星星閃爍。罕王和手下恍若一場夢，可肚子裏飽飽的，嘴裏濕潤的。

於是，罕王跪地許下大願說：「將來如果得天下，在此溝修廟建寺，供拜這位迪安奇喇嘛大師，在蒙古科爾沁地方弘揚喇嘛教！」

多年後，清朝建立，朝廷兌現諾言，在庫倫溝開始大興土木，修建了興源寺、福源寺、象教寺等三座大廟，冊封那位大師爲涅濟・脫因・額爾敦尼大喇嘛，賜予一座御椅給廟上，而且每屆必從青海塔爾寺——喇嘛教的聖地，請來一位大喇嘛主持這裏的宗教事宜。後來又按照清朝在蒙古地的建制，在席熱吐・呼日延溝裏設置了旗制，改稱爲席熱吐・庫倫喇嘛鎮，旗王爺就由廟裏的大喇嘛住持來兼任，權力同其他蒙古旗王爺一樣，開創了清朝政府唯一的政教合一的旗制先例。

這裏又稱小庫倫，與大北邊烏蘭巴托的喇嘛教朝聖地大庫倫遙相呼應，成爲清朝政府在蒙古地推廣喇嘛黃教的兩所聖地，香火大盛，經歷二三百年變遷，終於取代蒙古人（也包括女真人）原先崇拜的薩滿教，黃教——喇嘛教便成了這裏的受朝廷扶持的正教。這旗，是蒙古語「和碩」的譯語，套用了清軍隊「先鋒方隊」之意，後變成行政建制，與內地的縣制差不多，延用至今。

從此，這個原本荒無人煙的蠻荒之地席熱吐·呼日延溝，以奇特的方式繁榮發展起來了。從內地和西部蒙古地，遷移來大批的旗民和廟屬哈日亞吐（廟屬從民），全旗廟上的喇嘛曾多到一千多人，這裏幾乎所有東西，都跟喇嘛教和大廟上的喇嘛有關，處處瀰漫著濃厚的宗教氣氛。

圍繞庫倫溝方圓百里，出現了上百個屯落，有的是廟上的圖列欽·艾里（供柴村），有的是瑪拉沁（放牧村）、塔拉沁（種田村）等等，而且那些屬民和平民當中，家有三子者，必選其一聰明伶俐的送到廟上當喇嘛，就如盡義務兵制一樣。庫倫大廟上，每年舉行幾次定期大法事，雲集遠近八方香客，同時開馬市，引來東西南北關裏關外的商賈在此交易，熱鬧非凡。

那時的小庫倫以馬市和佛事聞名內外，尤其喇嘛教對當地蒙古民族的影響，難以用語言表述，可以說征服了整個蒙古民族的心靈。

後來到了一九四八年搞「土改」，掃除迷信，庫倫旗的喇嘛教才開始衰落。當時的喇嘛王爺羅布桑·仁欽被拉出去槍斃掉，所有喇嘛遣返還俗，空下的大廟被新成立的政府佔用，囤積的財富被充公或分給無產貧民，那高聳威嚴的正宗大廟興源寺的八十一間廟堂，統統駐進旗政府各機關。一車車堆如山高的經卷、法器、袈裟帳幔等付之一炬，燒成黑灰，法力無邊，盛行幾百年的庫倫旗喇嘛教，一夜間灰飛煙滅，風流雲散。

後到「文革」，對「宗教迷信」再次窮追猛打，紅衛兵們乾脆以「封、資、修」殘渣餘孽的名義拆掉了所有大廟，連大門口的石獅子也未能逃脫大劫，被砸得稀爛，所有的遣返還俗還活著的喇嘛們，統統被批鬥遊街，幾乎扒了幾層皮，進行了一場脫胎換骨的改造。真可謂，世間萬物，有一興，也有一衰乎。

現在古治安旗長的政府辦公地點，仍舊在原興源寺舊址上蓋的幾棟紅磚房，比原來的雄偉高大的廟宇相比，可樸素平凡多了。每當走進這幾十年如一日的舊磚房辦公室，古治安旗長就生出一種寒酸感。左右鄰旗縣，都已蓋了辦公樓，鳥槍換炮，唯有窮苦的庫倫旗還沒有財力物力蓋樓。不過他已開始籌劃向上申請資金和財政撥款，支持一把已列入全國貧困縣的庫倫旗，改善他們的辦公條件。

古治安旗長本身，就出身於原庫倫大廟屬民灶赫欽（伙房戶），其爺爺後遷住到哈爾沙村。他去北京的民族大學進修過，後當過教員，教育局長，公社書記，經歷了二十多年在家鄉土地上的摸爬滾打，最終被委任爲家鄉的父母官。

今天早晨，古治安旗長照舊騎著他那輛半新半舊的飛鴿牌自行車來上班，剛走到政府院門口，就被一個老者攔住了。只見這位白髮老者，穿一件破舊的褐紅色還俗喇嘛常穿的長袍兒，「撲通」一聲給古治安跪下了。

古治安心裏一驚，急忙說：「你不是吉戈斯爺爺嗎？」

「古旗長，百姓吉戈斯喇嘛有事向旗長大人訴願。」

「快起來，吉戈斯爺爺，」古治安向前俯身，扶老者起來，「你不必這樣，我們都是一個村的鄰居，按輩數我叫你爺爺，有話直接說嘛。」

「不這樣能跟你說上話嗎？老說你開會沒空，要不下鄉出差，見你這位『王爺』太難了。你得答應拿出時間接待我。」

「好好，我答應你，你這就到我辦公室裏來。」古治安推起車子往前走。那位吉戈斯老喇嘛跟在他後邊，門衛們也不敢攔了。

古治安走進辦公室，告訴秘書原定的會議推遲一會兒，然後泡一杯茶給老者。

「這麼急著見我，到底啥重要事啊？」古治安微笑著問。他猜想，老人曾在庫倫大廟上當過半輩子喇嘛，後又在各種運動中挨過整，大概是申請救濟補助之類的吧。

「古旗長，過去我當過三十年喇嘛，這你是知道的，我的喇嘛職位達到過德木齊，這些年改革開放，宗教政策上也自由了，我去過雍和宮，也去青海塔爾寺念過經。我找古旗長，代表全庫倫旗還活著的喇嘛和眾多信徒的心意，要求旗政府恢復我旗喇嘛教的傳統，重建一座喇嘛廟，讓我們還活著的喇嘛們進行宗教活動。這是我們的請願申請書。」老喇嘛吉戈斯遞上來一份厚厚的材料。

古治安十分驚訝。他沒想到這位老喇嘛，經歷那麼多風波和整治，對喇嘛教的事還如此熱心、執著。德木齊這一職務，在當年庫倫大廟上屬於大廟管事喇嘛，等於現在的旗政府辦公室主任。難怪他上雍和宮、住塔爾寺，活動能力較強。

古治安這兩年當旗長後，組織人員寫旗志，抽空閱讀了很多庫倫旗的歷史資料，尤其瞭解到當年隨著宗教活動的興旺，小庫倫開辦馬市經濟也十分發達這一歷史，對他頗有啓發。爲了改變庫倫旗經濟落後狀況，他冥思苦想，主管文化的副旗長也曾提過一項建議，復建庫倫大廟，舉辦廟會，加強與南邊遼寧地區的貿易往來，定期開集市，同時搞旅遊開發，跟鄰旗著名原始公園瓊黑勒——大青溝兒、奈曼王府等幾個景點連成一條線，搞幾日遊，吸引內外客商前來投資，搞活地方經濟。

這本是個不錯的建議，也研究過幾次，只是旗財政捉襟見肘，起碼需要幾百萬資金才能恢復原

三大寺的一座，只好暫時擱置。今天經吉戈斯老喇嘛一提申請，古治安靈機一動，腦子裏有了一種新的方案。可否向上邊宗教部門申請專項宗教經費？當年小庫倫就是清朝政府資助扶持的，如今恢復宗教活動，也需要上級政府的資助。雙管齊下，政府也打報告申請，讓吉戈斯這樣的喇嘛代表，也以民間形式申請，說不定還真能申請到一筆專項資金！

古治安想到此，興奮起來。

「吉戈斯爺爺，你這建議提得好，咱們好好籌劃籌劃。對，叫主管文化的秦副旗長也過來一起聽聽。」古治安派秘書去找人，又把原定的會議挪到下午再開。

吉戈斯看著古旗長如此熱心，也似乎出乎意料，瞪圓了那雙渾濁的老眼，盯住古治安不太相信地問：「你真的支持我的建議？」

「支持！百分之百的支持！哈哈哈……」

第二章　孽因

崇拜長生天
崇拜長生地
崇拜永恆的自然
——因為我們是來自那裡

——引自「薩滿教·孛師」歌詞

一

鐵家墳地的老樹，那會兒還是幼樹。鐵家那位祖先，當時在這棵幼樹下歇息，遇上一位從內地來乞討的風水先生。他把口袋裏的一半兒乾糧，給了這位落魄的陰陽先生。感激之餘，這位風水先生對他說：「當你父親歸天之時，就把他葬在這棵榆樹前邊，你們家族肯定發跡。」

老鐵子的那位祖先真照他的話做了。果然，他的家業發達起來，他的兒子升到當時庫倫旗喇嘛王爺帳下一名梅林老爺，等於王爺的助手。

於是，榆樹前的那片墓地，成了令人豔羨的風水寶地。

最初，那棵榆樹東南五里外的哈爾沙村，只有三戶人家。除了老鐵家外，還有胡家和包家。都

是建庫倫喇嘛廟時從外地調遷來的移民。據說皇帝一聲令下，從關裏山東、河北等地和內蒙古西部歸化城遷來的七十二行手藝人，都被喇嘛王爺留在旗內居住，分給了些土地和牲口。鐵姓來自歸化城，胡姓來自河北，包姓是達爾罕旗逃民，先後落腳在哈爾沙村，結伴而居，和睦相處。

經二三百年的變遷，哈爾沙村從三戶發展到幾百戶，三姓家族也各有興衰，尤其圍繞先被鐵姓占去的老榆樹風水墓地，演繹出不少風波和故事。眼瞅著鐵姓家靠著墳地風水發了家，親如兄弟的胡姓包姓心中不甘，引起妒恨，胡家也請來了風水先生，測墳地。

那位先生走遍了附近山水土地，最後搖著頭說：「可惜啊，東南青石山、正北黑沙山的風水，都彙集在那棵老榆樹前，再沒有超過老榆樹風水的啦，真可惜。」

胡姓仍不甘心，請教能夠分得鐵姓風水的方法。

那位風水先生爲得更多酬金，指點道：

「有兩個方法，一是借風水，二是斷風水。這借嘛，你們可與鐵家聯姻，靠面子從老榆樹前邊分出一兩塊能埋人的地方；斷風水則毒點了，斷則截也，在兩座山的風水跑向老榆樹的半路上，埋你們家先人，或許可行。」

這位可惡的風水先生，當包姓家族請他測風水時，也提供了這兩條計策。於是乎，胡、包二家都爭著與鐵家聯姻，爲了免得開罪一方，鐵家索性跟誰也不聯姻。胡、包二家只好走第二條路：斷風水。還是經那位風水先生指點，胡姓斷了西南青石山的風水，包姓斷了正北黑沙山的風水，都圍著鐵家墳不遠的地方建造了祖墳。

不知何故，真是叫那個風水先生說著了，還是事情發展規則使然，後來鐵姓家族當梅林老爺的那位先人，在一次帶兵追擊黑河流子土匪時陣亡，家道逐漸敗落，而胡、包二家卻開始興旺，胡家有一人讀書在京城做了官，包家則有人在庫倫廟上當喇嘛，升到格弗黑喇嘛的位置，很受喇嘛王爺的倚重。

鐵家也終於發現了奧秘，花大銀子請來風水先生出謀劃策。出的招是，破風水。殺兩隻黑狗，悄悄埋進那兩家墳地與那兩座山之間的直線上。不知是興衰天定，滿招損，謙受益，還是破風水埋黑狗起了作用，胡、包二家出人頭地的兩個人過世後，也沒有出現什麼人物，家道也沒怎麼發到何種顯赫。而鐵家，也沒有由此破風水中得到什麼好處，未見家道如何好轉。

隨著人口的膨脹，土地的沙化，草場的退化，哈爾沙村相鬥了幾百年的三姓家族，都過著貧寒的沙地生活，沒見哪家顯赫富貴。然而，儘管如此，這三家對各自的墳地卻始終格外看重，給予了一級保護，視若眼珠，都希望著祖墳上有朝一日冒出青煙，使家族興旺發達。這種信念，一直延續到老鐵子這一代人身上，老鐵子的爺爺和父親嚥氣時，握著他的手千叮嚀萬囑咐：「孩子，看好老榆樹祖墳，風水先生說過，咱們鐵家墳地還沒到時候，風水沒斷，要等，要等啊！」老鐵子牢記著先人們臨終遺囑，始終沒有放鬆對那片墳地的看護。

此刻，他「嘎吱、嘎吱」踩著雪，走在那片墳地裏。那隻銀狐是在這裏消失的，還得從這裏查找蛛絲馬跡。鐵家墳地面積不大，也就是幾十畝地方，地形較高，處在一座平坦的高甸子上，也不像南方農民那般瓷磚琉璃瓦修墳，而全是土墳。倒是每座墳前都種活了一棵榆樹，有的蒼老，有的幼嫩，可根據這些樹來判斷是舊墳還是新墳。

墳前這棵樹稱爲嘛呢桿子，桿子頭兒掛著白布幡，上邊寫著喇嘛教語「唎嘛呢叭咪吽」六個

字。嘛呢桿子一般在死者入土時同時下栽，存活了便吉祥，據稱死者的兩眼流出的淚水澆活嘛呢桿子。存活證明是死者超渡地獄，重投人世，如果枯死，說明死者還在十八層地獄裏受磨難，後人應想法讓嘛呢桿子存活，給死者指明逃脫苦難的再生路。

反正做人是挺難的，活著時在陽間受盡生存之苦，死後還去陰間受那莫名的十八層地獄之苦。一般來講，嘛呢桿子存活率都很高，後人都努力讓其存活，以免在地獄裏受苦的先人罵他們不孝。墳地的擺放也很整齊，黃土堆一個挨一個，擠擠挨挨，倒是井然有序，上下有別，論資排輩，中國人死了也不能亂了規矩。

鐵家墳地，最古老的當然是那棵老榆樹。它是鐵家的象徵，祖宗樹，威嚴肅穆。過去站在墳地中央的這棵老榆樹下，東南可望三十里外那座青石山的頂上圓岩，向北可望十里外黑沙山脊梁上的黑桑林。一到盛夏，從老榆樹到青石山和黑沙山的直線地面上，可看得見地氣升騰，陽光下閃閃晃晃，朦朦朧朧，猶如一層透明的霧，又像一層流動的水氣，飄飄浮浮，若隱若現。人們稱這就是風水，正來回躥越騰挪的風水，誰截住吸收了誰就發財升官，運氣沒完沒了地好上加好。

現在很難看到那種升騰的地氣和跑動的風水了。一是青石山的圓石，在「學大寨」時炸山取石建水庫了，黑沙山的黑桑林，也被人砍、被沙埋，已光禿一片了；二是從老榆樹到青石山和黑沙山的中間地帶，過去是綠油油平展展的草地，後來開墾種地沙化了，變成了凸凹不平的沙坨子地區，除了長些耐旱的苦艾、駱駝草等植物外，不怎麼長其他綠草了。乾涸枯敗的地方，再也升不出什麼地氣風水，令人流口水了。

老鐵子終於發現了一行若隱若現的爪印，蹲在那裏端詳。

「啊哈哈，真用心啊！」有人在老鐵子身後不陰不陽地說。是村長胡大倫，瘦高個兒，水蛇腰，長臉上總掛著似笑非笑的虛假模樣，令人猜不透他的心思。

胡大倫一早上茅房時，就發現老鐵子進進出出村西北的自家墳地了，墳地那邊歷來是敏感地區。圍繞那片風水寶地，三家鬥智鬥勇二百多年，如今到了胡大倫這輩兒也不能輸招兒。他現在是胡姓家族頂尖人物，村裏握有大權，儘管作爲一村之長，不能陷入家族鬥爭，但也不能放鬆了對老鐵子這樣人物的掌握和瞭解，尤其關係到墳地。於是他匆匆忙忙拿一土筐，裝作揀糞的樣子，也來到鐵家墳地。

「老鐵哥，大清早兒的，貓在這兒幹啥呢？」

「沒啥，隨便出來遛遛。」老鐵子的眼睛，從那一行叫他傷腦筋的狐跡上移開，不冷不熱地答。

「怎麼？來過野物兒嗎？嘿，真有腳印，不是野兔兒，像是狼狐！」胡大倫眼睛尖，也發現了那行雪地上的印兒。

「是一隻臊『狐』！」老鐵子的語氣加重在「狐」上。

「哦哦，原來是一隻狐狸呀……」胡大倫訕笑，對這位又倔又硬的鐵姓代表人物，他這大村長也退避三舍。「在這一帶沙坨子，啥時起有了狐狸呢？怪不怪！」

「誰說不是，都餓急了，往村裏跑，可不知道村裏比牠們還餓著呢。」老鐵子牽起一旁啃樹枝

的馬，「我要往沙坨子裏轉一轉，再看看窩棚那邊的牲口。」

「這話兒對，老鐵哥，別光顧了狐狸，這麼大雪天，牲口吃草困難又老舔雪面，容易得病，死了一個半個，這責任可重大。」胡大倫意識到自己是村長，拉長了口氣。

「牲口沒有得病的，我昨天還去鑿冰飲了水。」

「群眾有說道兒啊，說你夏天窩棚周圍，整出地種菜種豆種苞米的，秋天坨子裏揀野杏核賣錢，冬天又踅摸著打兔貓，牲口趕進坨子裏就不管了……」

「誰他媽的放這種閒屁！老子從村裏拉黑土拉羊糞，在沙窩子裏墊出巴掌大的地，種點菜吃，你們還眼紅！揀杏核打兔貓，看牲口時稍帶著就能做，也沒耽誤啥事，這兩年我看出啥事沒有？媽的，我一個老漢成年累月冒風雪淋雨霜，住窩棚爲你們看牲口，倒看出事來了，老子不幹了！你們愛誰幹就誰幹，我不稀罕！」老鐵子一下子火了。

胡大倫這下可慌了，本想隨意敲打兩句，以顯示村長身份，可沒想到捅了馬蜂窩。這常住野外窩棚照看牲口的活兒，可不是好差事，一要有膽量，二要有責任心，三得有吃苦耐勞精神，村裏誰也不願去幹那個常年與野狼爲伴，費力不討好，牲口若有病災兒逃不了干係的活兒。每年選這一人選時，村幹部們費盡腦子，做盡工作也找不到合適人選，後來老鐵子終於答應，幹了兩年。可現在的人，見不得別人有點好，一看老鐵子利用這個苦活兒憑本事獲得點好處，村人就開始眼紅，說三道四了。叫誰也受不了這種窩囊氣，老鐵子一氣之下撂挑子不幹，氣沖沖地騎上馬就走。

胡大倫情急之下，上前攔住了老鐵子馬頭，滿臉堆起笑容：「老鐵哥，你這是怎整的，說著就翻兒了，我只不過說說個別人的瞎說八道，不代表我們村幹部也這麼看呀！我們還是信任你的，覺得你不容易，很辛苦，啊，你別這樣說撂就撂了呀！你撂了，我們讓誰幹啊？啊？」

老鐵子在馬背上冷冷地說：「你大村長自己幹啊！你們不是常把『吃苦在前享受在後』的話掛在嘴邊嗎？這回你這好幹部該表現表現了！你自己去住窩棚放牧吧！」

「老鐵哥老鐵哥，別這麼損我，剛才我不對，我不好，我沒分清好壞，在你這兒瞎說，傷了你的心，我檢討……」胡大倫常愛擺的村長架子，這會兒不見了，有些可憐巴巴。

老鐵子見他那熊樣兒，心裏也軟了幾分，要是自己真的撂下了，村裏一時找不到替的人，受損失的還是村裏大夥兒的利益，萬一死傷個牲口，更不得了，農民有啥呀。他一時狠不下心，但對胡大倫這樣不知好歹的人，得給點顏色，要不真以爲自己願接這苦活兒。他說：

「衝著全村老少的利益，我先幹下這一冬再說。但是，你讓那個亂嚼舌頭根的傢伙兒，打二斤老白乾送到窩棚上道歉！他不去，你村長大人去，要不，你村長大人就派那個王八羔子接我的攤兒！另外，窩棚上沒燒的了，你趕緊派人送柴火去，我也不能爲大夥兒燒手指頭啊，是不是？」

說完，老鐵子撥下馬頭，抖抖韁繩，向那白茫茫雪濛濛的大沙坨子飛馳而去，身後揚起了一陣雪塵，濺在胡大倫身上。

「呸！」胡大倫惱羞成怒，朝他遠去的背影啐了一口，「媽的，啥時候逮住你的事，看老子怎麼收拾你！媽的，死了張屠夫，不吃渾毛豬！等我找著人的時候，看你還神氣不神氣！又臭又硬的老倔驢！」

胡大倫其實是爲自己狐狸打不成，倒惹了一屁股臊的結果而生氣。一句話說得沒小心，反而弄巧成拙，下不來台。他忘了村裏一句不成文的俗語：「騎啥別騎騾子，惹誰別惹鐵子。」這倒好，

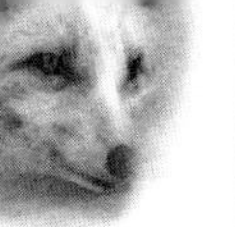

他還得打兩斤酒送到窩棚上，越想越不上算。媽的，今天是啥日子，一開始就碰上這倒楣事！

他還不知道，村裏比這更大的倒楣事正等著他哩！

二

杜撇嘴邊走邊回頭，唯恐那位鐵家兒媳改變主意，從後邊追過來。大雪天的，還祭啥祖呢！活人都快一個個餓死凍死了，還顧著死人！姓鐵的倔巴頭，就他怪事多！她同時暗喜遇見的是鐵家兒媳，而不是那個倔巴頭，要不事情就大了。

她打了個冷戰。她還得弄出一帖揣崽子的方子，給那個死心眼猴兒急的珊梅。可自己從小隨師傅學的是如何打胎、不懷孕的秘方，哪會讓不孕症的女人懷崽兒的本事喲！她決定胡謅一下，懷不上再換方子，如今行騙容易，人們都上著竿去甘願受騙，要不哪兒來那麼多的「氣功大師」！現在的人，內心裏不知道在怕什麼，都願意甚至容易去信一個什麼東西。

杜撇嘴本名叫杜其瑪，八歲被一位薩滿教支脈「列欽・孛」巫師收養爲徒，居無定所，流浪四方，靠一種古代薩滿教傳下來的宗教儀式，給患者祛邪治病。當「列欽・孛」巫女不許生育，她小時，師傅給她吃過藥。土改後，杜其瑪被安置在哈爾沙村，跟一位老光棍結了婚，也許從天上掉下來一個年輕老婆，使他不知惜命，沒幾年就折騰過去了。

後來，她又嫁過一位死了老婆的男人，奇怪的是，這男人也沒多久就蹬腿兒了。於是，杜其瑪的「剋夫星」這惡名傳開了，四十歲守寡，可誰也不敢娶她做老婆。然而，男人們忌諱娶她做老婆，卻不忌諱跟她睡覺。她的兩間土房，便成了遊手好閒的男人們狩獵的地方，每天夜晚從那裏傳出毫無顧忌的浪笑蕩罵，使極正統的哈爾沙村人們咂嘴搖頭。

杜其瑪並不在乎村人的白眼冷面，心說：我一個孤寡女人，趁年輕不從男人身上多榨出點油水，老了可怎活？依舊我行我素。後來村人們乾脆見怪不怪，習慣了杜其瑪的生活方式，若是她那兩間土房不見男人身影，倒覺得奇怪和不習慣了。

如果放在十年前，她能這樣淒慘，大雪天去人家墳地割柴草嗎？早就有那些好色男人們，排著隊往她家院角堆滿了柴草，不用自己動手。那會兒，她只會動嘴兒。「三禿子，去把窪地的苞米鏟一鏟！」「大鬍子，明日幫我去賣克郎豬！」「四麻子，你娘的，光知道往老娘的炕上蹭，不知道吐血，往後少往我這兒湊！老娘煩你！」

巫婆杜撇嘴暗暗傷心。如今人老珠黃，連路邊的野狗也懶得衝她叫了。她急匆匆低著頭走路，一下子撞進一個人懷裏。

「好一個老巫婆，眼睛長到屁股上去了？」那個人大叫。

「哎喲喲，原來是胡大村長！你可真會撞，正好撞在老娘的奶子上了！還想吃奶呀，那會兒你可沒少吃喲，哈哈哈！」杜撇嘴開心大笑。

「瞎說些啥！妳這老騷貨！」胡大倫四下瞅瞅，繃起臉，「妳那臭嘴巴不能閉緊點？啥話都往外冒，都五六十歲的人了，越老越沒正經！」

「呵，還挺會裝正經！少在老娘面前裝蒜，誰不知道誰呀，提褲子就想賴掉過去的賬啊？」胡大倫越顧忌，杜撇嘴越往痛處捅，得意地笑著，「老娘凍得快燒手指頭了，我這『五保戶』村上沒人管我死活，你這大村長過去還是我的相好，不管可不行！」

「好啦，好啦，我派人給妳砍一車柴就是，別再胡嚷嚷了！」胡大倫甩袖就想走開，突然想起什麼，又回過頭來，「妳是不是從鐵家墳地砍柴回來？」

「是啊，你問這幹啥？你也想跟我討一個懷崽的方子嗎？」

「什麼懷崽方子，胡說八道。妳在墳地看見啥沒有？」

「沒有啊，倒是撞見老鐵子的兒媳，在那兒祭祖墳呢。」杜撇嘴見胡大倫神色詭異，又在村口岔路上轉悠的樣子，心生疑竇，「你在這兒鬼鬼祟祟地轉悠啥呢，敢是盯人家鐵家兒媳哪？」

「別胡謅！」胡大倫喝住她，臉呈怒色，「以後再胡謅八咧，老子跟妳不客氣！一根樹枝也不給妳砍，妳他媽的真就燒手指頭去吧！」

「得得得，怪我嘴臭，你村長大人不計小人過，往後我不說就是。」杜撇嘴趕緊道歉，唯恐胡大倫真的收回承諾。

「找個機會妳幫我問問鐵家兒媳，他們家出啥事了，又是祭祖，又是看墳的。到底出啥事了？真有些怪怪的。」胡大倫充滿疑惑的目光，盯視片刻不遠處的鐵家墳地，才轉過身往村裏走去，也沒有再看一眼旁邊的杜撇嘴，壓根兒旁邊沒有這人一般。

杜撇嘴往他身後又是撇嘴，又是啐口水，低聲罵：「老騷驢，誰不知道你安啥心，村裏的哪個年輕媳婦你沒打過主意？盯上人家珊梅，叫老鐵子知道了，不打斷你的狗腿才怪哩！」

杜撇嘴悻悻往家走，嘴裏不住地罵罵咧咧。

當她回了家，攏上火，往外倒灰的時候，在大門口正好瞅見從墳地那邊回來的珊梅。她剛想裝做沒看見，扭頭回屋的時候，被珊梅叫住了。

「杜大嬸兒，別忙著走啊，格格格……不認識俺了？格格格……」珊梅發出一串兒極古怪的笑聲，聽著令人極不舒服，汗毛直豎，而且那聲音似乎也不是珊梅自己的聲音，像換了個人似的。

「哦哦，我不走，我不走，珊梅，妳剛回來呀，我這就進屋給妳拿方子，啊。」杜撇嘴感到不妙，想趕緊回屋拿出個「方子」應付她。

「啥方子不方子的，杜大嬸兒，格格格……誰跟妳要方子了？」珊梅臉上綻出迷人的微笑，聲音也變得極甜膩，她似乎全忘了求偏方這碼事兒了。那一雙眼睛變得亮晶晶的，深處似有綠點閃動，射出兩道震懾人靈魂的光束，目光一旦對視了那兩點綠光，你就要失去控制，無法移開，如被磁鐵吸住一樣。

杜撇嘴渾身一顫。胸口有一股春潮般的熱流往上湧，雙頰也變得熱烘烘，感到自己正在漸漸失去自我控制，忘卻自身，就像一個吸大煙的人一樣，骨頭變得鬆酥，渾身飄飄然起來。

見多識廣的杜撇嘴，這時腦海中靈光一閃，那是當年跟隨師傅行法事時的驅邪感覺，於是她強力閉住雙眼，嘴裏念叨起「行孛」咒語，然後咬破舌尖，「噗」地噴出一口鮮血。頓時，杜撇嘴清醒過來，有些無力地晃了晃腦袋。

「珊梅，妳中邪了！快回家去，叫鐵山送妳上醫院！」杜撇嘴心有恐懼地低著頭，回避著珊梅的目光，急忙逃回院子裏去。

「格格格，誰中邪了？這杜嬸兒真逗，格格格，妳不願跟我說話，我找別人說去，格格格……」珊梅發出一陣陣蕩人魂魄的浪笑，移動雙腳，輕如浮雲，還不時歇斯底里般地說囈語，哼出「夜夜想你呀，喇嘛哥哥」的情歌，像一股風一樣往村中捲過去。

這股風，將哈爾沙村捲得昏天黑地。

家裏沒有人。丈夫鐵山在學校還沒下班，公公也沒有從野外回來。珊梅渾身燥熱難耐，心中拱湧著抑制不住的潮水，她就想找個人發洩，想把心中的這股熱潮轉給他人。她從水缸裏舀了一瓢冰冷的水喝下去，那熱潮仍舊壓不下去。她本能地拿錐子扎自己的手心手背，刺出點點血絲，也不管用，也無法喚醒原本的我，無法趕出那個擠進自己心窩的迷人心性的異味香氣。她一陣迷糊，一陣清醒。清醒時哭，迷糊時笑。

她終於走出自家的院子。見鄰居家媳婦楊森花在院裏餵雞，她就過去搭訕。平時，兩家失和，兩人從不說話。

開始，楊森花很是吃驚，並不搭理她。後來，她的目光碰見珊梅那奇異的眼神，情形立刻就變了。那個原本冷冰冰的女人，忽然間變得熱情起來，也忘記了餵雞，站在那裏，兩個人說起話來。不一會兒，這位楊森花也發出了一聲聲那蕩人魂魄的浪笑。歇斯底里的狂笑，揪著頭髮的傻笑，哭天抹淚的苦笑……

似乎完成了使命，珊梅便回家來了。她感到渾身極爲慵倦，疲軟無力，晃晃悠悠地爬上炕，便昏睡過去了，猶如一具失了魂的屍體般一動不動。

而那位鄰居女人楊森花，卻鬧騰開了。似乎抵不住內心的什麼誘惑或者什麼召喚，她丟下孩子，丟下手裏的活兒，也不顧丈夫的訓斥叫罵，硬是跑出去串門，找別的女人聊天去了。

於是，一種奇特的歇斯底里的魔症病，猶如一陣疾風般地鑽空吹襲，在哈爾沙村的女人中間悄悄傳染開了……

三

白爾泰又魘住了。他在掙扎。是昨天，還是很久以前？他完全不清楚。只感覺自己在掙扎，在痛苦地呻吟，頭疼得要炸裂。他覺得又是那個廣場，很大很寬，人山人海。他因父輩「土改」時被劃成富農，紅衛兵組織不要，但作爲一名學生，他還是趕上了那最後一次接見。那位偉人，在那座高高的紅樓上，向城樓下的紅色海洋揮舞著巨手。手捧寶書的親密戰友簇擁著他，他在上邊從東往西走，下邊湧動的人潮就隨著往西滾流。

他聽見身旁的女同學在哭泣。被擁擠得喘不過氣來的女生，還是能哭出聲來。嗓子是全啞了。有人暈過去了，被別人架著，從人頭上傳遞到金水橋後邊急救車上搶救。有人鞋子掉了，褲帶斷了，他感到旁邊的一群人都擠倒下去了，遊動的人群就如長江大海的波濤般洶湧澎湃……

那個廣場，那麼多潮流般的人群……

他的腳猛踹了一下。腳生疼。踹在木頭床架上。這一下他就醒了，滿腦門兒滿身全是汗水。罵自己，怎麼又做起這種倒楣的夢魘。

他懶洋洋地爬起來。肚子有些餓，找東西吃，冰冷的宿舍裏什麼吃的也沒有。這是一間挨著廁所的東廂房，原先是旗文化館的舊庫房，基本上是四面透風，他用報紙糊了糊，塞了塞，還是擋不住凜冽刺骨的西北風往裏灌。

老館長對他還不錯，不知從哪兒弄來一個鐵爐子裝上，儘管冒滿屋子煙，還是比較暖和，只是煤供不上。文化館經費不足，沒錢買煤，有人暗示從旁邊文化局院裏「偷」，趁沒人時裝個一兩筐擔回來，就是被抓住了，也是下屬單位職工，不會怎麼樣。他醒來時，爐子早滅了。肚子咕咕叫，還是先解決饑腸的呼喚吧。

他披上棉大衣，走上街頭。

他知道電影院旁邊，有一家小小的蕎麵館，經濟實惠，還吃個熱呼呼。那屋裏地上燒著一個很大的鐵爐，大塊煤可勁兒塞，小屋熱得像烤房。就這一招，吸引來了無數顧客，生意興隆，熱熱鬧鬧。

那蕎麵壓得既勁道，又好吃。主人還誇口，他的蕎麵館日本人都進來吃過，蕎麵降壓降血脂，益壽延年，是新潮食品。對他來說，那蕎麵的營養價值無所謂，什麼血壓高啦，血脂高了，那是大城市有錢人得的富貴病，營養過剩造成的。他只知道，好吃好下肚，經得住餓，而且經濟。

他掀開蒲草編的門簾兒，走進蕎麵館，一股熱氣撲面而來。

女老闆已經認識他，向他打招呼。沒有空地，他被安排在有三個人喝酒的桌邊位置，擠了人家，他歉意地衝人家笑笑。那三人沈浸在相互鬥酒划拳的樂趣上，沒人理睬他的笑，好在他只吃一碗蕎麵，不用占很大的地方，只夠放下一碗就行了。他稀哩呼嚕吞下那碗蕎麵，起身離去時，那三人也沒有注意到他。他倒樂得如此。

不過，有人在議論他，那是他開門離去時聽到的。

「這小子是從哪兒冒出來的？文不文，武不武的。」

「說是從上頭『下放』來的……」老闆娘壓低聲音告訴問者，「別看他寒酸樣，據說滿肚子墨水，學問深著哪！」

「怎啦？作風問題？」

「嗨，現在那事兒算啥問題！」老闆娘哧哧樂了，也並不顧忌被別人聽見，「不知犯了啥事兒。」

「犯了啥事兒？江洋大盜？」那人窮追不捨，有所警惕。

「那咱就不知道了，你去問旗人事局，要不去問他本人吧。」

「算啦，算啦。咱們不敢，平時躲遠點就是。」這人見老闆娘不耐煩，就笑嘻嘻地這麼說。

他想大笑。其實，對這些議論他早已不稀奇。他又走上那條並不寬敞的小鎮街頭。

鎮子不大，已有好多人都知道他是從上邊「下放」來的，小地方什麼也瞞不住。已熟或半熟的人們，都用一種好奇而探究的目光盯他一眼，其實，鎮子上除了少數人，誰也搞不清他究竟因爲什麼「下放」到這裏。有的說寫文章出了問題，有的說鬧離婚被老婆告下來的等等。反正他成了小鎮上的「天外來客」，議論的對象。本來是一座寂寞的小鎮，沒有什麼太多新奇的事讓人議論。所以，只要他出現在街頭，就如一個出籠的怪物，引起人們的注目，頭髮很長，幾乎披肩，裹著舊大衣，穿著一條開口子的牛仔褲，腳上是一雙早已過時的大頭鞋，不倫不類，奇特扎眼。唯有那張蒼白得幾乎透明的臉，還有一雙陰鬱沈靜偶爾閃出睿智光芒的眼睛，才能顯示出幾絲他的文化人特殊的氣質和不俗的風度。

他回到文化館。下鄉回來歇了幾天，昨日老館長已經找他談了，過兩天他還得下鄉一趟，這回

是旗裏抽調人員到鄉下宣傳法律觀念。北方農民，一到寒冬就「貓冬」不做活兒，唯一做的就是聚眾賭博，輸房輸地輸老婆，還有就是不安分的「刺兒頭」四處亂竄，偷錢偷糧偷女人，得啥做啥，旗裏年年冬天組織人員下鄉宣傳法律，教育農民。

老館長說，其他人都拖家帶口的，唯有他適合下鄉。館裏一沒有食堂二沒有燒煤，吃住都困難，要是下鄉，他可住在老鄉熱炕頭，吃著老鄉熱窩窩頭、熱酸菜湯，這一冬就好熬了，兩全其美。他一想，也好。只是自己的研究又中斷，只好帶幾本書下去，抽空啃一啃了。

這時，老館長正在他宿舍門口等著他。

「我明天就走。」他趕緊說。

「不不不，白爾泰同志，你不用下去了。」老館長搖搖手。

「我能行，我願意下去，真的是解決我吃住困難，又解決館裏同志下鄉困難的好法子。」他繼續表白。

「不不，你別誤會，不讓你下鄉，不是我的意思，是上頭的意思。」

「上頭的意思？」一聽上頭，白爾泰心就發毛，緊張起來。

「是的，是旗長，古旗長的意思。是他來電話，叫我把你留下來。」

「古旗長？」他看了一眼身上披的舊軍大衣，「是不是他要我還他的大衣？那天我給他送去了，他開會不在，還讓秘書告訴我，大衣不用還了……」

「哈哈哈，也不是讓你還大衣，他有別的事讓你做。」老館長看著他的木呆樣，不由得樂了，拍了拍他的肩膀。

「有別的事讓我做？我能做什麼事？」他更是疑惑了。

「我也不清楚，他現在就讓你去他的辦公室報到。」

「唔，好好，那我這就去吧，奇怪。」他喃喃自語。

「去吧，去吧，古旗長是個好官，你不用擔心。」

他有些焦急地向旗政府大院走去。心裏不停地嘀咕，讓我做啥事呢？不讓下鄉，這一冬燒什麼吃什麼？總不能老下飯館，老「偷」文化局的煤吧。可憐的白爾泰，又開始為生計過日子犯愁了。心裏隱隱責怪那位多事的古旗長。這古「王爺」還真盯上我了！他心裏說。

他從溝底柏油路往上登上去。半坡中部就坐落著旗政府大院，原先的喇嘛廟興源寺舊址。那個上登的臺階正好是三百九十九級。當年喇嘛教在庫倫溝裏至上至尊的時候，眾多善男信女也順著這個臺階，一步一步登上去朝拜廟裏的泥菩薩、活佛，以及那位喇嘛王爺的吧？不過那時，登一步磕一頭，拜倒爬起來，以身體丈量著臺階往上登，不會像他現在這樣輕便。

進出政府大院的小車，嗚嗚嗚著喇叭，飛速地上坡下坡。階梯路兩旁，鱗次櫛比地排列著小商店、小販攤、餐館酒肆，一到晚上，電燈一亮，南坡北坡上一層層地亮起各色燈光，從溝底往上看煞是好看，幻若仙境，不禁以為身處大都市樓谷燈海之中。白爾泰多次夜晚出來，欣賞這美妙的庫倫溝夜景。

白爾泰在收發室登記。門衛老漢打電話請示，他不相信古旗長要見的人如此邋遢，長髮披肩，鬍子也沒刮，像個流浪漢。一個秘書接電話，允許他進去。

白爾泰搖搖頭，衝老漢眨眨眼，嘴裏嘀咕一句：「哪兒的小鬼都是一個德性。」

老頭兒有些耳背，從他後邊問：「你說啥？」

他回頭笑眯了雙眼，依舊低聲逗老頭兒：「小鬼怕閻王。」

老頭兒仍沒聽清，不知所云，衝他背影搖頭。

白爾泰被人領進一間寬敞的辦公室。

「今天請你過來聊聊，是不是感到奇怪？」古治安放下電話說。

「我正準備下鄉，你的大衣……」

「今天不談大衣，也不談下鄉，搞法律宣傳、計劃生育，你不內行，讓你幹點別的吧！」古治安爽朗一笑，開門見山地說。「別小瞧咱這窮鄉僻壤，還是有你這位知識份子用武之地的。」

「不知古旗長讓我做什麼，可別抬高了我。」

「編旗志。內地叫修縣志，我們這兒旗等於縣，可從來沒有人寫過旗志。我們準備彌補這個空白，從頭編寫出一部完整的庫倫旗的旗志。」

編旗志？這出乎白爾泰意料。

「我當旗長那天開始，一直在琢磨這事，只是一時找不到能勝任的合適『筆桿子』。你分到我旗裏工作，這對我們是個意外收穫。」古治安說得興奮起來。

「別這麼說，我腦殼兒薄，戴不了高帽兒，」白爾泰也笑了笑，「恐怕我幹不好，我從來沒寫過這樣的文字東西，我不一定勝任。」

「像你這樣在上頭的社科院搞研究的知識份子不能勝任，誰還勝任？恐怕還是大材小用了。咱這窮旗，歷史可不『窮』，大有寫頭，而且很有特色哩，過去是政教合一的喇嘛旗嘛，只要你鑽進去，會發生興趣的。」古治安信任地拍了拍他肩膀。

「我不是黨員，又……」

「這也不是寫黨章，寫黨的歷史，是不是黨員有啥關係？只要忠於歷史，忠於史料，以我們現在的新的認識和新的歷史觀來整理記錄就行。當然，對重要歷史事件，需要旗政府研究後下定論，等開始工作後，要定出個具體而詳細的準則要求。」古治安停頓一下，斟酌著詞語，「對於你的情況，我也清楚，我們有正確的看法，你放心。我們這是『物盡其用，人盡其才』。旗委、旗政府已經開會研究過，形成決議：成立旗志辦，全稱叫旗志編寫辦公室。由我主管，讓你任辦公室主任，再配上兩個『筆桿子』和工作人員，馬上開展工作。辦公室都給你安排好了。」

古治安叫秘書喊來旗政府辦公室巴主任。

「老巴，這位就是白爾泰同志。你領他過去看一下新騰出來的旗志辦辦公室，幫助他安頓一下。」古治安轉過身對有些不知所措的白爾泰說：「你先過去看看辦公室，熟悉熟悉情況，有什麼要求、困難，找巴主任解決，不行就找我。等你上任後，工作方面，再開一個專門會議。」

白爾泰完全愣住了。形勢急轉直下，沒有自己選擇的餘地，簡直跟救火隊差不多。沒想到這位古治安旗長辦事如此果斷，說幹就幹，沒有一點拖泥帶水，甚至有些獨斷專行。他雖然感到突如其來，但他那顆僵木冰冷的心，有些熱乎起來，產生出某種衝動：在這樣一位父母官手下幹事兒倒不賴。於是，他有些機械地隨著巴主任，走出古旗長的辦公室。

穿過一個小套院，有一棟紅磚平房，這裏是旗檔案局。旗志辦的辦公室，就是從檔案局騰出來的。屋裏有三張辦公桌，靠窗戶的那張大的空著，顯然是留給他的。他的兩個「兵」已在那裏，經

巴主任介紹相互認識了一下。男的叫門古德，原在旗文化館搞民間文藝的，女的叫古樺，原檔案局的年輕資料員。

「白老師，往後我們就聽您的了。」那位叫古樺的女「兵」挺開朗活潑，一雙大眼直率明亮地盯人。

「白主任，我是個搞民間文藝的，工作上往後多關照嘍。」門古德戴一副眼鏡，五十多歲。

「你們不必客氣，不要主任、老師地叫，我還不習慣，叫我白爾泰就行。我是三分鐘之前才知道要幹的是這差事。」白爾泰搔了搔那一頭亂髮，衝兩個人笑了笑，「工作上我還不知道怎麼幹，慢慢摸索吧，幹不下去了，我就捲鋪蓋下鄉，還去搞法律宣傳，其實老百姓的炕頭上挺舒服的。」

「白老師，你真逗，說話還挺有趣。」古樺笑嘻嘻地幫他弄弄桌椅，感覺還挺喜歡新來的主任。

就這樣，白爾泰莫名其妙地被人強行安排在旗政府旗志辦，兩手空空地上任當主任了。

坐進那張挺漂亮的辦公桌後邊的靠椅上，他一時有些不適應，甚至不相信這是真的，以為這又是做著一場夢，一場不可思議的夢。當古樺給他倒了一杯熱茶，老門向他遞煙抽時，他這才驚醒過來，覺得不是夢，眼前的這一切全是真的，他想：真該思考思考怎麼幹了，怎麼當這個天上掉下來的主任了，要不怎麼對得起只見過兩次面卻有知遇之恩的古旗長，這位新時期的「大王爺」呢。

這時，走廊上響起中午下班的刺耳的電鈴聲。白爾泰嚇了一跳。當古樺遞給他一套食具和飯票，要帶他去吃飯時，他有些木訥地問：「咱們上哪兒吃飯去？」

「格格格，當然是政府食堂啊，巴主任都給你安排好了。」古樺覺得好笑，這位新主任樸實得像木頭，倒挺可愛，文化深的人都這樣大智若愚吧。

古樺又看了一眼白爾泰的「全副武裝」的邋遢樣，笑著說：「白老師，我說話直，你不能再這樣不拘小節地打扮了，你現在是政府部門的公務人員，穿戴這樣不倫不類，別人會說閒話的。」

白爾泰微笑著說道：「好好，我抽空去理理髮，洗洗衣服，弄得順眼一些。」

下午搬東西，把裝滿書未曾打開的幾個大木箱和簡單行李，從挨著公廁的破倉房，搬進政府後院供暖氣舒適溫暖的宿舍，白爾泰簡直有一種從地獄換到天堂的感覺。

「就衝這個，我得天天燒高香，不拜菩薩，拜古旗長古大『王爺』！」白爾泰感歎。

「他可不稀罕高香，你給他好好幹活兒，真能體現出『物盡其用』，就對得起他了。」古樺開玩笑說。

白爾泰異樣地看著她，說：「妳對他蠻瞭解的嘛，連他說的話都知道。」

一直不怎麼說話的門古德從旁插言：「你當她是什麼人？別忘了，她也姓古喲！」

「噢，對呀，古旗長是妳什麼人？」白爾泰如夢初醒。

「什麼人，是我的上級、旗長呀，格格格。」

「古旗長是古樺的親大哥！」門古德揭開謎底。

「哇哇！真是『皇親國戚』！我愚笨，看走了眼。」白爾泰驚訝之餘，顯得有些局促，「這就挺好，我們旗志辦的工作以後好搞。」

「你倒蠻世故的嘛，除了本職工作，我可幫不上啥忙，我從小最怕大哥，一繃起臉來六親不認！」

「我是說著玩的，工作當然靠我們自己了。」白爾泰變得鄭重其事。

他內心還有個想法，把自己多年從事的薩滿教研究，跟現在的編寫旗志工作結合起來，而且歷史上，庫倫旗也是薩滿教活動比較活躍的地方。

說起薩滿教，他滿腹經綸。薩滿教本是蒙古人最早信仰的原始宗教，當初它一直處於蒙古帝國的國教地位。成吉思汗對薩滿教非常推崇和信仰，薩滿教的法師「孛」，更是成吉思汗的一種強有力的精神支柱和號召眾族的統一的神明。

據《蒙古秘史》記載，成吉思汗的汗號，也是他崇信的一位薩滿教的叫豁爾赤的「孛」「奉托天意」，尊稱爲「成吉思汗」的。那時的「孛」穿白衣乘白馬，相當於國師，成吉思汗每當征戰討伐，總要請「孛」來占卜吉凶，得勝宴慶也要由「孛」來主持祭典，甚至成吉思汗手下能征善戰的大將，有的就是「孛」。

後來，到十六世紀中葉，喇嘛教逐漸滲透到蒙古地方，東北的女真族本來也是信薩滿教的，建立清帝國之後，爲了統治需要，也向蒙古地方大力推廣喇嘛教，興黃教，到處建喇嘛廟，以期達到收服蒙古人心智的目的。喇嘛教之所以後來居上，取代了「孛」的地位，另一主要原因是喇嘛教具有「主神」的觀念，最高的佛主釋迦牟尼至高無上，這是非常有利於階級社會君主利益的，當然受到清朝統治者的垂青。

而多神教的薩滿教，儘管進入等級社會後，也有長生天主宰萬物之說，但神的等級仍不分明。如果說，喇嘛教是「來世的宗教」，它讓人們逆來順受，善修來世，那麼，「孛」卻是更多地面對現世，由那種巫術甚至以野蠻的血祭，企圖改變不平的現實，內含著一種原始的反抗性，這對最高統治者不能不說是隱患，所以他們最終還是選擇了喇嘛教，並大力推崇。

薩滿教又是一種原始宗教，一無經書教義，二無廟宇殿堂，三無統一組織，各行其是，以口傳心授的方式傳襲，所以鬥不過有組織、有勢力、有固定廟宇的喇嘛教。而且，薩滿教活動中須大量殺生血祭，對生產力是一種摧殘，也失掉不少民心。再說，喇嘛教提倡的棄惡揚善，積德行善，修來世之福等說教，相當程度上能夠軟化和改造原本慓悍的蒙古人，家家拜佛堂，人人掛念珠，牛羊財寶全獻到廟上，家有三子，其中兩個聰明的上廟當喇嘛，一個愚笨的留在家裏放羊的同時，也修來世之福，看見地上的螞蟻也不敢踩。這種狀況，一直延續到四十年代末的革命和「土改運動」拆除喇嘛廟、趕走喇嘛還俗、破除封建迷信爲止……

當然，喇嘛教也並非輕而易舉地立足蒙古草原。幾百年來，蒙古人原先信奉的薩滿教和其法師「孛」們，與喇嘛們展開了殊死的搏鬥。後來清政府和喇嘛教收買了蒙古各部的首領和可汗，用法令和武力殘酷鎮壓了薩滿教的「孛」。以俺答汗爲首的西部蒙古部落，聯合其他蒙古各部，一六四〇年制定出《衛拉特法典》，即《察津・必其格》，宣布喇嘛教爲「國教」，薩滿教爲非法，一律予以清除和殺戮。

東部蒙古科爾沁部落雖然沒有參與《衛拉特法典》的制定，但是隨著喇嘛教的不斷傳入和擴大，薩滿教的地位越來越下降，不得不由公開轉入地下，由通衢大埠退縮到農村牧區和偏遠的窮鄉僻壤，而且經常遇到鎮壓取締，九死一生。

那一場本世紀二十年代末發生的「燒孛事件」就是典型的一例，達爾罕旗王爺火燒了上千個「孛」。據傳聞，那次從「燒孛」的火陣中逃出來一位「黑孛」，躲進了庫倫北部和奈曼旗南部的

沙坨子地帶，他白爾泰正好借這次工作機會進行調查，尋找那「黑孛」的傳人。

他還推崇薩滿教教義的有益部分，比如薩滿教崇拜大自然，崇拜長生天，認爲大自然中的雷、火、樹木、河流山嶺都有神靈，都要拜祭；同時崇拜祖先靈魂，認爲永不消逝的祖先靈魂和精神關照後代。這些正是現代人所缺少的。尤其崇拜大自然，人們現在肆意破壞大自然，破壞山河峽川草原綠林，這不正是不崇拜大自然造成的嗎？現在的人，不信天不信地，對大自然瘋狂地掠奪和豪取，對祖宗的許多遺訓和箴言忘得一乾二淨，現在還真需要重揚一下薩滿教的宗旨哩！

白爾泰想得激動起來，兩眼炯炯有神。

他認爲，旗志嘛，其實也是地方志，應該把薩滿教在此地的興衰和喇嘛教的興衰，與歷史沿革結合起來寫更合適些，更能體現出庫倫旗的歷史真實面貌。旗志裏，應該專門分出薩滿教這一別類，可能更全面和完整。他決定找古旗長好好談一次。

第三章　銀狐傳說

當森布爾大山
還是泥丸的時候，
當蘇恩尼大海
還是蛤蟆塘的時候，
那個精靈，神奇的銀狐喲，
就在草原上遊蕩！
就在大漠上飛走！

——引自民間藝人達虎．巴義爾說唱故事《銀狐的傳說》

一

土撥鼠，是沙化草地的真正主宰。

炎熱的夏季一開始，沙坨和草地上，到處可見牠們挖掘的洞，還有四處竄奔的鼠影。

經歷了冬季的漫長冬眠時期，一開春，牠們便迫不及待地成群結隊出現在地面上，挖洞築穴，尋覓食物，然後進入瘋狂的發情交媾繁殖後代時期。牠們一窩一窩地生育，一窩一窩地成長，就如

兩條腿的人類一樣，把無窮無盡的生育後代，當做一種具有無窮樂趣的天性義務來完成。這時節，你要是走進土撥鼠生活的沙坨和草地，你便會驚奇地發現周圍的一片繁忙景象。大批大批的土撥鼠四處竄走，忙忙碌碌，毫無顧忌，積攢食物，養肥身體，牠們要把在漫長的冬眠期消耗掉的東西找補回來，要搶在夏秋季節，幹完其他大小獸類全年才能幹完的事情。

牠們的「吱吱」叫聲此起彼伏，在暖洋洋的陽光下互相傳遞資訊，有的吃飽了肚子，就在洞口洗頭洗臉，有的啃咬新草根鬚，有的與新結識的異性伴侶搭巢築穴，有的在沙灘上蹣跚散步，也有的不知何因互相撕咬打架，跟人類一樣，掀起腥風血雨的戰爭。越是乾旱季節，土撥鼠的繁殖越是迅猛，泛濫成災，就如人越窮越要多生孩子一樣，牠們啃光了好不容易長出的新草根，把好端端平展的草地挖得像墓地，土沙滿地，草葉枯黃，加速了草原的沙化。牠們是草場的天敵，而人們對牠卻無可奈何。

奼干・烏妮格，這隻年輕的母狐，與其他沙漠中的狐狸一樣，生活在這個土撥鼠泛濫的科爾沁草原西南部沙坨地帶。整個夏秋，肥碩的土撥鼠爲牠們提供了豐富的食物。牠們逮吃土撥鼠，極簡便而省事。據統計，一隻狐狸一年逮吃三千隻野鼠，牠們是野鼠的天敵，草場的無冕衛士，可以說是人類的好助手，然而人類從不領情，反而捕獵牠們，以取之皮毛長尾來妝點自己。在狐狸看來，人類是一種不講信義、自私狂妄、以強凌弱的兩條腿大野獸。

奼干・烏妮格已經做了母親。牠下的第一窩四隻小狐狸，是北方汗・騰格爾山那隻美麗白尾山狐的後代。四隻小狐也已長大，度過夏天便可逐出家門，獨自謀生了。牠的身旁另有一隻公狐陪伴著，這是一隻矯健靈敏的杏黃色沙漠公狐，一雙圓眼機警而閃爍不定，已經墜入情網，似乎深戀著這隻從汗·騰格爾山下來的年輕漂亮的母山狐。牠們是這一帶的統領，經過征戰、追逐和生存競爭，樹立了自己的威望，建立了自己的沙狐王國。

奼干·烏妮格秉承了牠們狐狸世家所有優良血統，機靈狡猾、勇猛還有多情。牠的家族發展很快，選擇配偶的隨意混亂、交媾方面的亂倫狀況，絲毫未影響牠們的發展，也不必擔憂狐口過剩和返祖退化現象，一切聽憑於自然、本性、直覺。奼干·烏妮格在這莽古斯沙漠裏，唯一與原先的山地不同的感覺是，除了防備大獸之外，更得防備比大獸更可怕的兩條腿的人類，還有他們手中的火槍。

牠們辛辛苦苦繁殖起來的家族，很快一個兩個的被消滅掉，牠們漂亮的皮毛，變成了捕獲者們的誘因。人類從不吃牠們的肉，嫌臊，只扒取牠們的皮。上帝要是把這種毛皮賜給了人類，狐狸的世界便平安了。遺憾的是，人類只能披有赤裸難看的無毛嫩皮，需用其他動物的皮來遮掩自己。爲了這種遮掩和修飾，狐狸們用生命做出代價。爲滿足人類這種無節制的欲望，牠們狐狸家族早晚要絕種。

也許預感到了這一滅頂之災，有著較高靈性的奼干·烏妮格這隻母狐，時時發出哀鳴，警告子孫和同類們：提防人類，提防人類，提防人類！

然而，警告和提防無法抵禦人類的侵襲，他們和牠們都一起生活在這狹小的地球上，時時狹路相逢，血性搏殺。牠們在與人類的周旋、生死拼鬥中變得更狡詐、更聰慧了。

奼干·烏妮格第一次遇見人類，是多年前的事了。那是牠從汗·騰格爾山的大火中逃命出來，流落到莽古斯沙漠中不久。在一片半枯半死的老樹林裏，牠發現了一朵奇異的植物。這株植物，在

一座腐爛的千年老樹根舊址上，破朽而出；形狀如傘形，赤褐色似蘑菇的傘面光澤而麗質，散發出一股誘人心肺的暗香。

牠當時餓著肚皮，好幾天沒吃到像樣的東西，這朵奇異的植物散發的香氣吸引了牠，正想撲過去咬掉時，突然，從旁邊的一個地窖子裏，跳出一個披頭散髮的人來，衝牠大吼一聲：「你也想吃到它！媽的，我在這兒守一年了，你剛來就想吃到它！我殺了你，野狐狸！」隨即，那個瘋人朝牠甩過來一柄可怕的投獵棒，牠一下被擊中，幸虧它躲閃靈敏沒被擊中要害，再加上那個瘋人也似乎處在饑餓狀態力道不足，牠受輕傷而逃。

然而，牠是一隻固執而不服輸的野獸，也許頭一次與人打交道，並不十分害怕。牠內心中有個強烈的願望：要吃掉那棵奇異的植物！牠與他周旋起來。牠躲在遠處不易被發現的沙蓬叢中，觀察此人的動靜。

那個人視那草爲神物，簡直有些瘋瘋癲癲，日夜守護，穴居在其旁邊的地窖子裏，不時冒出頭來察看那株草周圍的情況。有一次，一隻土撥鼠偶然靠近了那株草，那瘋人的投獵棒便擊碎了土撥鼠。奼干・烏妮格也奇怪，那人爲何不摘了那棵草。等到啥時候呢？牠也耐心等候起來。

終於，秋風變得硬了，寒冬即將來臨。

有一天，那人「沙沙」地磨亮起鐵鍬了。他臉色興奮，不時喝著旁邊一瓶濃烈氣味的水般東西，高興之餘還衝著那棵草嚎唱兩句。看樣子趁地凍之前，他要把那株草挖出來。

奼干・烏妮格焦灼起來，牠不能眼瞅著那瘋人把那株神草弄走。牠隱隱感到牠與那株草有緣，得道全憑這株千年不遇的神物了。

那個瘋人磨亮了鐵鍬，又下到地窖子不知取什麼家什。他顯然喝多了那個辣水，腳步踉蹌，搖搖晃晃。機會終於來了。奼干•烏妮格從幾十米外的藏身處飛躍而出，如一支射出的飛箭般，迅疾無比地跑到那株成熟的神草旁，張口便咬住，從鬆軟而腐爛的底土中連根拔出，然後扭頭往大漠深處逃遁。

「我的靈芝！我的靈芝！」那個瘋人狂叫著追趕，呼嘯而來的投獵棒，擊中了牠的尾巴和一隻後腿，被酒力所害，瘋人失去準頭。瘋人咆哮著追趕。他叫罵著，詛咒著，跌倒了，爬起來繼續瘋追，然而兩條腿終於跑不過四條腿。他癱倒在沙地上，捶胸頓足，哭天抹淚，鼻涕口水一塊兒流，無奈而絕望地瞅著那隻可惡的野狐，銜仙草而去。

「我要殺盡天下的狐狸！」那瘋人發出宏誓，對天長號。

從此，他成了一位專門獵狐的著名獵人，瘋狂地捕殺狐狸，一隻隻一群群地消滅，扒牠們的皮，割牠們的尾巴，拿牠們的肉餵獵狗或野狼，以洩他胸中的仇恨。

同時，他還不知疲倦地搜尋著那隻盜仙草而去的白尾巴狐狸。他知道，牠就生活在這茫茫的莽古斯大漠裏。他相信有朝一日他會逮住牠，剝牠的皮，吃牠的肉，以洩心頭之恨。他和牠之間，展開了一場殘酷而無情的、漫長又無頭緒的追逐。

奼干•烏妮格擺脫瘋人的追趕，遠遠逃進莽古斯沙漠中，人跡罕至的一處沙湖旁，慢慢享用起那株奇香撲鼻的蕈類神草。

由於饑餓，牠把草連根吞嚼，咽進肚裏。不一會兒，牠的胃腸裏有一種火燒火燎的感覺，焦渴難忍。牠急忙到沙湖邊舔飲湖水，大口大口地吞咽，也不能解決問題，於是就在濕涼的湖邊沙地裏

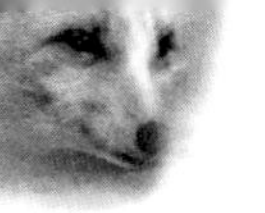

打滾，把尖嘴伸埋在濕沙土裏。不知過了多久，焦渴和燒熱感減退並消失了，牠感覺到渾身的血液沸騰，湧動著一股使不完的力氣和旺盛的永不枯竭的生命力。

奼干·烏妮格——銀狐，獲得了昇華，生命的機緣湊巧，使牠成爲一隻可與人類長期鬥智鬥勇，並往往佔先的一代神狐。

牠是一隻遊蕩在科爾沁草原和莽古斯大漠的神秘幽靈，牠超人的靈性、無比的智慧，以及人類無法理解的離奇行爲，將永久地在沙漠草原上流傳。

一個神奇的、美麗的、令人難忘的銀狐傳說，在草原上傳誦。

二

一輛灰綠色的吉普車，猶如屎殼郎般在沙坨子裏緩緩滾動。

沒有路，找一些低窪硬實的沙地行駛，好在大漠中的風吹走了沙坨上的浮雪，也吹凍了地面。

這裏是茫茫無際的莽古斯·芒赫，意即惡魔的沙漠，位於科爾沁草原西南部。

最早，這兒還是沃野千里，綠草如浪。隋唐時期開始泛沙，但不嚴重，《清史稿》和《蒙古遊牧記》上還記載，這裏「水草豐美，獵物極盛」，曾爲清皇太祖努爾哈赤的狩獵場。後來，漸漸湧入內地農民，開始翻耕草原種莊稼，蒙古各旗王爺爲供應在京都王府的大量開銷和抽大煙，也把草原大片大片賣給軍閥和商賈們開荒種地。由此，人們爲自己種下了禍根。

草地植被頂多一尺厚，下層的沙土被鐵犁翻到表層來了，終於見到天日的沙土，開始鬆動、活躍、奔逐，招來了風，趕走了雲。沙借風力，風助沙勢，這裏便成了沙的溫床、風的搖籃，經百年的侵吞、變遷，這裏幾千萬公頃的良田沃土，就變成了今日的這種黃沙滾滾，一片死寂的荒涼世界，號稱「八百里瀚海」。

當年，為反對蒙古王爺賣地開荒，達爾罕旗的嘎達梅林、郭爾羅斯前旗的陶格陶、札來特旗的楚克達來等蒙古民族的英雄好漢們，發動多次聲勢浩大的起義，驅趕墾務局、殺伐王公貴族和駐軍，還農地為牧場，結果都被一一鎮壓。於是，十年九旱的乾旱天氣，無休無止的開墾種地，科爾沁草原便無法遏止地沙化下去，而且波及到整個遼寧北部和吉林西界。大自然的懲罰早已開始。

莽古斯沙漠往西的縱深地區，是寸草不長的死漠，靠近東南側的凸凹連綿的坨包區，還長有稀疏的沙蓬、苦艾、白蒿子等沙漠植物。坨包區裏，星星點點散居著為數不多的自然屯落，庫倫旗的北部基本都處在這樣的坨包區，在風沙的吞噬中仍然靠翻耕沙坨、廣種薄收為生計。

五十年代的大躍進紅火歲月，呼啦啦開進了一批勞動大軍，大旗上寫著：向沙漠要糧！他們深翻沙坨，挖地三尺，這對植被退化的沙坨是毀滅性的。沒多久，一場空前的沙暴掩埋了他們的帳篷，他們倉皇而逃。但這也沒有使人們盲目而狂熱的血有所冷卻，又把坨子裏零星生存的野杏樹疙瘩、野桑林等可燒的木柴，全砍來「煉鋼鐵」，扔進土法上馬的總流不出鋼水的大高爐裏。

那輛吉普車停在一條高聳逶迤的沙山腳下。

「古旗長，這條白沙山就是塔敏・查干①了，翻過去就是莽古斯沙漠的死漠部分，寸草不長，沒有人煙。」旗農業局局長金斯琴介紹說。

她三十七八歲，原先是農業局的技術員，農牧學院畢業，古治安當旗長後，為了改造北部沙化地區，提拔重用了一批專業知識型幹部，金斯琴就是其中之一。這次，她隨著古旗長深入北部沙化

區，實地察看，做調查研究。

「這塔敏・查干，我小時跟著大人來過一次，離我們哈爾沙村六七十里地，小時一聽這名字就害怕。」古旗長從車上下來，仰起頭望著前邊的高沙山說，「這裏有一種叫『嗚格唳』的鳥，一到夜裏就出來叫，那叫聲就像小女孩兒哭叫，挺嚇人的。傳說有個女孩兒，就在這塔敏・查干裏迷了路，埋在沙子裏，她的冤魂就變成了那個『嗚格唳』鳥，夜夜出來啼叫：『帶我出去！帶我出去！』」

「太可憐了，咱們可別碰上那個鳥兒。」金斯琴凄婉地說。

「沒關係，離天黑還早呢，咱們去爬爬塔敏・查干，看看上邊是啥風景。」古治安興致勃勃，回頭對司機說，「小劉，車是上不去了，你把車開到東側回去的路上等我們。」

雪化後封凍了一層沙土，沙山爬起來還不怎麼費勁。如果是春夏就不這麼容易了，流沙將灌滿你的鞋殼，蹬一步陷進一尺多深的軟沙裏，不小心還會滾下去，弄個灰頭沙臉。

古治安他們終於爬上塔敏・查干的峰巔，立刻有一種「一覽眾山小」的感覺。正西和西北方向，展現出逶迤茫茫的大漠地帶，看不見樹木，看不見飛鳥，只有白雪覆蓋的各種形狀的沙丘沙山連成一片，一望無際，令人望而生畏。往東方和東南方向，則是半沙化的坨包地區，極目遠處，依稀可見那些苟延殘喘的沙坨子屯落，但附近這一帶也沒什麼人煙，由於沙化嚴重長不出莊稼，人們早已搬離這一帶，唯有留存個別的窩棚，看管散牲口。

「這些黃沙下邊，躺著的就是早先那個美麗的科爾沁草原啊！」古治安感慨萬分，手指遠近沙漠，「就是我們這些兩條腿的人，把『黃沙』這魔鬼從地底下釋放出來的！現在倒好，這魔鬼天天在膨脹，沒辦法收回去了，不知道這是前人的悲劇，還是我們後人的悲劇。」

聞者戚然。

「我們要早點拿出改造北部沙化區的方案，要切實可行，我們不能再這樣耗下去了！」古治安像是對自己，也像是對金斯琴等部下，態度果決地說道。

三

那輪太陽早晨還火紅鮮豔，此刻吊掛在半空中，卻被一層灰濛濛的雲團裹住了。沒有風，看來這種令人壓抑的陰霾天氣，還要繼續下去。或許，還要飄下一場大雪。

老鐵子騎馬走在沙坨子中間。這方圓百里的莽古斯•芒赫，他是太熟悉了。幾十年來，因各種原因，他幾乎走遍這裏的沙坨、溝坡、沙窪灘，甚至大西北的死漠區他也很熟悉，差點把命搭在那裏。他曾給考古隊和測繪隊帶路。那位老考古學家站在沙坨子上說：「這裏是遼代契丹族的發祥地，契丹人的文化在沙漠下邊！」那位老學者，爲那消亡的民族和其消亡的文化感歎：「也可以說，契丹人是被沙子埋掉的。」

其實，把這一帶草原的沙化歸罪於契丹人棄牧爲農，開墾草地種糧的政策，有些冤枉。嚴格地講，農業文化與牧業文化相對抗、相爭奪，遠遠早於契丹人就開始了。把廣袤的草地翻開，以播種糧食爲生計，輕輕鬆鬆安居一處，這比一年四季遊牧八方，逐水草而居的流浪生活可舒服多了，也省事得多。

農業對牧業的侵入，把放牧草地改爲開墾農田，這是個人力無法扭轉的歷史趨勢。蒙古帝國的

大可汗成吉思汗爲了抗拒農業方式，曾下令把佔領的農田都改爲放牧場。當然這是行不通的，如潮水般猛漲的人口，用有限的牛羊馬肉是餵不起的，還是得種糧。如果蒙古帝國不是有幸被趕出元大都，回歸草原，重操舊業，以牧爲生的話，那麼清朝滿族人的結局，就是他們的結局，失去語言、文字、習俗和土地，完全消融在汪洋大海般的漢族文化和其人口中。這是求大的小民族的悲劇。

遺憾的是，蒙古人可以逃出北京，可逃不出農業方式的侵入。科爾沁草原西南部，這片契丹人開闢的土地上，蒙古人也接收了農業方式，開墾起腳下的草地，播撒起五穀種子。隨著日益擴大的農田，隨著如潮水般湧入的內地農業移民，草原的沙化就更擴張了。人們把綠色的草地弄成黃黃的沙坨之後，再去尋覓開闢新的草原爲農田，一步步深入到草原腹地，於是往北霍林河草原、鄂爾古納河流域，以及呼倫貝爾草原多部地區，都淪爲半沙化的坨包和阡陌縱橫的農田。

往西阿拉善和伊克昭盟那一帶蒙古地，更加慘了，基本全盤沙化，人退沙進，大漠正以瘋狂的速度圍困起人類聚集躲存的都市和城鎮。老鐵子腳下的這片荒無人煙的人類已無法生存的莽古斯・芒赫沙化區域，就是這樣形成的。此刻，它靜靜地躺著，死般安寧中沈默著，它連個呻吟的精神氣兒都消失了，好在皚皚白雪遮蓋了它那百孔千瘡的裸露著黃沙的軀體，令人看不清它是富饒還是貧瘠。

老鐵子牽著馬，登上一座高沙坨子。面對這死靜的土地，他深深歎了口氣。他坐在土坎上，掏出煙袋鍋「吧嗒」起來，他又苦苦琢磨起那隻神秘的老銀狐。追尋了這半天，一無所獲，那物就如這眼前的青煙般消逝無蹤了。他眼前，又浮起剛才胡大倫那副陰不陰陽不陽的笑容來。於是，他站起來，決定先去窩棚那邊瞧瞧，別讓他真的抓住了話柄兒。

這是一處三面環沙山的沙窪子地。因窪處的沙子是黑色的，人們稱「黑沙窩子」。依北邊沙山立著一座土坯壘建的土窩棚，那就是老鐵子野外的家——黑沙窩棚。窩棚門口，用樹木圍起了一座柵欄，圈牲口用。不遠處，有一面結冰的小沙湖，也稱「水泡子」。而這種沙湖，在雨水旺的年月才汪起一捧水來，一旦乾旱，連一滴水也存不下，龜裂開湖底的乾泥，走在上邊嘎吱嘎吱響。去年秋季的幾場大雨，使這裏小沙湖和坨包區有了點生機，散放在野外的牲口還有水喝，還能尋啃些雪下的乾草。

果然，小水泡上飲牲口的那口子又封凍了。有幾頭牛圍著那口子「哞哞」直叫，伸出舌頭舔那冰面。老鐵子趕過去，操起鐵鑿子砸鑿冰封的口子，再用柳條筐撈淨碎冰塊兒。渴急的幾頭牛，爭搶著喝飽了肚子。老鐵子也用木桶提了一桶水，回窩棚。

窩棚裏又暗又冷，他點著土炕爐子，燒一壺開水喝，暖暖身子。閒不住的老鐵子，又挑起擔子走到圈牲口的棚欄裏，揮動鐵鎬和鐵鍬，挖鏟牛羊糞尿合成的上層浮土。他要把這有機糞肥土，挑到房東那塊巴掌大的莊稼地。那是他自己辛辛苦苦，硬是往沙地上挑著有機土和牛羊糞肥，墊出來種菜種糧的小塊地，一年還能打下幾百斤苞米，種出的菜豆類也夠他吃了。由此也招來了村裏人的眼紅，可誰理解當村裏人「貓冬」不做事，東串西串打牌賭博、偷雞摸狗勾引女人時，他如此辛苦地忍凍挨餓著一筐一筐挑糞墊土呢！處在這惡劣的沙坨子裏，只能多付出，多想辦法，才會有收穫。

老鐵子放下擔子，往天上看了看。他似乎聽到了機器轟鳴聲。可天空真空，別說飛機，連個飛鳥的影子也沒有。他以爲聽錯了，接著挑土糞。

「嗚、嗚、嗚——」

果然有馬達轟鳴聲，不是在天上，而是在不遠處的沙坨子裏。老鐵子好生奇怪，飛鳥難得來光顧的這野沙坨子裏，怎麼會傳出汽車發動機的馬達聲呢？他丟下鐵鍬，登上房後那道沙山頂上，四處張望，他終於發現了，從西北死漠那邊，開過來一輛吉普車，好像在雪坨子裏迷路了，老在一處大灣子裏轉圈，找不到方向，不一會兒，掉進一個雪坑，陷住了。

「哪兒來的傻小子，真是傻大膽兒，還敢往這沒有路的大沙坨裏開車，別說小吉普車，大坦克都得趴那兒！」老鐵子嘴裏叨咕著，趕緊走下坡，回窩棚拿了鐵鍬，又扛了一根撬槓，然後急匆匆奔那輛陷坑的吉普車而去。

有幾個城裏幹部或官兒模樣的人，圍著吉普車轉悠，無計可施。突然發現有一老漢，扛鍬拎棍地朝他們走來，就如見著了救星般喊叫起來：

「大叔，快來幫忙，車陷住出不來了！」

老鐵子不搭腔，低著頭圍小車轉了一圈兒，然後揮動鐵鍬挖鏟車輪子前邊的土坎兒，弄平了兩個輪子前邊的坑邊兒，他直起腰，再把那根撬槓遞給幾個人當中最高個子的那位官兒，說：

「你個兒大力氣大，車開動後從後邊撬，我在前邊挖土坎兒。」

「古旗長，我來撬，把棍給我，」一個矮一些的中年人爭搶那木棍，回頭對老鐵子說，「大叔，他是咱們旗的古旗長。」

「我知道。」老鐵子不抬頭，繼續鏟平坑土。

「你認識我？你是……」古治安旗長走過去仔細瞅瞅那老漢。「唔，你好像是村西的鐵大叔！

我回村少，好幾年沒有瞅見你了，還真沒有認出來，哈哈哈……你好，你好！」

「你是大官兒，認不認識我沒關係，可得認路啊，怎麼能往這沒有路的沙坨子裏開呀？」

「嗨，我們是出來察看北部沙化區的，司機不認路，在坨子裏迷路了，真幸虧遇著你大叔了。」古治安歉意地說著，過來握握手。

「這可不是鬧著玩的，一會兒水箱凍了，夜裏沙坨子氣溫零下四十多度，你們都得凍乾巴嘍！你們這是拿你們古旗長的命在開玩笑！」老鐵子衝司機和那位中年秘書，冷冷地教訓一句。

人們倒吸一口冷氣。你看我，我看你，想想有些害怕。

老鐵子拿過秘書手中的撬槓，伸進小車後邊的底部，說：「好了，司機，開足馬力，大家一起從後邊撬！」

司機小劉加大油門開足馬力，老鐵子的撬槓從後邊一撬，四兩撥千斤，再加上古旗長帶領幾人相擁著推車，吉普車終於「嗚嗚」叫著躥出雪坑。

「先到我那窩棚裏歇歇，喝口熱水，我再領你們出沙坨子吧。」老鐵子對古治安說。

「鐵大叔原來在這兒出窩棚哪？都幹些啥呀？」古治安問。

「村子周圍都是莊稼地，村裏的閒散牲口只好都趕進沙坨子裏，派專人出窩棚管理，我就是那個派出來的『特派專員』！」

人們一聽都樂了。

陰暗的窩棚裏一下子熱鬧起來，熱呼呼的茶水一進肚子，著急上火的這幫人也有了活氣兒，有說有笑。

「我這兒沒啥好吃的招待你們，我帶你們回村吧，你們回庫倫鎮也得路過那兒。」老鐵子領著大家走出窩棚。

當古治安坐進吉普車的時候，突然注意到了窩棚東側那塊兒種過莊稼的巴掌大的田地。

「停一停！」古治安叫一聲，跳下車，向那塊地走過去，回頭問跟過來的老鐵子，「鐵大叔，這小塊兒地是幹什麼用的？」

「種點莊稼、菜啥的。」老鐵子不知旗長大人有何用意，有些膽虛地回答。

「能長嗎？」

「能長。」

「可全是沙地喲！」

「我一筐一筐墊了厚厚一層牛羊糞土，再從村沙湖底拉過來點黑土。」

「哦？」古治安眼睛亮了，驚奇地瞪著老鐵子那張黑瘦而剛毅的臉，接著問，「你說這沙地能改造成可以長莊稼的農地？」

「能。可得下笨功夫，墊土墊糞，一塊兒一塊兒拾掇，肯吃得下那苦，又肯下功夫不怕懶才成。你看我這肩頭！」老鐵子露出兩個肩頭，上邊結著半指厚的硬黑繭子，像是一層黑鐵甲。

「嘖嘖嘖，好樣的，鐵大叔真是個鐵漢子！」古治安旗長佩服地讚歎，並且興奮地轉過身對眾人說道，「老金，你們看看，改造北部沙地的出路就在這裏！鐵大叔給我們指出了方向，闖出了一條路！」

就這樣，把北部村村戶戶都動員起來進軍沙地，進軍周圍的沙化區，一家一戶承包一處沙窩子，像老鐵子窩棚，先改造周圍邊兒上的，慢慢向外擴展的改造沙化區的方案，正在古治安的腦海裏形成。

「到時，敢於承包、敢於出窩棚改造沙地的，我們就獎勵撥款，那些懶漢怕吃苦的，必要時也硬性攤派，強行安排，我們不能再等待！」古治安揮一下手，緊緊握住老鐵子那雙佈滿鐵繭子的手說，「鐵大叔，謝謝你，我代表旗政府謝謝你，你在無意中給我們探索出一套治沙化的辦法來，我們真得好好謝謝你，還要給你獎勵！」

「這這……我沒幹出啥，獎勵我幹啥，我這是被逼得沒法兒，村裏那點兒地打出的糧食，不夠家人吃的，年年餓肚子，不想點這種笨法兒，活不下去喲……」老鐵子不知所措地支吾著，抽回他的那雙手，乾搓著，「人要是餓了肚皮，啥招兒都能想，啥都想吃，不知你們餓過肚皮沒有，那個滋味兒可實在不好受……」

「是啊，餓肚皮的滋味我可知道，三年自然災害那會兒，我也在咱們哈爾沙村，十一二歲，天天吃苞米稈榨出的澱粉，還拉不出大便！哈哈哈……鐵大叔，所以我們要改造沙坨子，向沙漠要糧，解決我們的溫飽問題！」古治安拍著老鐵子的肩膀，充滿信心地說著，「鐵大叔，你這塊兒巴掌大的地，去年打出多少斤糧食？」

「沒有多少……也就二三百斤吧。」老鐵子留著心眼兒支吾。

「不止吧，你肯定留了一手，不止這些。」古治安太瞭解農民式的小狡猾了，爽朗地笑著揭穿他。

「嘿嘿嘿……實話告訴你吧，旗長大人，我這塊兒地統共打了五百斤苞米，還有一年吃的菜。」

「哈哈哈，你看你看，我說得沒錯吧，都像你這麼幹，哈爾沙村，還有北部坨子裏的窮村窮戶，全該發家致富了!老金，咱們回旗裏趕緊研究一下，要推廣鐵大叔的經驗，拿出一套切實可行的方案來!」古治安一邊上車，一邊這樣說。

吉普車在老鐵子指領下，順利繞出迷宮似的茫茫沙坨子，直奔大路而去。古治安他們沒進哈爾沙村，一出沙坨子就直接回旗裏了。

老鐵子騎著馬，佇立在高沙崗上，遠望著絕塵而去的那輛吉普車，嘴裏叨咕說：

「老古家這小子還不錯，當了旗長還沒忘百姓。老古家的祖上積德，家墳上冒青煙嘍……」

四

最初，男人們並沒在意。

屋裏的女人鬧些小脾氣，哭哭啼啼，或者嬉鬧無常是常有的事。夜晚，上炕後變得有些迫不及待，超乎平日正常的熱烈或者風騷，只顧享受著平時冷漠的女人，突然變成溫柔體貼的奉獻，他們也沒多想什麼，覺得挺好，女人應該這樣才好。

而後，女人們鬧騰得厲害起來了，瘋瘋癲癲，說哭就哭，說笑就笑，哭時號啕，笑時狂亂，夜夜炕上瘋狂，使男人更無法應付，白天還幹力氣活兒呢，面對女人們變得猶如失去控制的鐘擺，亂走亂打，無秩無序，男人們開始著急了。井沿上，碾磨房，供銷社，路口上，甚至學校課堂上，隨處可見狂笑的女人或者瘋哭的婆娘，有的打情罵俏，有的扭胯亂舞，也有的倒地吐白沫。

鬧過一陣兒，女人們變得虛弱無力，癱在地上或自家炕上，厭食、厭睡，又厭做活兒，要不傻乎乎地昏睡個沒頭兒，要不睜著亮晶晶的佈滿血絲的雙眼，貓在炕上不動窩。男人們慌了手腳，女人們這是怎麼了？究竟發生了什麼事？他們就像熱鍋上的螞蟻，亂成一團，紛紛湧向村委會辦公室，或者去找村裏那名土大夫，還有去問吉戈斯喇嘛，再或者直接奔鄉醫院求救。

村長胡大倫比別人更著急，他的女人沾上這怪病後，跟別的女人還不一樣。他的女人則是見著男人就笑瞇瞇地要脫褲子，急得胡大倫大呼小叫，不敢讓她出屋。跑出去過幾次，正好碰見平時避女色的吉戈斯老喇嘛，哧哧笑著當面就要脫褲子，嚇得老喇嘛抱頭鼠竄，嘴裏一個勁兒地念經喊阿彌陀佛。胡大倫乾脆跟兒子一塊兒把女人鎖進倉房裏，不讓出來，按時送水送飯。

也許受其媽媽的感染，他的十六歲的女兒也變成魔症，瘋哭瘋笑，哭嚷著深更半夜裏坐起來要去找對象，往外亂跑，有一次夜裏跑出去，黑咕隆咚中掉進大門口的雪坑裏，差點凍死。

村裏那位土大夫，面對一群瘋瘋癲癲的女人毫無辦法，躲進屋裏不敢出來。他自己的老婆也在那兒要死要活，抓得他滿臉血痕。胡大倫和村幹部們請來鄉醫院的醫生，按倒那些亂鬧的女人們，注射鎮靜劑或服鎮靜藥。同時，胡大倫把村裏出現的這種怪病情況，向上反映到鄉和旗政府，以及衛生部門。

全村人開始惴惴不安，惶惶不可終日。

隨著，謠言四起。有人說這是「鬧狐仙」，「黃鼠狼迷人」，也有的說，這是一種可怕的瘟疫傳染病，就像日偽時期「鬧鼠疫」，要死人，死很多很多。

有一位揀糞的老漢，在坨子裏看見有一隻白尾狐狸往村子方向吠叫，有人便詮釋，這是有人沖

了「狐大仙」，牠要降災於全村。

哈爾沙村本來由蒙、漢、回、滿等幾個民族組成，科爾沁沙地又地處東北，信啥的都有，早年拜「狐仙」信「黃仙」的大有人在。而且，在咱中國，從北方到南方，這「狐狸迷人」或「拜狐仙」是很有淵源的事。查經閱典，《辭海》裏寫道「狐善媚人」，條目中引用初唐詩人駱賓王《代李敬業討武氏檄》一文中「掩袖工讒，狐媚偏能惑主」之語；而民間相傳，狐則能修煉得道，可化人形，諸多神通，人若觸犯，必受其害，民間索性尊之爲「大仙」，惹不起就供起來敬牠，省得麻煩，這是中國人的聰明之處。

《朝野僉載》記：「初唐以來，百姓多事狐神，房中祭祀以乞恩，食飲與人同之。」看來，那會兒老祖宗們做得既徹底又實際，乾脆把真狐狸供養在家裏，以當「狐神」敬奉之。

到後來，不知何因，是捕捉不便還是餵養費事，或無法消受那狐騷氣，這種傳統有所改革，變成只祭供「狐仙」的牌位即可了，名曰「拜狐仙堂」。史料記載，清代時連各官署都堂皇供奉「守御大仙」之位。據說，凡供奉「狐大仙」的百姓家，一般都不鬧「狐仙」和犯臆症，那些得道或半得道以及將得道的家狐野狐們，也不輕易來「迷惑」或「媚亂」這戶人家。這叫做關係戶，不便騷擾，不好意思。

歷代關於「狐仙」的記載和「狐狸傳奇」文章，數不勝數，中國人善於「造神」和「拜神」，也算是老祖宗的不朽傳統。這些古今「狐文」中，當以《太平廣記》、《聊齋誌異》及當今《歷代狐仙傳奇全書》爲首推之。文人墨客又美其名曰「這是中國的狐文化現象」。恐怕這一「現象」還將延續下去，哈爾沙村發生的這一事件和有關此事記載的本書，就是一個例證。

據一權威性科技雜誌載文說，有些狐狸的確有一種從尾根部小氣孔分泌或噴射出的特殊氣味，對某些人，尤以女性爲主者的神經產生影響，致使錯亂或滋生幻覺，誘發歇斯底里似的症狀來。這大概就是平素講的「狐狸迷人」或「狐媚」吧。

不知誰先開始的，惶恐的村裏百姓有人悄悄修起了「狐仙堂」，虔誠地祭拜起來。好多家也效仿著，紛紛供起「狐仙堂」在自家倉房、閒屋，或房角院旮旯，他人不易發現的地方，都供起一個大小不等的似佛龕又似神壇的「狐仙堂」，早晚燒香，晝夜跪拜，請求「狐大仙」不要降災於自家。於是乎，「狐仙堂」迅速普及開來。就像當年「文革」中普及「紅寶書」，家家戶戶正牆上修一紅木架框敬放「寶書」和「寶像」那般，那會兒是明的，大張旗鼓，以此監測你「忠」不「忠」，這會兒是暗的，以求自家平安，肯定「忠誠」之極，不用宣傳或命令。

這是村幹部們始料未及的。而且奇怪的是，不知是巧合還真是拜「狐仙堂」管用，犯魔症病的女人真的少些了。於是有些村幹部，也在自個兒家悄悄供起了「狐仙堂」。

由於盛傳「狐大仙」有個規矩，誰拜牠，牠就救誰，如收取了「保護費」一樣，不拜者不管，根據香火供奉來決定救與不救。既然這樣，六神無主的村民誰也不敢不拜，尤其愛惜女人離不開女人的男人們，都不希望自己的女人變成一個忽哭忽笑、瘋瘋癲癲反覆無常的瘋女人。

胡大倫作爲一村之長，真有些爲難。自己家拜不拜「狐仙堂」？畢竟自己是一村之長，又是黨員幹部，搞這種迷信活動行不行？雖然近幾年來農村啥「風」都刮，信啥的都有，但這拜「狐仙堂」只在「土改」前有過，解放後基本沒出現，他拿不定主意。可自家裏老婆和女兒都傳上此瘋病，鬧起來雞飛狗跳的，家無寧日，如何受得了？

他暗自思忖，這世道真有些怪，歷史有時驚人的相似，以不同方式重複同類事情。他記得小時，庫倫一帶盛行喇嘛教，家家戶戶供奉佛像佛龕，長明燈前香火繚繞，常年不斷；而「文革」中又普及「紅寶書」，家家戶戶敬領袖像，村村鎮鎮可見手捧「寶書」跳「忠」字舞的人群，還要早請示晚彙報；今天，村子裏又鬧開了普及「狐仙堂」，崇拜起另一種偶像，只要家有女人的百姓家，基本都在暗中搞起了「狐仙堂」，沒做什麼動員和宣傳，推廣之迅速和全面令人慨歎，令人哭笑不得，又令人狐疑不止。他胡大倫被搞糊塗了，不知信其好還是不信其好。

晚飯後，胡大倫走出家門，到村委會辦公室召集村幹部開會，專門研究一下婦女們患魔症和村中鬧「狐仙堂」的現象。以他多年的當幹部經驗，這是一種「動向」，其背後似乎隱藏著什麼。

暮色朦朧中，幾隻烏鴉在老樹上呱叫，他恍惚瞧見有個人影從老鐵子家的院門閃出來，走近一看是杜撇嘴兒。他忽然想起，聽說這女人沒犯過那病，看她樣子挺精神的，屁股一撅一撅的走路，像是沒什麼事。

「喲，大村長，這麼忙著上哪兒去呀？」杜撇嘴兒老遠熱乎地打著招呼。

「我去開個會，怎麼，妳在老鐵子家搞啥名堂呢？」

「喲，百姓串個門兒，你大村長也過問啊？」杜撇嘴兒撇著嘴湊近胡大倫，顯得神秘地，「我給老鐵子兒媳珊梅送秘方去了。」

「送秘方？啥秘方？」胡大倫閃開臉，躲避著她滿嘴大蒜味，提高了聲音好奇地問。

「送……」杜撇嘴兒本想說懷孕秘方，可一想那是個騙人的「鬼方」，不可能唬弄住這位鬼東西胡大倫，於是改口說道，「是一帖治病的方子唄……」

「治啥病的方子？」胡大倫追問。

「眼下村裏流行啥病呢？」杜撇嘴兒靈機一動，隨口說出。

「那病妳有秘方可治？」胡大倫頓生驚疑。

「這有啥稀奇，你不相信？你見姑奶奶我鬧過那病沒有？姑奶奶有破的招兒！」杜撇嘴兒的嘴撇得老高老高，能拴住兩頭驢。

胡大倫半信半疑，可一想起這娘們兒真沒有犯過那病，再聯想到她過去的歷史，曾當過「列欽」巫女，他又不得不開始相信她，沒準兒真有別人所不能的絕招兒。

「那好，妳就給我的老婆女兒治一治，治好了我就信妳。」

「呵，說得輕巧，師傅傳下的秘方絕招兒，憑什麼給你治就治！」杜撇嘴兒揚脖撇嘴地，站在那兒動起念頭來了。

「妳想怎麼著？」

「治好一個五十塊，你家兩位，一百塊！少一子兒不幹！」

「哈！妳還真敢開價！得，得，咱們用不起妳這秘方，妳去唬弄鬼去吧！」胡大倫「呵呵」大笑著，背起手，不再理睬杜撇嘴兒，朝村委會辦公室開會去了。他不想當這冤大頭。

杜撇嘴兒望著胡大倫的背影，愣了半天神兒，他的一句「唬弄鬼去吧」提醒了她，使她頓時生出一個絕妙的發財之計來。她「撲哧」笑了，心花怒放，兩眼滴溜兒亂轉，雙手又拍屁股又拍腦門兒，樂不顛顛地往家小跑而去。從此，杜撇嘴兒變成了「杜大仙」，號稱「狐大仙」附體，包治百病，每天在自個兒家擺起陣勢做「法事」，給那些患魔症的女人們祛邪治病。

由於她，村中少數沒得過病的人之一，加上她過去的經歷和巧舌如簧，人們果真相信她有法術，便紛紛跑到她家求藥問卜做法事。她那兩間破土屋，一時變得門庭若市，熱鬧非凡。

她立下規矩，做法事時不讓男人進屋裏，只把有臆症的女人留在房裏，然後門窗關緊。屋裏很黑，白天也點著燈，香煙繚繞，充滿陰森之氣。「杜大仙」則穿上她當年走江湖時的一套行頭，帶穗兒的法冠帶穗兒的法衣，還有一把單面兒法鼓綴著銅鈴鐺。

她讓女人先是坐在屋地當中的凳子上，她手持法鼓叮鈴噹啷揮動著，嘴裏念念有詞，然後嘴含一口酒，往患者臉上使勁一噴，大喝一聲：「大仙到，還不接駕！」那女人激靈一顫，臉上火辣辣，生出怯意來。

只聽「杜大仙」命令道：「把舌尖咬出血，噴出來！」那女人嚇得只照做，這會兒「杜大仙」圍著她舞躍，哼哼嘰嘰唱歌，突然伸出手掐住那女人胳肢窩的一塊肉，另一隻手不知從哪兒摸出一把菜刀，亮晃晃的，高舉著威脅地喊道：「大仙在此，還敢不敢再鬧？」那女人嚇得臉都變白，下意識地請求說：「不敢鬧了，不敢鬧了，大仙饒恕……」「杜大仙」又喝令：「再來鬧，本大仙定把你砍作兩截兒，還不快走！」那女人又應聲：「是是，我走，我走……」經這般折騰，那位嚇傻的女人魂不附體，慌慌張張退出那兩間陰暗的破土房。

然而，令人不解的是，經過她如此整治的那些女人，還真的好久不再出現那種哭笑無常的症狀來。於是，「杜大仙」大名遠揚，財運亨通，也不再犯愁吃喝拉撒睡。

且說珊梅，那天從鄰居楊森花那兒串門兒回來，就昏頭大睡，傍晚才起來，慵懶地下炕，哼著曲兒，扭著腰，一屁股坐在牆櫃前對著那面圓鏡子照起來。她臉頰緋紅，雙眼飛神兒，癡癡地對著鏡子照個沒完，忘了自身的存在，忘了去燒火做飯，忘了家裏還有兩個男人要從外邊回來填肚子。

先回來的是老公公。他人困馬乏，後邊跟著那條無精打采的大黑狗。

院子裏靜悄悄的。煙筒沒冒煙，雞豬沒人餵，灶坑裏沒點火。老鐵子以爲兒媳不在家，走進東屋一看，兒媳珊梅卻專心致志地照鏡子梳頭。

「妳昏了頭了？這會兒還照鏡子梳頭，不做飯了?!」老鐵子頓時火冒三丈，怒不可遏。

「喲，老爺子回來了，格格格格，我這就去做飯……」珊梅披散著頭髮站起來，放浪地笑著，衝老鐵子又嫵媚地一眺，兩眼閃射出異樣的光束來。

老鐵子見狀渾身一激靈，頓覺情形不對頭。兒媳珊梅從過門兒到現在，還算正經守道，性情溫和，話語很少，對他也很尊重，今日個怎麼了，變得如此風騷，如此放浪形骸？

「出啥事了？妳怎變得這個樣子？」老鐵子的眼睛錐子般盯住兒媳。

珊梅平時就很畏懼老爺子，這會兒更不敢看老頭子那雙刀子般的目光，躲閃著要出去。

「妳給我站住！告訴我，出啥事了？」老鐵子嚴厲地追問。

「沒出啥事，我照您的吩咐去祭了墳……」

「祭墳怎麼了？」

「祭墳遇見了杜撇嘴兒大嬸，還遇見……」

「還遇見啥了？」

「遇見……遇見……那狐……狐……狐……」

手足無措。

「狐狸?!一隻銀狐狸?!」老鐵子倒吸一口冷氣。

「格格格……」珊梅突然發出一陣浪笑，沒一會兒又「嗚嗚」哭起來，弄得老鐵子愣在那兒，手足無措。

這時兒子鐵山從學校回來了，見到媳婦那瘋瘋癲癲的樣子，也是大吃一驚，忙問：「爹，她這是怎麼啦？」

「中邪了！快把她扶進屋裏，掐她人中，使勁掐她人中！」老鐵子喊起來。

鐵山急忙照他爹的吩咐，扶著老婆躺在炕上，然後開始掐她的人中。那可憐的珊梅被掐得疼痛難忍，性情漸漸平靜下來，不哭不笑了，可渾身無力地癱軟在炕上，兩眼發呆，精神恍惚。

這會兒，東西院裏，也都傳來了女人的哭聲叫聲狂笑聲。

「爹，不光是珊梅，這中邪的人可不少。」鐵山心悸地說。

「都是那隻狐狸！都從牠那兒引起的。」老鐵子繃著臉，說得忿忿，「沒想到，這鬼狐還會迷人心竅！」

「狐狸?啥狐狸?」

「咱家祖墳一帶，出現了一隻銀毛狐狸，早上我瞧見過。你媳婦去祭墳時，可能遇見牠了，回來就變成這個樣子。」

「狐狸會迷人?」鐵山驚奇。

「早年聽說過這種事。你先看好老婆，別讓她瞎跑。我去墳地那邊再瞧瞧!該死的鬼狐!我一定打死牠！」老鐵子咬著牙，提起獵槍就走了。

「天快黑了，爹，當心點兒！」鐵山從老爺子的後邊提醒。

「當心啥！我這輩子怕過啥？打了一輩子狐狸，還沒遇見過這種事！這回我一定要找到牠，扒牠的皮，我等了牠這麼多年！」老頭兒不知是被兒子的話激怒了，還是對那隻銀狐的仇恨，一邊吼著，一邊邁開大步，消失在門外的黃昏暮色中。

鐵山搖搖頭，回屋看時，珊梅已經昏睡過去，沒辦法，他只好自己去生火燒飯，解決肚子問題。

五

那時，小鐵旦才五歲，正值錫熱圖・呼日延溝裏喇嘛王爺坐鎮、全面「圍剿」薩滿教巫師的時期。

夏季的陽光暖洋洋，直射著他那從開襠褲中露出來的肉屁股蛋。他撅著屁股，在一根線上努力拴住七八隻黃蜂。黃蜂的毒尾，都被叔叔「孛」②鐵諾來拔除。

七八隻黃蜂飛起來，嗡嗡營營，尾後拖著一根長絲線。

他抓著線的這頭，格格笑著，學他爸爸的口氣唱起「孛」詞：

美麗神明的蜜蜂神啊，
飄飄悠悠地飛起來吧，
快進入我的靈魂，

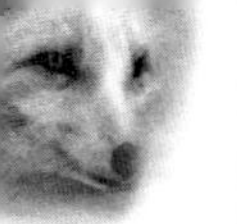

幫我行「孛」祛邪魔！

在一旁哄他玩的叔叔「孛」鐵諾來，拍掌大笑：「好哇好，我小侄鐵旦兒又是一個『珠給・孛』③。」

「超過你老子！這麼小，唱詞兒都會了！」鐵諾來平時看不上哥哥鐵諾民祭拜的主神「小蜜蜂」，總拿他取笑，還逮些黃蜂給小侄子玩，以此來氣氣哥哥。

從外邊放馬回來的鐵諾民走過來訓斥：「你又在糟蹋大哥不是！那天，我也逮一隻鳶鷹給小鐵旦玩玩！」

諾來「孛」拜的主神是鳶鷹，趕緊說好話：「大哥大哥，別這樣，我這就把小鐵旦的黃蜂給放了！」

可小鐵旦玩得高興，不讓叔叔放生了黃蜂，哭叫起來。

諾民見愛子如此，瞪一眼弟弟，只好由他去了，他急著去見父親——老「孛」鐵喜，彙報「祭天」祀儀的準備情況。

今天是農曆七月七日，按傳統是一年一度的祭天的日子，也是薩滿教「孛」的世家鐵喜一家最忙亂的日子。大門外的草甸上，開出一片方塊地，東西南北中，每個方位插著九色旗幡，在中間打掃乾淨的綠草地上鋪上氈子，氈子上邊擺設著紅色供桌。一個裝滿五穀糧食的木升放在供桌中央，木升中插著一面鮮豔的藍色小旗。供桌前點燃著一堆牛糞火。供桌周圍搭起的小木臺階上，點著九九八十一根香炷，香煙繚繞，挨著香，又擺著九九八十一個酒盅和九九八十一個供盤。在方草地的一角，木樁上拴著九隻羊，那是準備宰殺後「血祭」的供品。一個光膀子的大漢，正在磨石上磨著牛角刀，有幾個人在幫忙。

此時，天上飄來一片烏雲，在村北的草坨子頂上停下來，接著便一聲「嘩啦啦」的炸雷響起。人們都驚異地朝北伸脖遙望。無雨空雷，定有蹊蹺。人們在議論。

不久，村北草坨上放羊的羊倌，牽著一匹生格子馬，臉上有一道受雷擊後的黑色印跡，一瘸一拐地來到老「孛」鐵喜家門口，按照規矩這麼呼叫道：

「鐵喜『孛』老爺，有地方遭雷擊了，你是『孛』法師，天是你的祖先，爲什麼不知道？爲什麼還讓天雷劈了那兒？你快去看看祭一祭雷神吧！」然後羊倌留下生格子馬，扭頭走了。

於是，五十多歲的鐵喜「孛」穿著五色法衣出現在門口，一手拿寶劍，一手拿五色旗，騎上那匹生格子馬，直奔村北的草坨子而去。

很快來到雷擊處，老「孛」拿出藍旗，供放在受雷擊後燒壞的樹幹上，再用七星寶劍插一插那塊燒焦的土地，用舌頭舔一舔寶劍，便知曉了三十三層天的那層天在此發雷降天。但「孛」不說「雷擊」，只說「蒼天賜愛於該地」，「孛」語叫：「騰格爾・海爾拉結。」

只見老「孛」鐵喜開始行「孛」祭雷。他舉劍指天，邊舞邊唱：

從老祖宗那兒傳來的「孛」法喲，
天地雷火、日月星辰，
都是我們蒙古人祭拜的神！

勇猛威赫的雷神啊，
請快快手下留情，
徒弟鐵喜「孛」在此叩拜！
……

他念動咒語，祭起藍旗，用劍指劃著這片受雷擊的土地。這叫「清潔汙地」。那位羊倌這時走過來，跪在一側，老「孛」鐵喜閉眼念咒，施行法術，用藍旗罩了幾下羊倌的臉。沒有多久，那羊倌受雷擊後臉上留下的黑跡，奇蹟般地消失痊癒。羊倌磕頭，拜謝而去。

鐵喜「孛」重新騎上生格子馬，回家去了。

人們簇擁著，歡迎他凱旋。

村保長大人和幾位村裏富戶頭臉人物，也都趕來參加就要舉行的隆重的「祭天」儀式。哈爾沙村是個地處偏僻的沙漠村，庫倫旗的喇嘛王爺還未太顧及到這邊，老百姓眼下還仍崇信薩滿教的「孛」，不怎麼熱衷喇嘛念經。

著名「孛」師鐵喜從屋裏走出來了，他頭戴祭天法冠，身穿五色法衣，後邊跟隨著七位「孛」，其中兩名是他的徒弟，即兩個兒子諾來和諾民，另五名是本村和外村來幫著祭天的「孛」。

祭天是鄉下比較隆重的一種祭祀活動，需要多名「孛」來共同參與主持，鐵喜在這一帶「孛」師中德高望重，都唯他馬首是瞻。

方草地周圍聚集了眾多村民，虔誠地翹首以盼「孛」師們祭天，期望萬能的父天保佑他們五穀豐登、六畜興旺。

鐵喜「孛」走到供桌前，他一手舉著呼叫青天的藍色法旗，一手晃動著黃銅鈴鐺，開始念起咒語。他的大兒子諾民「孛」把一紫色木牌插放在供桌中央，上邊寫有：鄂其克·騰格爾，意即「父天之位」。

鐵喜「孛」用洪亮的嗓音吟唱起來：

啊，鄂其克·騰格爾，
長生父天！
在那太陽升起的地方，
有一座至高無上的九重寶塔，
在那寶塔頂上，
就是我們的父親般的九重天！
在那白雲飄浮的地方，
有一個金色的九層階梯，
在那金色階梯上邊，
就是我們的父親般的鄂其克·騰格爾！

眾「孛」和唱幫腔：

啊，鄂其克・騰格爾，
長生父天！
我們真誠地祭奠你！

在場地邊緣，那位屠夫開始宰殺血祭的九隻羊。血祭的羊被稱爲「壽色」，全按照蒙古式的掏心殺法屠宰。將那剛掏出來的血淋淋顫抖抖的九顆羊心，放在九隻木碗裏，由幫「孛」諸民、諸來兄弟倆依次遞給主祭「孛」鐵喜手中。鐵喜「孛」一邊用劍在羊心上比畫，一邊開始呼叫父天，把每顆心比畫一遍，又呼叫完九重天父，然後把羊心供奉在祭台供桌上的「父天之位」前邊。

鐵喜「孛」緩緩地舞動著，又開始唱道：

盛在金盅裏的是美酒喲，
主宰萬物的長生天父，
請盡情享用這酒中精華！
供在祭桌上的是豐富的壽色喲，
主宰萬物的慈祥天父，

請痛快享用這美味佳肴！

眾「孛」幫唱：

啊，鄂其克．騰格爾，
長生天父！
讓那天倉裏的福祿，
溢流到人間來吧！
呼咧④！呼咧！
讓那九天寶庫的財富，
賜給草原上的百姓吧！
呼咧！呼咧！
讓五畜奶如泉水，
讓五穀堆如高山，
讓牛羊滿山滿川，
讓幸福充滿人間！
呼咧！呼咧！
啊，鄂其克．騰格爾，

慈悲的長生天父！

當眾「孛」幫唱時，鐵喜主「孛」一直在場地中央，跳著「孛」舞「安代」，手揮藍旗和寶劍，嘴裏不停地念叨著咒語，臉上充滿喜悅歡慶的樣子。當眾「孛」和唱時，周圍的村民們也齊聲附和：「呼咧！呼咧！」氣勢雄壯，迴盪天空。

廚師們開始收拾宰殺完的羊，剔骨剔肉，準備熬肉粥。這也是祭天的習俗，所有參加者在此祀儀舉行完畢後一起吃肉粥，飲酒作樂。

這時，有一位從村裏出去在庫倫廟上當喇嘛的小沙比，走進人群中，把一份公文交給了村保長。

讀完信，村保長皺起了眉頭，向主「孛」鐵喜說道：

「鐵大師，旗裏喇嘛王爺來文了，叫全旗所有的薩滿教的『孛』和『列欽』都到庫倫大廟上登記，開會，王爺要訓話。」

鐵喜和眾「孛」，一聽這話全變了臉。

「西部的蒙古各旗自打俺答汗發布《察津．必其格法令》開始，就禁了薩滿的『孛』，現在東部也興起喇嘛教後開始反『孛』了，唉，往後『孛』的日子可不好過了。」老「孛」鐵喜長歎一聲，對村長說，「這次的祭天原本應舉行三大法會，現在就算了，收場吧。我們再商量一下去庫倫大廟開會的事。」

吃完肉粥，人們就逐漸散了。鐵喜「孛」的大屋子裏，聚集了來參加祭天儀式的眾「孛」們。

他們議論紛紛，憤慨不已。可王爺的公文就是法令，不得違抗，弄不好，王爺一怒派馬隊出來硬行抓捕，事情更不好辦。鐵喜「孛」的意見是，最好還是去幾個人到旗裏開會，看看情形再說。

第二天，鐵喜老「孛」的二兒子諾來等六七位「孛」到旗裏開會去了，並由諾來向王爺佯稱鐵喜年老有病，無法赴會，諾民外出未歸不在家。

當晚，赴會的諾來「孛」托人捎來了緊急消息：王爺大怒，準備派旗兵抓捕所有未到會的「孛」和「列欽」，到會的「孛」們給兩條路：一是往後不再當「孛」，還俗為民，二是歸順喇嘛廟，出家當喇嘛，念經誦佛，以贖過去的殺孽之罪。諾來叫父親趕緊想主意，躲過這次大難。

鐵喜「孛」沒想到事情來得這麼快，喇嘛王爺取消「孛」如此強硬狠決，一下子慌了神。未去開會的其他四位「孛」和大兒子諾民等六人，在鐵喜這兒連夜討論起對策來。

最後，鐵喜「孛」決定逃走他鄉，往北投奔奈曼旗的一位當年的師弟，而且必須連夜出走，不能等到第二天王爺的馬隊來抓捕。那四位「孛」和兒子諾民願跟隨他遠逃，於是各自回家準備去了。鐵喜準備攜帶老伴和大兒子一家走，並留信給旗裏的二兒子諾來，讓其還俗為民，在家務農，支撐家業。

這是一個沒有星星的漆黑夜晚。

五歲的小鐵旦，睡夢中被媽媽抱起，穿好衣服，被安頓在門外的一輛帶帳篷的勒勒車上。有好多輛勒勒車依次排好，有的坐人，有的裝物，氣氛顯得悲涼。大人們無聲地忙活著，心頭壓著石頭般沈重。離鄉背井，遠走他地，過那種流離顛沛的生活，媽媽和奶奶在暗暗流淚哭泣。小鐵旦感覺出壓抑的氣氛，不敢多問，一聲不吭地觀察著爺爺和爸爸以及其他大人們的舉動。

勒勒車隊終於出發了。留在家裏的二嬸與奶奶、媽媽車下相擁哭泣，爺爺低聲呵斥著她們，催促上車。夜晚的哈爾沙村一片寂靜，知道消息關係不錯的村民們，有的出來相送，默默地道別，膽小怕事的則關緊了門戶。

勒勒車在前邊，六位「孛」騎著馬在後邊壓陣。

走出五里外，爺爺叫車隊停下。他和其他五位「孛」下馬，在路旁點燃起一堆篝火，然後爺爺做起法事來。只見他揮動著第一件寶物——兩面蒙皮的紅鼓，這是他的坐騎，騎上牠，爺爺想上哪兒就能到哪兒；穿上第二件寶貝——由六十四條飄帶綴成的法裙「好日麥其」，這是他的翅膀，穿上它，爺爺想飛就飛，一直可飛到九重天上；胸前掛起第三件寶貝——一個十八面銅鏡，這是他的護身法器，帶上它，刀槍不入；然後爺爺衝著正南方向的庫倫大廟念動咒語，圍著火堆跳「安代」，做「孛」法，其他五位「孛」在一旁，用麵團捏麵人卓力克鬼，遞給爺爺。

爺爺手握麵鬼，念咒吹氣，然後把七隻麵鬼丟進火堆裏燒掉，人們似乎聽見了七隻麵鬼似活的般在火裏「吱吱」尖叫。六位「孛」圍在火堆周圍盤腿而坐，一起閉目念咒。不一會兒，小鐵旦也似乎看見從火堆往上躥出七條火光，向南方向飛射而去，轉瞬即逝。

然後，爺爺他們站起來，弄滅了火堆，上邊埋上土，掩蓋了痕跡。勒勒車隊繼續上路了，消失在黑色的夜幕中。

後來據民間流傳，那晚庫倫大廟上空雷聲大作，一棵院中老樹被雷劈著火，火勢蔓延到了喇嘛王爺的居住家院，燒壞了幾間廟堂，不知此事是真是假。

由此也傳開了六位「特爾蘇德・黑孛」的神奇故事。

「特爾蘇德」的意思是叛逆者。鐵喜「孛」爲首的六名庫倫旗「孛」，從旗裏叛逃而走，開始了充滿傳奇色彩的流浪生活和保存「孛」法的艱難歲月。

①塔敏·查干：蒙古語，意即「地獄之沙」。
②孛：薩滿教的法師。
③珠給·孛：拜蜜蜂為主神的「孛」。
④呼咧：蒙古語，意即「飄飛而來吧」。

第四章　薩滿傳人

把你的束得繃繃的黑髮
放開來呀，
把你的活得緊緊的軀體
鬆下來呀，
那是神奇美麗的銀狐
在召喚你啊，
我們大家一起來跳舞吧，
啊哈嘿！

——引自民間藝人達虎．巴義爾說唱故事：《銀狐的傳說》

一

一條白影閃過，從那棵老樹洞裏躥出那隻神獸來。

月色如銀，雪野如銀，天地皆如銀。而那隻神獸，此刻也變成銀白色，融在這天地銀色中。白天牠隨陽光通體雪白，夜晚則隨月色通體銀白，此獸已得天地之靈氣，諳曉人獸生存之道。

只見牠在雪地上伸個懶腰，四肢舒展，而後又直立在後兩條腿上，仰起頭，兩隻綠眼直直地盯視起那一輪高空中的明月。久久，久久地凝視。似乎想從那輪明月中看懂什麼，或解讀什麼奧秘。

牠，突然張開尖嘴，衝那輪明月嗥吠起來。「嗚——嗚——嗚」，聲音尖厲，刺耳，駭人，長久地迴盪在雪野上不肯消散。四周闃無聲息，萬籟俱寂，唯有這嗥聲傳遍大地，傳遍附近村莊，像一把利劍劈開了月夜空間。

於是，從東南不遠處的村莊裏，傳出女人們的啼哭聲、狂笑聲，或者綿綿呻吟聲。聞到村莊那邊的反應，這隻神獸似乎更有了興趣，也興奮起來了，嗥叫的頻率加快了，同時牠在雪地上蹦跳起來，有節奏地轉著圈兒跳躍，如一位芭蕾舞演員在那裏翩翩獨舞，如醉如癡。月夜下的獸舞，伴有淒厲的嗥叫。

而與此同時，村裏的那些正犯病鬧騰的女人們，似乎聽到了無形中的什麼指令，紛紛地也在原地蹦躍起舞，搖搖晃晃地轉圈，嘴裏狂笑著、癡語著、瘋哭著，身不由己，好像她們的神經在冥冥中受著外界一種力量的控制和牽動。令人毛骨悚然，不忍目睹。

人和獸，在不同的場地，做著同樣的動作，一種奇異的「狐步舞」。人，則失去自我；而狐，卻主宰著人的喜怒哀樂。人無可奈何。

「沙、沙、沙」，響起腳步聲。儘管輕微，儘管還在遠處，這隻獨舞的老狐突然停下腳步，諦聽起來。牠在捕捉那腳步聲，要辨認出那是屬於雙腳的人類還是四肢的動物。

隨著牠的停頓，村裏蹦跳發瘋的那些女人們，也都像是洩了氣的皮球，一個個癱軟在原地，不

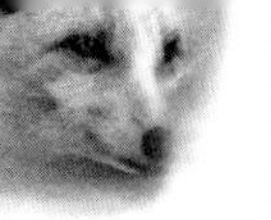

省人事。男人們在大呼小叫，往她們臉上噴冷水或掐人中，或抬往鄉醫院。好在人甦醒過來之後，沒什麼大礙，懵懵懂懂，對剛才的事情卻渾然不知。嘴裏都稱：「好累喲！」

老狐遠遠瞧見了那人影。

越來越近，雪地被踩得「咯吱咯吱」發響，月光下的那人影顯得黑乎乎的，高大而偉岸。牠認出來了，還是那個熟悉的人影，白天曾追逐過自己，多年來一直跟自己周旋，也曾打傷過自己一隻腿的那個老漢！老狐的兩眼立刻亮了，那是一對綠色火球，牠站立在原地一動不動，等候那位老對手靠近過來。

跟在老漢後邊的那隻大黑狗，這時「哽哽」哼叫著不敢上前了，一個勁兒往後邊雪地蹭。儘管老漢大聲吆喝，可那隻可憐的狗無論如何也不衝上去，只在原地亂叫，渾身還顫抖著，頭拱在老漢腿間。

老漢停在五十米外的雪地上。

他也已經認出牠來。冷峻的目光，如刀子般盯住老狐。雙方都紋絲不動，久久地對視，似乎誰也不畏懼誰，似乎在相比誰更有耐性。陰森森的墳地，陰冷清輝的月光下，對峙著這對人和獸。多年的積怨和仇恨，一觸即發。

老狐看見老漢的手在摸肩上的獵槍。在此之前，牠對他已施放過可令女人們神經紊亂的那個氣味，可跟往常一樣，牠的這一神奇的氣味對這老漢毫無作用。老漢渾然不覺。那支獵槍，已端到老漢胸前。牠唯一害怕的，就是這個兩條腿人類的火器——槍。人類也就是仗著這個橫行於世，逆我者亡。

老狐敏捷地一閃。

同時，火光迸出。

「砰！」清脆的槍聲響徹四方，震蕩壙地雪野。清新的空氣中，霎時充滿了火藥味。

老狐曾站立的雪地上，獵槍鐵砂打出一陣白煙兒，砸出一個小坑。而那隻老狐又不見蹤影。

雪野靜默。月夜靜默。

那位倔強孤傲的老漢，雙眼射出仇恨的怒光，默默盯視那棵老榆樹，盯視那個老樹半截之處的黑乎乎的樹洞！他在刹那間似乎已瞅見，一條白影閃進那樹洞。

此時，不知從何處響起一個女人的尖聲哭喊：

「我的腿！你打中我的腿了！哎喲，疼死我了！」

老漢一哆嗦，毛髮直豎。

這聲音，他好像很熟悉。像是他過世多年的老伴的聲音，又好像是他兒媳婦珊梅在哭叫。這是怎麼回事？爲什麼會傳出她們的哭叫？難道我聽錯了，是一種幻覺？明明打的是狐狸，爲什麼我聽到了她們的哭叫？他更感到事情的神秘，不可捉摸的神秘，還有一種恐怖，來自這隻老狐狸身上的一種不可理解的恐怖，籠罩了他的整個身心。

老漢「嘎蹦嘎蹦」咬起牙關，臉色變得鐵青。他從腰帶上摸出鐵砂袋，重新往他那桿老獵槍裏裝火藥和鐵砂。只要有槍，槍裏有火藥和鐵砂，他老漢天底下什麼動物都不懼。他不能輸給這隻獸類。

他鎮定了一下心緒，然後端起槍，一步步向那棵老樹走過去。「沙、沙、沙」，雪地上又傳出

他那沈重而有力的腳步聲。

那輪明月，更顯得清冷清冷。一隻烏鴉「呱呱」叫著飛過。遠處的原野，有餓狼的嚎叫聲。

二

古治安旗長一直琢磨蕎麥問題。

蕎麥是庫倫旗的特產，過去在科爾沁草原上流傳著一種口語：「奈曼的湖鯉後旗的女，庫倫的蕎麥加叫驢。」據說日本前首相田中角榮在日軍侵華時，曾隨部隊駐紮在庫倫奈曼一帶，吃庫倫蕎麥麵和奈曼沙湖鯉魚上了癮，後來，他訪問中國時，特意向中方提出申請，有關當局就急調了一車子蕎麥和沙湖鯉給田中角榮。至於他對「後旗女」上癮沒有，就無從考證了。

反正，中日關係正常化之後，日本國點著名，從庫倫進口庫倫蕎麥上百萬噸，直接從大連港裝船運走。這都是田中角榮等鬧的，後來，爲了出口，庫倫百姓吃自己種的蕎麥都成了困難，一到秋末打完糧，各村蕎麥統統上繳，完成出口任務，運輸的車輛浩浩蕩蕩開往大連港。老百姓說：「『皇軍』這回不搶糧食，是買糧食，可咱們百姓還是吃不上自己的糧食，都貢獻給了『皇軍』！」

精明的日本人用買走的蕎麥製成「烏龍掛麵」，貼上「降壓、治癌、順氣、延壽」等等嚇人的廣告招貼，傾銷港澳臺和東南亞，一包掛麵賣到一百港幣的高價，大發橫財。低價購原料，高價賣產品，這就是「小鬼子」的「鬼」處。

古治安當旗長之後，去深圳參觀時，認識了一位香港老闆，與他談起了合作做蕎麥生意的事，那老闆一聽有文章可做，當即跟著老古來庫倫考察，並決定投資建廠，生產蕎麥酒、蕎麥飲料、蕎麥掛麵等系列產品，跟日本「鬼子」競爭東南亞和港澳臺市場。

庫倫這方面，減少或斷絕向日本出口蕎麥，斷了狗日的後路，大錢咱自個兒掙。都挺愛國，聯合「抗日」，擊退日本「鬼子」的經濟侵略。「爲復興庫倫和香港的經濟繁榮做出貢獻。」他們簽訂合同碰酒杯時就這麼說的。

蕎麥屬於低產作物，每畝只產一二百斤，廣種薄收，適宜在庫倫旗的中部和南部丘陵地帶大面積種植，可是這些年爲了出口賺外匯，庫倫旗北部的沙坨子地裏也種起蕎麥，而蕎麥對土地的破壞很嚴重，丘陵地帶還可改種穀子等作物，在沙坨子地頭幾年種蕎麥之後，往後就什麼也無法種了，致使土地沙化更爲嚴重。

這一兩年，北部沙坨子裏的哈爾沙鄉等幾個鄉村，深受過去大面積種蕎麥的遺害，沙化嚴重，可耕土地減少，年年由國家救濟，百姓苦不堪言。古治安他們利用這次合資建廠的契機，決定逐步減少北部蕎麥種植面積，調整全旗種植結構，同時減少出口蕎麥，以保護北部的自然環境和沙化嚴重的土地。

當然也有不同意見，反對派在暗中冷言冷語，合資建廠能不能賺錢？減少出口蕎麥，等於減少全旗財政收入，拿什麼補償？北部不種蕎麥，土地是保護了，可百姓的油鹽醬醋錢打哪兒來？能不能行得通？政治上的對手們早已瞄上古治安旗長，準備看熱鬧。

古治安也心裏清楚，從個人仕途考慮，他是不必冒這個險，在任職期間維持好現狀，到時另謀高就便行了，然而，他土生土長在庫倫旗這塊土地上，他家就在北部沙坨子裏的哈爾沙村，他要對

得起這塊生養他的土地，不能為了眼前的暫時利益，讓土地繼續沙化下去，這裏過去可是聞名於世的科爾沁草原啊，如今已被叫做八百里瀚海——科爾沁沙地。再這樣任其發展，這裏早晚將變成不毛之地，死亡之漠。因此，他決心不顧個人榮辱升降，為子孫後代保住這塊已夠貧瘠的土地。

他甚至設想，把北部莽古斯沙坨子裏的自然村落全部遷出，封閉沙坨子，恢復自然植被。這可是百年大計。昨天去北部沙漠察看，又發現了老鐵子的治理沙窩子的好經驗，他如獲至寶，決心推廣這經驗，已責令旗科委和農業局方面的專家，拿出一個可行的實施規劃。

這時，旗衛生局劉局長和旗政府辦巴主任，一起走進他的辦公室，向他彙報起北部哈爾沙村發生的怪病怪事，以及老百姓拜「狐仙堂」成風的事。

古治安很吃驚，怎麼會出這種事，立即說：「巴主任，我們下去看一看。劉局長你也去，再帶上旗醫院兩名神經科醫生。」

古治安又想起了什麼，從巴主任後邊喊道：「你再通知一下旗志辦的白爾泰同志，他一直想去北部調查薩滿教的歷史，順便把他也帶下去。」

正在這時，妹妹古樺走進他的辦公室裏來。

「大哥，我也回村看一下，蹭蹭你的車。」古華笑嘻嘻地衝古治安說。

「妳去幹啥?你們那位白主任呢?」古治安扳起臉。

「他呀，前天就下去了，一個人坐班車走的，說下去搞薩滿教的調查，死活不帶我，說女孩子事兒多。你說這人怪不怪!」古樺不理會哥哥的扳臉，仍是喜鵲般地嘰嘰喳喳叫著，「我剛才聽巴主任說，咱們村發生了怪病，我說啥也回去看一下，我不放心老娘!」

古治安緩和下臉色，說：「妳倒挺有孝心的，既然這樣，為啥不早點搞個對象，帶回家讓老娘高興高興？老大不小了，成天瘋瘋癲癲的，想當女光棍呀？」

「哥，你怎老是哪壺不開提哪壺？如今興的就是獨身，我可不想像嫂子似的，嫁個男人成天受欺負！你還是操心你那全旗大事吧，少管點我這雞毛蒜皮，老妹子我可不急著嫁人！」古樺笑嘻嘻說著，提起哥哥的公事包就往外走。

古治安從她後邊搖著頭，無可奈何。其實，他心中很喜歡自己這唯一的妹妹，長兄為父，平時想替鄉下的老父母多管教管教她，可始終說不到一塊兒，跟他嘻嘻笑笑的沒有正經話。他又不好真的扳起臉來教訓她，現在的女孩兒個個一百個心眼兒，一百個主意，他其實還真不瞭解妹妹的真正內心世界。

這時，巴主任進來報告小車已備好，可以出發了。

白爾泰此時像隻烏龜，那背上的古銅色帆布包，像是沈重的龜殼。

他背著這龜殼，喘不上氣來，看上去像背著一塊赭褐色山石。包兩邊帶子挎在他雙肩上，騰出的手拄著一根揀來的木棍。

雪地上，他走得很慢很累，好像跋涉在白色的泥沼裏，兩隻腳往前邁動的時候，在雪地上拉出兩條深溝。前邊沒有路，白雪覆蓋的沙坨子茫茫無際，在陰沈沈灰濛濛的天空下連成一片，往哪兒看都呈一樣的景色，似乎是魔鬼佈成的迷魂陣。他在這迷魂陣裏足足轉了兩天，他知道自己迷路了。

兩天前，他曾向一個尋獸人問過路。那個一臉黑鬍渣的老漢，抬起一雙刀子似的眼睛，冷冷地瞥他一眼，望著落日的蒼茫處，告訴他朝西邊的落日走就是，條條路都能進入莽古斯沙坨子。然後又怪怪地盯著他說：「好好一個人，獨條條地進那個死沙坨子幹啥？」

他用手背蹭了蹭凍傷後有些發癢的臉頰，不知如何回答。直接告訴自己是來尋找什麼「黑孛」後代，或者調查庫倫旗薩滿教歷史的，老漢肯定會認為他是腦子有問題的瘋子。

他掏出水壺想喝水，可壺已經空了。他「吧嗒」了一下乾巴的嘴，從路邊抓一把雪塞進嘴裏。雪融在舌尖上，冰涼冰涼。

老漢移開冷冷的雙眼，歪坐在沙包上，懶懶地望著西邊那白雪茫茫的莽古斯大漠。

「聽說，老爺子，這莽古斯沙坨邊上有一個小屯子？」他問。

「小屯子？嗯，你說的是哈爾沙村吧！」老漢乜斜著眼睛，慢吞吞地說著，「你去那個屯子？」

「是的。我是從長途班車上下來的，司機告訴我，下公路走個十里地就到了，可是……」

「可是，迷路了，是吧？呵呵呵……」老漢突然大聲地笑起來。

「路被雪蓋住了，這沙坨子被雪蓋住後，往哪兒看都一個樣子，我辨不出方向了。」他揉了揉被白雪晃傷了的眼睛。他擔心自己患上雪盲症。

「那哈爾沙村啊，是個被沙子淹到褲襠的屯子，窮得叮噹響，人都快窮瘋了，你去那兒幹啥？」

他張了張嘴，又咽下話。緊了緊背包，然後猶猶豫豫地說道：「想找個人，但不一定能找得著。屯子這麼窮，爲啥不搬到外邊去？」

「說的是。可這屯子人邪門兒，說是他們在那兒住了多少代，老祖宗的骨頭都埋在那裏，捨不得離開。叫我說呀，他們是在等死！一場大沙暴，放屁工夫全埋進流沙底！呵呵呵。」老漢又乾冷地笑著，問道，「你去找誰？」

「老『安代・孛』鐵木洛老人。」他驚悸地瞅著老漢。

老漢的粗眉毛揚動了一下，眼睛迅疾掃他一眼。

「找他？你認識他？」

「不認識。聽人家說的。」他怕老漢再盤問，站起來，背起那龜殼式的古銅色包。老漢的眼睛盯著他這沈甸甸的包。他這才發現，老漢手裏當棍拄著的是一桿獵槍！他的心一抖。

「年輕人，回去吧。那老漢是個老瘋子，那哈爾沙村也是個瘋村，你去那兒沒有好果子吃！」

老漢的雙眼重新矚望起大漠，摸出煙袋鍋放進嘴裏咬著。他立刻聞到了那蛤蟆煙嗆嗓子的辛辣味道。

「老爺子，您能告訴我去哈爾沙村的路嗎？」他站在那兒，保持距離，態度恭敬。

老漢不理睬他。半天，才說一句：「前邊那座高坨子根，有一條毛毛道。」

「謝謝。」他轉身向那座高聳的白沙坨子走去。

「回來！」老漢一聲喝叫。

「啊？」他站住了，回過頭看一眼老漢手裏的獵槍，乖乖地走回來。「老爺子，我這包裏可沒什麼值錢的東西，都是些書和資料，還有幾塊麵包。」

老漢似聽非聽，依舊冷漠地望著西邊的雪野大漠。「解下水壺扔過來！」

他照做了。

老漢的手離開那桿獵槍，伸進懷裏摸索著，慢騰騰地掏出一個牛皮壺，拔開塞子，往他的鐵壺裏倒起來。流出來的是水。他大爲震動。

老漢把水壺又扔還給他，說：「到哈爾沙村，至少還有二三十里沙坨子路，不是十幾里。趕路肺熱，老吃冷雪會得病的。倒在野外，叫狼三兒叼走了可別怪我，呵呵呵。」

他有些愧疚地望著老漢，喉頭發熱又發堵。可老漢的眼睛又去注視起遠處的雪野大漠，陷入沈思，根本沒有理會他那感激涕零的樣子。

他最後一次回頭看時，那個古怪的老人，像一具挺屍橫臥在冰雪沙包上，一動不動。幾隻饑餓的烏鴉在他上空盤旋。

不知是老漢捉弄了他，還是他自己無用，他始終沒有找到那條毛毛道。在那座高坨根，倒是有些野獸或動物走過的雜亂痕跡。他害怕碰上沙狼沙豹什麼的，沒敢跟那些遺跡走。於是，他在這迷魂陣般的雪野沙坨子裏整整轉了兩天。夜裏是在一處沙坡上的放牛娃挖的洞裏度過的，弄了一把火，才差點沒有被凍死。

第二天，他接著在雪坨子裏轉悠，根本走不出去。他開始絕望，覺得自己一輩子也轉不出這迷宮了。周圍都是一樣的顏色，一樣的坨子地形，太陽有時在北，有時在南，有時卻從西邊升起，落到東邊去了。他擔心自己會發瘋。

他像一棵木墩般滾倒在雪地上。喘氣像拉風匣，嗓眼冒煙火。又臨黃昏，暮色正在擴散，坨子裏的暮霧漫上來包裹著他，時而露出他腦袋，時而露出他胳膊腿，看上去如同被切割的殘缺不全的人。他伸出舌尖，舔了舔從爆裂的嘴唇滲出來的血絲。

陌生老漢給的水早喝光了，帶來的麵包也啃完了，饑渴的他肚腸咕咕叫，兩眼冒金花。那個該死的哈爾沙村在哪裡呢？那個引他陷入絕境的神秘的「黑孛」後代，在哪裡呢？

他從背包裏拿出一本書。這是一部發黃發舊磨損得不成樣子的書，是德國學者海西希所著《蒙古人的薩滿教》。他臉上絕望中又顯示一絲苦澀的笑容，如醉如癡地摩挲著那本書，雙唇抖動，陷入了一種夢幻境界，魔症般地吟誦起薩滿教的「孛」歌來。

在那古老的黃金世紀，
在那浩茫的長生天下，
薩滿教的法師「孛」誕生，
駕著藍天巡護蒙古各地；

把你的束得緇緇的黑髮放開來呀，
把你的活得緊緊的軀體鬆開來呀，
那瘋狂誘人的旋律就是「安代・孛」曲呀，
大家趕快如虎似獅地跳起來吧！

朧。

他「撲通」一聲，栽進一個雪坑裏。一陣眩暈，眼前閃過紛亂的金星後，又化成一片混沌朦朧。

他雙手本能地亂抓，突然感覺摸到了一隻毛茸茸的獸腳，同時聽見「噢兒」一聲嘶哮，白影一閃，有一獸物躥出雪坑而去。他聞到一股浸入肺腑的奇香又變成奇臊之氣，使他半迷昏的腦袋一激靈，突然爆發出一陣狂笑：「哈哈哈……」

他身不由己笑個不停，他的手亂抓亂摸，又摸著了一隻軟綿綿的小物體，有一股血腥的肉香，饑餓的他一邊狂笑，一邊撕咬起這隻小肉物。

驚走的銀色獸類，丟下了一隻小野鼠。

他感覺靈魂又開始歸位，生命慢慢地也回到他凍僵的軀體，只是內心中想狂笑的衝動無法自抑！

「哈哈哈……」他怡然自得地仰躺在雪坑裏，嘴啃著血鼠，發出一陣陣駭人的狂笑，不知不覺昏迷過去。

這時，清冷的月亮爬上來，掛在東邊的樹梢上。

三

老鐵子在那個黑乎乎的樹洞下站定，抬眼瞅著。難道這個祖墳地的老樹洞，就是牠藏身的窩嗎？他搆不著樹洞口，耳朵貼在樹幹上諦聽，聽不見任何動靜。那洞口離地面有兩米多高。他不甘心就這樣不明不白地放棄搜索，尤其這獸類已侵犯到他家祖墳，又迷住了他的兒媳。

他踩著樹椏往樹幹上爬。

冷冰的月光照著他。獵槍在後背上挎著。

終於爬到洞口。洞底黑咕隆咚什麼也瞅不見。他從後背上拿下獵槍，悄悄往樹洞底部瞄準，心說，該死的東西，只要你在這樹洞裏，就跑不掉了！他有些緊張，手心微微浸出細汗。

「砰！」一聲空洞而發悶的槍聲，從樹洞裏傳出，似乎是一個氣球崩炸了一般。

除了這槍聲，他沒聽見其他反應。樹洞和四周又恢復了原先的寧靜。他暗暗奇怪，難道牠不在洞裏？剛才是他眼花了，該死的東西，根本就沒有閃進這樹洞？他慢慢下了樹桿，站在樹下雪地上愣神。他重新往獵槍裏裝子彈，沿樹的周圍和整個墳地裏搜索起來。

如此陰森而鬧鬼狐的黑夜，一般人白天都不敢走近的墳塋地裏，老鐵子毫不畏懼地轉悠著。全村中，也就他一人有這樣的膽魄。

毫無收穫。只能到白天再說了。老鐵子走離墳地，慢慢向村裏走去，經過一片窪地時，不小心腳踩滑了雪冰，跌進一個窪坑裏。於是，就觸到了那個軟綿綿的肉體。

他嚇了一跳，急忙借著月光細看，原來是一個人，昏迷不醒的人，是前兩天曾向他問路的那個怪小夥子兒。

乖乖！他還是沒有轉出這片鬼打牆般的雪坨子。全身蜷縮一團，嘴邊有血跡，一隻野鼠的血淋淋頭尾在他手裏攥著，顯然是他啃剩的。後背上的旅行包，像一塊山石般壓著他，活似廟門前馱著石碑的烏龜。

「呵呵呵。」從老鐵子的喉嚨裏，傳出低啞而乾辣的幾聲笑。「這是找老『安代・孛』的報

應！」

他摸摸年輕人的胸口，還有心跳，極其微弱，再過幾個時辰，若是沒有遇見他，這年輕人的小命可就完蛋了。他突然想到，這可能是個緣分，長生天特意安排自己來救助這小夥子的。他扶年輕人坐起來，從懷裏掏出來牛皮壺，往年輕人嘴裏灌了幾口水。水，這萬物之本，施了魔法一樣，讓小夥子甦醒過來。

「哦，老爺子，是您？」小夥子眼神迷離，月光下認出了老鐵子。

「咱們有緣分。」老鐵子扔給他一塊熟土豆，「啃這個，比啃野鼠生肉好點。」

年輕人充滿感激地啃吃，狼吞虎咽。然後雙眼定定地注視起自己所臥的這雪坑。他似乎有些回想起自己精神迷糊中遇見的那隻怪異的白獸，以及那股沁人肺腑的香氣或者臊氣，還有自己當時抑制不住的狂笑……他迷惑不解。

「我真不知道在這兒遇見了什麼，回想起來怪嚇人……」他喃喃低語。

「遇見了啥？」老鐵子警覺。

「一個白白的野獸……我從來沒見過的野獸……」

「銀狐！原來牠是躲進了這雪坑！他媽的！」老鐵子抓起獵槍，雪坨子在月色中無邊無際地沈默。老鐵子狠狠地啐了一口，嘴裏罵罵咧咧。

「你怎麼沒找到進村的那條毛毛道？」

「那座高坨子根，壓根就沒有你說的那個毛毛道，倒是有不少獸類走過的痕跡！」小夥子忿忿起來。

「呵呵呵，」老鐵子又怪笑起來，「傻小子，那獸類走過的痕跡，就是你要找的毛毛道！」

「啊？這……」

「沙坨子裏的毛毛道，不分人的獸的，都走一條路，就是相互別撞上，撞上了就麻煩。」

「原來這樣，都怪我沒聽您老人家的。」

「其實，還有個五六里地，你就摸進村裏了。」老鐵子停了一下，怪怪地瞅著小夥子，「我可真服了你這股勁頭，爲了找啥『安代・孛』，差點搭了小命。你叫啥名字？」

「白爾泰。」

「從哪兒來？」

「從旗裏。我是旗志辦的。」

「不待在你那個『去吃飯』地方好好吃飯，跑到這窮沙坨子啃啥死老鼠？」

「老爺子，我是研究薩滿教的，說出來你可能不理解，」白爾泰略有遲疑，遙望著神秘的月下雪野，「我要找到那位『安代・孛』鐵木洛老漢，透過他，再查找一下那位當年神秘失蹤在庫倫北部沙坨子裏的『黑孛』的唯一傳人——聽說他是達爾罕旗『燒孛』事件中的倖存者，一個神奇的法力無邊的『通天孛』。」

老鐵子的粗眉往上揚起，雙眼又像刀子般盯住白爾泰：

「你這是吃飽撐的，沒事找事兒。都是陳穀子爛芝麻，現在誰還關心薩滿教、『黑孛』、『白孛』？世道早變了，人現在只要有錢、有吃、有喝就行，那可是最好的『教』嘍！」

白爾泰有些傷心地看著救活自己的這位老漢，搖了搖頭，歎了口氣。

「是啊，有錢就是最好的『教』，現在的社會，可能快出現『拜錢教』了。可是……」白爾泰的眼神閃動思索的光澤，喃喃自語，「可是，一個人、一個民族哪能沒有自己信奉的宗教呢？現代的人們進廟燒香拜佛，也不是真正的從宗教意義上去皈依，而只不過是捐點錢，想買到佛爺和神的保佑，助己發財而已！可憐的交換，跟真正的宗教的奉獻教義，差去十萬八千里！宗教，屬於一個人一個民族的精神的東西，是精神的象徵和寄託。太信錢拜錢，一個人將成爲唯利是圖的人，一個民族將變成唯利是圖的民族，缺少了精神的東西，這樣的人和民族是脆弱的，很容易被打倒被征服……這將是個悲劇，將來不知誰來承擔這種悲劇的責任。」

老鐵子在一旁聽著這位讀書人的瘋言瘋語，語氣有些調侃般地問他：

「那麼，你找薩滿教的『孛』，搞啥薩滿教研究，難道還想真的恢復薩滿教，讓我們拜一拜？」

白爾泰樂了，露出無奈的苦笑：

「我哪有那麼大的本事？一種宗教也不是簡單到說成立就成立，說發展就發展。一種宗教的盛衰，都有其深刻的社會根源，要經歷上百上千年的社會動盪演變，並非如種地般春天撒種，秋天收穫。我只不過是想做一種文字的記錄和研究，告訴大家，北方，蒙古人曾創立和信奉過一種宗教——薩滿教，這個教信奉長生天爲父，長生地爲母，信奉大自然，信奉閃電雷火，信奉山川森林土地；同時也想告訴大家，現在，也許正因爲失去了這種薩滿教的教義，人們失去了對大自然的神秘感和崇敬心理，才變得無法無天，草原如今才變得這樣沙化，這般遭受到空前的破壞，貧瘠到無法養活過多繁殖的人族，這都是因爲人們唯利是圖，急功近利，破壞應崇拜的大自然的結果！所以現在，大自然之神正在懲罰著無知的當代人族！」

老鐵子聽到這番高深而新奇的言論，精神似有觸動，似乎回到了一個遙遠的年代，他身上顫慄了一下。

「走吧，我帶你去哈爾沙村。」老鐵子說。

老鐵子扛起獵槍就邁開步子向前走了。白爾泰趕緊背上旅行包跟過去。他的步子有些趕不上，簡直是小跑步，本想接著聊聊的，可鐵木洛老漢的嘴巴閉得緊緊的，再也沒有開口說一句話。雪地上唯有他們「沙沙」的腳步聲傳出來。

他們是後半夜才趕進村裏的。

村裏一片寂靜。怪異的、死一般的靜籠罩著全村。家家戶戶門窗緊閉，連個狗叫聲都聽不到。

老鐵子加快了腳步，他有一種不祥的預感，村裏似乎出了什麼事。

趕到家門口時，他就聽見了那個呻吟聲。細長而尖利的呻吟聲，夾雜著嗚咽般的哭叫聲，是從自家兒媳婦住的東屋傳出來的。門口遇見了手忙腳亂的兒子鐵山，端著一盆血水出來。

「出啥事了？」老鐵子驚問。

「爹，這……」鐵山急得話都不大俐索了，看一眼旁邊的陌生人，「這、這怎說，好好的，腿受了槍傷，流血不止……」

「受了槍傷？」老鐵子渾身一震。

「是啊，傍晚你出去後，我就陪她睡覺，迷迷糊糊我先睡過去了，誰知她啥時候跑出去的，回

來時就腿上流著血，又哭又笑又叫，鬧個不停，爹，這可怎辦啊？」

他們走進屋去。

躺在炕上的兒媳珊梅一見他們，猛地一下坐起來，開始顯出一絲緊張，兩眼滴溜溜亂轉，後又狂浪地大笑起來，手指著公公嚷嚷：

「是你，鐵木洛老漢，是你開槍打傷的我！還我腿，還我腿！啊哈哈哈……」

這是一種失去理智的心智不清的瘋態，聲音和笑態完全不像個人類的樣子。白爾泰感到毛骨悚然，他以前在外鄉見過這種狀況，叫「敖日希乎」，意思是「魔鬼附體」或者「鬼魂附體」。白爾泰也萬萬沒想到，眼前的這位黑塔般的老漢，就是自己苦苦尋找的鐵木洛老漢！

他心裏激動，剛要衝老漢說點什麼，但又住了口。只見老鐵子的臉變得鐵青，額上青筋暴起，嘴裏不知念叨著什麼咒語，雙手在空中比畫著什麼，慢慢地渾身戒備地向兒媳珊梅走過去。本來張牙舞爪，哭笑叫嚷，衝老公公做出示威撲鬥狀的珊梅這會兒顯得畏縮了，悄悄向炕角退縮過去，亮晶晶的雙眼閃出恐懼的樣子。

倏地，老鐵子一躍而起，沒想到老漢的腿腳如此俐索，一下子跳上炕，右手揮起，「啪」的一聲摑在兒媳珊梅的臉上，同時左手準確地掐住她的人中，怒吼一聲：

「我殺了你！」

「饒了我，大爺，饒了我……我走我走……」珊梅恐懼地求饒起來，漸漸變得老實，閉上雙眼昏睡過去。剛才還緋紅的臉頰和雙唇，這會兒一下變得蒼白無血，渾身癱軟無力。

老鐵子鬆了一口氣，擦去額上細汗，然後查看兒媳的腿傷。兩粒鐵砂嵌進珊梅的小腿肚肉裏，還不算深，老鐵子用尖刀把鐵砂挑了出來，然後用鹽水擦洗乾淨傷口，拿布包紮好。

老漢的掌心放著那兩粒鐵砂。

「是我獵槍的鐵砂！」他有些驚悸地說。「怎麼會打到她的腿上了呢？今晚在墳地，我只是衝那該死的白毛狐狸開過槍……」

「那就是趁我睡覺時，她跑到墳地去了，可能就在你開槍的附近。」兒子鐵山在一旁說。

鐵木洛老漢開始擔心了，兒媳珊梅被那隻老狐狸作祟迷住心竅，很是不輕。「我出去後，今晚村裏還發生過啥事？」老漢問兒子。

「簡直亂透了！」鐵山有些害怕和迷惑不解地說起來，「我睡一覺醒來，發現不見了珊梅，就趕緊跑出去找，幾乎是全村的娘們兒，多數是姑娘媳婦老太太，犯了同樣的病，不是哭就是笑，瘋瘋癲癲，一會兒唱一會兒跳，有的在自家門口，有的在自家炕上，有的圍著房子轉圈跳，有的繞著磨房碾道瘋舞，各家老爺們兒毫無辦法，有的綁起了女人，打的打，罵的罵，亂成一團，到最後，咱家墳地那邊傳出一聲槍響，這些娘們兒才像泄了氣的皮球似的歇癱下來。真他媽的可怕，這些招瘟的女人們，真他媽的折騰！好像她們被一個什麼無形的看不見的繩子牽動著似的，就像木偶戲中的木偶……爹，你是說，就是那隻老狐狸在鬧騰啊？」

「我看差不多，反正你媳婦肯定是被牠迷住了。」

「是嗎？這，一隻狐狸哪有這麼大的本事！我明天還是帶珊梅到鄉醫院瞧瞧，肯定是她的神經出了問題，是不是一種神經病在傳染？」兒子鐵山畢竟是個有文化的小學教師，不大信鬼神之類的。

「你跟我到西屋睡吧，這麼晚了村政府那邊也沒有人，別折騰了。」老鐵子向白爾泰招呼一聲，走進西屋。

白爾泰向鐵山打了一下招呼，便跟著走進西屋。

「我一定要打死牠，打死牠！」熄燈時，老鐵子仍咬牙切齒地說出這一句。

白爾泰感到自己正在走進一種奇特的從未經歷過的生活漩渦。他有些興奮，也有些隱憂，不知這一漩渦把自己帶向何方，不知是禍是福。此時，他也不好用別的話題打擾鐵木洛老漢。

一夜亂七八糟的夢。夢中，他變成了一隻狐狸，嘴裏啃著血肉模糊的老鼠。

四

那輛越野吉普車在鄉村路上顛簸著，猶如一隻蹦跳的兔子，揚起一片雪塵，開進哈爾沙村，停在村委會門口。

古治安旗長等人走下車，行色匆匆。

牆皮剝落的這幾間舊土房，靠東頭一間屋子還倖存窗戶玻璃，其他的一律用破木板和舊籬笆擋著。寫著「辦公室」三個字的東頭這間屋子，門上還掛著鎖。

巴主任在院門口攔住一個過路的孩子，問看房子的老頭兒啥時候來，小孩兒說總不來，總這麼鎖著，是鎖頭看房子。那有沒有這麼一個看房子的，那孩子歪著頭想了一下，說有是倒有一個，好像就是東院這一家的查克爺爺。

巴主任只好自己走過去，叫那位姓查的「爺爺」。

喊了半天。幾乎是千呼萬喚，才喚出來那位披著羊皮襖的查老漢。他見來了坐小汽車的大官，這才似乎著急起來，趕緊讓著他們進自家的屋子。

巴主任說，不進你家的屋子，你把旁邊村委會辦公室打開。

「那兒冷，一冬沒生火了，先進我家暖和暖和。」老查頭說。

巴主任回頭看古旗長。

「打開辦公室的門！冷，生火。我們不是來串門的！」古旗長不耐煩了。

老查頭揉了揉眼睛，這才認出古治安旗長。古治安是從本村出去的，他認識。他有些慌了，小跑過去，摸索半天，才掏出鑰匙打開了村委會辦公室的門。

屋裏比外邊還冷，一股寒氣撲面而來。一面土炕，兩張沒有上漆的舊辦公桌，幾把歪歪斜斜的木頭凳子，上邊全落滿了塵土，有一指厚。老查頭慌亂中拿一把掃帚，打了打桌椅上的塵土，這下全屋揚起嗆嗓子的灰塵，不一會兒又全落回原地。

「好多天沒有打掃了，上邊也好久沒有來過人了……你們湊合著坐著，我這就生爐子。」老查頭沒容巴主任他們說話，走出屋，很快胳膊上挎著一土筐玉米棒子回來，很麻利地點燃了炕爐子。由於長久沒有生火，那炕爐子倒灶，一屋子冒起生煙，嗆得人無法待下去，古治安他們只好又逃離般地走出這辦公室，紛紛咳嗽。

「快去叫你們的胡大倫村長來！」古治安衝老查頭喝令。

「胡、胡村長可能不在家……早晨我碰見他用車拉著他老婆，上鄉醫院看病去啦。」老查頭結巴著說。

「那你們村的齊林書記呢，他在不在家？」

「老齊書記在是在，可這一冬沒出過屋，他是老氣管炎，離不開熱炕頭，一到外邊受冷，他得躺下幾個月起不來。」老查頭搔搔頭，露出豁牙苦笑。

「真夠嗆！這哈爾沙村的班子，怎變成這個樣子！」古治安有些按捺不住火，他很少回來，很多情況顧不上瞭解。「你快去把胡大倫村長從鄉醫院找回來，我們在古順家等他。老巴，你打個電話，要不開著車去，把哈爾沙鄉的鄉長書記找來。」

老查頭匆匆奔鄉醫院，巴主任把古治安等人送到古治安的弟弟家門口，也開著車去找鄉長書記。

古治安的兩個老人跟古治安的二弟古順一起生活，見著當旗長的兒子和在縣城工作的女兒回來，老兩口自然高興，一陣忙亂，燒火備飯，先燒開了水沏上紅茶。一同來的衛生局長、旗醫院院長及醫生等幾個人，喝上熱茶，身上這才熱乎起來。北方的冬天，白天也是零下二十五度，坐慣了有暖氣的辦公室，他們是有些嗆不住外邊的寒冷。

古樺回到家裏很興奮，幫著幹這幹那，裏外忙活，突然問她二哥古順：

「二哥，我們旗志辦白主任住誰家了？」

「白主任？沒聽說過，不認識。」

「咦？我們旗志辦白爾泰主任，兩天前就來咱哈爾沙村了！」

「我沒聽說過呀。」

「奇怪，別是走丟了吧？」古樺不解地望望二哥，又望望古治安大哥，有些不放心起來。

「那人做事有他一套，不定啥時候突然冒出來呢，妳不必爲他著急。」古治安說著，走過去，他發現老媽媽和弟媳婦有些萎靡不振，慵懶疲倦的樣子，就問，「老太太她們怎回事，鬧不舒服了？」

二弟古順看一眼老爹，說：「甭提了，昨兒個一夜沒睡。」

「出啥事了？」

「咱村現在是邪門兒，不知道鬧啥鬼呢！」古順心有餘悸地說起來，「昨晚天黑不久，村裏的女人們突然就鬧騰起來了，她們不知道傳染上了啥怪病，只要有個女人哭笑鬧開，全村娘們兒都跟著鬧。又跳又唱又哭又笑，都像是瘋子一樣，真他媽邪性！一個個簡直都丟了魂，有人說是鬧黃鼠狼，鬧『狐大仙』，簡直亂套了！」

「什麼狐大仙、黃鼠狼，胡說八道！包院長，你給瞧瞧，查查看到底怎麼回事。」

旗醫院包院長給古老太太和古順媳婦檢查病。他是學中醫後進修西醫，典型的中西醫結合的醫生，把脈、聽診、量血壓等等，然後對古旗長說：

「沒什麼大病，心跳稍快，有些疲勞，看不出啥問題。吃一些安神安眠之類的藥物，好好睡睡，休息一下就好。」

「那她們一陣兒一陣兒鬧騰哭笑，是怎回事？」古順問。

「這個……不大好說，需要把犯病的女人們全都檢查一下看一看。」包院長望著古治安旗長，提議般地說道，「我懷疑是一種臆病，英語叫『歇斯底里』病，老百姓叫『魔症』，這種病在女人之間容易互相影響和傳染，那年庫倫中學一個畢業班的女學生，由於壓力大，全都得過這種『魔

症』，可現在，這種全村婦女幾乎都患上這種病，我還是頭一次遇見。」

「等他們村領導來了，研究一下，給全村婦女進行一次全面檢查，要及早治療、控制住，需要的藥物趕緊派人去旗裏拿。」古治安向衛生局劉局長和包院長他們交代。

這時，古順的十二歲大兒子，手裏拿著一張黃紙從外邊跑進來，把紙交給他爸說：

「她要了十塊錢……」

古順趕緊示意兒子，不讓往下說，帶他走出來，並把那張黃紙擱在東屋鏡框後邊。

「老二，聽說村裏不少人家拜起了啥『狐仙堂』，有這事嗎？」古治安叫住二弟古順，這樣問。

「還不是這些娘兒們折騰的！窮百姓還有啥好法，得啥信啥唄，是不少人家拜著呢。」

「那你呢，你是不是也設了一個『狐仙堂』拜著呢？」古治安逼問。

「我？沒……沒有啊。」古順支吾。

古治安抱住古順十二歲的兒子：

「小毛頭，告訴大伯伯，你剛才拿給爸爸的是啥東西呀？」

「是……是一張畫。」小毛頭回頭看一眼爸爸。

「啥一張畫這麼貴呀，十塊錢？」

「是……是……」小毛頭不敢說，後邊的古順一個勁兒向兒子搖手。

「告訴伯伯沒事的，小學生要誠實，不要怕你爸爸，大伯伯的官比他大，你爸怕我。」古治安鼓勵著小毛頭說出實情。

「是一張像，說是『狐仙像』。」小毛頭終於做誠實的孩子了。

「從哪兒買的？誰賣呢？」

「不讓說買和賣，叫『請』。是從杜撇嘴兒，啊不，杜奶奶那兒『請』的，她會描，她現在可賺錢啦，好多人等著，描都描不過來，我一大早就去排隊等，這不，到這會兒才等上。杜奶奶現在都叫『杜大仙』了。」小毛頭一五一十有聲有色地說起來。

古治安冷冷瞥一眼二弟古順，說：「古樺，去，給大哥把那張什麼『狐大仙』的像取來瞧瞧，靈的話咱也『拜拜』。」

古樺見大哥滿臉怒容，不敢違抗，走過去從東屋鏡框後邊取來了那張畫像，遞給了古治安。

嚴格地說，這不能算是一張狐狸像。像狐，像貓，又像狗，像狼，而又有人的手和腳，穿著人的長袍，頭戴一頂王冠似的法帽，整個四不像。看得出是從一張底畫上描拓出來的，手法拙劣，用鉛筆只勾勒出線條輪廓，上邊還注上一行字：「銀狐大仙像」。

「就這種鬼不鬼、人不人、獸不獸的樣子，還是銀狐大仙哪？」古治安指點著那張畫，為百姓的愚昧而臉呈苦笑，「老二，你還是個副村長，民兵連長，是個村幹部，還信這些玩意兒，還居然派孩子花十塊錢買來，啊，不，『請』來這所謂的狐大仙像，怎麼著，還真想供起來拜一拜？啊?!」古治安氣不打一處來，訓斥二弟古順。

「哦……不，不是我……」古順欲言又止，膽怯地支吾。

「是我的事，是我讓老二派孩子去『請』的……」一直躺在炕上的古老太太，這時突然有氣無

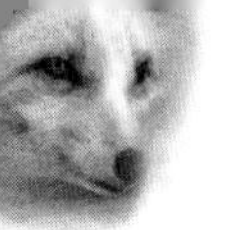

力地說話，「把『大仙』像給我，你、大旗長，管天管地，還能管咱平頭百姓拜啥信啥？北京還有個雍和宮供著三世佛哩，你們旗裏不也是張羅著，給吉戈斯喇嘛蓋個大廟，供供佛爺，拜一拜『三世佛』嗎？你那麼有本事，就別讓你的庫倫旗屬民餓肚皮呀，叫你的窮百姓都喝足了吃飽了，那時候大家不拜『狐大仙』，拜你這位活大仙古治安老爺哩！」

古治安旗長啞口無言。這回輪到他「懼怕」了。

場面有些尷尬。他是個對老人很孝順的人，既然老太太這麼說，他也不好去爭辯和當面頂撞。

這時，胡大倫急匆匆地走進屋裏來，滿頭大汗，氣喘吁吁，顯然是跑步趕來的，他說：

「古、古旗長，你們來啦？我……我去了一趟鄉醫院……」

「你們家有沒有這個，老胡？」古治安把那張「狐大仙」像，遞到胡大倫眼前。

「『狐仙』……像，我們家……沒……沒有，」胡大倫支支吾吾，但在古治安的一雙銳利目光逼視下，無奈地說道，「好像也有一張，是杜撇嘴送來了一張……」

「呵，還是當村長的好，『請』個『狐仙』也是免費贈送！那麼說，老胡，你也在拜著『狐大仙』嘍？」

「嘿嘿嘿，古旗長你真會開玩笑。這種事，說普及就普及，比上頭佈置學文件、科學種田可快多了，這不，古老二也弄來了一張？嘿嘿嘿……」那意思是說，你旗長大人的家也「請」來了一張，何況我們。

他跟古治安旗長是小時在村裏一起玩耍長大的，儘管後來地位不同了，但說話還是不免隨便點，少些百姓見官的那種拘束和膽怯。

「再說哩，現在的農村信啥的沒有哇？去年，嘎海山北邊的沙湖裏突然開了荷花，都說那是神物保人長壽，百姓們趕著馬車去湖邊祭拜，後來乾脆都下湖把那些荷花摘了吃，到後來，連荷花的根都挖出來啃光了！你說奇不奇，邪不邪？現在的人呀，不知道都怎的啦，心惶惶的，無著無落的，不知道信啥好了。出來個古怪奇邪的，都一窩蜂撲過去。前一陣兒芒汗村出了個兀哲其（占卜手），說能看三生，發放的丸藥包治百病，好傢伙，他們家的門坎都被人擠破了，一年裏兩間破土房換蓋了五間磚瓦房！瞧瞧，這就是農村，搞啥的沒有啊！」

「好啦，老胡，你別再『胡掄』啦，」小時管胡大倫叫「胡掄」，這時古治安也忍不住叫出口，笑了笑，「好像你們哈爾沙村，普及『狐仙堂』挺有理的是不是？村長同志，我們是要建設社會主義精神文明村，不是搞啥封建迷信，普及『狐仙堂』，提倡烏七八糟的東西！你趕快安排人，把你們村委會的那幾間土房清理出來，再把所有村裏患過魔症哭鬧過的婦女們集中到村上，我帶來了旗醫院幾位大夫，給她們全面檢查一下，光拜『狐仙堂』是不管用的，還得用現代的醫學來治療！」

等胡大倫出去安排後，古治安又招呼上劉局長：「老劉，咱們挨家挨戶走走看，到底有多少家拜著『狐仙堂』。包院長，你帶著你的人到村委會去準備看病。古順，你領我們去串戶！」

「大哥，我呢，我去找一下白主任吧？」古樺說。

「妳在家好好陪老太太說話，做點好吃的。妳那個白主任丟不了，會出來的。」古治安說完，把那張畫留給他老媽媽，帶著人走了。從門外邊吹進來一股冷風。

古老太太不知衝兒子後邊嘀咕了一句什麼，捧著那張「銀狐大仙」像走到牆櫃前邊，從牆上拿

下裝著照片的相框，又從相框裏取出所有家人的照片，再把那張奉若神明的「狐大仙」的像裝進相框裏。然後，老太太抱著相框，搖搖擺擺地走出屋去。

「媽，妳要幹嘛呀？去哪兒啊？」古樺趕緊跟過去，從後邊攙扶老太太。

「我去倉房，把大仙供在那兒，我一個人拜。不拜，我心裏不踏實，我不信你大哥的，我信大仙。」

古樺無可奈何地搖了搖頭，只好隨她去做。過了一會兒，她想想，還是出門找大哥古治安他們去了。

五

小鐵旦他們，行進在茫茫的莽古斯沙坨子裏。爺爺說，穿過這上百里的沙漠瀚海，就可進入北邊奈曼旗的地界，可以投奔他一位師弟——奈曼旗有名的大「孛」門德。

門德和爺爺都是達爾罕旗老「孛」郝伯泰的徒弟。郝的祖先曾是成吉思汗的貼身「孛」，到郝這一代已經是第十三代世襲「孛」了，可以說是科爾沁「孛」——東部蒙古薩滿教的創建和發展，都與這家族有關。郝伯泰本人，更是充滿了傳奇色彩。在科爾沁草原流傳很廣的寶木勒的傳說，就與他有關。

寶木勒，意即「從天上下來者」。傳說，汗・騰格爾（蒼天）的女兒私自逃離天宮下凡人間，與一位凡人成親並生下兩個孩子。汗・騰格爾惱怒，派天神將女兒和她的兩個孩子一同抓回天宮問罪。汗・騰格爾下令，把兩個小孩從天上扔下去摔死。

汗・騰格爾的娘娘夫人知道後過來求情，執法的天神不敢動手，汗・騰格爾大怒：「還不給我趕快動手！看哪個山最高最堅硬，就把他們扔到哪個山上去！」兩個天神嚇得趕緊扯起兩個孩子到南天門，朝下一看，就是杜樂杜欽・兀拉山最高最堅硬，於是把那兩個可憐的孩子朝那山峰摔下去。從此，科爾沁草原上的蒙古「孛」，向寶木勒祈禱時都這麼唱：

在杜樂杜欽山上，
你轟隆隆地降落，
哦，神奇的寶木勒，
賽音召，賽音召！

在杜日查干湖上，
你威風凜凜地降落，
哦，神奇的寶木勒，
賽音召，賽音召！

……

那兩個孩子落到杜樂杜欽・兀拉山上之後，就變成了兩條碩大無比的瘋牛，橫衝直撞，見人吃人，見獸吃獸，誰也治不了牠，鬧得科爾沁草原人心惶惶。達爾罕王急忙去請郝伯泰和他的妹妹冰吐・阿白這兩位通天「孛」，來制服瘋牛。

郝伯泰去觀察了瘋牛後，告訴達爾罕王：

「這是寶木勒・騰格爾，是一對兒從天上下降的『天』！」

達爾罕王問：「能制服嗎？」

郝伯泰說：「全科爾沁的百姓，都祭拜牠才差不多。」

達爾罕王聽了覺得好笑，兩條瘋牛祭牠管什麼用？

郝伯泰見王爺不信，就說：「要不你就獻上『壽色』（供羊），我保證能當場把牠制服。」

於是，達爾罕王讓人準備了「壽色」祭品，和郝伯泰一起上杜樂杜欽山了。供桌在山上擺開了，祭羊宰殺後煮上了。郝伯泰穿戴了五彩法衣法冠，手裏敲響了羊皮神鼓，杜樂杜欽山上的「孛」祭就這樣開始了。

只見通天「孛」郝伯泰，先把祭羊身上的肉分割成三百六十塊，逐塊唱了一遍讚歌，好傢伙，那兩頭在山泉邊喝水的巨牛果然出現在桌前了。

郝伯泰更加起勁兒地高聲唱道：

熊熊升起的烈火，燃起來了，
汗王般的寶木勒，
我們大家虔誠地祭祀你，
賽音召，賽音召！

閃閃亮亮的大火，著起來了，
父母般的寶木勒，
全部科爾沁的百姓祭祀你，
賽音召，賽音召！

……

達爾罕王和圍看的人們突然發現，那兩頭瘋牛慢慢倒下去，老老實實地死掉了。郝伯泰沒用刀槍沒用錘斧，竟用祭祀的歌把牠們唱死了。

可是回去不久，達爾罕王的兒子就病了。緊跟著，全旗的百姓都鬧起病了。達爾罕王趕緊請來郝伯泰消災。

郝伯泰說，這是那兩條瘋牛的精靈在作怪，需要全旗的百姓都供奉牠才行。

王爺問：「怎麼供奉？」

郝伯泰就讓人找來寶力根（貂）皮子，五色綢布，動手做供奉用的像，寶木勒是天上下來的，不能製成牛的樣子，於是就畫成一個像人又像牛的寶木勒神像，讓百姓們供奉起來，祭拜時這麼唱：

用五色的綢緞製成的身子，

賽音召，賽音召；
用寶力根的皮子做的眉毛，
賽音召，賽音召；
用東海的珍珠做的眼睛；
賽音召，賽音召；
用金子銀子畫出來的寶木勒，
賽音召，賽音召！

從此，草原上流行的各種怪病漸漸消失了，郝伯泰也更加遠近聞名了。他爺爺拜郝伯泰爲師，也有一段奇特的經歷。

庫倫旗北部塔林村，有一大富戶包音達的老母親，中邪患病，請喇嘛念了四十九天的經不管用，庫倫旗的大小「孛」師們來了之後也不見好，於是就派人遠赴達爾罕旗，專請著名的通天「孛」郝伯泰來醫治。

郝伯泰來了之後，觀視片刻，便說這是後邊莽古斯沙坨子裏的「阿達」（冤鬼）在附體折騰，要進行一次規模較大的血祭驅鬼才成。包音達的牛馬羊群滿山遍野，二弟又在庫倫廟上當喇嘛有勢力，不在乎多殺幾頭牲口。於是宰殺黃牛五十頭、白羊五十隻、黑驢五十頭，院裏又燃起杏樹疙瘩的大火，讓包音達的老母親穿戴整齊，正襟危坐祭壇旁的太師椅上。郝伯泰「孛」穿上法衣，手舞皮鼓，開始行「孛」了。

先是祈禱請神，稱「希特根・扎拉乎」，意思是「請自己信仰的神靈」。他向四方八面行拜禮，嘴裏誦唱「孛」歌，往地上撒灰燒香。郝伯泰「孛」的情緒高漲起來，「孛」舞越跳越狂烈，旋轉騰挪迅速輕捷，神鼓聲、銅鏡撞擊聲、狂歌怒號聲中，郝伯泰「孛」開始「呼日特那」，意即神靈開始附體，口吐白沫，雙眼只見白眼圈，他時而暴烈狂躁，時而悲愴淒涼，這便是「敖日希乎」，就是神靈已經附體了。

在這個階段，由於每位「孛」師拜祭的神靈不同，舞蹈姿勢也不同，有的是伊恆・翁格都（少女鬼靈）、少布・翁格都（禽鳥鬼靈）、巴日・翁格都（虎豹鬼靈）等，「孛」師們便依據不同的鬼靈，模仿著它們的動作舞躍。

這時，郝伯泰祭拜的神鷹已經下神，他猶如一隻拍翅飛騰的猛鷹，從熊熊燃燒的火堆上躍過，從圍觀的人群頭上跳過，然後由幫「孛」者扶著坐在神壇前，雙眼迷離，全神貫注在自己精神世界中。

他把一種法器長把烙鐵伸進前邊的烈火堆，又讓人把鐵的犁鏵子放進火裏燒紅，然後他光著雙腳，從燒紅了的鐵鏵子上踩過，接著用腳心貼住旁邊的包老太太的後心窩，嘴裏大誦咒語，這個動作做了三遍。他又從火堆裏，拿出那支通體火紅的烙鐵，伸出舌頭從烙鐵上舔過，發出滋滋聲響，而後衝著包老太太的臉面，猛吹一口熱氣過去。

吹了三遍，包老太太叫一聲便昏厥過去。旁邊的包音達嚇壞了。想過去扶她，郝伯泰大喝一聲：「不得碰她！燒壞了你的手！」然後，郝伯泰「孛」把事先紮好的卓力格（用草、紙、秫秸做成的偶像鬼靈）從包老太太的椅子下取出，嘴裏念著咒語，小心翼翼地把卓力格扔進前邊的烈火中

燒掉。有人聽見卓力格鬼在火堆裏吱吱直叫，毛骨悚然。

「好啦，把老太太抬進屋裏吧，過一個時辰她就痊癒了！」郝伯泰「孛」大汗淋漓地說。

接著是行「孛」的最後一個階段了，叫「呼日格胡」——送神了。

送神時，郝伯泰「孛」繼續舞誦，將他請來的神、精靈一一送走。據旁邊幫「孛」者說，當打開香案上供奉的裝翁格都的鐵盒時發現，郝伯泰「孛」祭拜的那隻神鷹，在鐵匣子中似活物般蠕動欲飛。

拜神送走後，郝伯泰「孛」開始甦醒恢復正常，這叫「色日格那」——醒神。脫下法衣，摘下法冠，唱道：

> 把五色彩衣脫下來，
> 把神鷹的法冠摘下來，
> 把靈性的法器收起來，
> 神奇的「孛」師要休息啦！

接著，郝伯泰再唱些祝福主人和村民老少的讚歌，人們開始分享主人宰殺的牛羊熟肉，飲酒作樂。

郝伯泰「孛」這次功德圓滿，神奇地治好包家老太太，返回達爾罕旗的路上，在莽古斯沙坨子中遇見了一件奇事。一個放羊的男童，當一股黑旋風捲過來時，並沒有躲閃開，而是揮舞著放羊鞭衝黑旋風抽打起來，不一會兒，這個男孩口吐白沫昏倒在地上。

郝伯泰「孛」望著那股黑旋風，搖搖頭說：

「可惡的莽古斯沙坨子裏的無頭鬼，被我趕出老包家，又在這兒禍害，連個小孩兒都不放過！」

他救活了那小孩兒，並說：「你跟我薩滿教的門有緣，我收你爲徒吧，要不這莽古斯沙坨子裏的無頭鬼，還不放過你！」

從此，這男孩兒便追隨通天「孛」郝伯泰學藝，浪跡天涯。他就是小鐵旦的爺爺鐵喜「黑孛」。

第五章　狐魅

蒙古人崇拜的最高境界，就是長生天；

作為神界、自然界的化身以及形象的中間過渡者，它就是薩滿。他們穿白袍，騎白馬

……薩滿意思為：由於興奮而狂舞者。

——**引自海西西（德國）所著：《蒙古人的薩滿教》**

一

奼干・烏妮格——銀狐，跟那位倚仗獵槍的老漢周旋起來，充滿了靈氣。只要牠甩動白茸茸的大尾巴，便幻化出九條尾巴，迷惑住人的視線，牠便可安然逃遁。人有獵槍，牠有尾巴，上天賜給每種生命以應付險惡環境的一種本能。

其實，那樹洞確實是牠老窩的一個出口。只不過到了樹洞底部，那洞往橫裏縱深而去，拐了個彎再往地底洞穴相連。那老漢沒想過順著洞口下到裏邊探尋，失去了一次知曉真相的機會。倘若老漢知道了他祖先的地下墓穴，真的變成了這隻老銀狐的窩穴，不知他的鼻子會氣歪到哪裡去。

那一把散彈——鐵砂子，打得老樹根部的沙土冒煙的時候，老銀狐早已躲入旁邊的橫洞，並由此再往深處的穴窩迅速鑽過去。那裏有牠的五隻小崽在等候牠呢。

牠很快到達了老巢。

與其說這裏是地下獸巢，倒不如說是地下宮殿更爲準確。通過一條一米多寬二米多高，下邊鋪著砂岩石的甬道，一直通向地底深處的一座冥宮。甬道嚴實密封，堅硬平滑，經歷了千百年的歲月腐蝕，絲毫沒有損壞，上邊盤附著無數隻蝙蝠，微微蠕動或拍動肉翅，偶爾發出「吱吱」叫聲。

甬道盡頭的這座地下冥宮，其實是一個有幾十平米面積的古時墓室，它當然不是鐵姓家族的祖先葬地，應該說是比鐵姓在此落墓更早一些時候，契丹族大遼國的一位王族墓葬地，位於鐵姓墳地再下一層的土層中，基本與鐵姓墳墓重疊埋在地下。具有靈氣的老銀狐，不知怎麼發現了這一堅固而安全的地下深宮，把它變成了自己溫暖舒適的老巢。

這座墓室帶有兩個小耳室，屬於陪葬室。主墓室的四壁全由砂岩石板砌築，表面光滑整潔，結實牢固；四壁的中部，三米高的墓頂部形成穹隆狀，高頂口用楔形石板插封，縫隙則用白灰封死。牆壁上有壁畫、浮雕裝飾。地下放有兩口極講究的石棺，下有棺槨，四角墊著方石，通體滿飾浮雕花紋，前壁朱雀圖案下雕一門，門旁有兩名侍衛雕像，契丹裝束，窄袖長袍，手執鐵骨朵，這是當年遼代宮廷禮儀中的儀仗。

五隻狐崽，圍著老銀狐轉蹭戲咬，似乎對老母沒帶回食物有所不滿。老狐的那雙晶亮神迷的眼睛，此刻微微閉合，以示歉意。牠今晚的確不順，差點挨了槍子兒，好容易在雪坑中逮著野鼠，又被一個不期而至的倒楣鬼驚動。可孩兒們不理解這些，哼哼唧唧拱咬牠早已乾癟的奶頭，咬得牠疼痛，牠不耐煩地跳起來，轉身向墓室外的甬道走去，身後尾隨著五隻小崽。

老狐在甬道口站住了，一雙綠晶晶的眼睛，盯住甬道牆壁上那些密密麻麻蠕動的蝙蝠。這是唯

一的辦法，向蝙蝠進攻。五隻小崽嗷嗷待哺，沒有食物是不行的。其實這麼多年來，牠能逃過多次人類的和大自然降下的大劫難，安然活到如今，多虧了這些黑暗中繁衍生息的蝙蝠們。當然，取食蝙蝠，要冒些風險的。

老狐貼近牆壁根，輕輕往上一縱一躍，嘴裏已叼住兩隻蝙蝠，轉身走回墓室口，把已咬死的蝙蝠甩給小崽子們。小狐崽搶撕起半鼠半禽、渾身全是肉的蝙蝠來。當老狐第三次跳躍的時候，蝙蝠們開始騷動起來。一片吱吱喳喳亂叫，蝙蝠們拍動肉翅飛起來了，一隻肥嘟嘟的老蝙蝠似乎是首領，發出一聲刺耳的尖叫，一群黑壓壓的蝙蝠突然撲向老狐狸和牠後邊的五隻小崽，牠們用爪子抓，用牙齒咬，前仆後繼，兇猛無比。

於是，狐狸和蝙蝠群之間又一場慘烈搏鬥，就這樣發生了。

老銀狐奼干・烏妮格似乎熟於此類戰爭。牠帶領五隻小崽，輕捷靈活地騰挪閃跳，用尾巴的甩動引開蝙蝠的撲擊，再伺機張嘴咬住那些到嘴邊的蝙蝠。只要牠們護住易受攻擊的眼睛和鼻嘴就行了，其他地方毛皮厚，不易受傷。用嘴咬，用爪子拍，幾番下來，墓室地上一片狼藉，丟扔著無數隻半死或已死的蝙蝠，狐狸們也氣喘吁吁。肥嘟嘟的蝙蝠王和部下也漸漸安寧下來，退離墓室，重新貼伏在甬道頂部的狐狸搆不著的地方開始歇息，進入靜止狀態。

老銀狐和其小崽們開始收拾殘局，美美地嚼啃起滿地肉食。儘管牠們的嘴巴和鼻頭等部位，不同程度地受傷，滲滴著鮮血，但比起這滿地的鮮活食物，已經是微不足道了。尤其拿這常年蟄伏地下深處，全靠地之靈氣精華而生息繁衍的蝙蝠來充饑補養，對牠們來說，是最好的天緣機巧，生命之秘果。

或許，正因爲如此，銀狐才獲取或增益了某種神奇功能，充滿了靈性和智慧，與人鬥起來遊刃有餘。

五隻小崽倚著石棺旁的草窩睡過去。老銀狐則把那些沒有吃完的死蝙蝠一一叼往主墓室旁的小耳室儲藏起來，以備不時之需。牠知道如何熬過饑餓的日子。

二

黑暗中，土炕那頭有紅火頭兒一閃一閃的。

白爾泰從夢魘中驚醒，看見那紅火頭嚇了一跳，以爲是鬼火。鐵木洛老漢把煙袋鍋猛往裏吸時，煙袋鍋閃出紅紅的火頭，煙油子在煙袋鍋裏燒得「滋滋」發響。白爾泰不知道老漢是一夜沒睡還是半道睡醒。

「老爺子……」

「怎？」

「睡不著？」

「你睡你的，天亮還早呢。」

「我也睡不著了，陪你說會兒話吧。」白爾泰試探著說。

「說個話？有啥好說的，睡吧。」

被噎了回來，白爾泰仍不甘心：「老爺子，我只想知道一件事，你是不是那位『安代・孛』？」

「實話告訴你吧，小子，五十年代大躍進那會兒，村裏興『安代』，我隨大夥兒跳過『安代』，但我不是『孛』！」老漢說得斬釘截鐵，「你再向我提『孛』的事兒，我就把你扔屋外餵狼！」

白爾泰趕緊噤口，心想，遇到了一個真正的老倔巴頭，打開他的心扉還不到時候，性急不得。於是他又默默地躺著，等待天亮。

土炕有些硌背，他翻過身側躺，蓋緊了身上的那件破舊的毯子。老漢那頭兒，還在「滋滋」地抽著煙袋，紅火頭映照出的那張臉顯得褐紅如銅，凝固如塑。顯然，老漢沈浸在深深的心思中，木然而又剛毅的臉龐上看不出任何表情，無法窺測他內心的活動。

不知不覺，白爾泰又睡過去了。第二天一早，他被一陣吵嚷聲弄醒了。他爬起來揉著眼睛走到門外。院子裏，鐵木洛老漢正套著毛驢車，一邊向兒子鐵山大聲交代著什麼。

「我去黑沙窩棚。坨子裏的散牲口飲水成問題，得天天鑿開冰湖，那塊兒地也得再墊墊土，整一整。抽空再尋找那隻老狐狸，興許在坨子裏會遇上牠。」老鐵子把獵槍放在膠輪車上，那隻大黑狗圍著他轉。

「爹，上午我有課，珊梅她沒有人管……又跑了怎辦？」鐵山有些為難地嘀咕。

「怎！那是不是要我待在家裏，侍候你老婆？」老鐵子火了，不再理睬兒子，往車上裝著家什、乾糧等物。

鐵山嘴裏嘟囔著什麼，回屋去。

白爾泰湊上前，跟老鐵子搭訕：「鐵大叔，我跟你一起上窩棚好不好？」

「你?你跟我去幹啥?」

「幫你幹活兒呀!」

「我養不起你這打工的大人物,你該幹啥就幹啥去吧。」老鐵子一句話,把白爾泰頂了回來。

然後,老漢「駕」一聲趕著驢車出院而去,膠輪車在雪地上留下兩道清晰的轍印。

白爾泰搖了搖頭,覺得這老漢真有些不近情理。他進屋找鐵山說話。

「你還沒走?」鐵山當他是過路人求宿的,早應該離開了。

「我……鐵山老師,你要是上午有課,我幫你照看一下你妻子吧。」白爾泰說。

「你?」鐵山感到奇怪,「你是誰?從哪兒來的?」

「啊,忘了自我介紹,我叫白爾泰,是旗志辦的,其實就是到你們村下鄉搞調查的。我遲些到村上接洽也沒關係,你先上課去吧,學生的課不能耽誤,這裏我幫你看著她,放心吧。」白爾泰誠懇地說著,掏出工作證介紹信給鐵山看。

「哦,原來是旗志辦的白老師,剛才對不起,我爹他就這脾氣,我也是……嘿嘿嘿,真不好意思,那太勞駕你了,我上午就兩節課,很快就回來,你待在這兒別叫她跑出去就行了。」鐵山感激不已地說著,拿起書包匆匆走了。他倒對這位陌生人很放心,也不怕此人把家裏東西給捲跑了。

白爾泰留在鐵家。他不想馬上走,自有他想法,撬開老鐵子封禁的嘴巴,是他最終的目的。

這是三間土房,中間一間是燒火做飯的外屋,兩頭住人。西屋靠北牆根置放著木製躺櫃,原來的紫紅色已變成陳舊的古銅色,缺著一條腿,墊了塊磚。門口牆上掛著舊棉帽、毛巾等物,牆角有碗櫃子和小飯桌。這些好像就是他們全部的財產。難怪鐵山那麼放心一個陌生人看家。

白爾泰從灶口找到燒水鋁壺，又從外邊抱來些柴禾，燒開了一壺水。東屋沒有動靜。珊梅似乎還在沈睡。白爾泰心想：這麼睡著倒挺好，他省事，醒來後真要犯病往外跑，那他真不知道該怎麼辦了。

喝了一碗熱水，身上暖和了些。只是肚裏有些餓，好在兩節課時間不長，等鐵山回來他就去找村長安排吃住。他坐在炕沿看書。

「吱嘎」一聲，東屋的門推開了，珊梅瘸著腿走出來。

「你是……」她發現有一個陌生人從公公屋裏跑出來，顯然嚇了一跳，疑惑起來，「我公公他們呢？」

「妳公公上窩棚幹活兒去了，鐵山老師有課，我是旗裏的下鄉幹部，昨夜迷路，住你們家來的，鐵山老師留我幫助照看妳。」白爾泰一邊解釋，一邊觀察著她的動靜。

「照看我？我怎麼啦？」珊梅閃動起一雙黑黑的大眼睛，農村媳婦中少有的白皙而俊美的臉上，呈現出迷惑茫然之色。

「妳丈夫說，昨晚天黑妳犯了魔症跑出去了，腿上還受了槍傷回來。」白爾泰發現這個年輕漂亮的女人，對自己昨晚發生的事情一無所知。白爾泰心中好生納悶。

「我腿受傷了？怪不得走路這麼疼呢……」珊梅蹲下去看小腿，發現用布包紮著的小腿肚和那隱隱作痛的傷處，使她萬般不解，「我真受傷了，這是怎麼回事，我自個兒一點兒也不知道，我是怎麼啦？」

「妳先別急，等妳丈夫回來後去看看大夫，我想不會有啥大事，可能神經一時有些迷糊了，你們村的好多女人都犯過。」白爾泰見珊梅很正常，沒啥異常舉動，便這樣安慰她。他心裏很同情這個腦子出毛病的女人。

他倒了一碗熱水，遞給她說：「我剛燒的。」

「到了我家，還讓你侍候我，我真不知道自己這是怎的了，他們一早走，我一點都不知道，以前都是我先起來燒火做飯，送他們出門，今早我真睡死了。你還沒吃早飯吧，真該死。」珊梅十分慚愧地說叨著，忙碌起來，一瘸一拐的，倒很俐索，顯然是個很能幹很愛潔淨的農村女人。白爾泰幫她燒火，一邊聊著話。

「大妹子，老爺子去的窩棚離這兒有多遠？」他問。

「那遠了，有十五里多，要穿過一段七八里長的流沙帶。」

「有路嗎？」

「有一條小毛毛道。」

一聽毛毛道，白爾泰心裏就發怵。「大妹子，我問個事，妳別介意，鐵老爺子，過去當過『孛』嗎？」白爾泰終於問出口。

「這個我不知道，老爺子從來不提過去的事兒，倒是村裏人背後笑話著叫他『安代・孛』。」珊梅奇怪這位說話文縐縐的城裏人，打聽這些幹啥，回過頭看他一眼，「這位大哥，你可別直接問俺家老爺子，他一聽別人提『孛』的事兒就來火兒，有一次差點跟人打起來。」

「我已經碰過釘子了，」白爾泰苦笑了一下，解釋說，「我是研究『孛』教，也就是『薩滿教』的。這次到哈爾沙村來，就是調查搜集這方面的資料。」

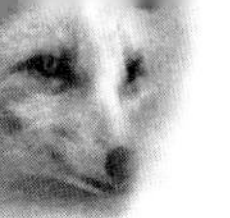

「唔。你們城裏人真有意思，拿著國家鐵定的工資，竟幹些沒用的事兒，研究那陳年老一套當飯吃呀，格格格……」珊梅爽朗地笑起來，那張白裏透紅的臉變得生動嫵媚，充滿活力，豐滿的胸部也隨著笑聲顫動起來。

白爾泰移開視線，也陪著乾笑了兩聲，心想：這麼健康而富有活力的女人，怎麼會得那種魔症病呢？

這時，外邊的院門口有了動靜，似乎有好多人來到大門口。

「喂！老鐵子！家裏有人嗎？」

這是村長胡大倫的聲音。

「有哩有哩！」珊梅應著聲，急忙走出屋。白爾泰也跟著出來。

「妳公公和丈夫呢？」胡大倫走進院裏，眼睛卻死死盯著珊梅的臉和胸部，「他是誰？就你們倆在屋裏？」言外之意不言自明。

「我公公丈夫都忙活兒去了，胡村長你別瞎猜疑，人家是旗裏下鄉的幹部……」珊梅臉有些紅，趕緊解釋。

這時，大門口的人們都走進院裏來，其中有一人蝴蝶般飛過來，脆生生地叫嚷：「白主任！白老師！原來你在這兒哪，你啥時候到的？」

「古樺！啊……古旗長，你也來了？嘿嘿，我是，我是昨天夜裏到的。」白爾泰突然見到這麼多人來鐵家院，以爲出啥事了，變得語無倫次，有些緊張。

「你昨夜就住她這兒了？」這回輪到古樺敏感了，手指珊梅問。

「不，不，我從公路上下來，在沙坨子裏迷了路，差點凍死，是鐵木洛老爺子夜裏救我到他家裏來的，他們今早兒才離開家。我、我沒住她那兒……」說出口，白爾泰突然感到這種解釋何等多餘和愚蠢，於是立刻閉住嘴巴，繃起了臉。

「那你……」古樺還想追問，被哥哥古治安制止住了。

「古樺，行了！還想審問妳的白主任怎麼著？不懂事！」古治安已經注意到自己這位瘋妹妹，對新來的白主任的事特別上心，可已經熱心過了頭，他從白爾泰繃緊的臉上看出小妹已經讓人家反感。

「老白，你的手下不太懂事，你就別介意。她跟我來這兒，想幫你開展工作，她對這兒的情況熟，她一來就打聽你，心急說話就沒分寸了。」古治安委婉地緩和了發僵的氣氛。

「哪裡哪裡，古樺同志，謝謝妳的關心。古旗長，你們來這村是……」白爾泰這才緩和下口氣問。

「過一會兒你就知道了。老胡，老白是咱們旗新上任的旗志辦主任，他到你們村，調查搜集過去的一些歷史資料，你們要支持他的工作喲。」古治安向胡大倫村長交代。

「啊，原來是這樣。歡迎，歡迎。老白，白主任，剛才……不好意思，往後有事就說，這就安排你的吃住問題。」胡大倫立即換了一副面孔，笑容可掬。接著轉過身，對珊梅說：「我們在挨家挨戶查看情況，村裏婦女們得了奇怪的病，好像聽說妳也得過，一會兒都到村上看大夫，另外，」胡大倫的眼睛又溜到珊梅聳起的胸脯上，乾咳了一聲，「珊梅，你們家拜沒拜『狐仙堂』？妳可說實話喲！」

「狐仙堂？」珊梅不解，瞪大了黑眼，「啥狐仙堂？我們家沒那玩意兒，我公公打了一輩子狐狸，他哪兒信那個！」

「那也讓我們進去查看一下吧。」胡大倫領著古治安等人走進屋裏巡視一遍，又在院角倉房等處看了看，果然沒有發現幾乎普及全村的那類小寶箱或小寶龕。胡大倫似乎不大相信地盯著珊梅：「聽說妳魔症得的最邪乎，妳怎麼沒向杜撇嘴『杜大仙』請一個？」

「我是請了一個……」

「你看你看，我沒說錯吧！」

「我請的是懷孩子的方子，胡大村長，你也想要一個？格格格……」珊梅譏笑。周圍的人們都樂了。胡大倫有些尷尬，嘎巴了一下嘴沒說出話。

「查到這兒，除了沒有女人的光棍戶以外，就老鐵子這家還真沒請沒拜狐仙堂！」古治安旗長說著，目光含有批評意味地盯著胡大倫，「老胡，人家老鐵子可比你這位村長大人有覺悟，人家不信邪，不信亂七八糟的，你們應該向人家學習！」

「是，是，老鐵子這人是不信邪，也啥都不信。不過這事兒，也是從他這家弄出來的。」胡大倫有些不服地嘀咕。

「你根據啥這麼講？」古治安追問。

胡大倫瞟了一眼一邊的珊梅，說道：「最早，是鐵家的老墳地裏發現的一隻老狐狸，杜撇嘴兒說，珊梅是最先叫那老狐狸迷住的女人，病是從她這兒傳開的……」

「你胡說！」珊梅急紅了臉。

「老胡，說話注意點，你還信杜撇嘴的胡說八道，這跟狐狸迷人連得上嗎？村裏的女人們得的是歇斯底里妄想症！好了，你快去組織村裏女人們，到包院長那兒查病拿藥，再派人把那個杜撇嘴叫到村部來！」古治安旗長揮了揮手，轉身走出鐵家院子。

一幫人簇擁著他，走向村部。

白爾泰向珊梅告別，他見珊梅眼下行動還俐索，神志也很清醒，自己不必留下來照顧她。珊梅由於胡大倫的怪話和古樺的疑問，有些不好意思跟白爾泰說話，微紅著臉把他送出門，心裏怪怪的。這時，丈夫鐵山下課回來了。

路上，古樺好像忘記了剛才的那段不愉快，向白爾泰嘰嘰喳喳說起挨家查「狐仙堂」的經過。有的家把「狐仙像」藏在櫃子裏，有的來不及取下還掛在牆上燒香磕頭，有的見來人收像死活不肯，苦求死纏，有的一急之下，把像團成團咽進了肚子裏，有的女人更絕，乾脆把像放進褲襠裏，讓男人們無法取出，笑話百出，逗死活人。

「真把『狐仙像』放進褲襠裏了？」白爾泰問。

古樺瞥他一眼：「你看，對這種事感興趣吧！哈哈哈，白主任，我還以為你不食人間煙火呢！是放進了褲襠裏，不過，是我幫助取出來的，沒你們男人的事。」

白爾泰覺得古樺這女孩子，好就好在直率大方，不記小事，還很有趣兒，心想：自己不必跟她計較一些小事，將來文化和業務上好好幫幫她，早日讓她成為自己的得力助手，把庫倫旗旗志編寫成功，也對得起她哥哥了。

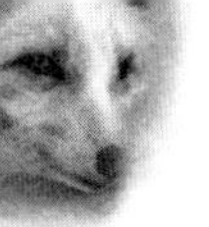

村部那邊鬧開了鍋。

打掃一新的西頭大屋子裏擠滿了老少婦女，吵吵嚷嚷，七嘴八舌。農村婦女一向粗獷放浪、不拘小節，都是大老娘兒們，啥話都敢說，人多了更來勁兒。

「嘖嘖嘖，人家那大夫的小手那個白嫩，放進俺懷裏時，我真想讓他接著往下摸！哈哈哈……」

「人家那是拿聽診器聽妳心肺，誰稀罕摸妳奶子！汗臭烘烘的，真不要臉。我倒是也想給他們查查身體，看看城裏大夫長的『把兒』，跟俺男人那『把兒』一樣不一樣。」

「妳試試，妳那火爆爺們兒不把人家大夫閹了才怪呢！哈哈哈……」

滿屋子歡聲笑語，滿嘴的粗俗俚語，這裏好像不是瞧病的場所，倒是像過著什麼節日，誰家在婚喜嫁娶辦著筵席。

這時，從門外走進了一個人，珊梅。

屋裏所有女人的目光，「刷」一下子都射到她的身上。沒有了笑聲，沒有了俏罵，而且那些目光冷冰冰且鄙夷之極，像一把把刀子，整個屋子死靜死靜。

「狐狸精！都是她鬧的！」有誰喊了一聲。

「妖精，騷貨！害人精！」眾人喊叫起來。

「她還好意思上這兒來，成天想漢子、想下崽兒，想出了魔症，連帶大夥兒，換了我，早就抹脖子了！」

女人們嘴裏的低聲咒罵，冷言冷語，毫不留情地像一把把匕首投槍，刺向那毫無準備的可憐的珊梅。

她先是愣怔，後掩面而泣，奪門逃走。

三

西側的高沙崗頂上，有人影閃沒。小鐵旦最先發現。

他們沿著窪地上的小路行走，勒勒車「吱扭吱扭」響著緩緩移動。

「老爺子，我們叫人給盯上了。」鐵諾民「孛」，指著西側坡頂鬼鬼祟祟的騎者影子說。

「看來是的，不用慌。」老「孛」鐵喜鎮定自若。

「會是啥來路呢？」這六位「特爾蘇德・黑孛」中，有一叫黑鷂鷹的「孛」，性情勇猛剛烈，背著一桿獵槍。

「在這荒無人煙的莽古斯沙坨中，會有啥好來路！不是咱們喇嘛王爺派出的探子，就是活動在奈曼、庫倫中間地帶的鬍子——九頭狼的人。」老「孛」說。

「這兩路，哪個也不好對付。」鐵諾民擔心起來。

「開打！有啥好說的，他們有槍，我們這是燒火棍啊？」那位「黑鷂鷹」拍著槍，搶著發言，

「到這份上了，只有勇者活！」

「不，你錯了，智者活。」老「孛」糾正說，神色依舊安然沈著，而語氣很堅定，「沒有我的話，誰也不許硬來。」

「是，明白了。」眾人應諾。黑鷂鷹吐吐舌頭，不吱聲了。

太陽即將西落。荒漠上，灑下一層金紅色的霞輝，使得原本野性凶險的大漠，變得柔和起來，那些張牙舞爪的老樹、高聳陡峭的沙峰、佈滿叢棘的沙灣都一一披上緋衣霞裳，充分呈現出大自然的絢麗奇景。

大漠，有時也美得誘人，奇得醉人。

西落的太陽，把人影樹影坨子影抻拖得老長老長。

「爸，這邊的地上長出了兩條人影，你看，多長。」小鐵旦指著勒勒車東側的沙灘說。

諾民側過頭看，果然沙灘上投下來兩條長長的人影。他急向西邊的高沙崗望去，那西落的日頭正照出兩個人影在沙崗頂上晃動，一會兒不見了，躲進那座高沙崗背後。

「增加人了，一個變成兩個，快到攤牌的時候了。」老「孛」也望著西側沙崗。

鐵諾民等人都緊張起來。

「爺爺，跟誰玩牌哪?攤啥牌呀!我也要玩!」小鐵旦嚷叫。

「這『牌』只能大人玩，小孩兒可玩不得，乖孫子，聽話，一會兒看著爺爺怎麼跟他們玩!」老「孛」鐵喜從馬背上俯下身子，撫摸一下勒勒車上的小鐵旦頭說。

小鐵旦還真聽話，他最佩服的人就是爺爺。

「好，停車!前邊就是黑風口，我們今晚就在這沙灣子裏住宿過夜!」老「孛」下了指令，幾輛勒勒車全都停下了。

只見前邊一二里之外，有一處狹窄的黑森森的路口子，兩邊是高聳逶迤的黑色沙梁和陡峭的坨坡，上邊長滿了茂密的沙棗刺兒和黑榆樹毛子，別說人，連猴子都不好攀越。唯有那條狹窄的通道，猶如一個張開的黑洞，等候別人進入。

秋天的風沙，「嗚嗚」呼嘯著從那口子裏吹出來，草屑樹葉被捲到空中，飄飄揚揚又落回這邊的沙灣子，可見風力之強勁和凶險。

眾人見了不寒而慄。

「沒有別的出口嗎，老爺子？」諾民問。

「我小時候跟隨師傅走過一次，黑風口是唯一進入奈曼旗邊界的路口，別的地方都是茫茫流沙，沒有路可走。」老「孛」回答。

「那，黑風口那邊是……」

「大概就是大鬍子——九頭狼的老窩兒了，九頭狼就仗著這裏地形險惡，打劫過往行人商旅，遇到強手又可瞬間逃遁到大漠裏，無影無蹤，兩邊的旗兵——奈曼、庫倫的馬隊奈何不了他們，幾次圍剿都無功而返。」老「孛」鐵喜沈思著這樣介紹，他始終不露聲色，不知打著什麼主意。不過，諾民等人只要見了老爺子那沈穩而不慌不忙的臉色，心裏也就十分踏實，都各自去忙活安營紮寨了。

老「孛」指揮著大家安頓。

這次的安營不同往日，他先用步子丈量著，把五輛勒勒車按五行方位，車轅朝外，車篷朝裏聚集中間，再騰出所有的厚氈子，在五個車篷的周圍遮擋住一層氈牆，一般鬍子們用的獵槍子兒，打不透這層氈牆。這是家眷和小孩兒過夜的地方。接著，老「孛」派人從附近砍來好多乾杏樹疙瘩，分五處堆放在勒勒車的五個方面。正北朝黑風口方向的那堆乾柴，堆得如小山般高，並在五堆乾柴

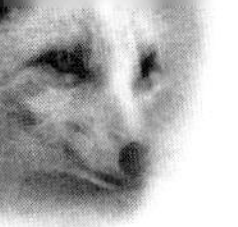

下埋放了許多「麵鬼」。然後，每堆乾柴旁紮了個草人，上邊披上衣袍，遠看活如一人在火堆旁值班烤火。在草人旁側，又挖出一個能躲進一個可臥可坐的長條坑。老「孛」安排另五個「孛」，每人手拿獵槍或利器藏身在那坑裏，當夜裏有人襲擊草人時，再從其背後突襲擊倒，但必須留活口不得殺人。

天色即將黑下來，老「孛」擺佈完畢這奇特的陣勢，督促大家抓緊打灶做飯，趁有亮兒吃飽肚子，以等候黑夜的來臨。

「爸，他們真會今夜襲擊咱們嗎？」諾民吃著肉粥問。

「應該是。沒猜錯的話，『客人』會在後半夜『三星』偏西的時候出現。」老「孛」鐵喜抿一口鐵壺裏的燒酒，很是自信地回答。「本來，他們等著我們冒冒愣愣地走進那黑風口，兩邊夾擊，想一下子解決了咱們。可我們現在乾脆不走，安營紮寨，不急不慌，他們反而會耐不住心癢，恨不得馬上吞下這塊到嘴邊的『肥肉』。再說，這邊地形平寬，不好白天接近，只能選擇黑夜襲擊了。孩兒們，你們要沈得住氣，平時你們都練過『孛』功，對付一兩個襲擊草人時，把後背亮給你們的對手，應該不成問題。記住，下手別太重，決不能殺人，殺了人，我們可就真不好離開這裏了。」

圍著火堆喝酒吃肉粥，這六位「特爾蘇德·黑孛」和其家眷們，如此這般細細地議論著，合計著，而且有說有笑，甚是安閒自若，絲毫看不出面臨大敵的緊張樣子。這倒使得躲在黑風口那邊樹叢的探子，摸不著頭腦了。

「黑鷂鷹，夜裏你負責保護勒勒車帳篷，萬一有人躲過五個『火哨』靠近帳篷，就開槍。記住，萬不得已才殺人。」老「孛」交代。

「是，我聽您的吩咐。」黑鷂鷹說。

「諾民和你們三位，負責除正北以外的四處『火哨』，我管正北大火堆。多準備乾柴，火要燃一夜呢。」

「爸，當年你和祖師，怎麼通過的黑風口？那會兒，這一帶也有鬍子嗎？」諾民問。

「那會兒是九頭狼的父親黑豹在這一帶稱霸，我師傅郝伯泰『孛』威名遠揚，他們沒敢胡來，再說，我師傅施展『孛』法，讓黑豹鬍子裝滿砂槍子兒朝我師傅開槍，那砂槍愣是扣不出火，最後還炸了膛。黑豹服得五體投地，護送我們走出幾十里地，哈哈哈……」回想起當年的經歷，老「孛」鐵喜豪性大發，朗朗笑起來。

此時，夜幕終於降臨，大漠呈出一片寧寂。

黑風口前邊的這片平坦沙地上，陡然燃起了五堆篝火，在濃濃黑夜中閃閃爍爍，顯得詭異奇迷。火堆中，不時可見躥跳著無數小人，如鬼魅般若隱若現，還嘰嘰喳喳叫嘯有聲。

最令人驚心動魄的是，朝黑風口的那堆熊熊燃燒的火焰中，老「孛」鐵喜安然站立在火焰中間，身穿法衣，頭頂法冠，手裏揮動寶劍，而且光著雙腳踩著紅紅的木炭火，嘴裏念念有詞！

望者膽寒，唏噓不已。

黑風口這邊的密叢中，藏匿著幾名匪徒，盯視著眼前的這一幕，竊竊私語。

「大當家的，這來者可是不善呀！」有一匪首，向中間另一大頭領說。此人一臉黑鬍子，額頭和臉上有九條傷疤。他就是遠近聞名的荒漠大盜九頭狼。

「看來不好對付。」九頭狼回過身，一把揪住身後一個人的脖領，兇巴巴地問道，「王八羔

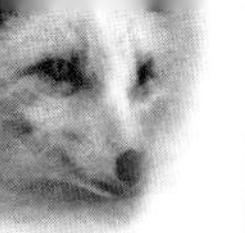

子，老實說，你引來的到底是啥貨？啥路數？」

「大當家的別發火兒，我們旗馬隊頭兒蘇山老爺，就是這樣向小人交代的，說王爺要抓回那幾個逃民，可把他們交給九頭狼更省事！就這麼著，把小的派出來跟著他們，向大當家的報信兒……這都是實話。」那人小雞般被九頭狼提拎著，顫顫抖抖地訴說。

「媽拉巴子，幾個普通逃民，你們王爺和蘇山那老賊有必要這樣下功夫送信兒嗎？他們到底是啥來路？」

「小的真不知道，小的只是跑腿兒的，有一句謊話，你就崩了我……」

「去你媽的！」九頭狼看出這個送信的探子確實不知底細，一下把他摔出去。

「大當家的，這夥人有點神道兒，咱們又不摸底，可怎整？」那位匪首問。

「別急，老二，」九頭狼抬頭望一眼天上的三星，若有所思，「到後半夜，等三星偏西，繞過前邊的那個施魔法的巫漢，摸後邊四個火哨兒，派去八個兄弟，老二，你親自帶隊，兩個人對付一個，不出聲響，逮兩個活的回來，老子拷問出他們底兒再說。」

九頭狼挑選出八條精漢，如此這般佈置。其中有一人，就是庫倫旗馬隊送信的那個探子。

當「三星」偏西的時候，正北的火堆上沒有了那位「施法」的老「孛」，他穩穩地靜坐在火堆旁，嘴裏念咒語，手裏拍響那皮鼓，黑夜裏格外詭異。而此時，後邊四個火堆旁，都悄悄出現了兩個摸哨人影。

當他們猛撲那位似乎低頭入睡的火哨時，從他們後邊突然閃電般跳出一個大漢，掄著杏樹重棍，一人一悶棍，把他們擊倒在地，五花大綁，死豬一般。

一切如老「孛」鐵喜預料的那樣。

「老爺子，您老可真是神機妙算，分毫不差。」諾民、黑鷂鷹他們把俘虜帶過來，興高采烈。

「事情還沒完，先別鬆懈。獵槍裝上子彈，都在左右兩側埋伏好，提防九頭狼一急衝下來硬幹！」老「孛」說著，臉上一副不動聲色的樣子，走過去拍醒一個俘虜。

「你們是九頭狼的弟兄嗎？」老「孛」問。

「哦哦，他們都是，我不是。」這人急急忙忙辯解道。

「唔？那你是誰？」老「孛」奇怪了。

「我是庫倫馬隊蘇山老爺的手下人。」他倒老實坦白。

「你跑這兒來，跟土匪一塊兒摸我的哨兒？你到底幹啥的？不老實說，把你扔進火堆烤乾嘍！」老「孛」冷冷地說。

「老爺，聽我說，我真是蘇山老爺的手下，你們逃出庫倫的消息傳到咱們喇嘛王爺那兒，他就指令蘇山老爺立刻帶隊來把你們抓回去，可當時蘇老爺正跟他的七姨太一起抽大煙，懶得動窩，說你們幾個不值得派馬隊興師動眾，就交給九頭狼辦了吧，就這樣把小的派出來，尾隨著你們，又送信給了九頭狼，我說的都是實話，老爺。」這人爲了保命，一五一十全說個清楚。

「你們蘇山老爺的馬隊，跟九頭狼的鬍子幫是不是早就有勾結？」老「孛」鐵喜怒從心起。

「詳細的情況，小的不清楚，反正蘇老爺跟九頭狼常有來往，只要九頭狼獲了大利，總派人悄悄送蘇老爺一份兒。」

「警匪一家！」老「孛」鐵喜怒斥，「難怪每回全旗百姓捐錢捐物請馬隊去剿匪幫都空手而回，白白浪費旗民財物，原來你們早就是一夥兒的！真是該殺！」

「別別，老爺，別殺我，我只是跟班跑腿兒的……」那人嚇得哆嗦，跪地求饒。

「九頭狼在那邊嗎？」

「在在，他就在黑風口那兒。」

「他還有多少人？」

「還有十幾個人。」

「這幾個被抓的人裏，有九頭狼的『拜把子』嗎？」

「有有，他的二當家黑狐，就在這幾個人裏。」

「這就好辦啦。」老「孛」深思熟慮地說著，讓那位「探子」指認出那位二當家的，並帶著他走過去，重新站在火堆旁的亮處。

只見他「咚咚」敲響皮鼓，威風凜凜地衝黑風口的方向喊起話來。

「九頭狼，你聽好了，你可輸了第一招兒！」

那邊毫無動靜。

「九頭狼，你看看這人是誰！」老「孛」把二當家的往前推了推，「你的拜把子二當家的黑狐，還有六七個兄弟，全都落在我手裏，你還縮著頭不出來說話嗎？」

黑風口那邊終於有了動靜。燃亮起幾個火把，走出一大漢，向這邊答話。

「你老兄倒是手腳俐索，不費吹灰之力，抓住了我的弟兄們，佩服，佩服。你們到底是啥來路？還真有點本事！」九頭狼變得心虛，口氣不敢太狂。

「不瞞你說吧，你我倆小時還真見過一回，也是在這黑風口，不過那會兒，你老子黑豹劫道兒，我師傅帶我闖關！」

一陣沈默。顯然，九頭狼在絞盡腦汁回想幾十年前的往事，一生喋血生涯，劫道殺虐無數次過往行人，他還真一時想不起來。

「讓我提醒你一下吧，那次你老子黑豹的獵槍扣不出火，炸膛，差點炸瞎了你老子的眼睛，記起來沒有？」

「啊?!你是『通天孛』郝伯泰大師的徒弟?!」九頭狼終於驚呼起來，口氣也一下子變得熱乎異常，「難怪老哥這麼大本事！這可真是大水沖了龍王廟，小弟有眼無珠，你老哥早點明了大號，不就沒有這碼子誤會了嘛！」

「哈哈哈……我的名氣哪有師傅那麼大，誰知你九頭狼給不給面子？再說，也不知今天辦事兒的是哪路人馬，所以老夫只好設計抓幾個活口兒再說了。」

「小弟認輸，你老哥啥打算？是不是到小弟寒舍喝幾壺辣水兒？」九頭狼豪爽地邀請。

「我們急著離開庫倫王爺的地界，喇嘛王爺要滅咱們這些『孛』，不好久留。有緣來日方長，到時再痛飲你的酒。今天你老弟真給老夫面子，那放我們過去，我將感激不盡。你的弟兄，我一根汗毛也沒傷，我這就放他們過去。」

「老哥你真客氣，我哪能得罪父輩時結交的朋友！我還感謝你老哥手下留情，沒傷害我那幫瞎了眼的弟兄們！那我在這兒澆酒爲你老哥送行！」九頭狼粗獷地大笑著，答應鐵喜老「孛」要求。

諾民、黑鴰鷹等人圍過來。

「老爺子，九頭狼的話可信嗎?別落進他的套兒!」

「到了這會兒，不信也得信。我想他會買賬的，幹他們這行的，講究的是『信義』二字，當那麼多手下弟兄說出的話，哪能出爾反爾，以後怎麼在黑道上混?放心，就是他變卦，我也有制服他的手段!」老「孛」十分有把握地說著，同時抬頭向東方看了一眼，此時東邊茫茫地平線上，呈露出一條魚肚白，黎明的曙光正要放射。

「天快亮了，你們去準備啓程，拔營套車，弄滅火堆。」老「孛」鐵喜安排下去。

過了一個時辰，等東方大亮，太陽將升起的時候，老「孛」鐵喜騎著馬，帶領著他的勒勒車隊，旁邊陪著二當家黑狐等人，緩緩向黑風口方向走去。

那個陰森森黑洞洞的黑風口，張開碩大的黑口子等候著他們。強勁的風沙又從那裏「嗚嗚」吹出來，大漠中新的一天又開始了。

四

哈爾沙村的村部，如同集市。

全村幾百號老少婦女，幾乎一個不剩地全集中在這裏，哭的哭，笑的笑，鬧的鬧，孩子找娘吃奶，男人們圍過來湊熱鬧，還有的女人一見穿白大褂的打針就暈，掙扎著往外跑，她的男人和親友從後邊圍追堵截，弄得雞飛狗跳。

這下忙壞了由旗、鄉兩級醫院組成的醫療組的醫生們。給這些「瘋」女人們先是檢查身體，然後打鎮靜劑吃些鎮靜藥，不是挨檢查打針的女人受罪，而是這些文弱的白臉醫生們遭難。有的死活不讓聽診器塞進懷裏，有的卻大方得反摸你的臉蛋或褲襠，而有的一打開衣扣兒就一股汗臭臊味兒撲鼻，直讓你噁心想吐，恨不得轉身就逃離。

而圍觀在門口窗外的老爺們兒們，卻議論開了。

「呵！狗日的，讓這些白褂們可占了大便宜！」

「可不！咱們全村的女人，叫他們摸個遍！」

「媽的，你看那戴眼鏡的小白臉，把手伸得多深！那小娘們兒還一個勁兒樂，趕上她過癮了！」

「就數村東鄭三炮的新媳婦還知道臉紅，死活不解開衣服，那小白臉只好隔著棉襖聽診，哈哈哈……除非那小娘們兒的心臟，像砸夯一樣大動靜！」

「哈哈哈……」

男人們無拘無束地、放肆地議論著，說鬧著。衛生局劉局長無奈之下，找村長胡大倫交涉。

「去去去，都回家去，這兒沒你們老爺們兒的事！」胡大倫轟這些嘴巴損的男人們。

「大村長，怎沒我們的事？我老婆可在裏邊！」有的起鬨。

「我老婆也在裏邊！誰還搶了你那臭娘們兒？」胡大倫訓斥。

「那沒準兒。已經占了不少便宜了！我那老婆可珍貴了，誰像你的，好像誰摸都行！」起鬨者說完就開溜。

「混球！」胡大倫從他後邊罵一句，然後好說歹說把這些男人們都轟走了。

這時，派去叫杜撇嘴兒的小夥子回來，向胡大倫報告說杜撇嘴兒來不了。

「怎了！她敢不來！」

「趴窩兒了，發燒！」

「『大仙』還得病？保準是裝熊！」胡大倫回辦公室，向古旗長彙報此情況。

古治安正和趕到這兒來的哈爾沙鄉的鄉長劉蘇和談著話。

「走，她不來，那咱們去瞧瞧她。『狐仙』的事兒是她搞起來的，此人要好好教育教育。老胡，你去叫個大夫，一塊兒去。」古治安站起來，和劉鄉長等人往外走。

古樺捅了捅旁邊的白爾泰說：「咱們也瞧瞧去！」

「古旗長沒叫咱們……」白爾泰猶豫。

「嗨，你真呆，這有啥呀，下鄉工作，要積極主動，再說這杜撇嘴兒，過去當過薩滿教的『列欽』巫女，正是你要調查的對象哩！」

「是嗎？那咱們去！」白爾泰和古樺一起走出屋，跟上前邊的古旗長他們。

「妳可真是你們主任的好參謀，硬把人家給拉來了。」古治安回過頭，向他妹妹逗著說。

「那當然，這叫開展工作，是吧，白老師？」

「嘿嘿嘿……是，是。」白爾泰也笑起來。

當他們一行人快走近杜撇嘴兒那兩間舊土房時，有一小孩兒飛跑過去報信兒了，只見有兩三個年輕婦女匆匆忙忙從那兩間房走出。

胡大倫說：「這老巫婆，還在招人搞活動！」

屋裏，門窗堵得嚴嚴實實，大白天在裏邊也黑咕隆咚，灶口祭燃著糠秕子之類的「避邪物」，煙氣騰騰，嗆人嗓子。櫃子上點著一盞油燈，裏屋門的上框部，吊掛著五色布條兒幡旌，地上拋撒了不少高粱和穀粒兒。

古治安他們進屋時，有一老年婦女正從西牆上摘下一張圖，急急忙忙捲巴著。整個屋裏陰氣森森，充斥著邪門歪道的各種氣味，好人進這屋也抗不住打冷戰。

「這是在搞啥亂七八糟的！鬼鬼氣氣，神神道道，你就是杜撇嘴兒嗎？」古治安忍不住大怒，衝那位捲圖的老婦女喝問。

「俺不是、不是『杜大……仙』，啊，杜大姐……她在那兒躺著呢。」嚇得那個婦女打一哆嗦，趕緊往炕上指了指。

土炕角躺著一人，身上蒙蓋著厚棉被，上邊又壓了一件羊皮大衣，縮成一團。聽見來人，腦袋從被子裏露出來，額頭上紮著一條紅布帶子，一頭花白的頭髮披散在脖子上，臉頰上兩個顴骨那兒緋紅緋紅，而一雙綠豆似的圓眼睛賊亮賊亮地閃動著，看人似刀子般扎個透。一見來人，嘴裏邊哼哼唧唧呻吟開了：「我要死了，我腦袋疼死了……」

古治安盯一眼炕上的杜撇嘴兒，繼續追問那個老婦女：「那妳是誰？在這兒搞啥名堂？」

「我、我、我沒搞啥名堂，我是鄰居的包嬸兒，杜大……姐生病了，來看看她……」這位姓包的老婦女支支吾吾，把手裏的那張圖往身後藏了藏。

「不要掖掖藏藏的了，把那張圖給我看看！」古治安說。

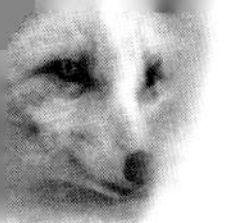

「哦，不……」那女人還往後縮，胡大倫走上前，硬是半搶半奪地從她手裏拿過那張圖，遞給了古治安旗長。

古治安攤開那張揉得皺皺巴巴的圖。

「果然是所謂的『狐大仙』像，我見過，我家老太太『請』的那張跟這一模一樣，看來這像是原圖了，全照它描的！」古治安把那張圖傳給別人看，自己走向炕邊，衝杜撇嘴兒說，「妳生病啦？得的啥病？醫生，給她檢查檢查，先瞧病，再問話。」

跟來的那位醫生按照旗長的吩咐，開始給杜撇嘴兒看病。古治安又叫胡大倫把遮擋窗戶的布毯子撤掉，滅了灶口的燃物，這下屋裏明亮了許多，空氣也清新了不少。

這會兒，那位醫生向古治安報告說：「她沒啥大病，看來主要是神經性的頭疼，心率很快，血壓偏高，心血上衝，中焦堵塞，大腦處在極度亢奮狀態。打一針安神類的鎮靜劑就好。」

「這都是『狐大仙』附體下凡瞎折騰的結果！現在，自個兒倒收不住了，哈哈哈，害人害己！先給她打一針吧。」古治安說。

「我不打針，我不打針……」杜撇嘴兒往被窩裏縮，眼睛突然變得亮晶晶，神情異常緊張，說話的聲音也變了，顯得很恐怖的樣子。

「妳怎麼了？不要緊張，不要緊張。」醫生見杜撇嘴兒神色有異，趕緊安撫著說。

「不不不，你們走開！走開！」杜撇嘴兒越發地厲害起來，「呼」地坐起來，用被子包裹著身體，似乎害怕著什麼，縮到牆角，身上哆哆嗦嗦，眼神閃爍不定，很是不正常，失去常態地「吱、吱」尖叫。

「她這是怎麼啦？怎麼像是狼狐般地尖叫？」古治安等人也感到十分怪異。

「我也覺得不可思議，」那位醫生手裏拿著注射器，站在炕邊，眼睛盯著杜撇嘴兒，「好像也不是裝出來的，神經似乎失去控制了，這好像由於受外界什麼一個大刺激後造成的，弄不好她會瘋的……」

「村裏娘們兒犯魔症病，都跟她這個樣子差不多，過一會兒還會瘋哭瘋笑哪。」胡大倫在一旁看著，很有經驗地說道，「她本來有一套，這兩天沒傳上那病，所以村裏人信她，看來還是沒躲過去。道行終是不行啊！」胡大倫幸災樂禍般地感歎起來。

「你的意思是說，她也被什麼『狐狸迷住』了？」古治安追問。

「可不怎地！」胡大倫覺得不對，趕緊打住，「呵呵呵，我的意思是說，呵呵呵，村裏娘們兒犯病，都這個德性……」

這時，杜撇嘴兒突然尖聲笑起來，聲音刺耳，「格格格……」一串兒一串兒地狂笑不停，笑得前仰後合，東倒西歪，那花白的一頭亂髮都披散到臉上胸前，顯得十分恐怖，令人毛骨悚然。不一會兒，她又「嗚嗚嗚」號啕大哭起來，眼淚鼻涕一起流，好像遇到了什麼傷心事，哭得那麼哀婉悽楚，抽抽咽咽。

「快給她強行打鎮靜劑！」古治安命令。

於是，胡大倫、劉鄉長還有古樺等跳上炕，抓胳膊的抓胳膊，按腿的按腿，醫生擼開她衣袖，露出她那隻瘦得像麻稈似的手腕，把那劑鎮靜劑強行推進去。

「你們要毒死我！要毒死我！我不打針！」杜撇嘴兒拼命哭叫著，掙扎著，像一隻困獸齜牙咧

嘴。

打完針，人們從炕上跳下來。杜撇嘴兒撫摸著手腕，雙眼盯著那打針處發愣，嘴裏瘋瘋癲癲地不知在叨咕什麼。大約過了半個小時，她的神情安穩了許多，不再哭鬧了，虛脫般地靠牆角癱坐著，微閉上眼睛誰也不睬。

「杜其瑪，杜撇嘴兒，妳聽好了，」胡大倫這會兒跟她說起話來，「今天，咱旗裏古旗長和劉鄉長都上妳這兒來了，領導上要有話問妳，妳可要照實說，聽明白了嗎？」

杜撇嘴兒眼睛翻了翻，看一眼胡大倫，不搭腔。

「杜其瑪，妳剛才怎麼了？妳自己知道嗎？」古治安問。

杜撇嘴兒依舊不答話，閉著眼睛。

問了三遍，仍不回答。

劉蘇和鄉長來氣了，提高了聲音威脅說：「妳不說話，那好，先把妳押到鄉派出所收審再說。妳搞了這麼多迷信活動，閉口不說就想完事了？」

一聽「押到派出所」，她急了。

「別別別，別抓我，我說，我說……」杜撇嘴兒終於開口說了，「剛才，我迷糊了一陣兒，啥也不知道了，你們剛進來那會兒我還明白，一聽打針我一害怕，就啥也不知道了……」

「是不是妳被啥嚇著過？妳遇過啥可怕的事？」醫生在旁邊問。

「對，對，就是昨天晚上的事，當時嚇得我魂都出來了。」杜撇嘴兒的眼睛充滿恐懼地閃動起來，似乎不敢回想那事。

「妳遇見啥了?」醫生問。

「還能是啥,就是那隻『鬼狐』唄……」杜撇嘴兒心有餘悸地低聲說,接著不吱聲了。

「鬼狐?」

「啥鬼狐?妳也遇見了那隻狐狸?」胡大倫問,「到底是怎回事?」

「唉,都怪我自個兒好奇,跟蹤了那個小娘們兒……」杜撇嘴兒歎口氣,接著說起下邊一段她經歷的怪事。

昨晚睡覺前,她出屋解手時,聽見了一聲奇怪的野獸嗥叫。那尖尖的刺耳長叫聲,是從村西北的鐵家墳地那邊傳過來的,她站在院子裏聽了一會兒,沒有過多久,她便看見有一個人影向村西北方向匆匆走去。她感到好奇,暗中追過去,發現那人原來是鐵家兒媳婦珊梅。

本來,前一天從墳地回來後,她見珊梅已中邪,神志不正常,這會兒見她天黑了還往墳地那邊跑,她更是萬分奇怪,於是悄悄地一直跟蹤珊梅而去。

這時候開始,村裏的婦女們也騷動起來了,「嗚哇」亂叫。她並沒去理會那些,一直跟蹤著珊梅,她到了鐵家墳地中的那棵老樹附近。月光下,她發現珊梅神情恍惚,臉色蒼白,身體還搖搖晃晃的,就像是夢遊一樣,心智不清。這時,她和珊梅都看見了那隻獸——銀狐。只見牠用後兩條腿直立在雪地,仰起尖嘴,衝天上的一輪清月淒厲地嗥吠,還不時在雪地上跳躍舞動,猶如一位美麗的舞蹈演員。

當這隻銀狐吠叫時,有一股奇異的強烈刺鼻的臊不臊香不香的氣味,瀰漫了老樹周圍。她聞到這股氣味時,渾身激靈了一下,神志開始迷糊起來,就像前日遇見中邪的珊梅目光時產生的那種感

覺。她嚇得趕緊咬破舌尖，噴出一股血沫兒，才穩住神兒，不過，那個珊梅可不一樣了，她隨著銀狐的動作也在原地舞動起來，嘴裏還低聲哼著曲兒，「格格格」笑著。

她不敢再待在這兒，自己的心裏也一陣陣犯迷糊，正要轉身離去時，便聽見了一個人從遠而近的腳步聲。她看見老鐵子出現在老樹前的雪地上，舉起獵槍朝那銀狐瞄準。「砰」的一聲響，雪地上打得冒煙兒，可那隻銀狐一閃就沒影了，而這邊呆頭呆腦跳舞的珊梅卻哭喊起來：「我的腿，我的腿！」她也被這些突如其來的鬼怪事和開槍的事嚇得沒了魂兒，癱在地上了。

不知過了多久，她才醒過來，老樹下也不見了狐狸和老鐵子的影子。那位可憐的珊梅卻還躺在原地，一動不動。她悄悄爬過去，摸摸胸口，還有熱乎氣兒，趕緊推搖她想把她弄醒，可沒有成功。出於好心，她半拖半扛著這個受傷的女人，費力地往村裏的方向走。

不知過了多久，她才把珊梅弄回村裏，怕沾事兒，她把珊梅送到她家門口就悄悄走掉了。這時，她也聽見甦醒的珊梅在哭叫，正在到處找媳婦的鐵山也發現了珊梅。經歷了這場可怕的事，她就變得現在這個樣子，一遇到什麼刺激的事兒就出現「魔症」的狀況，而她自稱這是「狐仙附體」，繼續矇哄村裏人。

「你說的這些，全都是真的？」古治安半信半疑地問。

「有一句假的，你們就抓我押大牢！」杜撇嘴兒撇撇嘴，發誓賭咒。

「還真有點邪門，啊？你說怪不怪，難道狐狸真會迷人？我不信這一套！醫生，你說，醫學上能說得通嗎？」古治安詢問。

「這……」那位醫生也猶豫著，「民間是有這一說，尤其北方和東北地區，解放前非常盛行這些東西。至於醫學上嘛，我沒看到過確切的科研資料，不過，有一家讀者文摘之類的報刊，轉載過西方的一篇文章，說狐狸身上能放射出一種氣味，這種氣味對某些神經衰弱的女人產生紊亂神經作用，誘發歇斯底里病症。不知道這條消息可靠不可靠，有沒有經過科學試驗。」

「噢？有這事？」古治安覺得新奇，思索著說道，「先不管它了，我們先處理眼前的事兒。剛才杜其瑪講述的情況，我們再找老鐵叔核實一下就清楚了，冒出了一隻老銀狐，把整個哈爾沙村給攪翻了天，加上『杜大仙』的推波助瀾，全村沒有了人的浩然正氣，都成了鬼狐天下！這成何體統！杜其瑪，我在這兒嚴肅地告訴妳，從現在起，不許妳裝神弄鬼，當什麼『狐大仙』騙人了！聽見沒有？」古治安口氣非常嚴厲。

「是，是，我再也不敢鬧了，鬧得我自個兒都沾上了……」

「也不許妳向村裏人再賣什麼『狐仙像』！如果我們發現妳還在搞這些鬼名堂，毫不客氣，先抓妳坐大牢，押幾年！」

「是，是，是……」

「妳先養病吧，這事兒還沒完，等妳病好了，妳再到政府那兒，說清楚裝『大仙』賣『狐仙像』的全部經過。」古治安轉過身，向劉蘇和等人說，「咱們走，老胡，你去召集全村的黨員和村幹部到村辦公室開會。老劉，你們鄉黨委也要來幾位主要領導。另外，老胡，你派個人把老鐵叔找來。」

胡大倫從古治安那張嚴肅而緊繃的臉上，感覺到一種不祥的預感襲上心頭。

五

「妖精！我是妖精！格格格……我是狐狸精！格格格……」

哈爾沙村的冒黃土的村街上，傳出一串尖利刺耳的瘋笑聲。隨著，在驢打滾的灰堆旁，出現了一個披頭散髮、敞胸露懷的瘋女人。

她是珊梅。本是神經受刺激有些不正常，又遇眾村婦嘲諷辱罵，她那脆弱的神經完全崩潰了，跑出村部辦公室，經風一吹，她那顆迷亂的心更散了。誘發出更嚴重的神經錯亂症。

「我是狐狸精！你知道不？格格格……」她揪住一個上學的女孩子書包不放，非讓人家承認她是妖精。

「放開我的書包！阿姨，快放開我的書包，我要遲到了……」那女孩兒嚇得快哭出來。

「我真是女妖精，狐狸精啊！妳可要記住，黑夜裏出來吸人血！格格格……」珊梅兩眼賊亮，雙頰通紅，張牙舞爪地「吱吱」學獸叫。

「哇！……」那女孩兒丟下書包就哭著跑。

正這時，白爾泰和古樺要去村裏的老喇嘛吉戈斯家，路經這裏看見了這一幕。

「珊梅！妳怎麼了？」白爾泰走過來。搖晃一下珊梅的手臂，「妳鎮靜點，不要胡鬧！」白爾泰昨夜見過她的瘋態，見她現在又犯病，向古樺介紹她的情況，並說：「咱們先送她回家吧，改日再找吉戈斯老喇嘛。」

「好。」古樺也同情地說。

「小女孩兒，回來！把書包拿走，到學校告訴你們鐵山老師，就說他老婆病了，叫他快回家！」白爾泰叫回那個哭跑的女學生。

「我是妖精！格格格……你們也是妖精嗎？」珊梅乜斜著迷亂的目光，問白爾泰他們倆。她已認不出白爾泰。

「是，是，我們也是妖精，大家都是妖精，咱們先回家，好不好？妖精也有家，妖精也得回家喲……」白爾泰順著她勸哄，顯得很耐心。

「妖精有家，妖精回家嘍……」珊梅倒是很聽白爾泰的話，順從著他的意思，被二人夾扶著往家走，不再爭鬧。

「她還真聽你的話，這一轉眼，我們都變成『妖精』了。」古樺向白爾泰擠擠眼，嘿嘿樂。

「權宜之計，權宜之計，病人不好跟她爭的。當當『妖精』也不壞嘛，人和妖，本來差別也不大，還可互相轉換。」

「你這是典型的『人妖不分』。」古樺笑。

「你們在說啥呢？啥人啊妖啊，現在妖精可比人好，人害人，妖精不害人。格格格……」珊梅瘋言瘋語插一句，弄得白爾泰和古樺趕緊緘口，同時琢磨著她的這句瘋語，相互大眼瞪小眼。

冰冷的屋子，冰冷的炕。他們二人好歹扶著珊梅上炕，歪靠著被摞兒坐好。珊梅眼睛盯著一個地方，不時格格瘋笑，二人又不好扔下她一人走開，於是三個人就這樣乾坐著，等候珊梅的男人鐵山回來。

「珊梅！妳怎麼啦？出啥事啦？」鐵山終於趕回來，跑得呼哧帶喘，滿頭大汗。

「你是誰？你不是妖精，他們才是妖精，你出去！這兒是妖精的家！格格格……」珊梅全然不

認識丈夫，胡言亂語。

「這是怎的了？她怎瘋得這麼厲害了？」鐵山抓著珊梅的肩膀搖晃，掐她的人中穴，可現在他這一招兒也不管用了，珊梅掙扎著伸手就往他臉上抓。一下子，鐵山的右臉上出現了三條半血跡。

「妳抓破我的臉了！媽的，妳敢抓我的臉！媽的……」鐵山不知是急還是氣，殺豬般地大叫起來，隨著揮起右手「啪」一聲搧在珊梅的臉上。珊梅猶如一捆稻草般，輕飄飄地倒向一邊，仍然「格格格」地笑個不停。

「鐵山，你幹啥呢這是！她瘋了，你也瘋了？怎麼跟她一般見識？你這人怎麼這樣！」白爾泰看不過去，大聲訓斥著，跳上炕，拉住鐵山。

「我打我的老婆，關你啥事？都給我滾開！」鐵山摸著滲血的臉頰，火氣沖天地大叫。

「你這人真是『狗咬呂洞賓不識好人心』！我們好心好意把你瘋老婆送回來，還挨你罵！你他媽的比她還瘋！」旁邊的古樺來火兒了，一拉白爾泰，「白老師，咱們走，這一家全是瘋子，咱們別操這份閒心了！」

白爾泰想一想，不好再待在這兒，跟著古樺往外走，到了門口，回過頭看一眼炕上傻笑的珊梅，又生出幾絲惻隱，對氣呼呼愣在那兒的鐵山說：

「你老婆病得不輕，村部來了旗醫院的很多大夫，你快去請來一個給她瞧瞧吧，不能再耽誤了！」

「妖精走了！妖精走了！他不是妖精，幹嘛留下呀？」珊梅瞪大眼睛指著丈夫鐵山提問，她的左臉已紅腫出五個指印，可見鐵山下手夠狠，她卻沒有疼痛感覺，仍舊傻笑著嚷嚷，「我這妖精也要走，妖精的窩兒留給這外來的傻小子吧，格格格……」

珊梅說著就溜下土炕，要跟著白爾泰他們往外走。

鐵山一把抓住了她。「瞎跑啥呀？給我老實待著！」

「不，妖精跟妖精走，不跟人在一塊兒，格格格……你傻小子，一個人待在這老窩兒吧，格格。」珊梅斯斯文文地跟鐵山掙脫，身上卻軟軟綿綿毫無力氣，被鐵山重重摜回硬梆梆的土炕上，如一只空心皮球。但她顯現出一個瘋子的不屈不撓的固執，依舊「格格格」駭人地癡笑著，撫摸著被摜痛的屁股爬起來，還要往外走，嘴裏仍叨咕著：「妖精不跟人在一塊兒，人老折騰著妖精下崽兒，煩死妖精了，格格格，妖精不下崽兒，格格格……」

珊梅瘋瘋癲癲，顛三倒四，像一個喝醉的酒鬼酒後吐真言。這倒讓丈夫鐵山愣了一下。瞅瞅老婆，瞅瞅白爾泰他們，打也不是，放也不是，不知怎麼辦才好。

「這樣吧，她待不住，我們幫你一塊兒帶她去村上看看醫生，檢查檢查吧。你這樣跟她折騰也不是辦法，她腦子不清醒，聽不懂人的話，不能跟她硬來。」白爾泰站在門口，向鐵山說。

「那好吧。」鐵山只好放開揪著老婆的手。

「好嘍！妖精自由了！」珊梅像小鳥般撲扇著雙臂，往外跑。

「真可憐。」古樺嘀咕一句，扶著珊梅往外走，後邊跟著鐵山和白爾泰。

醫生們重點「關照」珊梅，作爲研究的病例或病源，進行了全面仔細的檢查。當然，神經系統的疾病，很難在沒有先進設備的情況下，做出更爲精確的診斷，何況醫生們也不是來自專科醫院如

精神病醫院什麼的，以往他們遇到個別這樣的病例，都送往通遼市的精神病院了事。如今面對全村這麼多婦女，不好把她們統統送到精神病院，把哈爾沙村搞成一個沒有女人的世界，那些男人們不活剝了他們才怪哩。現在只能穩住病情，觀察幾天再說。

古治安旗長他們也過來瞧了瞧珊梅，問一些杜撇嘴兒說的那情況，可珊梅除了傻笑，一問三不知，一概不記得那一晚發生的事情，給別人看小腿的傷處時，還傻呵呵地問人，這傷是怎回事，古治安只搖頭苦笑。

白爾泰對這可憐女人的遭遇，一直百思不得其解，心中縈繞著一些疑問：狐狸真能迷人嗎？哈爾沙村的婦女們究竟怎麼了？醫學、科學如何解釋哈爾沙村發生的這一奇怪現象？難道那莽莽的大漠、神秘的自然界，真的有一種人的力量無法控制的神秘而不可測知的東西，在冥冥中向人類發難嗎？宇宙、大自然太浩大宏偉，而依附其寄生的人類又太渺小，卻又妄自尊大地向浩大的自然挑戰，破壞其平衡，所以正在遇到某種懲戒嗎？白爾泰遙望著遠處茫茫大漠，默默地思索。

古治安走過來，拍了拍他的肩膀。

「老白，你有何想法？你相信這是狐狸在作祟嗎？」

「我？我的想法無關緊要。問題是事情本身，它的神秘性，隱藏在其背後的內涵，人類現在掌握的科學如何解釋？其實，人類是無法以自己的有限來測度宇宙自然的無限，甚至搞不清人類自己生命本身。一切無法逃脫大自然的法則，答案在大自然。」

「你這是高深莫測的抽象說法。我在找具體的答案。」

「那只好找你的醫生們，或者找那隻神秘的銀狐了。」白爾泰笑了笑。

「是啊，醫生和銀狐，醫生只管治病，銀狐又不知在哪裡。」古治安也無奈地攤手笑，「看來，你又想把此事跟你那薩滿教的崇拜大自然的信條聯繫起來詮釋，哈哈哈……」

「萬流歸宗嘛，現在的人類，缺少的就是這種崇拜，缺少對大自然和宇宙的神秘感。」

「是不是讓人類重回樹上去？」

「森林正在從地球上消失，想回去也快沒有樹了。」

「不要太悲觀，土地只要不消失……」

「土地？我的旗『王爺』，你抬起眼睛往遠處看，那就是『土地』，沙化的『土地』，寸草不長！不要多久，人類的『聰明』將被這種各類『沙漠』埋沒得無影無蹤，到那時，也許人類悔恨自己是否太聰明了，聰明反被聰明誤？人類一開始變得聰明後，就被這『聰明』爲代號的『魔鬼』引導著，走向深淵，慢慢尋找著一種歸宿，誰知這種終結點會去哪裡！」

白爾泰悲天憫人地發表高論，眼神幽深，神情莊重。

有人來叫古治安，說開會的人都到齊了。

「咱們以後再討論你這玄奧的話題。」古治安笑著說完，去開會了。白爾泰也帶著古樺去找吉戈斯老喇嘛，搞調查。

鐵山的老婆珊梅經醫生們治療、打針吃藥後，神情安穩了許多，不再胡說瘋笑，稱自己是「妖精」了。不過依舊癡癡呆呆，對周圍很麻木。鐵山領著媳婦回家。

黑夜又籠罩在哈爾沙村。

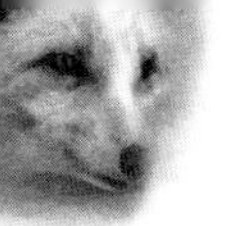

經白天的一番折騰，似乎感到疲倦了，此刻的村莊顯得寧靜而有些死氣沈沈。狗不叫，人不吵，連黑夜裏的牛都停止了咀嚼，進入昏睡，唯有村南那條小沙漠河的冰面，偶爾傳出「劈啪」的凍裂聲。

鐵山被一種動靜弄醒了。聲音很奇特，似呻吟又似呼叫。

他伸手一摸，睡在旁邊的珊梅的被窩是空的。他吃了一驚，坐了起來。屋裏很暗，有稀疏月光落在窗戶紙上。

這時他又聽見了那個聲音，似乎來自近處又似乎很遙遠，而且令他心驚的是那個聲音，正在召喚他的那個聲音，他感到很熟悉。

「鐵山，鐵山……我的兒……」低啞而稍蒼老，柔和而又很空靈，是個女人的聲音。

他終於聽出來了，這是他已故去多年的老母親的呼叫聲！鐵山的心急速地跳起來，有些毛骨悚然。

這時，只見有月光的窗戶前出現了一個人影。她，赤身裸體，身上一絲不掛！長髮披散到赤裸的肩背上，朦朧的月光依稀照出她鼓突的雙乳、曲線的臀部，緩緩舒展著女性柔美的軀體，向傻愣坐在炕上的鐵山俯下身來，嘴裏發出低低的充滿誘惑的聲音：

「鐵山，鐵山，我的孩兒……」

本來有些迷惑的鐵山頓時清醒過來了，他認出聲音極像他母親的這個女人，就是自己的老婆珊梅！

「珊梅！珊梅！妳醒醒，妳這婊子，怎學會我媽的說話聲！快醒醒！」鐵山壓抑著內心的恐懼，伸手搧兩下珊梅的臉蛋，一下把她推倒在炕上。

「格格格……你這孩子……爲啥打娘呢？娘給你吃奶……格格格。」珊梅依舊迷迷濛濛地發出鐵山娘的蒼老聲音，那個樣子全然不知自己在何處、在幹什麼、在說什麼。

「別再鬧了，再鬧，我把妳綁起來，送到村部打針！老實躺著！」鐵山把她按進被窩裏，厲聲呵斥，又劈哩啪啦打了一頓。

「別打！別把我綁起來！我不鬧，不鬧了……」珊梅可憐巴巴地求饒，但聲音仍然是蒼老而低啞的鐵山媽的聲音。

鐵山心裏一陣陣發毛，頭髮根直豎，莫名的恐怖感攫住他心靈。他感到自己的老婆珊梅已經不存在了，已經變成一個可怕而邪魔的軀體，如果過去自己還對這充滿性感、讓自己得到滿足的女人有些真愛的話，現在那種感覺正在消失，正由一種畏懼及內心的仇視所代替。

他點上燈，披衣下地，從櫃子上拿出白天醫生開的安神之類的藥給珊梅吃。不一會兒，珊梅漸漸睡去。他冷漠地看著已經不認識了的這個女人，歎一口氣，然後抱起自己炕上的被子向外走去。

他吹了燈，把這屋從外邊鎖上，一人去睡父親的西屋。

他躺在西屋冰涼的土炕，無法入睡。假如珊梅的病始終不好……假如這個不會生孩子的瘋女人一生這樣，我怎麼辦……假如……

天亮時，他剛要迷糊中入睡，就聽見了東屋珊梅擂門的聲音。

「開門啊！我要撒尿！」

「你媽的，就屋裏撒！」他吼一句，就拿被子蒙上頭，兀自睡去。

第六章　鐵家老樹

歸來吧——
你迷途的靈魂，
啊哈嘿，啊哈嘿——
從那茫茫的漠野，
從那黑黑的森林，
從那迷人的神獸旁，
歸來吧，歸來吧——
你那無主的靈魂！

——引自科爾沁草原古老的《招魂歌》

一

鐵家墳地，在那棵老樹上空，出現了一個驚人的怪現象。

大白天，從老樹黑洞中，飛躥出無數隻黑蝙蝠，形成一根黑色的煙柱，飄飄悠悠直上雲霄！

那些蝙蝠一個個肥碩肉乎乎，疾速搧動肉翅，顯得驚恐慌亂，顧不上白天的日光照射，只顧逃命地湧出樹洞，飛向天空。

這是百年罕見的景象。千萬隻蝙蝠，這些只在黑夜裏出沒、長一雙肉翅會飛的哺乳類動物，突然從一棵多年老樹洞中飛躍而出，而且依附攀飛，相互不離散，密密麻麻，形成黑色的活動飄浮的長筒形立體，直矗在晴空中，這是個多麼可怖的現象！

令人費解的是，那棵老樹洞怎麼會棲息著這麼多蝙蝠？平時有些淘氣的小孩兒爬進那樹洞玩過，根本沒見著過有蝙蝠，只是些糟軟的樹心和鳥蟲糞便而已。如今怎麼會冒出了那麼多黑壓壓遮天蔽日的蝙蝠來?!

有兩個趕牛的村童和揀柴的老人，發現了這一奇景，心驚肉跳，不安地議論。

「鬧鬼了！鬧鬼了！」

「鐵家墳地的老樹成精了！」

「去叫人拿槍掃牠們！」

「動不得，招災呀！那是黑精靈，鬼魂啊！」

圍觀的人越聚越多，七嘴八舌，可誰也不敢靠近過去，更無人動心思敢去射打那些蝙蝠。一個不祥的念頭正攫住人們的心，唯恐褻瀆了什麼神靈，降禍於自己頭上。

大約過了半個鐘頭，那個黑色立體煙柱逐漸消散，大部分則消失在天空中不知去向，一小部分卻重新飛落進那老樹洞後不見。人們更是視老樹爲鬼精附體的邪樹，都認爲那蝙蝠不是「蝙蝠」，是鐵姓家族已故先人的鬼魂，如今顯現絕不是什麼好事，全村要倒楣。人們又開始惶惶不可終日。

黃昏時分，那隻老銀狐——妊干・烏妮格便從老樹洞裏伸著懶腰，跳下來了。美麗得迷人，白得晃眼。

帶領兒女捕獵蝙蝠，致使那些蝙蝠不得已倉皇逃出樹洞，引出村人各種猜測的這隻老狐，此刻牠安閒地踱步，嗅嗅走走，伸舌頭舔舔地上的白雪，以解過多食用蝙蝠後造成的焦渴。

四周靜悄悄，墳地沒有人。牠便仰起尖嘴低吠了兩聲。於是，五隻半搭兒狐崽從樹洞裏魚貫而出，落在地上，向母狐靠攏。牠們在雪地上嬉戲玩耍，打滾追逐，外邊畢竟比地下墓穴舒暢多了。

過了一會兒，老銀狐領著孩兒們，向墳地西南方向走去。那邊是村南那條沙漠小河的上游，在一座高沙坨根的向陽處，有一小塊兒冬天總不封凍的活水口子。老銀狐一家，每過幾天就去那裏飲一次水。

有一位頭上紮紅布條的老女人，一直觀察著鐵家墳地老樹周圍的動靜。她大概因白天的蝙蝠飛躥引起她的好奇心，想探明白老樹之謎，便躲在暗處遠遠等候。

剛才一見跳出那隻雪銀色的銀狐，嚇得她差點叫出聲來。正想逃走，又見跳下來四五隻小狐崽，她被好奇心拖住，壯著膽子繼續看下去，沒想到老銀狐帶著群狐直奔她這方向而來。她躲閃不及，嚇得她「撲通」一聲跪在地上，腦袋不停地往雪地上磕頭，嘴裏顫顫抖抖地直求饒：

「狐大仙，別怪罪小民衝撞了仙體！請饒恕我，小人回家好好燒香祭拜您老的大仙堂……」

老女人跪伏在地一動不動，更沒有抬頭看一眼。那銀狐先是一愣，撞見兩條腿的人，牠也驚了一下，但見這兩條腿的人跪在地上並沒有惡意，牠也放心了許多，帶領狐兒們大搖大擺地從旁邊小跑過去，不再理睬此人。

不遠處，也有幾個傍晚從野外幹活兒回來的村人，見著老女人和銀狐狸的情景，又想起白天老樹鬧鬼和幾天來村裏鬧狐仙的事，更以爲這便是狐大仙顯靈，於是也都學著老女人的樣子跪在小路旁，磕頭如搗蒜，膽戰心驚地送狐大仙們堂而皇之地走過去。

從這天起，老銀狐和牠的孩兒們變得膽大起來，不再晝伏夜出，回避兩條腿的村裏人了。牠們見人類不再像過去那樣傷害自己，而且一見牠們不是躲得遠遠的，就是立刻下跪伏地，恭恭敬敬，狐狸們更是狂野起來，有時餓了，還敢溜進村中偷偷雞吃。

這個村的人們，也似乎有了某種默契，誰也不聲張這一現象，也不驚動政府，而且有人還索性把家裏的雞鴨，主動送到老樹下邊去。

狐狸們何時受過這等寵敬愛戴！

老銀狐變得更爲大膽了。不知何時，從哪兒招來了更多的沙漠中的其他狐狸，成群結隊地出入老樹洞，一起穴居在地下墓室，把這裏當成了豐衣足食、沒有任何危險的安樂窩。

二

「喇嘛爺爺，我們來看您老人家。」古樺說。

「……」土炕西頭正襟危坐一老翁，閉目念經，前邊炕桌上擺一卷厚厚的藏文經，嘴裏哼哼叨叨，並不搭理進屋之人。

「喇嘛爺爺……」古樺還想提嗓音叫，被白爾泰制止住了。

他們兩個人坐在東邊的炕沿上，靜靜等候，吉戈斯老喇嘛的侄兒媳婦，一位三十多歲的女人從東屋出來，向他們輕輕搖手示意，低聲告訴老爺子念經時一般不能打斷。她給他們倒了兩杯茶後，又出去了。

低沈而悠揚的誦經聲，在這兩間老舊的土房中傳蕩著。

念的是藏文經，白爾泰和古樺一句也聽不懂，偶爾不知念到何章節時，老喇嘛突然晃蕩一下放在桌上的小銅鈴，使他們心裏猛地激靈一下，有些肅然起敬地注視起他那張微紅而褶皺縱橫的老臉。

如此怠慢來訪者，這老翁是故意炫弄呢，還是念經開始後真不能中間打斷？白爾泰默默觀察老翁那不動聲色的臉，耐下心等待著。

吉戈斯老喇嘛終於喘口氣，「叮零叮零」搖動兩聲小銅鈴，便停止了念經，他微睜開雙眼，打量一下來者，問：「二位是……」

「喇嘛爺爺，您老不認識我了？我是古樺，村東老古家的閨女。」古樺有些不高興地說。

這回老喇嘛的臉色變了，態度也放輕了許多，口氣和藹起來：「喂喲喲，貴客，貴客，老眼太拙，竟沒認出來，妳不是在旗裏上班嗎？啥時候回村來的？」

「回來兩天了。這位是我們旗志辦白主任，白爾泰老師。今天特意來找您，我們想跟您聊一聊早年的事兒……」古樺直說來意。

接著，白爾泰把編寫旗志，需要瞭解庫倫旗歷史上一些宗教情況的要求，簡單介紹了一下。爲了避免老人反感，沒有一開始就提薩滿教「孛」的事，主要請他介紹一些庫倫旗喇嘛教的變革發展，還有他自己的一些經歷。

老喇嘛很高興，乾脆把桌上的經文收起來，用一塊褪色的舊黃布包起來放一邊，然後興致勃勃地跟他們聊起來。他大概以爲自己能編入旗志裏，是個很榮耀的難得之事。其實，庫倫旗喇嘛教的情況，白爾泰掌握得不比他少，只是出於尊重，很細心地聽著。

「我是『土改』那年，被趕出庫倫大廟還俗的。八歲入廟到三十二歲還俗，整整當了二十五年的喇嘛。剛離廟那會兒，真是心裏不好受，沒著沒落的，感到不當喇嘛這輩子算完啦，那種心情可能跟你們幹部『文革』中上『五七』幹校和下放改造的感覺差不多，可『文革』後，幹部們可以平反回城啊，我們這些被趕出的喇嘛們就沒有人管了，『土改』時候挨鬥，『文革』中也挨鬥，罪可沒少受，到頭兒來還是名不正言不順，只能坐在自家土炕上念舊經，唉。」老喇嘛滿腹牢騷地嘮嘮叨叨，停了一會兒，拍了拍桌上的那包兒經書，又說起來，「就爲了保存下這部《祝詞避邪經》，我把它東藏西掖，『文革』中把它埋在柴禾垛下，又怕被挖出來，把它裝進陶罐中，埋到我家墳地裏，你說說容易嘛。這不，我已經寫了狀子了，也找過妳哥哥古治安，我聯繫了幾十名還活著的喇嘛們，準備進京找佛教協會，找班禪大師，說說理。」

「喇嘛爺爺，你們想幹什麼？」古樺問。

「要求恢復庫倫旗喇嘛教的宗教活動，重修庫倫旗的福源寺，讓我們這些還在世的喇嘛們，有個念經的地方，有個歸宿。」老喇嘛把厚厚一疊兒訴狀子，遞給白爾泰、古樺看。

「我大哥怎麼說？」

「他支持，當然支持，妳哥可是個很開明的『王爺』。他計劃著恢復庫倫旗過去那種辦廟會的傳統活動，開發旅遊業，發展全旗經濟。我們從民間角度向上反映，他從旗政府的角度打報告，準備申請上邊的專款。我現在是等著開春呢，只要天一暖和，我就帶幾個人進北京，住雍和宮，那兒

我有好多教友，他們也會幫助我去見班禪大師的，聽說他很關心咱們蒙古地的喇嘛教狀況。」老喇嘛信心十足，躍躍欲試。

白爾泰心中感慨。宗教這東西可真有些神奇的動力，它讓這位年已古稀、行將就木的老人煥發出如此活力，不辭辛苦，聯絡眾人，還要進京活動遊說。人類只要有了信仰，凝聚力就增加，民族的生存發展能力也會變得強大，甚至無可阻擋。

「老喇嘛師傅，」白爾泰把那卷訴狀子還給老喇嘛，斟酌著詞句，「除了喇嘛教，您老還瞭解咱們庫倫旗薩滿『孛』的情況嗎？能不能給咱們說一說？」

「『孛』？薩滿『孛』？」吉戈斯老喇嘛那雙昏花的老眼頓時警惕起來，「你問它幹啥？『孛』還能編進旗志裏嗎？」

「不不不，隨便問問，我只是聽說過去咱們庫倫旗當『孛』和『列欽』的人也不少，隨便想瞭解瞭解。」白爾泰爲打消老喇嘛戒備心理，如此解釋。

「早年，在庫倫旗，喇嘛教才是正經，受朝廷和皇上保護。薩滿『孛』、『列欽』都是不入流的，屬於野的，一般都在民間活動，後來也都入了喇嘛教了，可能也有些少數的『白孛』歸順喇嘛廟後，暗中活動，可是後來也聽不見他們什麼消息了。」老喇嘛顯然不願談此話題，態度變得冷淡。

「聽說『土改』後，有一位『黑孛』傳人，從奈曼、達爾罕旗那邊逃過來，進入咱們庫倫北部沙坨子屯落後沒有消息了，老師傅，您聽說過此人嗎？」白爾泰壯著膽子，終於這麼問。

吉戈斯老喇嘛的那雙變得冷峻的眼睛，怪怪地盯視半天白爾泰的臉，似乎在尋找什麼答案，弄得白爾泰都不好意思了，有一種被冰冷的殺豬千刀在自己臉上劃來劃去的感覺。

「早年間，我也好像聽說過這樣的謊信兒，都不可信，無憑無據的……」老喇嘛輕輕鬆鬆否決掉了白爾泰抱有極大希冀的這個疑案，而且老臉上顯現出拒絕再說此類話題的斷然神色。

不過，白爾泰從他那眼神和臉色瞬間的變化上，明顯感覺到此老翁肯定知道點什麼，隱瞞著什麼秘密。在這種情況下，自己再纏著打聽也不會有什麼結果了，他這種經歷過人間各種風霜的人，不會輕易吐露自己心中秘密的。

正這時，從外邊跑進一個小男孩兒，告訴了他們鐵家墳地老樹鬧鬼、飛出蝙蝠的消息。於是，吉戈斯老喇嘛、白爾泰和古樺等人一同出屋，也去遙看那奇異景象。

「邪魔喲邪魔，老鐵家的墳地肯定有什麼不祥的邪魔在鬧騰呢！」吉戈斯老喇嘛合掌念咒。

「當年，庫倫旗的那條大溝裏，曾經也住著一個九頭惡魔莽古斯，弄得生靈塗炭，人畜不寧，後來從西天來的喇嘛大師迪安奇，把它打進地底千丈深穴，又在上邊蓋上貼符咒的鑄鐵重蓋子，讓其永世不得逃出來。」

「我見過那鑄鐵蓋子，『文革』中紅衛兵把它給掀開了，下邊什麼洞穴也沒有，就是黃土嘛，哪有被打進千丈深穴的九頭惡魔呀？」古樺笑說。

「孩子，凡人的肉眼哪能看得見呢？神物就是神物，那惡魔莽古斯肯定早跑出來，在人間爲害了，妳看看現在人間亂成了什麼樣子！阿彌陀佛！佛爺保佑！」

白爾泰和古樺辭別老喇嘛往村部走。半路上碰見了村長胡大倫，他也是聞訊而來，想看個究竟。

自打前兩天全村黨員幹部會上，古治安狠「K」他一頓，批評他進行工作不利，全村鬧「狐仙堂」不聞不問，自己還帶頭搞，讓他要好好檢討，之後，胡大倫的情緒有些提不上來，感到自己冤枉，心裏暗暗移恨於事情發源地鐵家墳地和老鐵家兒媳珊梅。

古治安等旗裏來的人，當晚開完會就回去了，臨走時向劉蘇和鄉長還交代下來，讓哈爾沙鄉準備召開全鄉村幹部以上人員的會議，專門研究哈爾沙鄉治理沙坨子的大事，並重點談了一下老鐵子黑沙窩棚治沙經驗。

當時胡大倫以爲自己聽錯了，老鐵子搞的那玩意兒叫治沙經驗？全是自私自利爲個人謀利的表現，還能當經驗推廣？但他學乖沒敢反駁，反正到時開會，去老鐵子的黑沙窩棚實地參觀，看情況再說。

那一晚，由於老鐵子去野外窩棚不在家，古治安旗長沒見著他本人，但留下話，讓老鐵子有個準備，到開會時介紹經驗。旗長的話，當然得由他村長胡大倫去傳達，這兩天他正琢磨著如何去找老鐵子，主要是還欠著那老小子的兩瓶酒、一車柴禾，一見面肯定張口要東西，沒東西，那老倔驢又要犯倔撂挑子，他得先備好東西才成。剛才聽人說鐵家墳地出怪事，心裏暗暗高興，懷著幾分幸災樂禍直奔鐵家墳地。

「你來晚了，村長大人。」古樺笑著說。

「怎了？沒了？那些蝙蝠呢？」胡大倫不甘心。

「蝙蝠？飛了，散了，該上哪兒就上哪兒了。」

「那老樹呢？鬧鬼的那老樹呢？」

「老樹倒在，還是棵老樹，原地沒動。村長，你也認爲是鬧鬼嗎？」古樺問。

「不是鬧鬼是啥？弄得全村雞犬不寧，怪事全出在那棵老樹上！我非叫人砍了它不可！」胡大倫氣不打一處來的樣子，咬牙切齒。

「砍老鐵家墳地老樹？格格格，那老鐵大叔不跟你拼命才怪哩！」

「他敢！我這是爲了全村百姓的利益，爲了消滅封建迷信的根源，是爲公家的公益大事！」胡大倫說得理直氣壯，振振有詞。

胡大倫邁著疾步走了，昂首挺胸，心中暗暗盤算：這回終於找到了把柄，找到了一個破鐵家墳地「風水」的藉口或者充足理由。

多年來，他一直在等待，等待一個完成祖宗遺訓的時機。他這內心的隱秘用心，只有他和老對頭老鐵子心如明鏡，妙就妙在這次他得把事做得有理有節，讓那老倔驢啞巴吃黃連，有苦說不出。

他越想越得意，忍不住「嘿嘿嘿」樂出聲，驚飛了樹上的烏鴉，嚇走了路邊尋食的狗。

三

九頭狼名叫陶克龍，五十多歲，長得虎背熊腰，很是威猛。

他並未食言，果真在黑風口路旁沙地上置了一桌酒席，等候鐵喜老「孛」一行人。而且，爲免起疑，他把手下人全部遣回老營，只留下兩三個拜把子親信接待客人。

上了黑風口，人們的眼前豁然開朗，兩邊則是遠近聞名的八仙筒老樹林，裏邊狼豹橫行，無人居住的原始森林密不透風，九頭狼的老營就紮在八仙筒裏邊某一處隱秘地方。

寒暄過畢，九頭狼從火堆上提起一鐵壺熱燙酒，往桌上的兩個大碗裏「嘩啦嘩啦」一倒，拿一碗捧給鐵喜老「孛」，自己端上另一碗，豪爽地說：

「爲老哥送行，沒啥玩意兒，濁酒一碗，本應請老哥哥到寒舍寬待，可老哥哥急著趕路，只好這樣簡便了，一是討個交情，二是爲夜裏的冒犯請罪，哈哈哈，來，小弟我先乾爲敬！」

說完，九頭狼一仰脖兒，「咕嘟咕嘟」，喝涼水般飲乾了那滿滿一碗六十五度「燒刀子」老白乾。

鐵喜老「孛」毫不遲疑，也捧著那一碗酒，慷慨而言：

「承蒙老弟抬愛，我鐵喜『孛』一行逃難之人，平安度過『黑風口』，又結交你這樣豪爽好漢，真是三生有幸！兩座山不會碰頭，可兩個人總有相見的時候，他日要是我鐵喜翻身得意之時，我定滴水之恩當湧泉相報，絕不忘了老弟這碗『燒刀子』！乾！」

鐵喜老「孛」也豪情大發，痛飲那碗老白乾。看得諾民等人心驚肉跳，不知九頭狼是真情還是假意，酒裏有毒還是無毒，都捏著一把冷汗。

小鐵旦坐在勒勒車的帳篷中，看了這一幕，從他娘的懷抱裏掙脫出來，跳下車，跑到爺爺和九頭狼跟前，大聲嚷嚷：

「我也要喝『燒刀子』！我也要喝『燒刀子』！」

「哈！這娃膽大，還真稀罕人！」九頭狼陶克龍，一見這聰慧伶俐頗有膽識的小鐵旦，高興了，抱起他親了親，拍了拍。

「這是小孫子鐵旦，才五歲，寵壞了，淨胡鬧。小鐵旦，快叫陶爺爺，不要胡鬧！」鐵喜笑著說，臉上不免有一絲擔憂之色。

「我沒有胡鬧。陶爺爺，他們說你是大鬍子，叫九頭狼，我沒有見你有九個頭啊？」小鐵旦一點不懼長得凶煞般的九頭狼，歪著頭端詳著九頭狼的腦袋和臉，突然這麼提問。

鐵喜老「孛」和諾民等人一聽這話，臉都變了。

「哇哈哈哈……」九頭狼張開血盆大口，爆發出粗獷的大笑，「你這小娃膽子夠大，好，有種！不愧是名『孛』鐵喜老哥的後人！今天九頭狼大鬍子爺爺，就告訴你我九個頭的秘密！小娃兒，你數數爺爺的臉上有幾條長刀疤。」

小鐵旦伸出小手指，果真一二三四地在九頭狼那張粗野如溝壑、傷疤縱橫似樹皮的長臉上數將起來。

「正好有九條大疤哩！」小鐵旦拍掌樂道。

「那就對啦，每條大疤都是仇家或官兵留給我的，每條大疤長好後，我等於又長出了一個頭，所以別人說我長著九個頭。每個『頭』裏可都有一段嚇人的故事喲……」九頭狼陶克龍的臉上，突然出現一絲陰影，神色變得黯然和沈重，似乎回想起那刀頭上舐血、槍彈中揀命的驚心動魄的往事。

「我要聽故事，我要聽長九頭的故事！」小鐵旦又嚷嚷。

「小鐵旦，別再胡鬧了，我們以後找個時間請陶爺爺過去做客，再讓陶爺爺講他那長九個頭的故事，好不好？」鐵喜老「孛」趕緊走過去，把小孫子鐵旦從九頭狼懷中抱過來，不能讓這寵慣的小孫子惹出什麼麻煩，節外生枝。

「等一等。」九頭狼叫一聲，走到鐵喜老「孛」身旁，「我喜歡你的孫子，這小娃兒將來肯定有出息，我這九頭狼爺爺要送他一件見面禮。」

只見九頭狼陶克龍，從腰上解下一把銀柄金鞘烏鋼牛角刀，遞給小鐵旦說：

「爺爺的這把保命的刀，伴隨我半生，危難時救過我多次命，爺爺能長九個頭跟它大有關係。今天，爺爺就把它送給你當見面禮！喜歡不喜歡？」

「喜歡喜歡，真好看！謝謝九頭狼爺爺！」小鐵旦銀鈴般喜叫。

「使不得！陶老弟，這禮太重了，這是你心愛之物，小孫子受之不當！」鐵喜老「孛」趕緊婉拒。

「你老哥，是不是看不起我這當鬍子的，要是真那樣，今天就算啦。」九頭狼不高興了。

「哪裡，哪裡，老弟不要誤會，那只好恭敬不如從命，我替小孫子真心誠意感謝你！」鐵喜老「孛」放下孫子鐵旦，握著九頭狼的手道謝，並轉身對孫子鐵旦說：「小鐵旦，快給陶爺爺跪下磕頭，感謝陶爺爺賞寶刀之恩！」

這時的小鐵旦變得十分乖巧，規規矩矩地下跪磕頭，認認真真，一絲不苟，高興得九頭狼一個勁兒狂笑，拍著胸說：

「好啦，你就是我的乾孫子了，往後你小鐵旦有啥事，九頭狼爺爺全包了！」

就這一句話，把小鐵旦的命運和九頭狼的命運連結起來，在往後那波瀾壯闊的風雲歲月中，使得這兩家人在血與火中鑄成友情，在科爾沁大地上書寫了一段驚人的歷史篇章。

鐵喜「孛」一行要啓程了。九頭狼陶克龍執意要親自送行十里外，鐵喜「孛」也不好拒絕。他們二人相互牽手，友情很濃地邊走邊聊天。

「陶老弟，也許我這老哥哥人老膽子也小了，說錯了你別見怪。該收山就收山啊，這刀頭上舐血的日子，總不是長久之計，不是我離間你，那個庫倫馬隊的蘇山老賊是個老狐狸，你得提防著點兒。」鐵喜老「孛」見九頭狼是個血性漢子，義氣之士，不像傳說中那樣兇惡之徒，於是就這麼直言不諱地提醒他。

「老哥哥說的是肺腑之言，我懂。蘇山那兒我心裏有數，應和他，我是爲了生存啊，萬一他跟我們奈曼旗這邊的馬隊聯手，兩邊夾擊我，那我就完蛋啦。其實，我早就想收山，隱名埋姓過太平日子了，不行啊！」九頭狼歎口氣說。

「怎不行？」

緘默片刻，九頭狼抬頭望著東邊的遠處，這麼說起來：

「這茫茫的科爾沁草原，哪有咱們落腳之地啊？我的老家原在東大荒，也就是科爾沁草原東南部的昌圖、四平一帶，那是多好的草牧場啊！可是自打達爾罕旗王爺出荒①，移民如潮般過來開墾草場種農田，草地全完啦。我隨父母趕著牛羊，逃到奈曼旗達欽塔拉草甸子，可沒有幾年，奈曼王爺也出了荒，把達欽塔拉草甸子賣了換銀子，我爹反出當胬子，就是爲了反對王爺賣草場啊。這出荒賣地開墾草原的事不停止，咱們牧民上哪兒落腳喲。你說說看，老哥哥，沒招兒啊！」

「是啊，一旦種地，這草原就完啦。唉，這真是老天滅咱草原喲。」鐵喜也長歎。二人相對無言，心情都很沈重，蒼涼。

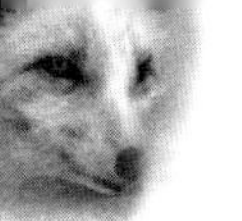

鐵喜終於打破沈默說：「送君千里，終有一別。陶老弟就此別過吧，望老弟往後好自爲之！」

九頭狼握著鐵喜的雙手，半天才眼含淚水道別：「老哥哥保重，路途艱險，多加小心。咱們後會有期！」

然後，九頭狼喚來二當家黑狐說：「你替我送老哥哥到目的地，一路小心保護，幫他們安頓好了，再回來見我！」

「是，大當家的放心吧，我會弄好一切的。」黑狐說。

鐵喜老「孛」搖頭苦笑，知道勸阻也沒有用，只好聽憑他安排。

相見不易，道別也不易。俗話說男兒有淚不輕彈，可鐵喜和九頭狼沒顧上那麼多，依舊淚灑胸襟，惜別於大漠。

「九頭狼爺爺！我等著你來給我講長九個頭的故事！你可來呀！」

一個稚嫩細長、清脆如銅鈴的聲音，從那正在消失的勒勒車中傳出，在漠野的空曠中迴盪，好久好久不消散……

大漠的風又吹起來了。

先是樹梢兒和草尖微動，然後平坦的沙地上，細沙粒兒慢慢滾動起來。漸漸，風勢增強，細沙被捲到半空中，於是眼前的景色模糊起來，空中的一片灰黃色愈來愈擴大，攪得天和地全昏黃起來，遮天蔽日，頃刻間，世間唯剩下這漫無邊際的黃沙狂風了。

哦，這大漠的風沙喲，從哪裡吹來，向何處吹去？

四

胡大倫爲了砍倒鐵家墳地那棵老樹，開始絞腦汁。砍那麼大一棵百年老樹，自己光有理由不行，還得有人，最好是自己不出頭，鼓動別人在前邊衝鋒陷陣，這才是最高明之策。要不然，老鐵子那老倔驢會反踢著你的。

爲此，他先去找在家養病的老書記齊林。

聽完了他的一陣陳述，沈吟半晌，老書記齊林「咳兒咳兒」地咳嗽著，拖長聲音說：「老胡啊，這事兒我不好說啥，我有病在身，村裏的大小事我都交給你處理了，你自己看著辦就是……」

老狐狸！胡大倫心裏暗罵一句。

抽了一會兒煙，胡大倫說：「那我先召開支委和村幹部會議議議吧，這事兒，不解決是不行了，那老樹怪事不斷，老百姓天天吵說老樹鬧鬼，人心不穩，謠言四起，影響咱村的安定團結啊。有人說，這幾天，那老樹洞裏又躥出好多好多狐狸，大搖大擺地出入，一點兒也不怕人。村裏老頭兒老太太一見那狐狸就下跪磕頭，說是給『狐大仙』請安祭拜，你說說，這成何體統！」

「有這等事？」齊林問。

「可不，人家都瞞著咱村幹部，不讓咱知道！有人還每天夜裏往那老樹洞口送雞送鴨哩！那些野狐比你我的日子過得還舒坦呢！」

「嘖嘖嘖，還真有點邪門兒。老胡，你見過那些狐狸嗎？真有那麼多狐狸在鐵家墳地出沒？」老書記仍有疑問。

「我倒沒有親眼見過，聽他們說的。也好，這兩天我帶民兵去守守看。反正老樹要砍，狐狸要

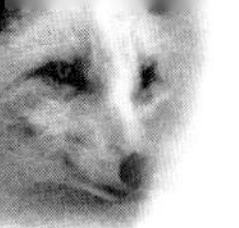

滅！不然，咱村啊，沒個整兒！沒個安靜！」臨走時，胡大倫丟下這麼一句硬梆梆的話。

老書記齊林望著他的背影，低聲說一句：「別狐狸打不成，倒惹了一屁股臊喲……」

老書記臉上露出幾絲不易叫人發覺的冷笑。這兩年趁自己身體有病不過問村中事之機，胡大倫愈發目中無人，大權獨攬，這有些使他心中不快，現在正好借病回避大事，在一旁瞧熱鬧，看你老胡怎麼捧這刺蝟。

胡大倫豈有不知他這種心態之理。占著茅坑不拉屎，老而有病還不肯讓出位子，這大概是我們有些地方的一個社會特色。胡大倫這麼想著，去找另一支委，副村長兼民兵連長的古順商量。

古順是個性格爽快之人，當過兵，走南闖北見過世面，不信那些亂七八糟的邪門歪道的事兒，他一聽胡村長的鼓勵，立馬兒答應，並招呼上另一民兵排長，三個人背著從村民兵連部拿出的三支快槍，就去鐵家墳地那邊察看。

北方的冬天，天黑得早，黃淡淡的日頭只要一西斜，抽袋煙的工夫就出溜到西邊大漠的後頭，不見蹤影，於是，漫長的黑夜就慢慢降臨。先是遠處的樹啊、坨包啊、房屋啊朦朧起來，蒼茫的暮色猶如一層黑紗緩緩罩住大地，倦鳥「啾啾」鳴著歸林，農夫「哦哦」吆喝著回家，此時，樹梢上和西天邊那一抹最後的晚霞，則由黃變紅，由紅變紫，最後徹底與長天一色，黑茫茫起來。

夜，就這樣來臨了。

沙窩子哈爾沙村的百姓，天一黑就關門閉戶，吹燈拔蠟，早早兒地鑽被窩。前些日子「鬧狐」，這兩天「鬧蝙蝠」，雖然旗裏來一幫醫生，打針吃藥採取各種手段，穩住了全村女人們不再群體性發瘋，但人們的精神上卻垮了，時時提心吊膽，如驚弓之鳥，霜打的秋草，唯恐那可怕的

「魔症」病又席捲全村。

由於人變得萎縮，那狐們便野起來，不時地鑽出那墓穴中的老窩，往村街上逛蕩。農民的雞們可遭殃了，明明知道雞窩傳出驚恐的「咕咕嘎嘎」亂叫聲，主人也不敢出來哄趕或打殺那偷雞的野狐，隨那野畜生隨心所欲逮住雞後，氣定神閒地叼走；更有甚者，是那些拜祭「狐大仙」最爲心誠的人們，他們一到黃昏，則把自己捨不得給老娘小兒吃的雞燉爛後，香噴噴地放在自家雞窩邊，等候「狐大仙」臨駕後享用，或者乾脆悄悄送到那墳地老樹那兒供奉。

其實，不就是四條腿的狗般大小的見人就逃遁的野獸嗎？如果大家齊心協力，亂棍粗棒地舉著，勇敢些地哄打起來，那些放肆的野狐，不夾著尾巴遠遁到大漠深處才怪哩！

可誰敢啊，精神上萎縮的人們，被「狐大仙」迷住後犯過病的女人們，和她們的看自己女人臉色行事的男爺們兒，哪有膽量去抗擊那些披上神秘外衣，變得神聖而權威起來的小小野狐們！那可是「狐大仙」呀，別降禍給我個人就阿彌陀佛！讓那些不怕邪門兒、不懼妖狐的像老鐵子那樣傻大膽兒去趕狐吧，我可要蒙著被子睡大覺，外邊的慌亂世界與我沒多大關係。這就是村裏多數人的內心想法。

而「傻大膽兒」老鐵子呢，他的確有殺狐之心和殺狐之勇，但是野狐出沒在自家墳地中那棵百年老樹洞，這牽涉到家族榮譽和祖墳風水及將來家族發達之事，於是又有些投鼠忌器，不敢搗其老窩，莫名其妙地去野外轉悠或等待野狐出墳地之時機，行動上患得患失起來。

現在，輪到手握哈爾沙村生殺大權的胡大倫村長等出場了。他們思考問題跟平頭百姓又不一樣，首先從自己在村中的權力和利益得失作爲出發點，滅狐趕狐並不是他們的真正目的，而是透過

滅狐，我能達到什麼或獲得什麼，這才是真正的心態。他們甚至有些暗暗歡迎「鬧狐」之類的亂事之出現，可以透過此類事，更能達到樹立自己權威，整治對手，以顯出自己「英雄本色」的目的。亂世好投機，亂世出英雄啊。

當然，他們也反感「狐大仙」的權威在村中超越了自己，反感無形中受到某種精神或其他的壓力或者控制，所以覺得時機合適便也膽大起來，抱著賭徒般的冒險心理，出來逞逞英豪，或表現一下救世梟雄之氣概。眼下胡大倫就是這樣的心理。

他們摸準野狐出沒的時機，趕到鐵家墳地時天已黑下來了。三個人悄悄趴在離老樹不遠的一座墳丘後邊，端上槍等候著。墓地一片死靜，籠罩著陰森森的氣氛。樹上的貓頭鷹忽然怪嗔一叫，嚇得三個人一哆嗦，渾身起雞皮疙瘩。

「怪嚇人的，這麼趴著可不是滋味兒……」那個民兵排長膽怯地說。

「怎還沒有動靜呢？不是說有好多野狐嗎，都哪兒去了？」古順也有些耐不住，問胡大倫。

「別吱聲，再等一等，只要有總會出來的，村裏見野狐的人多了，不會有假。」胡大倫安撫著兩個人，再堅持一會兒。

他們三個人的眼睛，盯得那黑洞洞的老樹頂部口子都有些發酸了。那黑洞依舊靜悄悄，淡淡的星光月色之下更顯得神秘而可怖，老樹的枝杈處偶爾傳出「吱嘎吱嘎」響，不知是老樹因年老而禁不住自身重壓後發出的歎息聲呢，還是野鳥在上邊的窩巢中騷動。

那隻老銀狐和牠的同類們還是沒出現。充滿靈性的老狐狸，是否聞出了懷有敵意者的氣息？或者今日不在這邊的洞穴中，為找食兒遠走大漠荒野而未歸？牠們畢竟是來自荒野的獸類，不可能長久蟄伏在洞穴中。三個人有些失去耐心。趴臥在冰涼陰冷的雪地上，呼吸著幾分腐朽陰森的墳塚氣息，神經和肉體都得經受一種難以承受的煎熬，他們實在難以保持「英雄本色」。

「我可受不住了，咱們撤吧……」古順說。

「噓！別說話，來啦！」胡大倫趕緊示意。

「哪兒呢？哪兒呢？我怎看不見？」那位民兵排長緊張萬分，握槍把的手在顫抖。

「大樹下邊，大樹下邊！沒看見嗎，大樹下邊的那個黑影？」胡大倫悄悄伸手指了指，緊張萬分。

果然，有個模模糊糊的黑影，趴伏著出現在老樹下邊。四肢朝地，一拱一撅的，遠遠看去，雖藉黑夜的掩護，其形不大清晰，那獸類好像在啃吃著什麼食物，隱隱約約地在蠕動。

「是狐狸！是野獸……」那位緊張過分的民兵排長，不知是由於緊張而失去控制，還是想搶功，那哆哆嗦嗦的手指無意中扣動了快槍的扳機。

「砰——砰——」兩聲槍響，從黑夜的墓地中傳出，震耳欲聾，樹上的雪塵紛紛掉落，夜鳥驚慌失措地啁啾叫著飛走。

「嗚哇——」一聲獸不像獸人不像人的尖叫，從老樹下傳出。

「我打中了！我打中了！」那民兵排長從原地蹦跳而起，手舞足蹈，瘋瘋癲癲地拖著槍，向老樹下的獵物跑過去。

「他媽的，這麼早開槍，這小子瘋了……」胡大倫嘴裏這樣罵著，拉上古順，從那民兵排長的後邊追過去，並提醒他喊道，「等一等，先看清了死沒死！小心牠反撲！不行，再補牠一槍！」

先跑到的那個傻乎乎的民兵排長，此時爆發出更為聲嘶力竭的恐怖尖叫聲：「不是狐狸！打中的不是狐狸！我的媽呀，我打中了一個人！一個人！」

隨後趕到的胡大倫和古順也嚇傻了。地上躺著一個人，黑糊糊的血，正從那人的肩部上邊往下流淌，洇濕了白白的雪地。那人動彈了一下，抽搐著四肢，低弱地呻吟起來：

「『狐大仙』救救我呀，我要死了……他們用槍打住我了……『狐大仙』快來……救救我……」

不一會兒，這人又昏迷過去了。

胡大倫等三個人見狀，大眼瞪小眼，亂作一團，驚恐中，那個民兵排長「哇哇」嚎哭起來：「我打死人了，我打死人了，嗚嗚嗚……」

「是杜撇嘴兒！」還是胡大倫先從驚呆中清醒過來，俯下去伸手翻過來那個趴伏者的身子，「嚎哭個啥！熊包兒窩囊廢！她還有氣，沒死呢！」胡大倫不由得罵起來。

子彈從杜撇嘴兒肩胛那兒穿過去，傷勢挺重。老巫婆的前邊兒不遠處，有一盆香噴噴的燉雞正散發著誘人的香氣，看來她是給「狐大仙」來上供，伏地磕頭時，被那位冒冒失失的民兵打中的。

唉，這好像都是天意，讓這本來夠混亂的哈爾沙村不得安寧，繼續混亂下去。

「嗚嗚嗚，我打死人了，嗚嗚嗚，我打死人了……」那個民兵排長精神崩潰了，坐在地上嚎哭，捶胸頓足，把槍也扔在一邊，涕淚俱下。

「哭啥！你這窩囊貨，虧你還是民兵排長呢！真丟人現眼！」古順搧了一下那位排長的耳刮子，才使他安靜下來。

「這該死的老巫婆，真會找時間上供！該她活該倒楣，誰叫她搞迷信活動撞槍口的！沒你事兒，小子，快背上她，送鄉醫院搶救！她死不了！你再哭嚎著耽誤工夫，她小命可說不準了！」胡大倫強作鎮靜，給二人也是給自己打氣。

那位民兵排長這才回醒過來，背起老巫婆杜撇嘴兒，就往幾里外的鄉醫院飛跑而去。

胡大倫撿起他丟下的那桿槍，而且很有心計地掏手絹把槍栓處包好，以防留下自己的手印，然後與古順兩個人緊隨其後，一步不離。他們兩人知道，人命關天，一旦老巫婆真的一命嗚呼，追究起來，這責任可不小，儘管有千萬個理由，畢竟是個重大死人事件，就是把這倒楣的排長推出去，他二人也豈能輕易脫得了干係！

心急夜路短，他們終於趕到鄉醫院，叫醒了酣睡的醫生護士，進行緊急的搶救。

杜撇嘴兒傷處雖不致命，但流血過多，加上年老體邁，還是有生命危險。他們三個人捏著心提著膽守護了通宵，當太陽升起來時，老巫婆終於呻吟出聲，哼哼唧唧地「狐仙長狐仙短」了。三個人吊著的三顆心，這才「撲通」一聲落了地歸了位。

胡大倫讓古順和那位民兵守著老巫婆，並囑咐他們和醫院院長醫生們暫時封鎖消息，不張揚傳出此事，然後自己向鄉政府彙報此次「意外事故」去了。

劉蘇和鄉長聞訊，急忙趕到鄉醫院看望杜撇嘴兒，見傷者已脫離生命危險這才鬆了口氣，又把三個人帶到鄉長辦公室狠狠罵了起來。

「胡鬧！簡直是胡鬧！胡大倫啊胡大倫，你可真是胡『掄』大『掄』啊！一個村長，正事不

幹，深更半夜去伏擊什麼狐狸！這這這，成何體統！你還有沒有個腦子！啊?!」劉蘇和又拍桌子又喊叫，「還有你，古順同志，你是民兵連長，副村長！那槍是讓你們民兵訓練打靶用的，不是去打獵！不是去打什麼鬧鬼的野狐狸！還帶了那麼個傻不傻呆不呆的二百五，惹出這麼大的禍！要是出了人命，你們能擔負起這個責任嗎？啊?!」

胡大倫這時候很乖，一聲不吭。這劉鄉長的脾氣他知道，火辣辣地罵你時，你一定得裝老實裝孫子，閉起雙眼耷拉耳朵聽他訓斥，千萬不要解釋什麼或申辯什麼。最好的解釋是等自家或村裏殺豬宰羊時，給他家切個十斤八斤送過去，再或者把他請過來，灌個半斤八兩「燒刀子」，全齊了。當然，秋後村上有收入了，瞅準鄉長大人或他家什麼人過生日或賀壽什麼的紅白喜事時，送些千兒八百的票子是理所當然的。

去年旗裏一位書記榮升到盟裏工作，他們一個小村就送過去五千塊的歡送費哩，送的感到應該，收的也感到應該，都沒有其他的意外或疙疙瘩瘩扭扭捏捏的感覺。人有時是無可奈何的。這叫順應潮流，一兩滴水難以逆大流而動，反之招禍的。

瞅準時機，胡大倫見消了氣兒的劉鄉長正端茶杯潤嗓子，便這樣請示道：「劉鄉長，你教育得很對，我們一定吸取教訓。只是咱村的那個事兒，可實在沒法兒解決呀……」

「啥大不了的事，把你老胡給難住了?」劉鄉長出夠了氣兒，也順了氣兒。

「唉，就那棵老樹啊，前幾天鬧『狐仙堂』的事兒，鄉長知道吧，這兩天又出怪事了！從那樹洞躥出千萬隻蝙蝠，大白天的駭人不說，還一到夜晚，從那樹洞老跑出許多野狐狸，偷吃村裏的雞呀鴨的！可村裏老百姓『鬧狐仙』後都嚇破了膽兒，誰也不敢惹那野物兒！有些人還見著那些野狐，頂禮膜拜，下跪磕頭，往牠的老窩兒送吃送喝的，要不然怎打著那老巫婆杜撇嘴兒呢？你說說讓我這村長怎辦吧？」別有用心的胡大倫裝得極為無奈和委屈，讓人同情。

「媽的，還真有點邪門兒，啊？」劉鄉長撓了撓板寸頭，「乾脆刨了它，他娘的，刨了牠老窩兒，全滅了它！」

「鄉長的意思是說，刨野狐的老窩兒？」胡大倫心中暗喜，趕緊追問。

「對，把那棵老樹給刨了它，看野狐還搭不搭窩兒了！」

胡大倫等的就是這句話，他終於拿到了尙方寶劍！

「鄉長的意見英明！我看也只得刨了那棵老樹，要不那野狐兒斷不了根兒。」胡大倫手舞足蹈地應和，不失時機地站起來告辭，「那我先回去落實，先開個村支委村幹部的會議統一一下眾人意見，再傳達一下鄉長的指示，大家的意見一致了，思想統一了，就好辦了，也不怕個別人的不同意見了。」

「那老樹是誰家的？」劉鄉長忽又想起什麼，這麼問一句。

「鐵木洛老漢家的，其實多年沒用的老樹了，刨了也沒啥。做做工作就通了。」胡大倫趕緊解釋。

「也好，就這樣吧，你想的還挺周到。先給鐵老漢做做工作，別讓他有情緒。為了全村的平安嘛。」新調到哈爾沙鄉不久，並不太瞭解哈爾沙村歷史淵源家族糾紛的這位外鄉人劉鄉長，如此草率地做出決定，鑽進了胡大倫設的「套兒」。

胡大倫高高興興地回村來，連夜召開了幹部會議。會開得很長，雖然沒有太激烈的爭論，並且有劉鄉長的明確意見，習慣於一邊倒的村幹部們終於悶了半宿，達成了一致意見，做出了最終決定：砍老樹。

當然，儘管胡大倫一再強調，讓幹部們不要先把砍樹的消息傳出去，但是，農村的人際關係盤根錯節，錯綜複雜，你中有我，我中有你，親戚套親戚，關係套關係，這消息沒過當夜就傳到了老鐵子兒子鐵山的耳朵裏。

當時，鐵山把自己老婆反鎖在東屋，自己正在西屋呼呼大睡。「噹噹噹」，有人敲破了他的窗戶才把他弄醒。

一聽這消息，鐵山嚇出一身冷汗。可他老子鐵木洛還在野外窩棚裏，這怎麼辦？那個送信兒的親戚說：「還猶豫啥？連夜去黑沙窩棚，把老爺子叫回來！這事兒十萬火急，等不得半個時辰！」

「對，我這就找老頭子去！」鐵山一咬牙，穿衣套鞋，一邊對那位親戚說，「你再通知一下咱鐵姓家人，大家心裏有個準備。」

就這樣，黑夜裏他們二人分頭行事去了。

面對黑夜茫茫的大漠，鐵山儘管有些膽虛，但他想到事關重大，便手提一根杏樹粗棍，腰裏又別一把砍刀，深吸一口氣，一跺腳，一頭扎進那茫茫夜幕中去了。

天有些陰沈，似乎又有一場暴風雪來臨了。

五

村長胡大倫心情極好。

一大早，催他的病懨懨老婆爬起來燒火做飯，有滋有味地就著蘿蔔條鹹菜啃了兩個貼餅子，又喝了兩盅酒，然後熱乎乎地喝著紅茶。

這時候上來人了。民兵連長古順領著七八個挑選出來的民兵骨幹，每人手裏或拿斧子或拎鎬，有的還扛著一把大鋸，另外，每人還背著平時訓練打靶用的半自動步槍。老樹洞裏除了蝙蝠還有狐狸，誰知還有沒有其他狼豹之類更兇惡的野獸？反正村領導們開會定了，這是一次大任務，可以說是半政治半軍事行動，馬虎不得。

胡大倫給每人倒了一杯酒，碰著酒杯說：「我們今天是去打仗！去拔掉一直危害我們村的禍根！這是個大好事，大喜事，大快人心的事！為我們馬到成功，為我們村的平安，為我們的女人們不再受『狐害』，大家乾杯！」

「乾杯！」民兵們扯著嗓門喊。

大家很興奮，燒嗓眼的老白乾一飲而盡。大家的情緒，被胡大倫的一杯酒一段話給提得老高老高，有一種歃血為盟或者赴湯蹈火的感覺。尤其一提女人們，他們就來勁，自己的女人不能再受那些該死的狐狸的迷惑，犯魔症發瘋了。為了女人，別說砍樹滅狐，就是殺人他們也敢幹。

他們雄赳赳氣昂昂地出發了。

古順走前頭。胡大倫把大家內心的火兒點燃起來後，悄悄走在後邊。他要觀察動靜，看事態發展，不能自己衝鋒陷陣。走了一陣兒，他想起什麼，跑到前邊，向古順耳旁嘀咕了幾句，然後他急急離開隊伍，向鄉政府方向走去。顯然他又要去佈什麼局。

當古順他們趕到鐵家墳地老樹前邊時，發現那裏已有了人。是鐵姓家族的幾個人。每個人手裏拿著棒子棍子叉子，臉上掛著冷漠，一字排開站在那棵百年老樹前邊。

古順吃了一驚。心想，消息傳得真快。幹部班子裏沒有姓鐵的呀。

「你們這是幹啥？」古順口氣和緩地問。

「你們要幹啥？爲啥闖到我們鐵家墳地？」一個二十七八歲的鐵姓青年氣呼呼地反問，他就是連夜送信給鐵山的那個小夥子兒。

「村委會、黨支部決定要砍掉這棵老樹，消滅鬧事的狐狸。鐵虎，你們讓開吧！」古順命令說。

「砍我們祖宗種的老樹？做你的春秋大夢！砍你個頭哩！」有人從鐵虎後邊嚷。

「剛才誰說的？」古順怒問。

「我說的，怎的？你把我吃了不成？這老樹是你們家祖宗種的？你們姓古的搬這村來才幾年？說砍就砍，這是你們村幹部的老樹嗎？說得輕巧，你們問過我們姓鐵的嗎？」有一個三十多歲的漢子理直氣壯地挺著胸脯嚷嚷。

「你們、你們……無理取鬧！瞎搗亂！……」古順不知說啥好，氣得直哆嗦。平時仗著大哥是「旗王爺」，自己是副村長、民兵連長，耀武揚威，威風八面，覺得誰都懼他三分，沒曾想到了關鍵時候，還是有人敢不把他放在眼裏。他覺得挺丟了面子。

「誰無理取鬧了？我們在自家祖墳地保護我們祖宗的老樹，有啥錯兒？你們倒是仗勢欺人，無理取鬧！」鐵虎冷笑著回敬。

雙方僵持不下。氣氛有些緊張，鐵姓人家爲了宗族利益，爲了不讓外姓刨了祖墳，一個個視死如歸，拔腰挺胸，手裏攥著棒子棍子直出冷汗，心頭直冒怒火。

古順帶來的幾個民兵，是爲了執行村幹部和黨支部決定，是爲了辦公務，是爲了全村利益全村平安，爲了村裏女人們的安危。儘管民兵們多數是姓胡姓包或姓古，有些「子弟兵」的味道，但舉的是「公家、公事、公辦」的旗子，名正言順，另外還有堅強可靠的後盾，他們也有一股絕不後退的氣勢，何況喝了胡村長的祝酒，誓師般出來的，豈有後退畏縮之理！

村裏的各家各戶的百姓們，姓鐵也好，姓胡也罷，一聽鐵家墳地這兒要出亂子了，都紛紛丟下手裏的活兒，急匆匆趕往鐵家墳地。

這一下熱鬧了，人越聚越多，男的女的老的少的，姓鐵姓胡姓包老「三家」，外加張王李趙百家人，都趕集過節看戲般，聚集到平時誰也不敢去的鐵家墳地。有些站在民兵們的後邊，有些加入到鐵姓人的行列，多數則站在一旁瞧熱鬧，添油加醋地拱火兒放作料。

有人爲了趕著看熱鬧忘了穿鞋，只穿著襪子；有的抱著露屁股的孩子，凍得小娃直嚎；有的則拿著擀麵杖，手上沾著麵；有的手裏提著殺豬的千刀，刀上滴著血；有些老頭兒老太太不知道來了啥戲班子，顫悠悠地往墳地趕，直叨咕演戲怎麼在墳地裏搭臺子。墳地圍觀的人群中，議論更熱鬧了，請聽：

「嘿！這下有好瞧的了嘿！一個要砍，一個不讓砍，嘖嘖嘖！」

「還是人家『老三家』，沒咱外姓人的事，瞧熱鬧吧您哎！」

「有名的『三家村』嘛，爭來爭去，還不是爭墳地風水！」

「不不不，說是爲了滅狐！老樹洞裏有狐穴老窩兒，不滅狐，咱村難得安靜！」

「滅狐是藉口，沒聽說『喇嘛上炕，圖的不是經』嗎？」

「圖的是東家媳婦！哈哈哈……」

「咦？怎沒見那老倔巴頭鐵老漢呢？」

「他？可能還在他那窩棚那邊，撅著屁股挑黑土改沙地哪！有他更熱鬧了！」

「他可是鐵姓家的掛帥人物，嘖嘖嘖，怎麼會少了他呢，可惜了。」

這世人的心態就這麼壞，看人家好，看人家發財吧，眼紅心裏堵，看人家倒楣，看人家出事，看人家不順吧，幸災樂禍、添油加醋，甚至落井下石，唯恐天下不亂。

古順和他的民兵們正沒轍的時候，胡大倫村長從人群後邊出現了。他一臉笑容，背著手，邁著方步，踱到老樹下鐵姓家人群前邊站定。咳嗽一聲，清清嗓子，瘦長臉上堆出千層笑紋，和顏悅色地說開了。

「老少爺們兒，鐵家的老少爺們兒，你們這是幹啥呢，啊？這狐狸鬧得全村女人瘋了幾天，至今還沒完全好，你們不知道啊？你們家的女人沒鬧病嗎？也鬧了，也瘋了，是吧？這鬼狐的老窩兒，就在這你們身後的老樹洞裏，這是全村好多人看見的事實，是吧？不把老樹放倒，這鬼狐的窩兒就破不了，破不了鬼狐窩兒，咱們村女人們的瘋病就去不了根兒，是這個理兒吧？老少爺們兒，你們拍著胸脯想一想，是不是這個理兒？我們村幹部決定砍這棵老樹，絕不是跟誰有成見，跟誰過不去，更不是家族姓氏爭鬥！跟姓啥名啥毫無關係，毫不搭界！我們這麼做，全是爲了咱村的利益，爲了咱村的平安，說白了，就是爲了咱們天天摟著睡的女人們，不再瘋瘋癲癲地瞎折騰！爲了全村老少女人們的平安，我們才不得不這麼做呀！」

胡大倫喘一口氣，暗暗觀察著眾人的反應，態度依然和藹，臉上依然笑容可掬，接著又勸導起來，「再說了，這麼大的事情，關係到咱村姓氏家族和睦的大事，我們村幹部自己能拍板兒嗎？不是的，爲了慎重起見，我們請示過鄉政府領導，告訴大家吧，這砍樹的事兒，是鄉政府的決定，是劉鄉長批准同意的！這回大家沒有話說了吧？鄉政府也考慮到這老樹老出怪事，鬧啥『狐仙』啊，蝙蝠啊，鬧鬼啊等等，攪和得咱們村不得安寧，女人們傳染起怪病沒個完，所以上頭的這個決定嘛，也是符合咱們村大夥兒的利益的。我們村委會和支部決定，堅決貫徹鄉政府的指示！各位鐵家老少爺們兒，這回你們聽懂了吧？理解我們的砍樹的意義了吧？其實，也是爲了你們的利益，爲了你們的女人，所以呢，請你們讓開些，都回家去吧，讓民兵們過去鋸老樹，怎樣啊，老少爺們兒？」

「去你媽的！姓胡的，別在這兒假模假樣兒吹得跟真的似的，誰不知道你打的啥鬼主意，揣著啥見不得人的一肚子壞水兒！你這是假公濟私！」鐵家隊伍中的愣頭青鐵虎頗有膽量，毫不客氣地罵過去。

「對！你這是借公家名義，想辦你們祖宗沒辦成的事兒！」

「砍我們鐵家墳地的這棵老樹，做你個美夢吧，姓胡的！」

「誰說老樹中有狐狸窩兒？有狐狸，你們這麼鬧爲啥不見跑出來？說狐狸傳染了魔症病，誰證明？現在來了這麼多婦女圍在這兒，爲啥沒有發瘋的？啊?!你明明是借這機會掘我們祖墳，破我們風水，姓胡的，你這麼做缺不缺德？你他媽心黑不黑？」

胡大倫臉色刷地蒼白如紙，又變鐵青，氣得他光嘎巴嘴說不出話來，舉手指著鐵虎等人罵也不是，說也不是，渾身打哆嗦。村裏姓胡的人家為數不少，也不乏血性愣頭青小夥子，這會兒見他們胡姓代表人物村長胡大倫叫人罵得如此狗血噴頭，說不出話來，豈能見死不救袖手旁觀！

只見有一位二十幾歲穿皮襖的小夥子跳出來，罵開了。

「操你們鐵家祖宗！胡村長是為了你們好，為了大夥兒好，你們他媽的還這麼欺負他，這麼罵他！你們姓鐵的怎的？誰怕你們？今天砍的就是你們鐵家墳地的老樹！掘的就是你們鐵家這鬧鬼的墳地！」

「對！說得對！罵得好！」

「就砍他們鐵家這老樹！幾百年了，該砍了！」

「老得他媽成精了，還護著它！」

「砍吧！砍吧！快砍！還客氣啥！」

這邊的胡姓、包姓以及他們的親戚朋友、三鄰四舍的跟著呼叫亂罵起來。這一下，形勢急轉直下，形成了鮮明對壘的兩股勢力，點火就著。基本按家族劃分，吵吵鬧鬧，亂罵亂嚷，群情激憤，罵的罵，說話的說話，指手畫腳，捶胸頓足，漸漸兩股隊伍擠到一起，開始時，臉紅脖子粗地對罵，很快轉成推推搡搡，動手動腳，轉眼變成大打出手，群毆群鬥混亂局面了。

一場悲劇就這麼開始了。

兩邊的人打得性起，掄棍子的，舞棒子的，揮拳頭的，抬腳踹的，每個戰鬥者是一團燃燒的火，一梭仇恨的子彈，一股憤怒的海潮，他們攪到一起迸發著團團火焰，捲起陣陣大潮，刮起血雨腥風！有人倒下了，有人額頭流血，有人胳膊折了、小腿斷了，有的雙雙在雪地上打滾，有的揪對方頭髮，有的咬住對方耳朵，罵聲、打聲、哭聲、叫聲亂作一團！

乍開始，在旁邊看熱鬧的其他姓氏人們並未參與，等兩邊罵起來後，有些好心者還勸解平息，可一動手打起來，可不分青紅皂白了，不知怎麼回事呢挨一拳頭受一棒子的，於是不知不覺中，看熱鬧的眾多人們也參與毆鬥動手打起來了。

這是一場劫難。哈爾沙村幾百年歷史上，從未發生過的群眾打鬥的流血事件。一個慘不忍睹的場面。

嚇傻了的胡大倫這才感到大事不好，從旁邊大聲嚷：「別打了！我求求你們，別打了！快別打了，要出人命了！」

可誰聽呢？誰能聽得到呢？壓抑在人們心中一隅的人的獸性，一旦爆發起來，不可能就輕易收回去。

胡大倫絕沒有想到會變成這種局面。他趕緊往人群外邊擠，這時一個棒子飛過來，正好擊在他的右肩上，他「啊」的一聲一個踉蹌，同時左臉上也挨了一柳條子抽，頓時鮮血滲流，他抱頭鼠竄。

他跑到外邊是要等候人的。

這時，果然見從鄉政府那邊跑來三個穿制服的人。是警察，三名鄉派出所的治安警察。

胡大倫當時怕鐵家人不服出來搗亂，很有預見地向古順耳語之後，去的就是鄉派出所。他向楊所長說明情況，說明按劉鄉長指示，在維護全村治安以及砍老樹的重要性方面又反覆強調了一下。

一看眼前的混亂局面，楊所長和另兩名警察驚呆了。伐樹怎麼變成了打架，而且是頭破血流的群眾毆鬥？

楊所長立刻大聲喊：「不許打架！我是警察！不許打架！」可誰也不聽他的，也聽不見他的，沒人理他。

楊所長掏出手槍，衝天空扣動扳機。

「砰！砰！」震耳欲聾的兩聲槍響，立即發生了作用，群毆的人們頓時停下來，尋找槍響的地方。

「不許打架！我是鄉派出所楊保洪！大家都停下來！不許打了！誰再打，我就抓誰！」楊保洪所長威風凜凜地喝令道。

人們你瞅我，我瞅你，愕然之下終未再動手，同時見滿地爬滾的受傷者正哭的哭，流血的流血，昏迷的昏迷，慘不忍睹，人們的良心開始復甦，紛紛過去扶傷救死，架昏拖哭的，忙活起來了。

老樹下邊倒著一大批，情況最嚴重。鐵姓人家的人，幾乎全倒在老樹下邊了。畢竟一姓對兩姓，外加兩姓親戚朋友，以及由於村裏掌權勢力大，吃虧的還是鐵姓家族。但他們全圍著老樹倒下，即使是受了傷流血不止，也不離開老樹半步。

「大家快把受傷的人送鄉醫院！還愣著幹啥，不趕快搶救，要出人命了！」楊所長招呼那些沒參加打架的嚇哭嚇傻的女人們。

「這可怎著，老楊，老樹沒砍成，大家先打起來了，這可怎著，老楊！」胡大倫臉流著血，跑到老楊跟前，急得快哭出來。

「你問我，我問誰？這麼多人打架，誰挑起的？這簡直是無法無天了！」楊所長觀察著場面，想找出肇事者。

「是有人搗亂，沒錯兒，楊所長，你說的沒錯，鐵家的幾個後生不服從鄉政府和村裏的決定，不讓砍老樹，還辱罵我們，兩邊一對罵，就變成了對打群毆的局面！」古順趕緊說明情況。

「這老樹就那麼難砍嗎？」楊所長和他的兩個部下，向老樹下邊走去。

那裏，鐵姓家的女人們正在給那些受傷者包紮傷口，一邊哭哭泣泣，罵罵咧咧。但那些受傷的男人們，無一人離開老樹下邊。

「快把他們抬走！等死哪？傷成這樣還不趕快送醫院！」楊所長衝鐵姓家人喊。

「我們不走，不能走……」鐵虎傷最重，半昏迷中呻吟著這麼說。

「為啥不走，啊？瞎逞能，瞎搗亂！女人們，快抬他們走，死了男人，妳們想當寡婦嗎？啊?!受傷的一律送醫院，閒散人員都回家去！不要在這兒逗留了！有啥好看的，這熱鬧還沒看夠哇？快走，快走，大家都走開！」楊保洪所長領著兩個警察驅散人群。

鐵姓家的女人們，覺得搶救受傷的男人們更重要，一旦有個三長兩短，這可不是鬧著玩的。於是她們勸著、拖著、架著那些固執死硬的男人們，不顧其叫罵亂嚷，開始撤離。

他們一撤離，其他的人也就散了，慢慢地，亂哄哄的鐵家墳地安靜下來。一場血性鬥毆就這麼收場了。

唯有那棵老樹依然故我，傲然屹立在原地，冷漠地俯視著愚蠢的人們可笑的表演，似乎在低聲

哀歎，被正在刮起來的西北風吹得沙沙出聲。

老樹前邊只剩下楊所長和他的兩個部下，還有就是村長胡大倫和民兵連長古順，他也掛了彩，衣服撕破，鼻青臉腫。

「老楊，怎辦？幾個人搗亂，咱們這些幹部們就這麼算了？老樹就這麼不砍了，這麼多人就這麼白白受傷了？」胡大倫憤憤不平地說起來。

「那你還想砍這老樹？」楊所長問。

「當然了，劉鄉長的指示，我們村委會的決議，當然還要執行，不能聽任村裏的歪風邪氣占了上風，讓他們得逞！」古順從旁邊也咬牙切齒地說。

楊保洪所長沈思起來，又抬眼望了望回村去逐漸消逝的人影，他似乎拿定了主意，這麼說道：「好吧，我支持你們。趁現在沒有別人，你們倆村幹部就自己動手鋸老樹吧，我給你們壓陣，給你們把著，看誰敢還搗亂！」

「好，好！真是人民警察爲人民！」胡大倫拍手叫好，撿起扔在地上的那把大鋸，招呼上古順，向那老樹走去。

這時，從老樹後邊的遠處冒起一股雪塵，有一團黑影越滾越快地往這邊靠近。原來是一匹馬飛馳而來，接著從馬背上跳下一個人影，幾步躍到老樹前邊，叉開雙腿一站，猶如一尊黑鐵塔矗在那裏。

「想砍倒老樹，先把我砍了！姓鐵的人還沒有死絕！」

這個人當然是鐵木洛老漢。騎來的那匹馬累得撲哧一聲倒地不起，汗流如水洗般往下淌。

鐵山夜裏迷了路，亮天兒後才摸到黑沙窩棚報信兒，老鐵子終於在關鍵時刻趕回自家墳地。只見他一臉怒色，濃眉緊蹙，黑鬍子渣散著，一雙眼睛如刀子般閃著寒光，直視著胡大倫他們。

一看從天而降的老鐵子，嚇得胡大倫古順二人不由倒吸一口冷氣，後退兩步。胡大倫機關算盡，就是爲了趁這又臭又硬的老倔巴頭不在村裏在野外窩棚的工夫，把老樹給放倒了，等樹砍了，老倔巴頭知道也晚了，生米煮成熟飯，不可能重新復活了老樹，頂多他到處罵罵人而已，還能怎麼樣。如意算盤打的是不錯，可是人算不如天算，越怕誰誰就來，胡大倫心裏暗暗叫苦，想著對策。

楊保洪一看情況，心想該自己出面了。他認識老鐵子，也知道這老漢不好對付，可心想：他畢竟是一個平頭百姓，自己堂堂一個派出所所長，豈能怕了他？何況自己行得正，辦的是合理的事，維護著鄉政府村委會兩級領導的決定，沒有什麼錯。於是，他心裏踏實了許多，理直氣壯了些，向前走上兩步，對鐵木洛老漢這麼說道：

「喂，老鐵子，好久沒見了，氣呼呼的，幹啥呢這是？」

「你說幹啥呢？村裏丟牛盜驢，不見你這大所長的影子，前一陣兒誰家被拐賣了孩子，也沒見你把孩子給找回來，現在有人要砍我家私人墳地的祖傳老樹，你這大所長倒出現了！怎麼著，是不是村裏胡大倫家殺豬了？啊？」老鐵子的話如冰冷的刀子刺過去。

「你這是啥意思？嗨，你怎這說話呢？」楊所長被噎得臉上掛不住，氣衝上腦門兒。

「沒啥意思，咱們平頭百姓只會這麼說！這時候你還想聽好聽的？沒有！」老鐵子早已看清楊保洪也被姓胡的利用，說話依舊不客氣。

「你走開，我們這是執行公務！你知趣點，快點讓開！」楊保洪擺起譜兒，裝出平時街頭訓斥

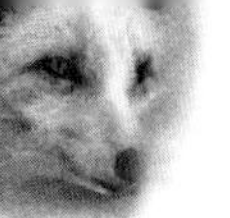

人的架子，一臉橫肉，一臉嚴肅正經的樣子。

「執行公務？誰家的公務，是姓胡的公務吧？」老鐵子冷嘲。

「砍老樹是劉鄉長的指示，村委會的決定！我這是維護現場，執行公務！」

「劉鄉長的指示？你有劉鄉長批准的條子嗎？啊？」

楊保洪趕緊問旁邊的胡大倫，有無劉鄉長的批條，胡大倫告訴他只是口頭兒批准，沒有書面的指示。

楊保洪搖搖頭，只好向鐵木洛說：「劉鄉長是口頭批准的，這還能有假嗎？你這是瞎搗亂！」

「我說劉鄉長沒有口頭批准，你信不信？不信咱們一起問問劉鄉長去！」

「這……」顯然，楊保洪有些猶豫，有些心虛，「這是你們村委會的決定，一樣管用，一樣是公務！」

「哈哈哈……」老鐵子大笑起來，數落著楊保洪說，「你這大所長怎這麼笨呢，我們家那頭驢也比你認得清方向！那村委會，你參加了嗎？你知道有沒有齊林老支書參加？沒有，是吧？老支書缺席的村委會決定，算哪門子公務，算哪門子決定？明明胡大倫假公濟私，亂用職權，想達到他個人目的！楊所長，你知道不知道我們村裏幾百年來的家族矛盾、家族鬥爭？啊？你可別上了別人的套喲！」

一番話說得楊保洪臉上紅一陣兒白一陣兒，尤其罵他是笨驢的話，氣得他七竅生煙。他一變臉，怒叫起來：「姓鐵的，今天我不是來聽你教訓的，我管不著你們家族幾百幾千年的爛事兒，我今天就管放倒這棵老樹的事兒！」

「你試試。」老鐵子冷冷地回一句。

「你再不躲開，我把你銬起來！」

「銬起來？量你也沒那個膽子，你頭上那頂烏紗帽兒還要不要了！」

「你……你！小李小羅，給我上！先銬起來他！」氣得哆嗦的楊保洪手伸進槍套，霍地掏出手槍，向老鐵子走過去，後邊跟著兩個部下。氣氛一下子緊張了。火藥味十足。

老鐵子「噌」的一下，從後背上卸下那桿老獵槍，「喀嚓」一聲拉上槍栓，也端在胸前，依舊冰冷地說道：

「你有傢伙兒，我也有，我這也不是吃素的！我打了一輩子狼狐，還從來沒有朝人開過槍！你姓楊的非要蹚這趟渾水，那好吧，咱們倆就槍上見吧！你別把人逼急了，這是我祖宗留下的老樹，爲保衛自家的財產，爲我們家族榮譽，我今天非跟你拼個死活不可！小子，上吧！」

這一下，楊保洪支持不住了。握槍的手漸漸出冷汗，雙腿哆嗦，邁不動了。心中暗暗移恨起胡大倫來，讓自己無意中捲進這種可怕的不好收場的紛爭中，這下怎辦？他從來沒有想過，爲這棵跟自己毫無關係的老樹與他人拼命，甚至丟掉性命。那個黑洞洞的槍口正朝自己心臟瞄著，那個天不怕地不怕的死老倔頭，會毫不猶豫地扣動扳機的，而且早就耳聞他槍法百發百中，自己要是真的向前邁一步，今天可真的死定了，小命可玩完了。

楊保洪終於沒有邁開那個要命的一步。

雙方僵持著，舉槍瞄準著。

這個剛才曾充滿血性氣息、發生混亂不堪的群眾毆鬥的墓地，難道還要接著演出槍殺事件嗎？

雪地上的斑斑血跡還未乾，到處亂扔著丟棄的帽子鞋子棍子，從村子那邊隱隱可聞傷者的呻吟及女人的哭泣聲，哦，哈爾沙村的窮百姓喲，面對日益侵蝕他們田野土地的沙漠，毫無辦法，毫不關心，而對一棵老樹，對自己同胞兄弟相鬥相恨起來是多麼地投入，多麼地激情百倍！

老樹在歎息，蒼天在歎息。

①出荒：清朝中後期至民國初期，蒙古各旗王爺為滿足自己在京城、奉天、長春、歸綏等都市所設王府和原旗王府富貴糜爛的生活，出賣荒地草原給清政府或軍閥、商賈等以招墾開荒，引起蒙地廣大牧民普遍反對以至起義。

第七章　草原風暴

你知道天上的風無常，
啊，安代！
就該披上防寒的長袍，
啊，安代！
你知道人間的愁無頭，
啊，安代！
就該把兒女腸斬斷！
啊，安代！

——引自《薩滿教·孛師》安代唱詞

一

當那兩聲槍響時，那隻老銀狐奼干·烏妮格正好趴伏在樹洞口。

牠準備率領自己的子孫和已聚集不少的族類們出去覓食，黑夜和村民的尊敬，使牠們的生活安全而又富足。牠們大大方方地進村，大大方方地捕雞，然後又大大方方地出村，班師回巢。甚至有

時不必遠遊，只要下到老樹下便可吃到可口香濃的熟雞、燒雞、麻辣雞等人類竭盡智慧炮製的雞系列供品。生活美極了。

老銀狐為自己闖出這番天地，享受如此「元首」級禮遇而自豪，並福蔭子孫，功及族類。孩兒們變得有些驕縱，除了偷雞，還幹些摸狗的勾當，對此自己也睜一眼閉一眼，反正村民甚至他們的狗，對自己這些黃皮毛長尾巴的顯赫漂亮的「狐仙家庭」，是不會有什麼倒戈舉動的，百姓們已經習慣於跪伏權威，高呼萬歲。牠覺得一切都很自然很應該，天下是自己打出來的，其他狼啊狽啊地不用眼紅心妒。不服，你也去迷倒那些頑劣的村民試一試，容易嗎？

槍聲使牠心驚肉跳，濃烈的火藥味瀰漫在老樹周圍，牠非常熟悉這氣味，這是非常危險的氣味。牠看見那位跪伏在老樹下送來「雞供」的老太婆中槍後尖叫呻吟，隨即被三個從暗處跑出來的持槍者抬走了。

老銀狐機警地躍下老樹洞口，叼起那隻老太婆留下的還有熱氣的燒雞，重新躍上樹洞。下到洞底時，五隻崽子已撲上來搶奪牠嘴裏的燒雞。其實牠自己也已經很餓了，自從洞裏的族類增多，繁殖過剩，弄得有時「供」不應求。當然，墓穴中還有蝙蝠，但畢竟什麼財富也有用盡的時候。

老銀狐任孩兒們搶走嘴裏的美食，微閉雙目，倚洞趴臥下來。牠似乎有一種預感。還是那槍聲使牠心神不安。牠似乎知道，那槍口不是瞄準那位送雞的老太婆的，而是瞄準洞口，瞄準出入洞口的牠們狐狸家族。牠感覺出某種危險正在來臨。牠抬頭望了望上邊的洞口。危險在洞口，這麼多隻狐狸出入一個洞口，只要槍瞄上洞口，那牠們毫無逃脫的辦法。

於是，本能的警覺促使老銀狐一躍而起，牠要改變這種現狀。

牠在老樹洞底部四處嗅嗅，很快找準一個方向，伸出兩隻前爪子迅速挖起來。牠這隻狡猾而聰明的獸類，要從老樹洞底部另外開闢出一個新的出入洞口。遇土刨土，遇老樹根就咬斷，不一會兒的工夫，牠就挖進去不少。

牠有些累，一聲吠哮，躥上來幾隻大狐，在牠的指引下，接過去挖洞。土好挖，只是老樹根盤根錯節不好挖，然而在狐狸們的堅硬的牙咬下，又有何難。

漫長的黑夜裏，在老銀狐的率領下，眾狐們齊心協力，輪班換工地挖洞不止，終於天亮時，在老樹洞底部挖掘出四個新口！可憐的老樹，埋在土裏的幾個主根被咬斷的咬斷，咬傷的咬傷，連接主根的小細根鬚更是被毀無數，時時發出「吱嘎嘎，吱嘎嘎」的聲響，如在歎息，搖搖欲倒，至於開春之後能不能抽芽吐綠活下來，就很難說了。

狐狸們高興了。再也用不著跳上跳下地出入樹幹中部的高處洞口了，直接從老樹根部的地面洞口鑽出鑽進，既方便又迅速，而且適合牠們這些四肢著地的動物。

老銀狐——姙干・烏妮格，伸了伸懶腰，站在老樹下的洞口，望著東方日出的方向。地平線上，剛露微白，大地仍然黑暗重重，離黎明還有一段時間。牠望著東方出神，那雙微綠的眼睛異常地專注和深邃，似乎陷入某種深沉的思索。牠一動不動地注視著，諦聽著，然後緩緩邁動起四肢，向墓地外走去。

牠，充滿靈性的這隻神秘老銀狐，此刻有什麼感應了嗎？牠聞到什麼了呢？

嗅嗅停停，尋尋覓覓。老銀狐直走到村西北最邊兒上的那一戶門口，便停下了。牠認識這戶人家。老冤家對頭，此刻在幹什麼呢？

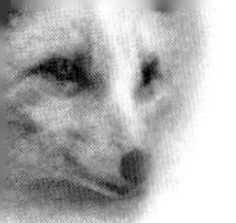

牠站在大門口的黑暗中，不吠不叫地仰起尖嘴嗅起來。寒冷的夜的空氣中，有門口凍糞土的氣味，還有牲口棚裏牛驢的活血的氣息，以及農家院那種柴垛、土房、水井、穀草等等組合而散發出的特殊的人類生活環境氣息。除了這些，牠還敏銳地捕捉到了那一絲似有似無的，牠自己過去曾傳播過後遺留下的「狐氣」。那氣味來自老土房的東邊那屋。

不知出於什麼原因，牠一躍而進這戶農家院。

院子裏很安靜。那隻牠熟悉的老黑狗不在院子裏，甚至牠嗅不到那位老冤家對頭的氣味，看來都不在家，西屋是空的。牠循著那一絲熟悉的氣味，來到東屋窗戶下。於是，牠聽見了低低的抽泣聲。那個身上有牠狐氣味的女人，正在嚶嚶哭泣。

牠聽見那個女人一邊哭泣一邊推門，可門推不開，似乎從外邊上了鎖。女人哭得更傷心更厲害了。女人在喊叫，女人使勁撞門，可西屋空空蕩蕩，無人來給她開門。女人繼續哭泣。女人似乎已絕望。屋裏窸窸窣窣傳出一種不祥的動靜。

老銀狐一躍而起。牠用身子和頭顱猛地撞破那一扇窗戶，闖進屋裏。

那個女人的脖子，已經套在從房樑上懸下來的白條布帶的圓口，然後兩腳輕輕蹬開站著的木凳子。人，就這樣吊掛起來了。女人看見從窗外撞進的銀狐，眼睛瞪得更圓了，可是無力喊叫，只亂踢著光光的雙腳。這工夫，她的舌頭開始往外伸長了。哦，可憐的女人。

老銀狐看了一會兒那布繩子，便從地上往上躍，可搆不著那白條布繩。聰明的老銀狐跳上炕，從窗戶那兒起跑助跳，一個漂亮俐落的縱躍，牠的身子如一道白色的閃電劃過，越過上吊女人的頭部，同時，牠的利牙尖齒咬住那條白布帶子，使勁扯撕，沒有幾下，白布繩便斷了。「撲通」一聲，那女人摔落在地上。但沒有動靜，不知是昏過去了還是斷氣了。

那銀狐蹲坐著，在旁邊靜靜地看著那女人。牠似乎意識到什麼，站起來，伸出紅紅的舌頭去舔那女人的臉、眼睛、嘴唇、鼻子。同時，牠的臀部對準女人的鼻子施放一股氣體出來。霎時間，強烈刺鼻的這股異香異臊的氣味瀰漫在屋裏，那女人連連打著噴嚏醒過來，一邊揉著鼻子一邊哭哭啼啼地嚷：「我要死，讓我死……」

她迷迷瞪瞪，黑暗中也看不清誰救了自己，也顧不上那麼多，摸摸索索地爬起來，重新揀凳子放凳子，再站上凳子套那白布帶子。可白布帶子已斷，不能再用，她只好從凳子上下來，重新摸索著什麼。

此時，老銀狐一直躲在房裏一個更黑的暗角，觀察著女人的動作。牠看見那個女人終於從炕邊摸索出一把剪子，軟軟地坐在地上，身子靠著土炕沿打開了剪刀，然後往自己的手腕處輕輕割起來。牠聞到了一股人血的芳香噴薄而出。黑紅的液體從那女人的手腕上汩汩流出，沿著她歪坐的大腿淌流在地上。

銀狐走過去，貪婪地舔舐起那攤血，一直循著血線舔到女人的手腕上。經牠的濕漉漉陰涼陰涼的粗糙的舌頭來回舔那麼幾下，女人手腕處剪子割的那個傷口，神奇地不再流血了。女人又處在昏迷中，軟綿綿地癱坐在地上一動不動。

銀狐把那把血性的剪刀叼起來，跳上炕，再跳上窗戶臺子，丟在窗外。然後，牠又跳回來，蹲坐在一旁，等候女人醒過來。還不時走過去，舔舔女人的手腕傷口。

不知過了多久，那女人終於「哎喲，哎喲」地甦醒過來。

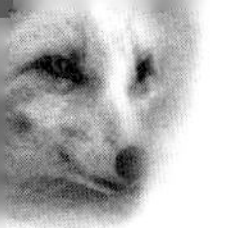

了正舔她手腕的老銀狐，哽哽咽咽地抽泣，不停地重複「讓我死吧，讓我死吧……」，大概她神志不清，搞不清自己抱的是何物，或許當成丈夫鐵山了吧。

「讓我死吧……」她發現自己還活著，又傷心地哭求起來，同時似乎無意識地伸出雙手，抱住

那老銀狐一動不動，溫馴得像隻貓般任由那女人摟抱著，揉撫著，那雙野性的閃出綠光的眼睛，也變得十分柔和迷人，通人性地微微閉合，享受著多少年來一直仇視爲敵的人類的溫存。

哦，人和獸，其實都是一樣的。

這時天已大亮，紅紅的晨霞照在破碎的窗戶紙上和土屋牆壁上，透出一種色彩立體，富有層次的如油畫般的景色來。

這是一幅絕妙的油畫，那人，那狐，那霞，那窗，那懸樑的白布條，還有那帶血跡落在窗外白雪地上的剪刀，這一切組合成了不只是涵蓋人類生活的大自然之生命組畫，這是人工的拙劣畫筆畫不出來的，這需要生和死，需要血和陽光，需要主宰人和獸的天道自然的顯現。

此刻，村子裏開始騷動起來了。

二

這一夜，白爾泰過得也很不安穩。

他暫時住在古樺的二哥古順家的一間西廂房。村部辦公室雖然閒著無人住，可燒沒燒的，喝沒喝的，大凍炕一點火就倒煙，炕燒不熱不說，把活人嗆得死去活來，鼻涕眼淚一起流，滿屋子冒黑煙。古樺說通二哥古順，把自家那間過去她在村裏時單住的西廂房清理出來，讓白爾泰住進去。

她忙前忙後，掃地燒炕糊窗戶縫兒，小土炕上又換了一領新炕席，牆上貼上幾張從掛曆上扯下來的影歌星和風景畫，小屋一下子煥然一新，乾淨俐落。她欣賞著自己拾掇出來的新屋，喜上眉梢，內心湧出幾分企盼幾分激蕩，嘴角不經意掛出一絲微笑，陷入遐想。

「喲，佈置得這麼漂亮，是不是就手兒當洞房吧！」說話的是古順媳婦，從外邊推門進來，一邊「嘖嘖嘖」，一邊跟小姑子逗笑。

古樺嚇了一跳，這才從遐想中驚醒過來，趕緊望一眼在院子裏壓水井的白爾泰，紅著臉衝嫂子假嗔道：「妳這缺德鬼，嘴巴不會閉緊點兒？淨胡說八道，不怕別人聽見啊？」

「聽見怕啥，就怕他聽不見呢。」古順媳婦也望一眼窗外，索性更提高了嗓門兒，「這窗戶紙呀不捅不破，這個理兒上的話呀不說不明白！咱們家的大小姐可是金枝玉葉，一般的還看不上呢，看上的呀，也別想跑……」古順媳婦的話還沒說完，嘴巴被撲過來的古樺捂得嚴嚴實實的，格格樂起來，古樺不依不饒地伸手胳肢她的胳肢窩，怕癢的二嫂笑得喘不過氣來，一邊躲閃一邊求饒：「姑奶奶，饒了我吧，妳愛嫁誰就嫁誰吧……」

笑得渾身散了勁兒的古順媳婦憋不住，撲的一聲放了個響屁，這一下，古樺更是哈哈大笑起來，放開嫂子，倒在小炕上笑得前仰後合，四肢亂顫。

「格格格……」

「哈哈哈……」

白爾泰從外邊提一桶水進來，見狀，奇怪地問道：「妳們樂啥呢？有啥好笑的事，讓咱也樂一樂。」

古樺一聽更樂了，指了指嫂子：「你問她……」

「問她？她怎麼啦？有啥笑話？」

「她後門炮響，響徹雲天……格格格……」古樺笑彎了腰。

白爾泰依舊傻頭傻腦地向古順媳婦打聽：「啥叫後門炮響，哪兒放炮了，我怎沒聽見……」

古順媳婦大紅著臉，笑流著淚，搶白一句：「聽你個頭啊！多吃點黃豆，哪天再放給你聽！哈哈……」古順媳婦張嘴樂著，大大咧咧地跑出屋去。

晚上，白爾泰在那間暖暖和和的西廂房燈下整理資料，古樺提著一壺開水進來說：「白老師，給你送點開水，你洗洗腳吧，這個盆專給你洗腳用。」

「謝謝，謝謝。」白爾泰不知所措，放下手中的資料要接那盆。

「我給你倒上熱水，你洗腳吧。」古樺的手輕輕撥開白爾泰的手，兩隻手一接觸，猶如碰了電一樣，白爾泰身上一顫，心裏有股異樣的感覺。他很久很久沒碰女人了，這輕輕的手之間的碰撞使他激動不安，內心閃出碩大的火花。

「洗吧，水不冷不熱正好。」古樺溫情脈脈地看著他，微弱的燈光下，那張年輕清秀的臉顯得緋紅嫵媚，一雙水靈靈的眼睛大膽而充滿了企盼。

「好，好，我洗我洗。」白爾泰機械地脫鞋脫襪，把腳伸進盆裏。

古樺看著他洗腳，沒有走的意思。白爾泰已經隱隱感覺出什麼，更加慌亂起來，不小心把洗腳盆給弄翻了，水灑了一地。

「格格格……」古樺笑起來，拿門後的笤帚掃水，白爾泰站起來也搶著要掃，於是兩個人相擁到一起了。古樺順勢靠在他的懷裏。

白爾泰的心撲騰撲騰亂跳，一股女孩子身上特有的異性氣息使他昏昏欲醉，那柔軟而富有彈性的豐滿胸脯緊緊擠靠著他，使他的渾身血液沸騰，每根毛細管漲湧起一個男人該有的欲望和反應。他不由得丟掉手中笤帚，雙臂摟住了她。

開始時輕輕的，恐怕弄疼了對方，漸漸地，這種撫摸式的摟抱變得強烈了，變成抱緊使勁才足以表示內心的欲望了。何況冬天的衣服太厚，太多，於是，感受男人的古樺仰起臉來，那雙唇微微顫抖，等待著觸摸。

白爾泰猶豫著，有些害怕，不知那紅紅的肉乎乎的雙唇，是幸福的愛河還是危險的陷阱，他一時分不清。尤其可怕的是，他至今搞不清自己對這位投懷送抱的女孩兒，有什麼感覺？是愛的衝動，還是性的衝動？被壓抑了很久的男性的欲望衝破了理性的防線，還是對這位處處關心愛護自己的部下，真生出了幾分情愫？他渾渾噩噩地俯下頭，終於把自己有些緊張而冰冷的嘴唇，疊印在那等待已久的滾燙的雙唇上。

不管性也好，愛也好，此時此情，此種幽靜暖和的小屋，拒絕一個異性女孩的雙唇是一種犯罪，是對人性本身的摧殘。雙方都活受罪。於是這種接吻變成了享受，變成了天道自然，變成了欲望的發洩和回收。他們就這樣接吻著，一個三十多歲壓抑很久的男人，一個二十六七歲、小鎮上看不上誰又等待理想男人太久了的大姑娘，自然而然地瘋狂起來。

漸漸，接吻的方式又不足以表達內心衝動了，白爾泰那男人的手不知不覺中摸索起來，伸進那隔絕自己的對方毛衣裏邊，繼續摸索著，顫乎乎地觸摸到了那柔軟又堅挺、熱燙而又圓鼓的雙乳上。

古樺的渾身顫慄起來，雙手緊緊揪著白爾泰的雙臂，欲制止而又鬆開，反反覆覆，嘴裏哆哆嗦嗦輕聲呻吟著呼叫：「別……白老師……別這樣……」

白爾泰光著腳站在濕漉漉的地上，開始沒有感覺，逐漸那濕地上的水變得冰冷冰冷，強烈地刺激起他的腳心。他渾身激靈一下，於是理智又回到他腦子裏。他那雙剛才還很放肆地探索的手，突然被貓爪子抓了一下一樣猛地抽回來，同時抽身後退，夢遊般地喃喃低語：

「我這是怎麼了……我在幹什麼……」

他坐倒在炕上，有些負罪般地不敢看古樺。一雙光腳相互搓動著，嘴裏囁嚅：「我對不起妳，我不應該這樣，對不起……」

「有什麼對不起對得起的，這時候了，還說這個……」古樺紅著臉低聲說，抻抻毛衣和外套，眼睛不敢抬起來。

「啥時候了?妳是說……」他茫然，就這麼一次擁抱接吻，她說的啥意思他已明白，他不知道這是收穫還是損失，他似乎沒有足夠的思想準備，他有些慌亂。在省城時經歷過各種人生變故的他，此刻有一種闖了禍的感覺。

這時，從正屋傳來古樺媽媽的喊聲。

「我媽叫我呢，白老師，我走了，咱們的事明天再說。」古樺嫣然一笑，雙眼陶醉地盯了白爾泰一眼，然後轉過身，滿懷著幸福感飄然走出屋去了。留下這傻呆呆、慌亂不知如何是好的白爾泰一個人，愣在那裏出神。

他就這麼乾坐了半宿。

他終於理清了思緒，天亮時，便伏在小書桌上，寫了一封信留在桌子上。

古樺：

感謝妳對我的情意。我太莽撞，對不起。

我是個漂泊不定的流浪者，日後誰知命運又把我拋向何方？我不一定是妳理想的情郎，妳對我又知之多少呢？我的過去，我的經歷……我愧對妳的鍾情。我一直拿妳當小同事、當小妹妹，可昨晚一切又在瞬間改變了，來得太突然，因而缺少了平衡。我真的很喜歡妳的純情、浪漫、青春的魅力，但我需要時間考慮一下能否擔得起這種責任。

目前，我唯一的願望是把薩滿教的概況徹底搞清，將來出一本書。薩滿教崇拜大自然，崇拜長生天長生地，那我們也順其自然，但願天地作合，賜給我們經歷漫長時間仍留住紐帶的那份緣吧。

我去黑沙窩棚找鐵木洛老爺子，要在他那裏住些日子，我相信遲早能打開鐵老爺子的嘴巴。妳就留在村子裏，繼續「纏」住老喇嘛吉戈斯，問出點我們所需要的東西。幾天後相見時，我們的已經冷卻的心會有些新感覺的。

我就不等妳醒來，留下便條告之。見諒。

白爾泰匆匆

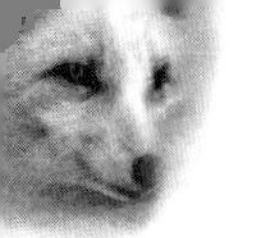

白爾泰背著書包輕輕出門時，外邊天剛濛濛亮。地上的雪化後特別凍，異常的寒冷，牲口棚裏的驢騾凍得不時輪換著抬腿三足立地，而寄宿趴伏在驢騾脊背上的小雞們，則縮成一團暖暖地酣睡。大地、村莊、古順家人，都在這寒冷中昏睡未醒，凍裂的土地上沒有任何活物在行走，人吐的口水落地時已凍成冰球嘎嗒嘎嗒響。

白爾泰走過空蕩蕩的村街。從村的東頭古順家，去村最西北頭鐵山家，幾乎穿過大半個村子。酣睡的村莊很安靜，雞不叫狗不吵，唯有走過村長胡大倫家門口時，他奇怪地發現這家人起來得還挺早，煙筒冒出直飄的炊煙，屋裏傳出人說話聲。他納悶，聽說胡村長是較懶惰的人，這麼早起來吃飯定是要辦什麼急事吧。

他再回頭看時，發現古順和幾個民兵背槍、扛鋸，還有拎斧子提鎬的，匆匆走進胡大倫家。他想起昨晚古順好像一夜沒在家，他們在忙啥呢？

白爾泰隱隱有個感覺，村裏似有好多他不知道的秘密，畢竟自己是外來人。還有夜裏那兩聲奇怪的槍聲，村裏到底發生著啥事，或即將發生啥事呢？幾天來他已強烈感覺到，這小小的哈爾沙村地小風浪卻不少。

村西北頭，立著孤零零一戶土房，他知道那就是鐵山的家。那個患病的女人怎麼樣了呢？一想起珊梅，他內心有一股說不出的異樣感覺，或許在這女人身上發生的事，太奇怪太不可思議吧，他有一種特別想接近這個女人、瞭解或解開那個神秘之因的欲望。

院子裏靜悄悄的。院門未關，可房門從外邊上了鎖。他感覺出一種奇特的氣氛，晨光初照，發現窗戶底下的雪地上有一把帶血的剪刀！白爾泰飛步走過去，揀起那把剪刀，同時發現窗戶是破碎的。於是，他的目光便瞧見了那一幅美妙如幻覺的圖像。

一幅狐女圖。

玫瑰色的晨霞照射在屋子裏，紫氣朦朧中，地上歪坐著淚流滿面的珊梅，雙手正摟抱著一隻雪白色的銀狐！

那銀狐安詳而溫馴，時不時伸出尖尖的嘴巴，舔舔珊梅滲出血珠的手腕，毛茸茸的大長尾拖在地上占了很大一片，異常的豪華而美麗，那燦若白雪的修長狐體則亮得耀眼奪目，嫵媚迷人，使人目光一觸便不想離開。

而珊梅此時是另一番風景，上身穿的小花襯衫內衣半敞著，上邊的鈕釦兒脫落掉，半掩半裸的那雙白白的豐乳，似乎要掙脫出那過於緊繃的內衣，豐腴而白皙的肩頭掛出血絲，紅一道白一道，烏黑的長髮披散在肩頭和後背，蒼白而圓潤的臉沒有一點血色，亮晶晶的雙眼靜靜地流著淚，病態中顯出另一種悲情女性美，與雪白色銀狐相映相襯，在火紅色霞光映照下，形成天地間絕美的美女仙狐圖。

當微風吹動了從房樑上懸下來的斷布條時，白爾泰才感覺到眼前的這一切不是夢境，不是幻覺，同時，他聞到了一股異香從屋內飄散而出，吸進他鼻子裏，透進五臟六腑，使他血液發脹，渾身湧起衝動的春潮。

他隱隱記起過去讀過的哪本古書中說過此種香氣，也就是那種狐騷的香氣，一時會使人迷亂本性。他脫口而叫：

「珊梅！妳抱著野狐！抱著野狐！」

人狐，乍分。驚醒。圖動。

白影一晃，從白爾泰的身側如流星般閃射而出，旋風帶出香氣、騷氣、仙氣、鬼氣，在院子裏雪地上，長尾一點一晃便無影無蹤，消失殆盡。

「等著我！鐵山，等著我，別丟下我呀！」珊梅孱弱的身體搖晃著站起，茫然若失地從銀狐身後呼叫，顯見她把野狐當成丈夫鐵山。

「珊梅，妳怎麼啦？那野狐怎麼會在妳的屋子裏？妳這兒出啥事了？」白爾泰萬般不解。

「嗚嗚……我要死，鐵山他不讓死，你瞧，他把我上吊的布帶子都給弄斷了，嗚嗚嗚，他又走了，他不要我了，他嫌我不會給他生兒子，嗚嗚嗚，我怎辦哪？我的剪刀也被他扔了，我要死，我要死……」珊梅晃蕩著半裸的身子，又哭泣起來。

「珊梅，妳清醒清醒！我是白爾泰，不認識我了？妳丈夫鐵山去哪兒了？怎麼屋裏反鎖著妳？」白爾泰從破碎的窗戶跳進屋子裏，想喚醒瘋瘋癲癲的珊梅，同時想找一件衣服給她穿上，遮掩住她那裸露的白胸白肩和豐乳，免得使自己眼晃心亂。

「你是誰？你會生孩子嗎？你讓我生一個怎麼樣？讓我生一個，讓我生一個……」珊梅沒有什麼羞恥的感覺，撥拉開白爾泰披在她身上的外衣，一下子抱住了白爾泰，那雙高聳的胸部緊緊貼蹭著白爾泰的胸，發燙的臉頰也貼在白爾泰的臉上。同時，那股銀狐身上的異香氣，也從她身上散發出來，熏得白爾泰神魂有些顛倒，誘發著他原始的衝動。

好可怕的香氣，他閉住呼吸，極力保持清醒，同時用手推拒著珊梅那充滿誘惑的身體。

「咱們一起生個孩子吧，生個孩子……」珊梅哀求著，楚楚動人，可憐巴巴，以一種與她弱身子不相符的蠻力抱著白爾泰不放鬆，弄得白爾泰尷尬之極，掙脫不開急紅了臉。他十分擔心而緊張，萬一此時被別人瞧見了，他可跳進黃河也洗不清了。

「珊梅，快鬆開，妳不要這樣，快鬆開，妳放手呀，妳不要這樣……」白爾泰使出吃奶的勁兒推珊梅。珊梅那張淚一把涕一道的臉，卻緊緊貼著他的臉，他左右躲閃著，掙扎著。

正這時，怕什麼來什麼，院子裏傳出一個人的喝叫聲。

「白老師！你在幹什麼！你、你、你怎麼這樣！期負人家媳婦，你這流氓！」罵者是古樺。她也一夜未眠，激動之中幻想著未來幸福美滿的小家庭小愛巢，似睡似夢中過了一夜，一大早就起來去看心上人。於是，就發現了那張便條兒。

她生氣、傷感，片刻後，很快清醒過來，不顧一切地趕到鐵山家想找白爾泰問個清楚，結果，恰巧撞見了這一幕。

「不是，不是的，是她抱著我不放，她又犯病了，妳不要誤會……」白爾泰紅著臉，忙不迭地申辯，同時掰著珊梅緊抱著他的那雙手，推拒過猛，一下子兩個人滾倒在地上，糾成一團。

「你胡說，你把人家撕成這樣了，還想騙我！沒想到你是這種禽獸！」古樺從窗口爬進來，氣白了臉，怒不可遏地從旁邊「劈啪」摑了白爾泰兩耳光。

「妳幹嘛打他？他要跟我生孩子的，妳幹嘛打他呀？他要跟我生孩子……」珊梅從一旁擋著古樺的巴掌，嘴裏瘋瘋癲癲地說。

「啊，原來你們是兩廂情願，勾搭成姦！你們這混蛋！」古樺丟下白爾泰站起來，氣喘吁吁。

「妳不要誤會，不要胡說，她的確瘋了，犯病了，我來時，她還抱著一隻雪白的野狐哪！」白

爾泰終於掙脫開珊梅的糾纏，爬起來面如苦膽，有口難辯地解釋著。

「哈，真會瞎編，你矇誰呀，還編出一隻野狐狸！誰信啊，野狐狸還能讓人抱住？你這流氓，是她這兩條腿的騷狐狸吧？叫我給攪壞了你們的好事，是吧？」古樺由愛生妒生恨，口無遮攔地罵起來。

「唉，我可真是跳進黃河也洗不清了，唉，我、我……」他自己一想可不，誰能相信野狐叫人抱著摟著的這種事，恐怕自己若不是親眼所見，別人這麼說他也不可能相信。

他突然瞧見頭上飄蕩的白布帶，急忙說：「妳瞧瞧，珊梅犯病後還想自殺上吊，可這白布帶可能被那隻銀狐給咬斷了，才救了珊梅，妳看，還有這把帶血的剪刀，再看珊梅手腕的傷口，這都說明珊梅被丈夫反鎖在屋子裏，又犯了瘋病，想自殺，正好來了一隻通人性的銀狐救下了她……妳不信，真的有一隻銀狐，我來時正巧看見珊梅抱著銀狐哭呢……」

古樺半信半疑，抬頭看看那上吊的布繩子，炕上那把帶血的剪子，再看著的確有些瘋瘋癲癲不太正常的珊梅，她開始有些懷疑自己的判斷了。

「牠不是狐狸，你們胡說啥呀，牠是我丈夫鐵山，是鐵山，他要跟我生孩子，我要給他生一個大胖小子，大胖小子，哈哈哈……」珊梅瘋笑起來，放浪而野性，令人生畏，轉而她又啼哭起來，「可他走了，他不要我了，他嫌我不會生孩子……這位大哥，求求你，咱們倆生一個孩子吧，好不好，生出來給我丈夫鐵山看看！怎麼樣？求求你了……」

珊梅閃動著充滿期望的美麗動人的雙眼，依依可人地又撲過來要抱住白爾泰。白爾泰嚇得趕緊往旁一閃，珊梅撲空，摔碰在炕沿上。

「嗚嗚嗚……你也不肯要我，不肯跟我生孩子，嗚嗚嗚，我還是去找鐵山，去找我丈夫……」

珊梅爬起來，去推門，門推不開，她又爬上炕從窗戶跳出去，半裸著上身子，只穿一條單布褲，向院外疾速跑去。

「等一等，珊梅，穿上衣服！等一等！」白爾泰從炕上拿起她的棉衣服，也往窗外跳出，同時回過頭對傻愣在原地的古樺說：「回頭咱們再說，先去救回她，這樣子她會凍僵的……」

白爾泰邊說邊跑，很快消失在院子外。

古樺目光癡呆地望著白爾泰的後影，嘴裏喃喃自語：「要是他對我也這樣多好，我也真想跟珊梅一樣瘋了……」

三

在遙遠的大北方啊，
居住著薩滿・巴拉爾（原始）祖先喲，
頭上戴有七穗八辮兒的法冠啊，
白髮長長如銀絲雪瀑喲！
在廣袤的蒙古草原啊，
居住著孛師・通天祖先喲，

額頭上戴有鳶鷹法帽啊，
黑鬍密密像森林草叢喲！

他們擺上岩台般大的案板，
成群的牛羊做「壽色」；
他們燃上狼草般粗的九炷香，
請下那十萬精靈「昂格道」①！

他們呼喚：
藍色的天，
呼和．騰格爾②！
請下來吧！
他們呼喚：
祖先的神靈，
鄂其格．德都．汗③們！
請附體吧！
……

爺爺鐵喜老「孛」，端坐在那間秘密隔絕的氈房裏，向七歲的孫子鐵旦傳授師傳「孛」法。小鐵旦跪在點香燭的桌前，爺爺唱一句，他跟著唱一句。他學「孛」時，任何人不得走近這座氈房，甚至小鐵旦的媽媽和奶奶都不許進來，飲食由鐵旦的爸爸鐵諾民「孛」專程按時送來。

其實，小鐵旦跟爺爺學「孛」已經兩年了。五歲時，他隨爺爺等六位「特爾蘇德」叛逆「孛」，投奔奈曼旗的門德「孛」，結果，爺爺的這位師弟因大沁塔拉草場要「出荒」，躲避到北邊達爾罕旗境內的叫別爾根‧塔拉的草原居住，他們只好繼續由「九頭狼」的二當家「黑狐」護送著，去別爾根‧塔拉草原，尋找門德「孛」。好在門德「孛」在那一帶是個較有名氣的「孛」，他們終於找到他，並靠著他的幫忙，在一個叫教包營子的小屯子落下了腳。

倚仗鐵喜「孛」的功法本事和六位叛逆「特爾蘇德‧孛」的名氣，他們這幫從庫倫喇嘛旗來的眾「孛」們，很快在別爾根‧塔拉草原和整個達爾罕旗闖出了名號，生活較爲安全。而且，當時在達爾罕旗，也遠沒有像庫倫旗那邊的喇嘛與「孛」鬥得你死我活，互不相容的程度，因而爺爺「孛」他們的活動還很自由，學「孛」信「孛」的人也很多，幾乎村村鄉鄉都有行「孛」的人，流派也較繁雜。

按爺爺的傳授，蒙古「孛」是蒙古人從老祖先起信奉的原始多神教，產生於母系氏族社會，「孛」是這一多神教巫師的通稱。「孛」，也稱「博」、「孛額」、「孛格」，這詞起源於古老的蒙古語尊稱「別乞」，大致含有「高師」、「尊貴」之意。對蒙古「孛」，外邊稱其爲「薩滿」、「珊蠻」等，這詞起源於「通古斯——滿語」的漢音拼寫，意爲「由於興奮而狂舞者」，可好多科爾沁蒙古「孛」師並不知這一稱呼，只知自己稱爲「孛」或「孛格」。

「孛」的流派分類就比較多了，如「黑孛」與「白孛」，「世襲孛」與「非世襲孛」，細分類有三種，即：「幻敦」、「孛」、「列欽」。「黑孛」是喇嘛教進入蒙古地後，叛逆或不投降的「孛師」被稱爲「黑孛」，而投降或摻雜喇嘛教佛法的，就被稱爲「白孛」；「世襲孛」則是世代相傳，可上溯到幾代甚至十幾代，以至追根到成吉思汗時代，這樣的「孛」比較榮耀和高貴，自稱爲「幻敦」，也稱「通天孛」，那位門德「孛」，則是相傳十三代的「幻敦」的後人；而「非世襲孛」被稱爲「陶木勒・孛」，意思是普通百姓被「孛」的神靈所相中後當「孛」，這樣的「陶木勒・孛」比起世襲的「通天孛」來說，道行功法是淺薄些，能治的病和能做的「卓力格」（驅鬼的巫術）也少，也不會有「祭天」、「祭吉亞其」等大祭祀活動。

至於「幻敦」、「孛」、「列欽」的區別，按爺爺的說法，就是一個家族的三個兒子。「幻敦」因是世襲的，功法高，主要主持祭天、祭雷、祭吉亞其等大祭祀活動，據傳「幻敦」是天的外甥，所以天打雷時敢罵天，並以此類祭、祭祀、禱告等來消災降福。因這一支出自成吉思汗時代的「呼豁初・孛」後裔，在遠古，他們都擔任氏族部落的首領或領主，只有他們才有權主持部落的祭祀儀式，主要特點則有四面法幡，揮法幡念咒語可叫天、降天、呼風喚雨，神通廣大，古代蒙古軍中也稱札亦赤，據記載，具有陣前呼風喚雨的本領。

「孛」，既是蒙古原始多神教巫師的泛意上的通稱，又與「幻敦」和「列欽」有細微的差別，那就是具體含義的「孛」，主要指靠行「孛」來治病祛邪，其中還細分幾個不同專項，如：「亞斯別拉奇・孛」，是專指接骨正骨的「孛」，具有相當精湛的技術，賓圖旗著名的女「孛」娜仁・阿白，就屬這類「孛」，曾參加哲里木盟十旗三百多位名「孛」正骨和法術比賽，獲首名，受王爺玉石腰帶、七星寶劍等獎賞；還有「安代・孛」，則專治鬼怪邪物造成的病和因婦女不孕、愛情婚姻不幸而患的精神病；「得木齊・孛」則是專門從事接生的「孛」，沿襲相傳，後來將接生婆都稱「得木齊」了；「圖樂格其・孛」則專門從事占卜看卦和預言，以助人尋找失物等活動。「列欽」這門類，出現得就比較晚了，是喇嘛教傳入科爾沁蒙古地之後的產物，行巫時念喇嘛經，動作時手呈佛教的蘭花指，舞蹈也像喇嘛教的查瑪舞，是混合了喇嘛教和薩滿教的爲數不多的一個派別。

爺爺「孛」鐵喜把這些鮮爲人知的相傳知識，細細地如數家珍般地教著小孫子鐵旦牢牢記住。天性聰慧、膽識過人的小鐵旦，腦子好，記憶力強，這些繁雜的「孛」的常識，他一聽就能記住，爺爺每每捋鬍子誇獎他：「天生就是當『孛』的料兒！」

因爺爺師承著名的「世襲孛」——「幻敦」傳人郝伯泰「孛」，後自己又勤學苦練，通了「孛」教最高層次的九道關，所以爺爺的「孛」法高明，但因小鐵旦的父親諾民、叔叔諾來等都因資質魯鈍，無法承其「孛」法而時時苦惱，如今見小孫子這般聰明悟性高，便開始傾囊相授，想把他塑造成一位超過自己的「通天孛」，爲多災多難的蒙古草原和百姓服務。

小鐵旦這般學「孛」又過了兩三年，已經長成一位面如冠玉的十歲英俊少年。此時的他，已掌握了爺爺的踩火炭避火腳功、舔火烙鐵吐氣治病法、施放卓力格精靈法等等的基本功法，往下就學比較大的主持祭天、祭雷、祭山河樹林、祭吉亞其畜牧神等祭祀知識和功法了。

這一天，爺爺坐在燃香的法桌前，把一個布製的神靈放進供龕裏，珍重地告訴小鐵旦說：

「這是畜牧神吉亞其的神像，要想在草原上當一名有威望的『孛』師，首先要學會祭吉亞其的本領。」

爺爺顯得鄭重和嚴肅，接著說：「吉亞其是普通牧民的畜牧保護神，而且是蒙古人常祭拜的先神的典型代表，草原上的蒙古人家家戶戶供奉著這位神靈。」

接著，爺爺給他講述起吉亞其的傳說。

在遙遠的北方蒙古草原上，有一位叫薩如勒的巴彥（富貴牧場主），他家有一個一輩子給他們家放牧的奴隸叫吉亞其，這奴隸忠誠老實，勤勞能幹，讓主人非常放心。

當太陽剛剛露出東方草山，
他就把羊群趕到撒滿露珠的草灘；
當晚霞漸漸紅濃的時候，
他便把畜群平安圈回牧欄；
他放牛馬，牛馬變得如星星一樣繁多，
他放羊群，羊群長得如駱駝般肥壯！

許多年了，吉亞其漸漸年老體弱，患上重病無法痊癒，臨死時卻還掛念著畜群，奄奄一息不肯閉目，讓人請來薩如勒・巴彥，懇求著說：

「等我死後，給我穿上放牧的衣服，挎上套馬桿，把我埋葬在我經常去放牧的高山上，好讓我看見我放過的畜牧群吧！」

巴彥點頭答應了他的要求，吉亞其這才閉上眼睛，滿意而終。

可是，薩如勒・巴彥早把自己的諾言忘在腦後，沒有按吉亞其的懇求去辦，隨意把他扔在野溝裏草草埋了。沒過多久，人們發現了一個情景。

每當夜晚天上出繁星的時候，
吉亞其的身影就在草原上遊蕩，
騎著他的沙爾格勒④駿馬，
胳膊上挎著長長的套馬桿，
把他放過的畜群，
趕進過去常去的草灘。

每當黎明升起在東方時分，
吉亞其的身影又在荒原上出現，
騎著馬，挎著套馬桿，
把畜群趕回草甸上的圈欄。

……

然而，從此牛羊馬群不像過去那樣肥壯了，可怕的瘟疫也開始傳染了。薩如勒・巴彥惶恐了，急忙請來「孛」消災祛邪。「孛」說這是死去的吉亞其的冤魂在鬧鬼，巴彥問怎麼辦才好，「孛」

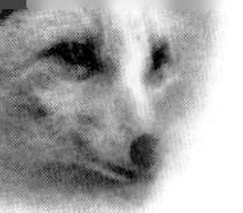

說給他做個神像供起來就能好。於是，在「孛」的指導下，找來沒有婚配的美麗純潔心靈手巧的少女，拿綢緞製成身段，拿珍珠和龍棠做成眼睛，繡製出唯妙唯肖的活如真人的吉亞其神像。人們把它供放在氈房裏，在像的周圍懸掛著五穀和香草，獻上壽色和奶酪等供品，牧民們便虔誠地祭奠起來。

在巍峨的高山上，
神明的吉亞其老人，
你夜夜都要降臨，
是放心不下你的牛馬羊群？
珍珠做眼睛，
綢緞繡金身，
供在氈房面朝草場啊，
看到牛群你總該安心。
胸前掛接羔袋，
袋裏裝五穀香草，
供在蒙古包朝南方啊，
看到羊群你總該安心。

鹿皮製成的披篷遮在身上，
風吹雨淋熬盡艱難，
虔誠地獻上豐盛的壽色哟，
祈求你保佑畜牧興旺、草原平安！

如此一祭祀，夜晚的草原上，再也見不到吉亞其的身影悠蕩了，瘟疫也消失，牲畜開始興旺起來了。於是草原上，家家都請「孛」來製作吉亞其的神像供奉起來，從此，吉亞其就變成了整個草原上蒙古人們供奉的畜牧保護神了。並在每年當秋季草茂畜旺時，牧民們請來「孛」舉行祭吉亞其儀式，進行祈禱。

在草山南麓出現的神靈，
是尊貴的吉亞其在放羊；
在寶貝嶺北麓出現的神靈，
是慈祥的吉亞其在放牛；
在花山腳下放羊的吉亞其，
是保佑牛羊的神明；
在金貝嶺上顯靈的吉亞其，
是蒙古人尊奉的神靈；

供桌供案擺好了，
香火祭羊備好了，
雙手捧著哈達和鮮奶，
祭奠神明的吉亞其仙靈！
保佑我們五畜興旺，
保佑我們幸福安康！
……

正當小鐵旦跟著爺爺潛心學藝的時候，別爾根・塔拉草原又開始沸沸揚揚地流傳起一個可怕的消息：達爾罕旗王爺又要「出荒」了！

有一天晚上，爺爺的師弟門德「孛」從鄰村趕過來，身後還領著一位魁梧的「胡伊根・額日」——旗丁。

「大師哥，不好了！達爾罕王爺要把這一帶別爾根・塔拉草原，出荒賣給奉天府的老爺。」門德「孛」人未坐定，急著說。

「這消息可靠嗎？」鐵喜老「孛」放下手中的一部正在趕寫的蒙古書卷，問。

「可靠，是他從王府那邊得知的消息。」門德「孛」推了推站在身後的那位旗丁。

「這位是？」鐵喜「孛」這才注意到，門口暗處站著一個年輕人。

「他是我一個遠房侄子，叫孟業喜，在達爾旗王府當旗丁，就是旗王爺的馬隊騎兵。他們家是旗王爺『壯丁戶』，男的都要去王府服役，他的消息不會有假。」門德介紹。

「哦，那就假不了了，這位賢侄兒，你還能講得具體點嗎？」鐵喜老「孛」仔細打量起站在眼前的這位在未來的歲月中將把科爾沁草原攪個天翻地覆的青年人。他黑瘦高挑的個頭兒，兩眼冷峻有神，一張長掛臉顯得很剛毅而不露聲色，使人一望就感覺出某種不怒而生畏的威嚴。

閱人無數的老「孛」鐵喜，暗暗吃驚這個年輕人的定力和神態，感覺到此人身上有一股令人一望而不可忘卻的非凡氣質，一個典型的蒙古漢子。

「老巴格沙⑤，往後管晚輩叫老嘎達就行了，晚輩在家排行老三，是我爹最小的兒子，大夥兒都叫我老嘎達，有的乾脆叫嘎達，很少叫我孟業喜這真名字了，呵呵呵……」年輕人稍顯冷峻的臉上綻出爽朗的笑容，一笑嘴很大，聲音透出洪亮和力度。

「好，好，嘎達賢侄兒，呵呵呵……」鐵喜「孛」受他感染，也隨著笑起來，「那就嘎達賢侄兒詳細講講，我們也好有個準備啥的。」

「我們達爾罕旗的王爺，是從成吉思汗那會兒開始的世襲王爺，達爾罕的意思，就是永久性地代代世襲，我們王爺平時長住奉天府那兒新蓋的王府，奉天府長官又把自己一個遠房小妹嫁給老王爺，當壓府小福晉太太，花銷越來越大，再加上抽大煙，這銀子就顯出緊巴了。這麼著，跟奉天府商量，把這一帶別爾根・塔拉草原賣給奉天府的軍爺們，換成銀子貼補開銷。奉天府的老爺們呢，正準備往關裏打，需要準備糧草軍需，決定派兵屯墾。兩邊就一拍即合，咱們別爾根・塔拉草原就倒楣了，唉。」老嘎達長歎一聲，兩眼流露憂慮之色，「祖上留下的土地快賣光了，前一陣兒，我

隨馬隊去瓊黑勒大溝一帶，呵，真沒法兒看了，那章武一帶草原是二十年前出的荒，現在全成了沙地了。那草原能開墾種地嗎？地面半尺以下全是沙質土，犁鏵子一旦翻開草皮，那沙子就翻出來了，頭幾年還能長莊稼，現在全完啦，成了『八百里瀚海』的大沙地！你說說，老巴格沙，這草原一片片地賣，一片片地開，早晚不得全毀嘍啊?!唉，我們的王爺們，你賣一塊兒，他賣一塊兒，互相比著賣，咱們牧民們可快剩不下一片好草場啦……」

說著，老嘎達孟業喜憤憤起來，攥起拳頭，眼睛裏閃動著一股無法壓抑的怒火。鐵喜老「孛」給二人倒上奶茶，讓坐在土炕上。繼續聊著話。

「達爾罕王爺現在人在哪裡？」鐵喜問。

「王爺還在奉天府享福呢，賣地的事兒是談定了，消息是讓韓舍旺管旗章京⑥，從奉天府帶回來的。」

「不知道啥時候開始遷民開地？」

「具體的日期我也不大清楚，怎也得熬過這一冬了。昨天章京老爺給我們訓話說：『你們老實本分點，王爺快回來了，王爺今年春節回草原王府慶六十大壽，你們每人都備一份自己的禮品吧！』現在王府裏裏外外忙碌著呢，準備給老王爺慶壽，唉，我這窮壯丁戶還真不知道送啥好呢。」老嘎達犯愁地說著，端起桌上的一碗奶茶一口喝下去。

「現在是陰曆十一月，快進臘月，離過年沒有多少日子了，估計老王爺快回草原了。門德師弟，咱們是不是聯絡聯絡各村各鄉的『孛』們，議一議這事怎樣？」鐵喜老「孛」向門德用商量的口吻提議。

「我同意師哥的意思，咱們透過『孛』師走村串鄉的機會，多聯絡些人，尤其聯絡些各鄉村的諾彥⑦、巴彥們，等老王爺回府時聯名遞呈子，懇求王爺別賣了祖上留下的這片好草原。」門德「孛」也是個聰明人，很爽朗地把話說開。

「師弟說得比我想的還透。你是這裏的坐地戶，又熟悉情況，你就出面聯絡吧，我畢竟是個外來戶，不好出面，也沒啥號召力，在這裏我也沒有草場。你出面聯絡，大家夥兒肯定聽你的。」鐵喜坦誠地說出自己的想法。

老嘎達孟業喜的一雙眼睛，很注意地盯一眼鐵喜「孛」的那張臉，在心裏想：庫倫來的這老「黑孛」，到底有些深算，輕而易舉地把別人推上前，自己留在後面，而他說的也在理，建議也很對路，別人無法拒絕，真的能夠聯絡上草原上的眾多牧民，還有那些牽涉到本身利益的諾彥、巴彥們，一塊兒上訴老王爺，或許能讓老王爺回心轉意，取消了出荒呢，這可真是一個不錯的主意。

老嘎達轉而流露出佩服之色，望著鐵喜「孛」說道：

「還是老巴格沙高明，門德叔叔，你就照鐵巴格沙的意思活動活動，真備不住能保住咱這片草原呢！」老嘎達孟業喜從旁邊鼓動門德「孛」。

「好，師哥說得對，我應該出面。到這時候了，總得有人出面，不能眼瞅著咱們的家鄉就這麼割豬肉似的，一片一片割著賣光了，是吧？好，拿酒來！」門德「孛」豪情大發，粗爽地嚷起來。

一直在炕角，靜靜聽大人們議論的小鐵旦，這時「噔噔」下炕，從靠北牆的紅木櫃裏拿出一瓶燒酒，又拿出四個小木碗，「咕嘟咕嘟」倒下四碗酒，聲音脆生生地說：「請！」

爺爺鐵喜老「孛」捋著鬍子樂了：「這小鬼機靈，腿腳還挺俐索，把我捨不得喝的老酒，都拿

出來孝敬你的二爺爺和老嘎達叔叔！哈哈哈……咦？這第四碗給誰喝呀？」

「我！」小鐵旦拍拍胸脯。

「你？」三個大人同時問。

「對！我也反對王爺出荒，我也加一份兒！」小鐵旦豪爽地說。

「哈哈哈……這小巴拉⑧，行，有種！」老嘎達孟業喜很欣喜地撫摸一下小鐵旦的頭，與兩位長者老「孛」一起端上酒杯，又把小鐵旦的酒往自己碗裏倒出大半，然後才遞給小鐵旦，於是四個不同年齡層次的熱血蒙古人，「噹」地碰酒碗，一仰脖，「咕嘟」一下喝下這盟誓般的燒酒，從此拉開了科爾沁草原上一場波瀾壯闊的反對出荒保護草原鬥爭的序幕。

當然，他們一開始完全沒想到，往後的事情會發展成由善良的懇求，演變成一場血與火的載入史冊的鬥爭，他們自己的名字從此也流傳於世，讓後人相頌。這是始料不及的，是歷史造就的。

老嘎達孟業喜告辭二位老「孛」：「我先回王府，有啥新消息再來告訴你們，用得著小侄兒的地方，你們儘管給信兒，我義不容辭！」

「我要跟老嘎達叔叔學打槍學騎馬，當馬隊騎兵多威風啊！」小鐵旦酒後小臉通紅。

「叔叔就收你這徒弟了，改日找時間叔叔好好調教你！」老嘎達孟業喜也很喜歡這個聰明伶俐、有膽有識的少年，拍了拍他的肩膀，然後轉身走出屋去，外邊傳出一陣疾速遠去的馬蹄聲音。

從第二天開始，在這廣袤的科爾沁草原中西部的別爾根・塔拉一帶，由「孛」師們起頭鼓動和串連引發，懇求達爾罕王爺停止賣草原的活動，如一股不可阻擋的潮流，在底下民眾當中湧動了。

由於符合民心民意，參與者日益增多，本來在當時的達爾罕旗，「孛」、「幻敦」、「列欽」等非常盛行，人數也眾多，幾乎每村每鄉都有「孛」，有的村，甚至家家戶戶都有學「孛」當「孛」的，這些「孛」師們，利用每天的走村串鄉行「孛」時機傳播和鼓動此事，可以想像那功效之大和普及氣勢之廣。

逐漸，此活動及議論已超出別爾根・塔拉草原的範圍，蔓延到南部的巴彥・塔拉、東部的架瑪吐、北部的洪格爾・塔拉一帶，幾乎是全達爾罕旗範圍之內，民眾沸沸揚揚。「孛」師們活躍異常，因老百姓心裏沒底，不知道他們的這位昏庸窮奢的老王爺一缺銀子，又把哪塊草原給賣了，所以人們在「孛」師們慫恿下都很踴躍，義憤填膺。

同時，一封懇求王爺停止賣地的信，由鐵喜「孛」和門德「孛」起草後，很快在達爾罕旗的「孛」師和百姓當中傳閱起來。此信詳文如下：

尊貴如父的達爾罕王爺明鑑：

自遠祖大帝成吉思汗，把廣袤的科爾沁草原賜給其親弟哈布圖・哈薩爾大王作為領地，傳至您尊貴的達爾罕王和圖什業圖旗大王已經是第二十九代之久，放眼矚望，南至奉天府鐵嶺以北，東至公主嶺以西，北至索倫山麓，西至赤峰敖漢以東，科爾沁草原當時是何等廣袤無際和富饒豐美啊！而從清皇朝為防蒙地起事，實行「移民實邊」政策，大量開墾蒙地草原近百年以來，如今的科爾沁草原已萎縮到南至鄭家屯，東至保康，北至圖什業圖北山，西至奈曼境內，只剩下巴掌大的草原，不足原來的十分之二三！

尊貴的王爺，請再看已開墾多年的舊科爾沁草原出荒地帶吧，南部昌圖以西的章武

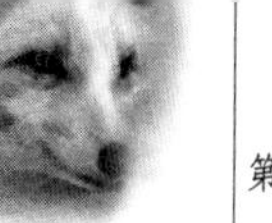

台等地，都已淪為寸草不長的「八百里瀚海」，東邊保康地帶全呈鹽鹼地也無法耕種，只長鹼兒蒿，西邊敖漢、奈曼、庫倫地帶也都沙化日益退敗，百年歷史證明，這草地實在是不宜開墾成農田啊！

尊貴的大王，這別爾根・塔拉草場，是科爾沁草原僅剩的一塊最好的草牧場，這裏居住著您的十幾萬忠誠勤勞的牧民百姓，祖祖輩輩在這裏放牧為生，繁衍生息，歲歲年年為您大王供奉牛馬羊駝，從未犯上作亂，忤逆大王旨意，如今一旦大王把別爾根・塔拉賣給奉天府老爺開墾為農田，您的這些十萬之眾的蒙古百姓可如何生活、拿什麼精馬肥羊來供奉大王您呀？

尊貴的大王，您愛民如子，體恤百姓，承先祖成吉思汗之大德，懷長生天長生地之胸襟，為我們這些永遠忠誠於您的牧民百姓生存之著想，收回出荒別爾根・塔拉的一時之誤念，那將是蒙古祖先之靈光普照，千萬蒙古牧民萬世之福音！

我們這些永遠牽馬墜鐙追隨於您的旗民百姓，在此以淚洗面，啼血叩拜，長跪懇求大王的仁慈明鑑。

您的別爾根・塔拉草原十萬屬民

啼血叩拜上奉

此信開始時以手抄本在「孛」師當中傳誦，後來漸漸流傳到牧民百姓當中，有些蒙古說書藝人在民間聚會說書時，把信的內容改成曲藝形式演唱，於是更加廣爲傳揚，影響極大。

透過反對出荒的活動和宣傳，「孛」師在達爾罕旗百姓當中威望日益升高，深得牧民擁戴，學「孛」信「孛」者日漸增多，「孛」的信仰如祭天、祭祖先、祭吉亞其畜牧神、祭天地山河等等，更是成了蒙古百姓每天每日遵守遵行的規則。

當然，早有探子把民間這一動態密報到達爾罕王府。管旗章京韓舍旺得知後，深感此事大有隱患，於是老謀深算的他寫了一封詳細的摺子，飛馬送往奉天府的達爾罕王爺那兒，懇請大王爺早些回歸草原王府，坐鎮處理此事，不然民心將不穩，或許會釀成禍亂，因以往蒙地各旗王爺出荒賣地而招致牧民百姓反對，叛亂之事足足有幾十起，不可小看此事。

其實，達爾罕旗內已經孕育了一場罕見的風暴，將不可避免地席捲整個科爾沁草原，甚至整個東部蒙古地，現在只是等待著時機和導火線而已。

四

西北天際出現的那團黑色雲霧，原來是一股強風暴，正以不可阻擋的氣勢，向這邊滾滾捲來。老樹的枝椏樹梢開始瑟瑟抖動，雪地上露出的草尖也搖擺起來，棲息在老樹枝尖的烏鴉們「呱呱」啼叫著，高飛而逝。

可老樹前邊的雙方仍在持槍僵持。

楊保洪平時威風八面，此刻丟不下這面子收槍撤走，傳出去臉往哪兒擱？輸給一個平頭百姓，他心中一萬個不願意，可又不敢冒死衝上去，也不好叫部下上，那老鐵子說誰動先打誰，此刻，他心裏唯有叫苦暗罵胡大倫那老狐狸的份兒了。

一直躲在後邊的胡大倫，這時衝老鐵子喊道：「姓鐵的，你可放明白了，砍你們家這棵老樹是鄉、村兩級決定的，你竟敢拿著槍對準國家警察，武裝抗拒，你想造反嗎？你不要腦袋了？快放下槍回家去，要不然，這後果你心裏想清楚，吃不了兜著走！」

「我心裏明鏡著呢，胡大倫，都是你這隻縮頭烏龜在背後搗鬼！想一石二鳥，借這『鬧狐』的理由想破我們鐵家祖墳的風水，這是你們胡家打了上百年的主意，告訴你，姓胡的，別做春秋大夢！今天，你有種自己上來，別牽扯別人，讓不明真相的楊保洪爲你墊背，你好意思嗎？咱們倆今天，要不在槍上分你死我活，要不一起去見劉鄉長古旗長，砍這棵有幾百年歲數的老樹，對不對？告訴你，這個大天你一巴掌是遮不住的！」鐵木洛老漢義憤中黑鬍鬚抖動，說出的話像重石般，句句砸在胡大倫的心頭上。

楊保洪回過頭，怪怪地盯一眼胡大倫那張陰陽不定的黃瘦臉，瞅得胡大倫不好意思，「嘿嘿」乾笑著趕緊說：「老楊，別聽他瞎說，他在挑撥我們……」

正這時，墓地傳出一串放蕩不羈的笑聲。

「格格格……喲，這兒真熱鬧！你們跑我們鐵家墳地來幹啥呀？格格格，都大眼瞪小眼的，格格格……」來者是珊梅，披頭散髮，光著雙腳踩著雪地毫無感覺，白白的胸脯裸露著，兩隻圓隆的奶子很自由地擠出單布褂半敞的胸口，臉蛋緋紅，雙眼色勾勾地盯視眾人，讓在場所有男人們頓時目瞪口呆，大眼瞪小眼。

「珊梅！妳這賤貨！怎麼這個樣子？成什麼體統！快回家去！」老鐵子見是自家兒媳婦，如此放浪形骸，丟人現眼，大聲罵起來。

「喲，鐵山啊，你也在這兒呀，格格格……」珊梅完全不認識自己的公公了，把他當成了自己丈夫鐵山，扭胯擺臀地走過去，「我跟你生孩子，好不好？我會生孩子……格格格，你怎麼把咱家燒火棍也拿來了？格格格……」珊梅摸一摸老鐵子手中的獵槍，迷亂的眼神求饒般地盯著公公，「鐵山，你別丟下我，好嗎，我給你生兒子……」

「給我滾！別在這兒丟人了，快回家去！」老鐵子感覺到兒媳婦珊梅情況不對頭了，當她挨近他時聞到了一股特殊的臊香氣，令人心神激蕩，他不得不一把將珊梅推離開去，「滾！」

「格格格……」珊梅放蕩地媚笑著，走向正色瞇瞇地瞅著她的楊保洪。

自打珊梅出現在墓地，楊保洪的兩隻眼睛如被磁鐵吸引般，沒有離開過珊梅的胸脯。

「他不是鐵山，你是鐵山，是吧？格格格……我跟你生兒子，我會生，我真的會生……」珊梅手臂搭在楊保洪的脖子上，凍紅的臉蛋幾乎貼住楊保洪的也開始發燙變紅的臉頰，鬆軟的胸部頂著他的有些發顫的胳膊，珊梅的另一隻手撥開楊保洪手中的手槍。

「鐵山啊，你怎麼把咱們家小笤帚疙瘩給帶來了？你不會掃炕，給我吧，我給你掃……格格格……」珊梅不由分說地拿過那把手槍，擺弄著，楊保洪從聞到她身上那股異香後，變得神魂顛倒，雙眼色迷，完全無力推拒珊梅。

那珊梅發現了站在楊保洪身後，同樣流著口水、目不轉睛盯著她胸脯的胡大倫，撇撇嘴說道：「鐵山，這個人是誰呀？看著怎麼這麼噁心啊？你看他那兩個眼睛瞪得像是玻璃球似的，你小時沒見過你媽的奶子呀，看個沒完，乾脆你過來吃吃得了，格格格，要是這笤帚疙瘩是手槍就好啦，我就一把打瞎了他那雙賊眼！格格格……」說著，珊梅把手中的那把「笤帚疙瘩」抬起來，瞄準起胡

大倫的那雙眼睛。

「別、別、別，那不是笤帚疙瘩，是真槍，妳別瞄我……」胡大倫嚇得腿肚子發軟，臉色發白，雙手亂揮著，邊往後退。

「真槍？那好，啪，啪，啪！」珊梅學著打槍的樣子，嘴裏發出槍聲，手指扣動那扳機。

「砰！」那「笤帚疙瘩」真的發出了震天動地的聲響，珊梅一愣，嚇了一跳，手槍丟在雪地上，嚷嚷起來：「這真是真槍，不是笤帚疙瘩，真槍，格格格……」

可這邊的胡大倫卻慘了。子彈不偏不倚正好穿過了他的右耳朵，血流如水。他捂著耳朵，倒在地上殺豬般地叫嚷：「她打中我了！我被打死了，我死了，她的笤帚疙瘩打中我了，唔唔唔……」

楊保洪被槍聲驚醒，這才發現自己手中的手槍，不知什麼時候被這位露奶子的瘋女人拿過去，朝胡大倫開了一槍，還當做是笤帚疙瘩。他的腦袋「嗡」的一下，渾身嚇出冷汗，這一下完啦，全完啦。見胡大倫捂著耳朵在地上打滾，殺豬般地嚷嚷，從手指縫裏滲流出的血沾滿了他臉頰、脖頸、手臂，成了半個血人，楊保洪更是腿肚子發軟，不知所措地只重複一句：

「這一下完啦，出人命了，全完了……」

當他的一個手下把珊梅丟扔的手槍趕緊揀起來，遞到他手上時，他不肯接過去，嘴裏說道：「這是兇器，我不要，這是兇器，我不要……」

弄得手下不知怎麼辦才好，又不能扔了，叫這瘋女人再揀過去當笤帚疙瘩瞎掃一氣，那倒地的就不是一個胡大倫了。

「所長，胡村長沒死，只是耳朵被打穿了一個洞，現在不趕緊搶救止血，那可危險了。」部下提醒六神無主的楊保洪。

一直躲在一旁沒有說話的古順，剛才也被珊梅那袒胸裸懷迷矇了一陣，由於他離得比較遠，沒有被珊梅身上那股異香迷了本性，所以還清醒些，心裏暗暗想：鐵山的這個女人，沒想到還這麼迷人，裸露的胸部還真夠意思，平時卻看不出來。此刻他見胡村長中槍倒地，這才慌忙跑過去，衝胡大倫大聲呼叫：

「老胡，別嚷了，你清醒一下，你沒死！你只是耳朵受傷，沒有死！你鎮靜點！」

「我沒死？我真的沒死啊？哦，我沒死，我還活著……」胡大倫這才意識到自己還活著，停止了亂滾亂嚷，坐在雪地上，「哈哈哈……我沒死，我真的沒死，哈哈哈……」

古順拿出手絹給胡大倫包紮耳朵，手絹太小包不過來，他乾脆撕開胡大倫的衣襟，掏出他棉衣裏的棉花，捂在胡大倫的耳朵上，再用手絹布繩之類的纏裹起來。

「格格格……真好玩，笤帚疙瘩是真槍，砰！好大的動靜，砰！格格格……鐵山，別愣著了，咱們回家吧，生孩子要緊……」珊梅又發出蕩人心魄的媚笑，向她認定的鐵山——楊保洪所長走過來。

「妳別過來！妳這瘋女人，妳這女妖精，快點滾開！」楊保洪嚇得見了狼般往後退，嘴裏罵罵咧咧，兩眼再也不敢盯視那誘人之處。

老鐵子這時大步走過來，一把揪住珊梅披散的頭髮，「啪啪」狠狠搧了兩個耳光，大聲罵道：「妳這賤貨，還沒鬧夠嗎？鐵家的臉都被妳這騷貨丟盡了，還在這兒丟人現眼，再不走我殺了妳！」老漢氣得渾身哆嗦，鬍子亂顫。

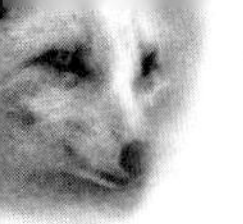

老鐵子還要掄起胳膊打珊梅，這時，有一個人一邊跑進墓地，一邊大聲喊：「不要打她了，她發瘋了，犯病了，你沒見她光著腳，穿著單褂子嗎？正常人會這樣嗎？」

來者是白爾泰，跑得氣喘吁吁，手裏還提著珊梅的棉衣。

珊梅一見白爾泰，掙脫開老鐵子，兩眼激動地流出淚水，好像終於見到了要找的親人似的，向白爾泰撲過去，嘴裏喊著：

「鐵山哥，你怎麼才來呀，我找你好苦啊，他們都欺負我，他們都是壞人，快帶我回家吧，鐵山哥……」

白爾泰見這可憐的女人，雙腳又凍又撕裂出大口子，流著紅紅的鮮血，淌在雪地上非常醒目，而且自己袒胸露懷毫不知情，長髮被老鐵子揪打後脫落出一綹一綹，鼻涕眼淚一起順著凍紅的臉頰和嘴唇往下淌，而把自己這陌生人當成最親的人，白爾泰的心靈深深被震撼了，似乎被尖利的刀子刺破刺痛了。他被內心湧出的愛憐之心催動著，顧不上在場所有男人們各種各樣不懷好意的冷冰冰的目光，抱住撲進自己懷裏的這個凍僵的女人，把帶來的衣物一一給她套穿上，同時在嘴裏答應著：

「好，好，咱們回家，我是鐵山哥，咱們回家，先把衣服穿好，再把鞋子穿上，咱們回家，我是妳的鐵山哥……」

這時的珊梅果然老實了，安靜了，非常溫順而幸福地依偎在白爾泰的懷裏，任他給她穿衣套鞋，給她擦鼻涕眼淚。剛才的那瘋勁兒、浪勁兒、蕩笑媚態也都不見了，只是依舊神志恍惚，嘴裏喃喃低語著鐵山哥長鐵山哥短。

白爾泰扶著穿戴好的珊梅，正哄著她準備離開墓地送她回家的時候，有一個人擋住了他的去路。

「站住，你扶著我老婆上哪兒去？你倒挺會佔便宜啊?!」

「鐵山，珊梅她犯病了，我準備送她回你們家，你來了正好……」白爾泰一見是鐵山，高興了，急忙這麼說。

「我知道我老婆發瘋了，可用不著你來發善心，這麼摸摸索索，摟摟抱抱的倒挺大方啊！」剛從野外徒步走回來的鐵山，見自己老婆跟白爾泰的親熱狀況，儘管已對那瘋女人內心生厭，可還是打翻了醋缸，這樣冷言冷語地說起來。

「你聽我說，鐵山，她不光是發瘋，她……還發生了好多事情……到你們家，我詳細告訴你。」白爾泰還想解釋清楚。

「真有你的，還想去我家！是不是還想跟她上床啊，你這小白臉，打的算盤不錯嘛！」鬼迷心竅的鐵山哪裡聽得進白爾泰的解釋。同時，他大步走過來，一把揪住珊梅的胳膊往外拽，嘴裏罵道：「妳這賤女人，過來！還想跟野男人跑啊！不要臉的騷貨！」

剛安靜下來的珊梅又尖叫哭嚷起來，死活不離開白爾泰的身邊，大聲喊叫道：「我不跟你走，你是誰呀？我不認識你！鐵山哥，快救救我呀，這壞人要拉我走！我不跟他生孩子，我要跟你生孩子！」

珊梅向白爾泰求救，伸出雙手亂舞亂比畫著，被鐵山拽得她的雙腳在雪地上拉出一行深溝。

白爾泰的心深深被刺痛，他木木地站在原地未動。任由鐵山把珊梅死拉硬扯著，從他懷裏拖

走。他不好阻攔，不好再出面保護這可憐的女人，畢竟人家是一對兒夫妻，自己是外人，自己好心好意出於憐憫跑來送衣送鞋，結果弄成這個結局，他不能再接著伸出自己十分可憐而稚弱的翅翼去呵護那女人了。

珊梅在哭叫。珊梅抱住墓地一棵小樹死活不鬆手，回過頭又衝白爾泰呼救：「鐵山哥，快來救我，求求你，救救我！」

鐵山的大巴掌掄下去，打得珊梅嘴角掛血。手拽不動，用腳踢踹，咬著牙罵道：「打死妳這賤貨！打死妳這賤貨！叫妳找野漢！叫妳找野漢！」

白爾泰實在看不下去了，走過去大喝一聲：「住手！你要打死她嗎？」

「打死也是我老婆！滾開，關你啥事！」鐵山繼續打。

「她是人！不是牲口！是人！」白爾泰震天動地般地大吼，衝過去擋在珊梅身前，「我不許你再打！我是旗下鄉幹部，我是旗志辦主任，我要告你！你這麼虐待婦女，還是個有病的婦女，你這是犯法！你身爲一個國家教員，有文化的人，還這樣野蠻，要是出了人命，要你坐大牢！」白爾泰一反常態，變得勇敢，義正嚴詞地逼住鐵山。

鐵山一下子愣住了，同時白爾泰說的話句句擊打在他心中，一琢磨感到不妙，尤其自己還真是國家教員，別因這事砸了飯碗。他冷靜下來，停下手腳，呼哧呼哧如一頭牛般喘著粗氣。

這時，從樹後走出一個人來，踱著閒步，嘴裏「呵呵」冷笑著，走到白爾泰前邊站住，嘲諷地說道：「白老師，你還真勇敢，當著人家老公的面兒呵護這不認人的瘋女人，你還真有兩下子啊，不過，好心沒好報喲，好心都叫人當驢肝肺了，你還在這兒充二傻子！圖啥呀？」

此人是古樺。

「我啥也不圖，只是可憐這又瘋又凍僵的女人，這裏誰都不拿她當人，不能眼瞅著她被他們折騰死吧？」白爾泰抬起眼睛正視著古樺，「我們是文明人，從旗裏來的文化幹部，在我們眼皮底下發生著這樣慘無人道的事情，袖手旁觀是一種恥辱！假如有一天妳遇到這種遭遇，我同樣會這樣對待妳！」

「阿彌陀佛，你可饒了我吧！別讓我遇上這種倒八輩子楣的事！殺了我，也不會嫁這種畜生般的男人！」古樺被白爾泰的話激動，心裏有些熱乎乎，指著鐵山又說：「你這傻小子，還是個念過書的老師呢，真丟人，黑白不分，好壞不辨，你老婆抱著白老師，可嘴裏喊著鐵山，心裏除了你沒有別的，你他媽還吃這種八竿子打不著的爛醋！要是沒有白老師，你老婆可能早就上吊了或者這會兒凍僵過去了，回家瞧瞧你們家房樑上吊著的布繩兒就明白了，傻小子，別這樣畜生一樣對你老婆了！」古樺仗著氣勢，毫不客氣地訓罵鐵山。

「上吊?我老婆上吊過?……」鐵山被罵愣了，嘴裏嘀咕著，剛才的氣焰全沒了。

古樺走過去推開白爾泰，輕輕扶起倒在雪地上呻吟的珊梅，哄勸著說：「我送妳回家，我也是『妖精』，記得吧，妳也是『妖精』，都是一夥兒的，白老師也是『妖精』，可他當著妳丈夫、當著這麼多人的面兒不好扶著妳走，他們會吃了他的，格格格……」

珊梅果然很信任古樺，看了看她，很聽話地由她攙扶著，臉上紫一塊青一塊，用衣袖擦了擦流血的嘴角，露出白牙，天真地笑著說：「咱們都是妖精，妖精跟妖精是一家，嘿嘿嘿……」

那邊的楊保洪見古樺扶著珊梅要走，大聲叫道：「她是兇手！妳不能帶她走！」

「兇手？她一個瘋子，怎麼啦？」古樺停下問。

「她剛才開槍打傷了胡村長！」楊保洪說。

「她哪兒來的槍？」古樺問。

「我的槍……」楊保洪說不下去了。

「哈！挺大的派出所所長，你的槍怎麼會到了她手裏？大所長管不住自己的槍，叫一個瘋子拿走出事，你還好意思往她身上推！今天在這兒出了這麼多事，楊所長，還有你，胡村長，光榮負傷的大村長，你們還是趕快回去料理這惹出的事吧，可別吃不了兜著走！」古樺連嘲帶刺兒地挖苦。

楊保洪啞口，又是「旗王爺」的親妹妹，不敢計較，由著古樺扶走「兇手」珊梅。

正當這些人瘋的瘋，傷的傷，累的累，沒氣兒的沒氣兒，也無心無力去計較萬事根由那棵老樹該不該砍的時候，那老樹本身出現了眾人誰也沒有料到的事情。

西北荒漠的那股大風，這會兒呼嘯著鋪天蓋地刮到了墓地。雪塵飛揚起來，小樹毛子激烈地搖蕩擊打著地面，沙蓬子被拋到空中像氣球般飄蕩，強勁的風把雪粒沙粒草屑捲起來，往人們臉上身上擊打，疼得人們舉起衣袖手臂遮擋頭臉。樹上的小鳥，驚恐慌亂地「吱吱」亂叫著，飛起來後又由不得自己，順著風勢飛捲而去，不知是自己在飛，還是被風裹捲著走。天一下子昏暗下來。

那棵老樹搖晃起來了。

搖晃得非常緩慢而笨重。先是樹梢兒動，接著是四稜八翹的枝杈呼嘯著搖蕩，積壓在枝椏上的厚雪紛紛飛落揚灑，隨著風勢的漸增，幾根粗大的主枝也搖擺起來，乾裂而凍後變脆的枝杈，開始被吹折擊斷，「劈劈啪啪」發出聲響，斷枝折椏狠狠被拋落在地面上，又被風捲著跑。

高枝上搭建的鵲巢和烏鴉窩兒可就倒楣了，儘管由手指粗的樹幹條子穿梭在四五根密連的樹枝中間，巧妙而牢固地編織而成，但經不起狂風一陣吹蕩，紛紛散落，十幾個禽巢全部傾巢而覆，有些跟搭靠的樹枝一起摔落，那些驚恐的烏鴉「呱呱」哀鳴著飛起，與大風搏鬥著在高空中消逝，有些受傷的病鴉則在狂風中沒飛起多遠便掉落在地面上掙扎，仍被無情的風吹捲著滾動。

狂風，從大漠裏吹來的這罕見的狂烈風暴，摧枯拉朽般地席捲著整個大地，無情地衝擊著這棵百年老樹，如雷霆萬鈞、萬馬奔騰、氣勢磅礴。

「嗚嗚嗚——」老樹悲鳴起來。

老樹的主幹連根搖擺起來了，緩緩地由上邊無數個枝椏牽拉著主幹，隨著風勢前後搖擺，同時發出「呼——嘩，呼——嘩」的巨響。可憐的老樹，它的深埋在地裏的根，由於被狐狸們咬得七折八斷，使得主根失去了大地的吸力和依託，再加上主幹早年被雷火擊中後自燃，已成空心，如缺少了腰力精氣，此刻已經頂不住大風的襲擊摧動，連根搖晃著，主幹連連發出「吱嘎——吱嘎——」的可怕的斷裂聲響。

接著，它龐大的根部那兒，地面的凍土開始崩裂了，它的根部漸漸從土裏拔出來。整個老樹開始傾斜了，激烈地顫抖著，不停地呻吟般「吱嘎、吱嘎」叫著，如一個絕望的老人在無望中哭泣呼救。頃刻間，樹身一經傾斜，底部的根從土裏裸露拔出得更多，老樹完全失去了憑藉大地的力量。

「呼啦啦——」

一聲訇然巨響，老樹終於震天動地地倒下了，如千尺高瀑落地，如萬仞聳岩塌陷，這棵經歷了幾百年風風雨雨、閱盡生命之枯榮興衰，象徵著大地之精華生命之強大長久的老樹，終於不堪重

負，不堪風擊，不堪獸侵人辱，「呼啦啦」地呼嘯著傾覆倒塌了。只見在地上砸出一片塵煙，捲起一股強大的風團，猶如一條黑色的怒潮直沖雲霄！

「嗚呀——」老樹倒下時，似有一聲尖利驚魂的生命絕響，從老樹身上傳蕩而出，隨之，一條白氣衝出那股揚起的黑塵團，直入天空大氣而歿。

還未走出墓地的人們，被這眼前的景象驚呆了，嚇矇了，都駐足靜望不敢出聲。

「老樹！祖宗的老樹——」老鐵子一聲撕心裂肺的慘叫，向老樹跑過去。他跌跌撞撞撲向老樹，跪在地上雙手拍地拍胸，號啕大哭起來，「天絕祖宗的老樹啊！天絕我們鐵家呀！天啊！老樹死了！老樹死了！長生天啊，我一生祭拜你，跟隨你，今天你為啥絕我們老樹，絕我們鐵家呀?!長生天啊！」

老鐵子老淚縱橫，捶胸頓足，雙手一會兒撕扯胸口，一會兒猛擊大地，跪在老樹前邊抱住那粗壯的樹幹號啕痛哭，怨天咒地。傷心加疲累，不一會兒只見他嘴吐一口鮮血，昏厥過去，倒在老樹前。

「爹！」鐵山見狀，大叫著跑過去，抱住他爹大呼小叫。

這邊的其他人誰也未動，懼於老樹的可怕威力，誰也不敢靠近那恐怖場面。人們面面相覷，心驚肉跳；唯有胡大倫捂著耳朵在一旁冷笑，掩不住內心的喜悅，心中叨咕：報應，上天的報應，不讓我砍，老天來幫我砍，啥能躲得過天的懲罰呢？哈哈哈！

白爾泰見鐵山仍舊救不醒老鐵子，著急了，也跑過去，幫助他照料察看。

「老爺子傷心過度，昏過去了，鐵山，你快背他回家請大夫吧，別在這兒耽誤了！」鐵山這才醒悟，在白爾泰的幫助下背起老父親，飛速往家走。

大風，依然吹刮著。飛沙走石。

倒地的老樹那兒，被風吹打後發出「哧啦啦，哧啦啦」的鬼叫獸喊般的怪聲，嚇得人們抱頭鼠竄，誰也不敢久留在這充滿陰森恐怖氣氛的鐵家墓地了。

大風，依然吹刮著。

大地，一片混沌。

五

當晚。風勢稍減。

白爾泰燈下就坐，想讀書，可書裏寫著什麼一句也讀不進去，滿腦子還是白天經歷的驚心動魄的事件。尤其那棵老樹，那麼悲壯，那麼令人心揪地倒下死亡，使他難以平下心來。他忽有靈感，抽出一張紙，揮筆寫出一首詩來：

老樹

在那茫茫的大漠邊緣，
在那無邊的荒原上，
有一棵年邁的老樹……

當漫漫的風沙從春天裏吹過，
它搖擺著樹冠呼喚綠色；
當無際的大漠把草原埋沒，
它抖落著老葉呼喚綠色；

啊，綠色，綠色，生命的綠色，
請快些遮蓋這茫茫的沙漠！

熬過了無數個春夏秋冬，
抵禦了無情的風擊沙奪，
老樹，它終於年老枯折，
唯把期望深埋進根的部落。

等那春雨趕走了乾涸，
綠色的幼苗就從老根下發出，
繼續向茫茫沙線吐露嫩芽，
勇敢地迎接生命的讚歌。

啊，呼喚綠色的老樹！
啊，迎接春天的小樹！
風沙線上一代一代傲然挺立，
瀚海中日日夜夜呼喚綠色！

在那茫茫的大漠邊緣，
在那無際的荒原上，
曾有一棵綠色的老樹……

白爾泰正要把亂寫的這首詩揉成團扔掉的時候，古樺進來了，拿過去展開讀後說：「呵，白老師，沒想到你還會寫詩！寫得挺好，幹嘛扔啊！」

「這不叫詩，亂塗著玩的。」白爾泰有些拘謹，自從發生了昨晚和今天的事情，他一見古樺就有些害怕或者不好意思，不知說什麼好。古樺似乎也有意回避著他們之間那根敏感的神經，變得冷靜些了。

白爾泰說：「古樺，正好鐵木洛大叔也回村了，咱們找個時間好好跟他談一次，然後再走訪附近村的老人，找一找過去當過『孛』的人。」

「好吧，工作上的事情聽你安排，其他的交給我好了，聯繫個人啊、派出個車送一送啊，還有伙食問題等等，全交給我好了。」古樺說。

這時，從窗外村街上飄來隱隱的歌聲。深更半夜，村街空空蕩蕩，雖然風已停，可清冷清冷，哈爾沙村經歷了如此大的動盪，誰還會有閒心深夜吟歌而行？

你知道天上的風無常，啊，安代！
就應該披上防寒的長袍，啊，安代！
你知道人間的愁無頭，啊，安代！
就應該把兒女腸斬斷，啊，安代！

是個女人的歌聲，如泣如訴。明月如鉤，萬籟俱寂，唯有這哀婉傷感的古老「安代」的歌聲，隱隱約約傳蕩在空蕩的村街，平添幾多淒涼。

流不盡，流不盡的喲，
是那老沙河的水嗳，
淌不完，淌不完的喲，
是這兩隻眼的淚嗳……

白爾泰說：「是珊梅的聲音。」

古樺說：「好像是的，唉，這個不幸的女人。」

「她怎麼又跑出來了?這寒冬臘月的深夜……」

「兩條腿的活人，想跑還不容易。」古樺看一眼白爾泰，「鐵山可能光顧著老爹，忘了把她反鎖在屋裏吧。」

杏黃喲緞子的坎肩呀，
是我在月光下給他縫的，
早知他離開我的話，
還不如把它一把燒成灰，
哎喲我的你呀，後悔也來不及！

大紅喲緞子的坎肩呀，
是我用心血給他縫的，
早知他要變心的話，
還不如把它一把撕成條！
哎喲我的你呀，後悔也來不及！

……

珊梅的人影，如幽靈般在村街上遊蕩。入睡或未入睡的村民，誰也不敢出來搭理這瘋女人。在

人們眼裏，她已變成不祥的女人，尤其她身上散發出一股異味，女人聞到便會發瘋，男人聞後則引發獸性般的欲望，她幾乎成了一個有魔力的邪惡的女人。

「白老師，聽說珊梅受那隻老銀狐的傳染，身上有股異香，讓女人發瘋，讓男人也……那個發瘋，你接近她有這種感覺嗎？」古樺問。

「這事看怎麼說，就像是一個適當的溫度，會使雞蛋變成小雞，卻不可能讓石頭也變成小雞。我看到的只是一個可憐的傷透心的瘋女人，沒有別的，別的男人看著大概沒有這些了，只有光著的部位和引發出的聯想罷了。」

「你倒把自己說得那麼聖潔，你也不是什麼石頭……」

「我不是石頭，我作爲男人也有欲望，可人的欲望畢竟能自我控制，之所以稱之爲人，就是這個道理。」白爾泰望著窗外。「另外，我一直在琢磨珊梅身上發生的怪現象，爲什麼會是這樣？那個奇異的氣味來自何處，果真是那隻神秘的老銀狐所爲嗎？那大自然中真是無奇不有，人類的所知可太有限了，我們面對它，除了統統罵成『邪魔』、『鬧鬼』之外毫無辦法，無可奈何……」

「鐵山哥，你在哪裡？等等我，鐵山哥……」珊梅輕輕呼喚著，如飄忽的風般從古樺家門口閃過。

「這麼晚了，她這麼瘋瘋癲癲瞎跑沒人管，會出事的……」白爾泰眼睛落在門上，顯得十分憂慮。

「是不是又引動了你的俠肝義膽，想『英雄救美』？白老師，現在可是半夜了，你們孤男寡女的在一塊兒，不怕村裏人和鐵山活吃了你？」古樺問。

「古樺，咱們倆一起去把她找回來，好不好？那樣他們啥也說不著了，幫幫我，不，幫幫她，一個可憐的女人，好不好？」白爾泰真誠地請求。

「好吧，誰讓你是我的主任呢，只好捨命陪君子了。」古樺笑著說。

等他們兩個人穿好棉大衣走出門外，村街上已經空空蕩蕩，不見了珊梅的身影。他們沿著村街土路走過去，繼續尋找。

珊梅迷迷糊糊中，好像聽見有人在輕聲呼喚她。聲音來自一個土街的小胡同。

「珊梅，我是妳的鐵山哥，過來呀……」

黑暗中，有個人影躲在舊房角的暗處輕輕地呼喚珊梅，聲音透著親切而熱乎。

「鐵山哥，你在哪兒？別躲著我呀，鐵山哥……」珊梅循著那親切的聲音，懵懵懂懂走進那黑暗的胡同，心智不清的她不知道害怕，唯有一個願望，就是找回她已經不要她的鐵山哥。

「我是你的鐵山哥，來吧，來吧，跟我來吧……」那個黑影沿著牆根的暗處走，見珊梅跟著他過來了，不一會兒，他站在一所舊倉房門口停住，輕輕推開板門。這是一處堆積牲口草料的舊倉房，牆上有一透氣的小方口子，沒有窗戶，屋裏瀰漫著潮濕而發霉的草料味。

「珊梅，過來呀，鐵山哥在這兒呢，這裏暖和，快進來呀……」那個聲音有些急切起來，站在草料房門口，衝不遠處的珊梅使勁招著手。

「鐵山哥，你跟我捉迷藏哪……我來啦……」珊梅剛走到草料房門口，那個黑影迫不及待地一把將珊梅拽進了屋裏。用力過猛，兩個人都倒在地上，下邊是軟綿綿的乾草料。

那個黑影的雙手順勢抱住了倒在他懷裏的珊梅，嘴裏不停地輕聲呼叫著：「我的心肝，想死妳鐵山哥了，我就是妳的鐵山哥，小寶貝，咱們就在這兒親熱親熱吧……」

「鐵山哥，這是在哪兒啊？你別這麼急呀……鐵山哥，鐵山哥，等一等……」珊梅用力推擋著一張臭烘烘的散發著大蒜味的貼近自己臉和雙唇的大嘴，可一隻更有力的手趁機伸進了她的懷裏，輕輕摩挲起她那豐滿而敏感的胸部。她不由得呻吟起來，渾身顫抖不已。

「鐵山哥，鐵山哥，你好久不對我這樣了，你老覺著我不會生孩子，可我會生的，我會生的……我要你……」

珊梅完全放鬆了自己，任由這位「鐵山哥」折騰起來了。

那位「鐵山哥」，在黑暗中摸摸索索地脫扒著珊梅的衣褲和自己的衣褲，在草堆上緊緊摟抱著珊梅來回滾擁起來。儘管天氣寒冷，在冰涼的草料堆上，這兩個人熱血沸湧，氣喘吁吁，竭盡全力進行著雲山霧海，日進月出，男歡女愛之事。

「鐵山哥」如一頭野獸，蹂躪著這位神志不清然而又充滿欲望的可憐的女人，呼哧帶喘地發洩著。對這個充滿性感讓男人們發瘋的女人，他盼望已久，夢寐以求，多少次暗中跟隨，多少次想方設法接近都未能成功，今天終於輕而易舉得手，而且得來毫不費功夫，神不知鬼不覺，踏「雪」無痕，不留下任何蛛絲馬跡，甚至滿足他獸欲的這個可憐的女人，也不知道他是誰，還拿他當成那個有豔福不會享的傻小子鐵山！真是天助他也。黑夜，掩護了這一切醜陋和罪惡。

「好啦，寶貝，完事了，這回妳一定能下個小崽兒，嘿嘿嘿……」那位「鐵山哥」提著褲子，從半裸著的珊梅身上爬起來，大手使勁兒擰了一把她那豐乳，意猶未盡地說道，「下次，鐵山哥再來好好侍候妳，嘿嘿嘿。」

這時，從遠處傳來白爾泰和古樺的呼叫聲。

「珊梅，妳在哪裡？別再跑了，我們送妳回家！」

這個「鐵山哥」慌了，匆匆忙忙繫上褲子，拔腿就如一隻野狗般躥出草料房，沿著黑暗的土街向遠處飛逃而去，很快消失在夜的黑暗中不見了。

「鐵山哥，別丟下我！等等我！……」珊梅提著褲子追到門口，從「鐵山哥」的身後悽楚可憐地呼叫，「嗚嗚嗚，鐵山哥又跑了，幹完事，又跑了，嗚嗚嗚……」

珊梅手裏攥著從「鐵山哥」身上哪處拽擼下來的一塊布，傷心地哭泣起來。

白爾泰和古樺聞聲跑過來了。暗淡的月光下一見珊梅的樣子，他們二人不由得吃了一驚。在草料房門口，珊梅毫無遮攔地裸露著胸部，披頭散髮，一手還提著沒有繫上的棉褲，向遠處一個已跑走的黑影，哭哭啼啼地呼叫著。

「珊梅，發生啥事啦？妳怎麼了？」古樺和白爾泰隱隱感覺到剛才這裏發生了什麼事，「珊梅，那個跑走的人是誰？快告訴我們！」

「他……他是我的鐵山哥，幹完事他又不要我了，嗚嗚嗚……」珊梅哭訴。

「他是鐵山?!」白爾泰和古樺二人都大爲詫異。

「是鐵山哥，他要跟我生孩子，咱們剛才在這兒做了那事，格格格……」珊梅又破涕爲笑，眼睛重新悵然若失地遙望著月光下的遠處。

白爾泰和古樺明白了一切。心情一下子變得沈重。有個王八蛋畜生冒充鐵山，黑暗中欺侮了這

個神志不清的瘋女人！鐵山決不會深更半夜跑到外邊，在別人家草料房裏跟自己老婆做那種事。他用不著這樣，何況，他忙著侍候病倒的老爹，而對自己老婆早已顧不上了。那麼，那個喪盡天良，禽獸不如，誘姦了這位神志不清的瘋女人的人，究竟是誰呢？

古樺輕輕掩上珊梅的衣襟，扶著她深深歎口氣，說：「珊梅，我們送妳回家，妳的鐵山哥肯定在家等著妳呢……唉，妳要是不瞎亂跑多好，能出這種可悲的事嗎？唉。」

白爾泰心裏充滿了悲憤，感到人世間的黑暗、罪惡、齷齪是多麼令人髮指。

他攥著拳頭說道：

「我一定找出那個混蛋繩之以法！」

「怎麼找？她自個兒都沒認清楚，還當是她的鐵山哥……」

「狐狸終有露尾巴的時候！他這種人不會就此罷手的，尤其珊梅這樣容易對付的女人。」

當他們兩個人攙扶著珊梅送她回家時，才發現屋裏沒有人。鐵木洛老漢住進了鄉醫院，鐵山在陪床。

①昂格道：「孛」師行「孛」時所需的輔助護神。
②呼和・騰格爾：藍天之神。
③鄂其格・德都・汗：泛指祖先和歷居蒙古可汗神靈。
④沙爾格勒：黃色駿馬。

⑤巴格沙：晚輩對長者智者的尊稱，意為先生。

⑥管旗章京：清朝時蒙古旗的官職，等於幫助旗王爺管理旗務的總管。

⑦諾彥：鄉紳、鄉官之類。

⑧小巴拉：小老虎、小鬼之意，大人對小男孩的暱稱。

第八章　滅狐

那棵老樹──
訇然倒下！
那隻銀狐──
悲鳴淚灑！
開槍吧，開槍！
今天是個好日子，
江山是老子天下，
豈容異類縱橫自由！
無狐啊，無狐！

──引自民間藝人達虎．巴義爾說唱故事：《銀狐的傳說》

一

翌日，天氣格外地晴朗。

大風吹過後，天空、大地乾淨了許多。原先積聚在半空中的灰雲霧氣，滯留了幾乎一冬，壓得人們喘不過氣來，現在全已不見蹤影，呈露出冬天少有的萬里晴空，如被狗舔過的孩子屎屁股，乾乾淨淨；而地面上的殘雪、污垢、枯草碎葉等等，不是被大風從大漠捲來的黃沙蓋住，就是清除捲走，田野啊、村街啊、土路啊，全顯得光溜溜，甚至空曠了許多；唯有在房後、渠溝、牲口柵欄旁堆積了厚厚的流沙，農民們吐著口水懶懶洋洋地去清理。

這場大風，預告漫長的冬天即將結束。而更爲漫長的無雨乾旱的春季就要來臨，到那時，風會更多更大，捲來的沙子將會更多，長年生活在沙地的農民將天天祈禱，乞求老天降下能播種的春雨，以望這年有果腹之收成。

這裏的農民，一代又一代讓風沙、乾旱、沙漠折磨得除祈禱之外，再沒有別的能耐了。除了靠天還能怎麼樣，曾經爲了勝天，人類把地球挖得百孔千瘡，到頭來還得承受天的懲罰。

鐵家墳地那棵老樹，就那麼悲壯地躺在地上，占去了很大的一片地。七稜八翹的粗長枝杈，亂糟糟地擠壓一起，折的折，斷的斷，有些殘枝斷桿也向上伸張著，猶如無數隻手指伸向天空祈求著什麼。大風來臨時飛走的烏鴉呀灰鵲呀，此時又飛回來，可不見了高挺的老樹，不見了老樹上的老窩兒，都「呱呱」「喳喳」地叫著，圍著躺倒的老樹上空盤旋，有的落下來探究，穿梭在枝枝杈杈間。

老樹根部洞中的狐狸家族，此時也驚恐不安地聚集到洞口。牠們的巢穴，這會兒已是洞口大開，黑洞洞地朝天張著大坑口，已是毫無隱蔽可言。原來有大樹作爲屏障，從老樹中部洞口跳進跳出，一般不易發現，不易灌進寒風，不易灌進雨水什麼的。現在倒好，狐狸們爲了進出自由，爲了免去老是跳上跳下的麻煩，牠們齊心協力挖通了老樹根鬚，咬斷了礙事的老樹根系，方便是方便

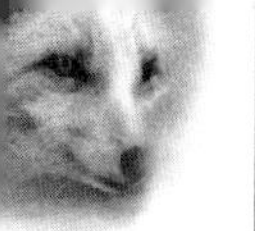

了，可沒想到把老樹給毀了，失去了根部維繫於大地的老樹，經不起大漠狂風一陣猛吹便轟隆倒地，把洞口全部裸露在天地間，把充分的出入自由全留給了狐狸們。然而，自由多了的狐狸們，會有什麼結果呢？

老銀狐奼干・烏妮格站在那個敞開的大洞口，哀鳴般地吠叫幾聲。洞口旁，橫倒的老樹根部，帶著土沙在那裏撅得老高，斷根四處伸張，空心的樹洞也震散，四分五裂。

有幾隻小狐狸，圍著那個老樹根部跳上跳下嬉戲。奼干・烏妮格在洞口四周走走嗅嗅，牠似乎有某種預感，跳上老樹根部撅起的高處，向東南方向村莊那邊矚望。與人類相處相鬥了這麼多年，牠深知那兩條腿的傢伙們，尤其那個扛著獵槍追蹤了自己一輩子的老對頭，不會輕易放過這個洞口的。

老銀狐跳下老樹根，圍著洞口四周的幾處遺下尿，然後幾聲吠叫。那些遊玩的小狐狸們一聽牠叫便都回過來，隨著牠跳進洞裏去。

地下深處的墓穴中，老銀狐和家族的眾狐聚集在一起。敏感的老銀狐決定大轉移，這裏已不安全，變成易受攻擊的危險洞穴，生命的本能告訴牠，不能繼續留在這裏。

等到天黑後，牠們將全部撤出這一生活多年的老巢穴，重新回到大漠深處。

然而，一切都已遲。

漫長的一個白天，什麼事都會發生。

在黑暗的洞穴中，飄進了一絲煙氣。奼干・烏妮格第一個從閉目躺臥中跳起來，警覺地仰起尖嘴嗅聞。

漸漸，煙氣大起來，狐狸們驚慌了，全都跳起來，吱吱唧唧吠叫著，圍在老銀狐周圍。

煙從哪裡來的？奼干・烏妮格有些不安，牠從未遇到過這種情況。當年，牠在大北方的汗・騰格爾山生活時，遇到的那次可怕的山火中，曾聞到過這種氣味，但那是在外邊的山野，可以四處逃竄；而現在卻不同了，在地下深處的洞穴中，無處可躲可藏，這就具有致命的危險了。

煙氣開始在墓穴中瀰漫，空氣更加渾濁，狐狸們嗆得紛紛咳嗽，喘不過氣來。老銀狐奼干・烏妮格率領眾家族成員，向上邊的甬道和洞口湧去。唯有洞口外邊才有牠們所需要的新鮮空氣。

可一陣陣湧進濃煙的上邊那個洞口，會有什麼情況等待著牠們呢？

二

「熏牠！放煙，快放煙！熏牠們出來！熏死牠們！」胡大倫站在那個黑乎乎的洞口邊大喊大叫。左耳全用白紗布包裹著，連著半拉臉半拉腦袋，用白膠布貼牢，人不人鬼不鬼的，但他異常興奮，手舞足蹈。

原來，胡大倫村長早晨還蒙頭睡覺時，古順跑進來一邊推他醒來，一邊嚷嚷：「狐狸洞！鐵家墳老樹根那塊兒，真有個狐狸洞！放羊的老漢看見有狐狸進進出出！快起來，去打狐狸！」

一聽狐狸，尤其在鐵家墳地，胡大倫「噔」地坐起來：「快招呼人！帶上槍！先看住那洞口，別讓那狗日的逃出去了！」

古順去招呼人。胡大倫顧不上吃早飯，背上他領來還未交的那支快槍，急匆匆地出門朝鐵家墳跑去。

當他上氣不接下氣地跑到時，古順帶著幾個背槍的民兵也趕到了。看著顯現在老樹根部原址上的大黑洞，胡大倫不寒而慄。一個小房基那麼大的大土坑中，往側旁伸延進去一個大鍋口大的黑洞，顯得很深，從裏邊徐徐散出陰冷之氣，拂在臉上麻麻的涼涼的，令人很不舒服。由於洞很深，人又無法鑽進去，而且誰還有膽量敢鑽進去呢，他們就想出了老祖宗傳下的「熏狐之法」。

胡大倫命人回村，用車拉來沙巴嘎蒿和大量的潮濕羊草，統統倒進那大坑洞中。

「點上火，別點明火，慢慢引燃，熏牠！熏死牠們！」胡大倫指揮著古順等人，跳上跳下。村裏的好多人一聽說胡村長熏狐，都聞訊趕來了。

大夥兒普遍因爲深受「狐仙」之害而厭惡那獸類，包括鐵姓家族的人，老樹已倒，又有狐洞，鐵姓人家也不出來阻撓了，何況狐狸穴居其祖先的墓地，畢竟有辱於先人名聲。人們都拍手稱快，男女老幼紛紛都趕集般往這邊湧，昨天還在這兒相互間血性毆鬥，你死我活，此刻相互見面後，不好意思地笑一笑戲謔兩句，或者拍拍肩拉拉手，就算完事了，畢竟在一個村住著，抬頭不見低頭見，共負一個青天翻土坷垃刨食兒，何必結深仇大恨呢。

乾蒿子和羊草是點著了，可那濃濃的黃煙不往洞裏走，只往外往上冒，卻把圍在坑邊的胡大倫他們先熏得咳嗽連天，眼淚鼻涕一起流。

「這不行，這哪兒是熏狐，熏人呢！」胡大倫用衣袖擦著眼淚，衝古順等人喊，「快回村！把碾道房扇糠的手搖鼓風車拉幾個來，媽的，我就不信熏不出來！快去，越快越好！」

不一會兒，古順等人真拉來了幾個木製鼓風車，大家七手八腳架放在坑邊。坑裏又推倒進不少沙巴嘎蒿子和羊草，往上邊灑些水，然後重新點燃。潮濕的草和蒿子冒出了濃濃滾滾的黑煙和黃煙，尤其沙巴嘎蒿子平時就愛冒煙不好起火，灑上水後更是黑煙沖天，遮天蔽日。

「快搖鼓風車！對準那坑底的黑洞使勁搖風車！」胡大倫指揮著眾人搖風車，接著疏散圍觀的人群，「大家都往後撤，這兒沒什麼好看的；萬一那狐兒出來咬著人嚇倒幾個，犯不上，都往後靠！古順，你們幾個帶槍的民兵都過來，趴在坑邊一起瞄準那黑洞，媽的，那狐狸出來一個撂倒一個！這可是你們民兵練活靶子的好機會，聽我口令一起開槍！這回看你們的了！喂，你們幾個快煽風！」這一下，胡大倫煽風點火好不熱鬧！

圍觀的人群被疏散到五十步外，留幾個壯後生搖風車，七八個民兵由胡大倫、古順率領著埋伏坑邊，子彈上膛，屏息等候。

風車搖起來了，祖先發明的這些木輪風車這回派上用場了，強勁的風從那幾個風車口裏搖出來，往那個坑底黑洞口吹進去，於是濃濃的黑煙隨著風一起滾滾灌進那狐洞裏。

不一會兒，狐洞裏有動靜了。「劈哩啪啦」亂響一氣，隨著從洞口那瀰漫的黑煙中飛躥出一些東西來。

「開槍！」急慌中，胡大倫大喊一聲。

「砰，砰，砰！」

「嗒嗒嗒……」有人扣動半自動步槍連射起來。

「停！停下！別打了！」胡大倫又喊起。

原來，從黑洞裏飛躥出來的不是狐狸，而是蝙蝠！無數隻蝙蝠，黑壓壓洶湧如潮地飛躥出黑洞，有些被子彈擊中落地掙扎，有些被濃煙中的火苗燎著了翅膀，掉進燃著的蒿草中，燒得牠們

「吱吱」亂叫亂撲騰。

而多數黑蝙蝠從坑洞裏飛騰而出，有的隨黑煙往上飛，有的脫離出煙柱往旁邊飛，密密麻麻又星星點點，然而今天天氣好，白晃晃的太陽光很強，一向怕光而夜間活動的這動物，沒飛多遠又紛紛往下掉，有的尋找著黑影，圍觀的黑乎乎人群便成了理想目標，便都投奔他們而落。於是，人群炸了窩兒。喊著媽呀爹呀地，驚恐萬分地閃避著這些可怕的黑色飛物的襲擊，擔心是毒蝙蝠，怕被咬上一口。

人們揮舞著手臂，四散亂逃，膽大一點的折些樹枝抽打那些照樣驚恐亂飛的蝙蝠。那可怕的會飛的鼠樣小動物，被人打落地後，露出兩排細密而白白的毒牙，衝人齜牙咧嘴，惡狠狠地「吱吱」亂叫，頑童們舉起石頭或土坷垃把牠們砸成肉醬，血肉模糊。可憐的蝙蝠，牠們招誰惹誰了，遭此橫禍！

「快搖風車！快了，蝙蝠被熏出來了，狐狸也快了，小子們，加油啊！手上怎沒有尿啊？摸娘們兒褲襠了？啊哈哈哈哈，加油搖啊！」胡大倫狂呼亂叫，猥褻地說笑，如灌了半斤老白乾似的興奮。

因蝙蝠出洞而停下來的鼓風車，重被搖動起來。有人往坑裏繼續倒卸蒿草。黑煙接著往那狐洞灌進去。

「噌，噌！」有兩隻黃狐狸從黑洞裏躥出來。

「打！快打！！」胡大倫手一揮。

「砰砰砰……」快槍響起來。

兩隻狐狸跳了兩步便倒下。

「打中了！打中了！！」有人狂叫。

接著，從那黑煙滾滾的狐洞裏，一下子湧出十幾隻大小狐狸來。

「開槍！快開槍！這是一窩子狐狸！」胡大倫慌亂中喊叫著，也扣動手中槍的扳機。民兵們的槍，炒豆似的響起來，「劈劈砰砰」連續不斷，震耳欲聾，硝煙瀰漫，如一場規模不小的伏擊戰。

平時經常有組織的打靶，作爲基幹民兵，都有出色的表現，此刻面對手無寸鐵、近在咫尺的獸類，他們可大有用武之地了。可憐的狐狸們紛紛倒下，有些受傷的，則狺狺吠叫著往坑上邊躥越，也被補上兩槍打下去。然而，爲了生存，爲了逃命，狐狸們的衝擊還未結束。那十幾隻剛倒下，緊接著又連續不斷地躥出幾十隻大小不等的狐狸來，牠們不畏死活，不畏槍彈，前仆後繼，勇敢無比地從洞裏湧出，往坑上邊躥越。

開槍者們驚呆了。人們誰也沒有料到，那個黑洞裏會藏著這麼多的狐狸！而且如此的不怕死，明明響著放鞭炮似的槍聲，牠們依然義無反顧地從洞裏往外湧，前邊的倒下了，後邊的跳開或踏著倒下的狐狸屍體，往那閃射著子彈的坑口上躥越，以圖衝出火力網，逃得性命。這是生命的本能，面對死亡，牠們沒有別的選擇。與其在洞穴中被熏死，不如衝出去一拼。

活著是美好的，有生命的活體是美好的，獸類草木亦如此，都知道愛惜自己生命和懂得生命的珍貴，因爲每個活著的物體，不管人或獸或植物，對它們來說，生命就只有一次，這是上天的安排，只有一次。世界上不存在死而復活的九頭鳥、九頭狼、九頭人之類的生命體。更不可能長生不死，只要死了，枯萎了，那麼任何生命體便無法享受陽光、雨露、空氣，這些對死者都成了多餘，

生命便失去了價值，失去了意義。生命不在的世界是個多麼可怕的世界，請想像一下，沒有了流動的河流，沒有了飛翔的小鳥，沒有芬芳的花朵，沒有樹木，沒有虎狼牛羊，沒有海魚河蝦，以至沒有了人這更為複雜妄圖稱霸宇宙的狂妄生命群體，那這世界是個多麼暗無天日的毫無價值的死亡世界！

「給我打！給我打！統統打死牠們！讓牠們鬧狐！讓牠們折騰！全打死牠們！」胡大倫殺紅了眼，如一個殺生不眨眼的劊子手，擼胳膊挽袖子，腦袋上的纏紗布的繃帶脫落掉一節，在他耳旁腦後飄蕩著，像日本鬼子又像一個瘋狂的土匪，據說他爺爺過去曾在庫倫旗喇嘛王爺的「馬隊」裏當過兵，又跟隨大土匪「黑豹」幹過打家劫舍，因此把嗜血成性的傳統基因也遺傳給了這位後代子孫，雖不是殺人如麻，殺「狐」如麻照樣也可滿足他的欲望，發洩他內心中壓抑已久的見血取樂的邪火。

狐狸們一批批倒下去。槍聲不斷，上來一批掃下一批，如割韭菜，黃狐都成了血狐在土坑中掙扎、狂嗥，在冒著黃白色煙氣的大坑中積屍如堆。狐狸的血，如流水般地淌湧，黑紅黑紅地汪起一片片，澆滅了正蔓延的蒿草暗火，同時，新倒下的狐狸身上繼續「咕咕」冒著殷紅色血泡。

這是一個很恐怖的場面。

這是一次很罕見的屠戮。

這是一次強大的人類對毫無反抗能力的狐狸群的集體殺戮。只是因為狐狸住進了人類的墓穴，並蔑視了人類尊嚴和權威，使他們感到不安。

終於沒有狐狸湧出了。

槍聲停止。槍聲戛然而止。殺紅了眼的胡大倫們，瞪大了血紅的眼睛，往坑裏注視。周圍一下子變得死靜。沒有了槍聲，沒有了狐狸的慘叫，沒有了指揮者胡大倫狂呼亂嚷，這世界一下子沈寂了，安靜了，連空氣都凝固了。唯有那些死狐狸身上還未流盡的血，「滴答滴答」地流滴著。

狐狸們乳白的胸脯，全浸染成血紅色，未閉的眼睛死死地瞪著天，瞪著殺戮牠們的人，似乎在不解地問：

「這是爲什麼？爲什麼？你們爲什麼如此殺我們？」

而從坑洞中散發出濃烈的血腥味，令人頭暈眼花，令人作嘔，有兩個年輕殺戮者忍不住嘔吐起來。

那黑乎乎的狐狸巢穴，空空地張著口子，再也沒有一隻狐狸從那裏躥出，如一次事先說好的集體自殺般完成了任務，便沒有了其他活狐了。

人們靜靜地注視著堆屍如山的坑洞。

「哈哈哈……」胡大倫狂笑起來，揮動著手中的快槍，「打光了！全他媽打死了！該死的狐狸，這回咱們可以清靜了，咱們村起碼他媽的安靜個十年二十年，保住我們安定團結的大好局面！媽的，我們終於贏了！對這些鬧狐，就得來硬的，決不能手軟！這天是我們的天，山是我們的山，水是我們的水！豈能容忍這些異類稱霸！」

「是啊，說得好！」

「還是咱們老胡！多虧了老胡足智多謀，指揮果斷！老胡英明！」

「老胡萬歲！老胡千歲！」獵手們高呼。

「瞎雞巴喊啥！萬歲千歲的那是王八！百歲就夠了！」胡大倫得意地大笑著，拍拍胸膛，又拍拍旁邊親密戰友古順的肩膀，「還有你們古連長哩，這小子也敢幹，還聽我的指揮，不愧是當過兵，去過農墾兵團，守過邊疆，槍法也準，好多狐狸是他打中的！簡直他媽百發百中！神槍手！」

「哪裡，哪裡，還是你胡大村長功大蓋世！咱們全庫倫旗全大草原沙漠，哪兒還打到過咱們這麼多狐狸！歷史上沒有過！啊，真他媽的過癮！這麼多年沒朝活物開過槍了，今天可真他媽來勁兒！今天是什麼日子？幾月幾號？好日子啊！」古順咧嘴大笑著，大有發洩之後的滿足之感。

「真是個奇蹟，也絕了，這鐵家墳的狐洞裏，他媽的怎麼會藏著這麼多狐狸！這肯定是上百年的老狐穴了，媽的，足足有近百隻狐狸！」胡大倫感慨萬端，又蹲在坑邊往下俯視，「看來打絕了，沒有動靜了，我下去點一點狐狸，看看到底有多少隻。完了，我們他媽的分狐狸皮，按參加這次行動的人數分狐皮！」

「好啊！一張狐皮，現在可值好幾百呢！」獵手們齊聲歡呼，擁護著他們村長的這一決定。

胡大倫跳到坑裏，踩著血狐的屍體，開始清點戰利品。人們都佩服他的勇氣，別人都懼於「狐仙」的威力，不敢下到坑裏，去碰這些平時都披著神秘色彩的野獸。

「怕啥！古順，你也下來幫我點一點！有啥呀，不就是死狐狸嗎！」胡大倫罵罵咧咧，笑著招呼上邊的古順。

「好，我也豁出去了！他娘的，老胡講話了，不就是死狐狸嗎，狗大的玩意兒，而且都他娘的死了！」

古順壯著膽子也跳下去了，踩在一隻軟綿綿的死狐身上，滑了一腳，差點摔個跟斗。

上邊的人們哈哈樂了，下邊的胡大倫瞅著古順的樣兒也樂了，說：「小心點，別叫狐大仙勾了魂兒！哈哈哈……」

上上下下，一派勝利後的歡聲笑語，喜慶氣氛。

正這時，從那陰森森的黑洞內傳出一聲尖嘯！

「哦——嗚——」

這是一個刺透人耳膜心肺的尖利長嗥，猶如狼嗥，又像狗吠，聲音淒厲而悠長，含滿悲憤、仇恨之意，聽著使人毛骨悚然。

隨之，黑洞內有條銀白色的物體如閃電般激射而出。這物，眨眼間撲在胡大倫身上，一張尖嘴咬住了他握搶的手腕。

「銀狐！是那隻老銀狐！」有人驚呼。

「牠咬住我的手了！咬住我的手了，哎呀媽呀，我的手流血了！」胡大倫驚慌失措，嚇白了臉，拼命地甩著手腕，想擺脫掉銀狐。

可老銀狐的嘴大張著，兩排尖利的牙死死咬住胡大倫的手腕不鬆口，而且狐身靈巧地貼在胡大倫身上，四肢爪子亂撓亂抓著胡大倫的身子和衣服，恨不得撕碎了這個毀滅了牠家族的罪魁禍首。足智多謀而堅忍不拔的老銀狐，憑牠多年功力，屏住呼吸熬過了煙熏，一直等待著這個復仇的機會。

牠終於等到了。

胡大倫殺豬般地鬼哭狼嚎起來。槍也丟了，臉上脖子上被銀狐抓得血淋淋的，胸前的衣服全被撕爛，露出流血的瘦胸。他的雙手也拼命掙著，擊打著狐頭狐身，可那老狐毫無感覺，似乎不知疼痛，不顧了死活，依舊咬住他的手腕不鬆口，尖牙已深深咬進手腕肉裏，咬到了骨頭，「嘎吱嘎吱」直響。

「快救救我！救救我！疼死我了！」胡大倫哭叫著，頂不住狐狸的抓撓和推搡，腳下一絆，摔倒在地上，跟老銀狐滾打成一團。

事發突然，古順在旁邊驚呆了，坑上邊的民兵們也驚呆了。古順回醒過來，舉著槍，可不敢打，人和狐滾打在一起，他打哪個？他在旁邊又害怕又慌亂，不知如何下手，又擔心著從那陰森森的狐洞裏，再躥出一隻要拼命的復仇的狐狸來。

他膽怯了，心虛了，額上冒出冷汗，兩腿發抖，悄悄往坑邊上退，正這時，腳下一隻還沒完全咽氣的大狐狸，「汪」地一下咬住了他的褲腿兒。

「哎喲媽呀，還有活的，咬住我了！」他丟下槍，屁滾尿流地往坑上邊爬，畢竟是半死的狐狸，沒有咬住他，古順魂飛魄散地爬出土坑，丟下他的親密戰友、村長胡大倫在坑內一個人跟老銀狐滾打，自己逃之夭夭了。

可憐的胡大倫。剛才還得意忘形，狂傲神勇，天下無敵，轉眼間被老銀狐襲擊得手。

由於沒有想到還有這麼一隻兇殘可怕的老狐狸，他的精神完全崩潰了，嚇得沒有魂了，手腳發軟沒有一點力氣了。只剩下在老銀狐的亂爪子下，邊呻吟、哭叫、求救的份兒了。

在這要命時刻，親密夥伴古順只顧自己命棄他而逃，那些上邊的民兵們一見古順爬上來，更是慌亂了，以爲又要發生什麼可怕意外的事情波及自己，都一哄而散，此時此刻顧自己是最重要的，天下什麼比自己還重要呢。

「把老狐狸留給我！把老銀狐留給我打！」從村子方向，有一老漢一邊喊一邊向這邊跑來，後邊追著幾個人。

他是鐵木洛老漢。他昨日住進鄉醫院搶救，可一聽說老樹根處發現了狐狸洞，胡大倫他們正在熏狐滅狐，他一急，拔掉點滴，起來就往外跑。當時白爾泰正好來看望他，跟鐵山兩個人聊著話，見老漢往外跑，也急忙從後邊追過來。

「快去救救胡村長，他快叫老銀狐咬死了……」有一民兵拖著槍，一邊逃一邊跟老鐵子說。

「熊貨！快把槍給我！」老鐵子一把搶過那個民兵的槍，迅速往老樹根處跑去。

他被眼下的景象驚呆了。

打了一輩子狐狸，他哪兒見過這麼多狐狸？而且都在一個洞穴中生活，那地下的巢穴該有多大！他有些不可理解，不敢相信，可眼皮底下就擺著這麼多的死狐。

他哪裡想得到，他鐵家祖先的墳墓下，正好連著一個很大的遼代王墓。他顧不上驚歎這些死狐，站在坑邊發現正在掙扎相打的銀狐和胡大倫。胡大倫聲音微弱地呻吟著，老銀狐還在蹂扯著他。

「砰！」有經驗的老鐵子，立刻朝天放了一槍。「老畜牲，給我住手，今天我要打死你！」老鐵子衝那隻令人眼花的銀色狐狸怒吼。

槍聲震驚了老銀狐。一回頭，便發現了正朝天舉槍的老對頭。老銀狐渾身一顫。

「哦——嗚——呼兒！」老銀狐丟下胡大倫，一跳一躥，如一隻飛狐般向老鐵子撲過去。

老鐵子來不及開槍，急忙一閃。老銀狐撲空，重新急如風轉過身，再向老鐵子攻過去，齜牙咧嘴，張牙舞爪，老鐵子一個槍托把老銀狐擊倒在地，老銀狐似乎具有天生的抗擊打能力，毫不在乎地就勢一滾，重新爬起來。

老鐵子重新舉槍瞄準，要一槍撂倒了這隻跟自己鬥了一輩子的老狐狸。

「別開槍！別打牠！牠是鐵山哥！」一個女人的急喊聲，從墓地樹後傳過來。接著，珊梅披頭散髮地跑過來，不顧死活地抓住了她公公的槍托，哭求起來：「爹，牠是鐵山哥，你不能打死牠！牠是你兒子呀！我求求你，別殺牠，別殺牠……我還要跟牠生兒子，給你老爺子生孫子，格格格……」

原來，珊梅昨夜由古樺陪著回家睡了一夜，一早又跑出來，只見古樺正從她後邊追過來。珊梅瘋言瘋語地抓著老鐵子的槍托不放，不知怎麼，在她眼裏，老銀狐總被看成是丈夫鐵山。

「砰！」老鐵子的槍打歪了，子彈擊在老銀狐旁邊的土包上，冒起塵煙。

老銀狐得空，轉身就逃，向西北的大漠方向飛躥而去。

「混蛋！滾！」

老鐵子一腳踢開了兒媳珊梅，重新從銀狐後邊瞄準，開了一槍。可狡猾的老銀狐一會兒左一會兒右，不按直線跑，子彈沒打中，從狐狸頭頂呼嘯而過。

「等等我！鐵山，等等我！別丟下我！」珊梅爬起來，踉踉蹌蹌地從老銀狐後邊追過去。

「回來！珊梅！我他媽的在這兒呢，妳追狐狸幹啥呀！妳給我回來！」正好趕到的鐵山看到了這一幕，從媳婦後邊急喊。

可是珊梅好像沒聽見一樣，根本不理會鐵山的呼叫，繼續追趕著老銀狐而去。

「媽的，叫牠給跑了，都叫這賤貨給攪和了！媽的，我一定要殺牠！殺牠！」老鐵子咬牙切齒地叫著，提起槍就從老銀狐後邊追過去。

一隻狐狸，兩個人，很快一前一後消失在遠處的大漠荒原上。

「救救我……」從坑洞裏傳出微弱的聲音。

「誰在坑裏？誰在那兒受傷了？」白爾泰奇怪，靠近坑邊往下瞅。他一下子被坑裏的慘象刺激得目瞪口呆，簡直有些不敢相信，眼前的這些是真的。狐狸們的死狀，這種屠殺的場面，刺激得他想起了什麼，渾身顫慄起來。這種群體殺戮，這種殘忍、兇惡，這種違背天道自然的獸行，在他心中再次引起憤怒的大火。天啊，人類變得多麼無可救藥！

他默默地注視著死狐，注視著在坑裏微微蠕動著人不像人，鬼不像鬼，血肉模糊的胡大倫，在白爾泰的眼裏，可能以爲是一隻受傷沒死的狐狸，或者他的大腦這時一片空白，什麼也沒有，唯有這些大大小小的無數隻死狐狸使他心靈哭泣、撕痛、震顫，所以他一時視而不見求救的胡大倫。

「救救我……」胡大倫在呻吟。

白爾泰這才驚醒，勉強認出活人胡大倫。

「老胡，是你呀？你怎麼在下邊？」白爾泰驚叫著，跳下坑內去攙扶胡大倫，可他拖不動胡大

倫。

「鐵山！快下來幫我一把，胡村長受傷了！」白爾泰朝坑上邊的鐵山喊。

可鐵山絲毫不動，冷冷地輕蔑地看著半死不活的胡大倫，丟下一句：「這叫報應！呸！我救他？鐵家祖宗答應嗎？我還要去找我老婆老爹呢！」說完揚長而去。

白爾泰無奈，搖搖頭，只好一個人全力扶著胡大倫想讓他站立起來。可胡大倫已經處於半休克狀態，哪有力氣站得起來。他沒有辦法，只好拖著胡大倫，往坑上邊爬，同時大聲呼喊：

「誰在上邊？有人在上邊嗎？快來幫幫我！」

這時，跑走的古順他們又回來了，見土坑內再沒有危險的跡象，這才都小心翼翼地下到坑裏來，幫助白爾泰把胡大倫拖上來。

胡大倫上來之後，嘴裏不知說了一句什麼，昏過去了。臉上、手腕上、胸脯上，處處皮開肉綻傷痕累累，滲流著黑紅黑紅的血，跟狐狸們流的血差不多……同樣的黑紅，只是已經人不像人了。

三

達爾罕王府。

一片平展展的草地上，矗立著高聳雄偉的古式建築群，飛簷、琉璃瓦、石獅、高大的紫紅色圍牆，森嚴而威風，顯示著科爾沁草原上至高無上的權力和尊貴。

這片草灘叫烏力吉圖，意思是吉祥如意，北部有兩座高聳的土山，上邊長著青色榆林，這一帶被稱爲青龍橫臥，風水極佳，達爾罕王代代穩坐王位，全靠了這青龍風水的保護，他的兄弟溫都爾王鬧著把王府遷到南部更好的草地巴彥塔拉一帶時，達爾罕王堅決反對，讓溫都爾王自己在巴彥塔拉搞了個小王府，他把大王府還是留在了這烏力吉圖草灘。

年關將近，王府裏裏外外張燈結綵，喜氣洋洋，處處洋溢著喜慶氣氛。

前幾日，達爾罕王已從南邊千里之外的奉天府回到草原王府，還帶回來了那位新寵小福晉太太，讓她感受一下大草原上蒙古王爺府的富貴生活。

可是，過慣了奉天府大都會的熱鬧而豐富多彩的生活，小福晉沒有兩天就覺得這裏太乏味太寂寞，太單調枯燥了。沒有了東陵一帶的鬧市，沒有了舊故宮街的繁華，沒有了總督府的驕奢而誘人的燈紅酒綠，成天只有大塊兒手把肉，大碗馬奶酒，不是殺全羊就是宰小牛，缺少蔬菜和南方精美食肴，第三天起，小福晉就噘著小嘴鬧著回奉天府了。

達爾罕王拖著臃腫肥胖的身體，前後轉圈哄她，說著好話，答應著開賽馬會，跳安代舞，請鄰近漢縣的「二人轉」團，再想想其他什麼大熱鬧事兒等等。最後，還是跟隨小福晉從奉天府來的丫環小玲暗中提醒她，別忘了總督大帥交給她的大事兒。

監督和催促達爾罕王，儘快落實出荒別爾根・塔拉草原的事兒，這是小福晉這次隨王爺回草原的首要任務。鬧脾氣的小福晉太太放下噘著的嘴唇，嗲聲嗲氣地對王爺說：

「大王爺，回來幾天了，你怎還不去你那衙門問事兒啊？我哥哥還等著你的回信兒呢，這出荒的事兒可耽誤不得了，咱們把人家的銀子全領出來抽了，吃了，花了，再不把出荒的草地劃給人家，那乾哥變臉我可就管不了了。」

「對了，我把這碼事壓根兒給忘了，哈哈哈……好辦，明兒個我讓韓舍旺他們辦就是了，妳小

姑奶奶不鬧性子就行了！哈哈哈……」

這位貪戀女色，驕奢淫逸的達爾罕王雖然五十多歲，但長得又醜又老，由於大煙癮很大，面黃腫脹，而且從小有些愚鈍。只因爲他是大福晉所生的兒子，老王爺才把達爾罕王位傳給他，但長這麼大，從未自己過問過全旗署務，全由韓舍旺等幾位要員章京、梅林①管理處置。他的同父異母弟溫都爾王，則是個精明強幹、驕橫霸道的主兒，看不起傻不傻、呆不呆的掌印大哥，也不願在他眼前受窩囊氣，於是很具遠見地分出去，搞了一個獨立的巴彥塔拉小王府，向外邊也號稱「達爾罕王」。這就是後來歷史資料所稱末代達爾罕王有兩個的原因。

第二天，太陽升到近午時，達爾罕王爺才起來。宿酒未醒，頭還隱隱作痛，但還是被小福晉撒著嬌，發著嗲，揪著耳朵弄起來了。

小高其克②跪著請安：「大王爺吉祥，今日個大駕向何處起轎？」

「畢扯根・格爾③！」王爺用鮮牛奶漱著口，隨口便說，他身穿當年朝廷賜予的蟒袍，頭戴花翎頂帶圓遮官帽，真是一副上衙門辦官事的打扮。

「喳！」小高其克這可慌了神兒，那畢扯根・格爾王爺幾乎幾年沒去坐過，落滿塵土，又冰冷冰冷，不知這兩天打掃沒有，他趕緊稟道：「王爺，奴才這就去備轎，王爺先用著早點。」

小高其克急速退到二門外，又傳話給外庭的僕從，火速派人去收拾畢扯根・格爾。

達爾罕王爺又傳出話來，叫韓舍旺等所有旗署衙門官員，全體到畢扯根・格爾聽王爺訓話，並準備向王爺稟報各自管理的旗務。

王爺的指令一出，那些各自在家納福清閒的官爺們可就慌了，以往王爺從北平大都或奉天府回草原，往往是先在王府設宴請大家喝酒吃肉，賞賜些京都新鮮玩意兒，講講外邊的樂子事，哪裡有過先上畢扯根・格爾那個空洞冰涼的大衙門辦公訓話這一說。大家深感意外，馬虎不得，都飛馬快轎，趕往位於王府東南邊上那座清冷的黑門紅房大院。

將近中午，達爾罕王爺才落座於畢扯根・格爾衙門那張雕虎刻龍的紅木太師椅上，接受眾旗官員們的拜禮。

空蕩的大廳中豎著三五個大鐵爐子，燒著炭火，但大廳裏依然有些陰寒之氣，因匆忙打掃，空氣中還飄浮著灰塵，有些嗆嗓子。接著，官旗章京韓舍旺開始稟報全旗狀況，無非是些稅務、人丁、牧業、匪情等等而已。

達爾罕王爺哪有興趣聽這些，早已不耐煩了，揮揮手，打斷了韓舍旺冗長囉嗦的稟報：「好啦好啦，這些雞毛蒜皮的事完了再說，你和各位梅林大人商量著辦就行了。」王爺呷一口桌上的奶茶，身上有些發冷，罵起來了：「奶奶孫子，這屋子怎這麼冷！夜裏沒燒火呀？」

雜役管家趕緊跪在案前打著哆嗦：「稟報王爺，這畢扯根・格爾衙門太大，燒個兩三天才能暖和起來，奴才懇求王爺還是回王府議事吧，這裏待久了，恐怕受寒，影響了王爺貴體。」

「都是你們這些該死的奴才王八羔子，吃飽了不幹事！爲啥不早幾天生火？爲啥不早點打掃？你看看這屋，牆上掛著蛛網，玻璃窗全黑糊糊，牆上的圖上沾滿了灰土，這兒哪像個旗衙門，倒像個大棺材！」

「奴才該死，奴才該死……」雜役管家渾身如篩糠般打顫，叩頭如搗蒜。

達爾罕王爺不講理，自己兩年三年的不回一次草原，就是回來也很少坐這畢扯根・格爾衙門管

理旗務，這裏其實是個空架子，再說，當時清朝已亡，天下混亂，一會兒袁總統復辟，一會兒又是東三省總督，或者是熱河都統，其實哪個都顧不上蒙旗事宜，哪有那麼多衙門公事可辦理？

還是老章京韓舍旺出來說話：「王爺息怒，咱們還是移駕王府說事吧，這裏空了兩三年，現在又是寒冬臘月三九天氣，把這大屋子燒暖和了的確不易，難爲了這些奴才們。」

達爾罕王爺翻著白眼，看了看韓舍旺，不再說什麼，因爲對這位老章京他還是謙讓三分，全倚仗人家管理著旗務不好拂他面子，便說：

「好吧，就依你，大夥兒散了吧，也不必全到王府，明天王府設宴，那時大家再去王府赴宴。現在就請韓章京和軍事梅林甘珠爾大人，隨我去王府議事吧！」

於是，三年來，達爾罕旗王爺首次上衙門辦公事，就這麼草草了事，匆匆散攤兒，各自回府，準備著明天的王府大宴上大吃大喝。

隨王爺赴王府議事的韓舍旺和老軍事梅林甘珠爾大人，卻並不輕鬆。韓舍旺心裏明白，找他主要是談出荒之事，可甘珠爾卻不明白了，找他是要幹啥呢？達爾罕旗雖有些匪情，但還沒達到群亂之況，南北左右各旗爲出荒之事鬧過多起叛亂，但這些年來，達爾罕旗百姓還算安靜，沒鬧出過大亂子，這位年老的軍事梅林實在猜不透王爺特意召他去王府的含義。他有些提心吊膽。這位反覆無常又愚魯的王爺，會跟他談什麼呢？

到了王府，這位達爾罕旗主管軍事的梅林大爺那顆懸著的心才落下來。

原來，達爾罕王的老母親——御賜三品夫人老福晉太太，在奉天府時，相識了一位來自錫熱圖・庫倫旗的葛根喇嘛，聽了三天老喇嘛講經，一下子變成了虔誠的信徒，對喇嘛教崇拜得五體投地，並許願一定親自到庫倫旗大廟上金塑宗喀巴佛像。於是隨兒子達爾罕王爺回草原後，天天催著兒子，派人送她去庫倫旗大廟朝拜還願。庫倫旗離達爾罕旗王府有三四百里，路途遙遠又艱險，達爾罕王放心不下，一時拿不定主意，所以才召來老軍事梅林商量此事。

一聽，甘珠爾笑了，拍著胸脯說：「王爺，這是小事一樁，包在我老夫身上！我從旗馬隊裏挑出二十個精兵強將，護送老太太去庫倫，萬無一失！」

「不，我要你自己帶隊護送，另外，二十人太少，要派五十個人，全副武裝，帶快槍，每人兩匹快馬，老太太要乘八匹馬拉四輪轎車！」王爺一揮手就決定了。

這一下，輪到老梅林甘珠爾傻眼了。本來自己想討好，可這位傻王爺一下子連他也派出去帶隊護送，幾百里路的鞍馬勞頓不說，更主要是半路上的博旺旗、奈曼旗、庫倫旗三角邊界「鬍子」很多，尤其有個叫「九頭狼」的「鬍子隊」，令人聞風喪膽，萬一遇上他們，自己老命休矣。

旁邊的韓舍旺喝著奶茶暗暗偷樂，臉上露出幸災樂禍的微笑。他們二人爲爭奪達爾罕旗的實權，一向不和，明爭暗鬥，長期以來互相算計，誰也不服誰。

「我說甘大人，這是應該的，老福晉太太可是皇上御賜的誥命夫人，你親自出馬護送一下，是義不容辭的。再說了，你大人親自出馬，咱們王爺才放心哪，是不是，王爺？」韓舍旺不失時機地落井下石，又諂媚地笑著討好王爺。

「是啊，是啊，還是韓章京理解本王的心意，甘梅林，你就辛苦一趟，代替老王親自侍候著老太太去一趟，回來後，本王不會虧待你的，哈哈哈……」達爾罕王一仰頭，爆發出大笑。

一看大勢已定，無法推辭，甘珠爾老梅林也只好咬咬牙，答應道：「好吧，既然如此，老夫就

爲王爺效勞，親自跑一趟吧，請問王爺，老太太準備何時動身啊？」

「過完年，老太太本想趕正月二十五日的庫倫廟會，可我想現在天太冷了，等開春暖和了才動身，二十天裏也該趕到了。」王爺數著指頭算日子。

「快趕，應該能到，但老坐車怕老太太吃不消，最好是中間找個安全地方歇歇腳，休息兩天，慢慢走。」甘珠爾說。

「這事你就具體跟老太太商量。好吧，你就先回去準備準備吧，別先聲張出去，悄悄準備。」王爺吩咐。

甘珠爾軍事梅林告辭走了，從韓舍旺身邊走過時狠狠瞪他，恨不得用眼睛吃了他，可韓舍旺冷笑著裝作沒看見。

接著，達爾罕王向韓舍旺詢問起最重要的大事：出荒的情況。

「大王，您先看看這個……」韓舍旺從懷裏拿出一張紙，捧給王爺。

「啥玩意兒，必扯其④，拿過來念念！」王爺吩咐。

必扯其吞吞吐吐地念起來。這是一封手抄信，是別爾根・塔拉十萬牧民懇求王爺，收回出荒打算的請願長信。

「反了！反了！奴才們反了！」達爾罕王火了，一把摔碎了手中的茶杯。「出荒出定了，誰也別想阻撓我！誰搗亂砍誰的頭！王八羔子們，還敢勸我，真吃了豹子膽了！韓舍旺，這信是誰寫的？給我查出來！」

「稟王爺，這信傳得極廣，幾乎全達爾罕旗都傳遍了，小人也查了很久，就是查不出具體執筆寫信之人。但還是有點線索。」韓舍旺陰沈著臉，觀察著王爺的臉色。

「什麼線索?快講!」王爺喊。

「王爺三年不在草原，可這期間草原上發生了許多事情，眼下，咱們達爾罕旗『孛』教很興盛，學『孛』信『孛』的人特別多，幾乎屯屯戶戶都有當『孛』的人。這信，好像最先是那些『孛』師當中傳起來的。」

「那把那些狗日的『孛』師們統統抓起來!給我押進大牢!」達爾罕王拍案大叫。

「不行啊王爺，『孛』師人數眾多，不可能全抓起來，再說，也沒有抓人的理由啊。」韓舍旺說。

「依你之見，怎麼辦才好?」王爺問。

「王爺既然問到小人的意見，那我說後，王爺先別生氣，」韓舍旺清清嗓子，喝口茶，「依我琢磨，這出荒的事暫時先往後放一放，緩一緩，現在百姓中議論挺大，辦急了容易出事。打蛇先打七寸，我們先解決了『孛』的事，再談出荒的事。」

「這哪兒行，奉天府那兒瞪著大眼等著我回信兒呢，出荒的事一天也等不得!」王爺著急了。

「王爺，其實這個也用不著拖多長時間。」韓舍旺似乎深思熟慮，胸有成竹，「現在這『孛』們發展太多太快了，幾乎屯屯戶戶都有當『孛』的人，多數沒啥本事，濫竽充數，唬弄百姓混飯吃，再說，有些『孛』瞎講排場，動不動搞血祭殺宰很多牛羊，對草原牧業破壞也很大。」

「是啊，這『孛』現在越鬧越大，西邊蒙古地早就取消了，殺頭的殺頭，趕走的趕走，都改信喇嘛了，我老娘這次認識的那位大喇嘛講，喇嘛教的佛爺管人的三世，能知後世，不殺生只修德就成。往後啊，咱們東蒙這邊還是多搞點喇嘛教吧！」王爺說。

「王爺說得英明，現在咱們東蒙哲里木盟十旗盟主，是圖什業圖旗的道格信大王⑤，前幾日他也派人送函給我們旗，談到取消『孛』的事。」

「哦？他也有這個意思，那就好辦了，他是盟主，說話有份量。」王爺點著頭說。

「他的計劃是，把全哲里木盟十旗的『孛』都集中起來，搞一次比賽，大型的『孛』比賽……」

「搞比賽管屁用，更不把他們煽呼起來了？」

「不是，王爺，這是一次特殊的比賽，」韓舍旺陰險地轉動著一雙圓眼睛，放低了聲音，「道格信大王的意思是，『火煉』比賽，比試真本事。」然後，韓舍旺把嘴附在王爺耳旁輕輕地說起來。

「哇哈哈哈……好好，燒『孛』！燒『孛』好！他媽的，看他們還鬧不鬧！哈哈哈……」達爾罕王張著大嘴狂笑起來，震天動地。

就這樣，震驚歷史的科爾沁草原燒「孛」事件，如此密謀商定。

這一天，小鐵子正在院子裏練扔卓力克麵鬼，他天天念叨的老嘎達孟業喜叔叔，這會兒騎著快馬和二爺爺門德一起來他們家了。

鐵喜老「孛」在屋裏正伏案書寫著他那一大卷蒙古書，不知什麼內容。一見二人來，也放下手中毛筆，迎候他們。

「老巴格沙，我每次來都見你寫這厚厚的書，到底在寫啥呢？可以告訴我嗎？」老嘎達好奇地問。

「嗨，我人老了，沒有幾天活頭了，咱們這『蒙古孛』，從古到今從來沒有寫成文字的東西往下傳，都是靠口傳心記，口傳這方式，雖說是保密不亂傳，可也有毛病，容易傳斷了，傳歪了，傳不全了。所以，我老朽到我這輩兒上想破一破這規矩，給我的孩子們留下個文字的記載。」鐵喜老「孛」捶著腰，苦笑著說，「可實際練『孛』容易，用文字寫下來就困難了，很多絕活只能意會，豈能用文字寫出來，唉，我這也是自討苦吃啊！坐坐，大家上桌，先喝上兩杯，正好你們有口福，今日個家裏殺了羊，快過年了，大家高興高興！」

酒桌擺上了，大家邊喝邊聊起來。

「老巴格沙，如果真把一身本事全記錄下來留給後人，這可是功德無量的事，西部蒙地的『孛』都絕種了，就我們東蒙還有些『孛』，現在叫喇嘛們排擠得也快完啦，要是用文字把『孛』教寫成書傳下去，老巴格沙，你真是深有遠見啊！」

「老嘎達，王府那邊有啥動靜，聽說王爺回來了，出荒的事怎說？」鐵喜老「孛」從老嘎達臉上看出有什麼事，關切地詢問。

「出荒的事還沒傳出啥消息，但聽送茶的高其克講，王爺跟韓舍旺老爺密談了很久，好像談的都是有關『孛』的事。」老嘎達孟業喜說。

「看樣子，那封懇求王爺的信，可能是傳到王爺耳朵了，不然不會談論『孛』，這事有些怪，韓舍旺是一隻老狐狸，不知道要搞啥鬼。」門德「孛」分析著說。

「唉，說實話，一封信不可能阻止住王爺賣地換銀子的心，誰知這位昏庸的王爺，在奉天府欠了多少銀子！看下一步怎說吧。老嘎達，你是不是還有啥事？」鐵喜盯著問。

「過完年開春後，我們王府馬隊要護送王爺的老母親，去你們庫倫大廟朝拜！」老嘎達說。

「哦？這位老福晉太太信佛了？」鐵喜奇怪。

「聽說是在奉天府認識了一位庫倫大廟的喇嘛，被說服了，天天吵著要去庫倫廟上還願，還要我們護送。王爺點著名讓老梅林甘珠爾自己去，這幾百里路，也不是通衢，兵荒馬亂的，誰知道會出啥事？唉，我們馬隊算倒楣了。」老嘎達顯得很擔心，悶悶不樂。

「我這位侄兒啊，可能捨不得新娶不久的小老婆了！」門德逗著說。原來老嘎達的前妻得產後風死了有兩年，幾個月前，從東邊敖日木屯子娶來一位如花似月的新媳婦，名叫梅丹其其格⑥。

老嘎達微紅了臉，申辯道：「那倒不是，做一個男子漢大丈夫，哪能讓女人捆了手腳？二叔，你可別把小侄兒當成離不開女人被窩的孬種。我主要是擔心這一路責任重大，不同一般，有啥閃失，可是要掉腦袋的。你們也知道，我們那位帶兵的軍事梅林甘珠爾老爺的兩下子，動嘴兒可以，動真格的，他哪兒是個料兒？連騎個十里快馬都要散架子的主兒喲。」

「老嘎達，這趟你可真是攤著苦差事了。可話說回來，『塞翁失馬，焉知非福』呢？」鐵喜老「孛」仔細觀察一陣兒老嘎達的臉上氣色，喝口酒，低頭不語。

「老巴格沙，都說你老是神機妙算，我臉上是不是有啥預兆？」老嘎達不放心地問。

「倒不是有啥預兆，但你整個臉相大有文章，不是指這一次……」鐵喜老「孛」斟酌著詞句。

「老巴格沙，聽說你老會卜卦，能否幫我詳細算一下？我不讓你算出我一生，一生的事都由天定，不去管它，我這人很實際，只問這趟出門的禍福之事。求求你老了，給我指點迷津，明點說吧。」老嘎達說著，斟滿一杯酒，雙手捧著，單腿跪在鐵喜老「孛」前邊。

「這這，使不得，賢侄兒，不要這麼重禮，老朽爲你卜一卦就是。」鐵喜老「孛」急忙接過老嘎達的酒，一飲而盡，便說，「坐著說話，賢侄歸座吧。」

接著，鐵喜老「孛」從一紅絲絨口袋中掏出杜爾本・沙⑦，放在香桌上，手指天地，嘴裏念叨起咒文。那杜爾本・沙只有四色，個個油亮滑光，打磨或使用多年後變得光潤精緻，像是四隻小古董。

「嗚——呀——先祖圖勒克沁⑧可汗明示！這次請先靈顯示老嘎達孟業喜遠赴庫倫之禍福，哦，樸！」鐵喜老「孛」往手中緊握著的杜爾本・沙吹了三口氣，然後向天向地祈禱著晃了三遍，接著便把杜爾本・沙往香桌上一擲。

那杜爾本・沙隨著老「孛」的手勁兒，在香桌上急速地翻滾旋轉起來，良久，四隻羊拐骨落定，呈出四種樣式：一隻黃帝朝上，一隻白帝朝上，一隻布克朝上，一隻「齊克」朝上。落定的方向也不同，頭尾均各異，形成三角，一隻則孤零零落在遠處桌角。

鐵喜老「孛」皺著眉頭，根據杜爾本・沙的呈現方式暗暗掐指算起來。沈吟片刻後，他才對老嘎達緩緩說起：

「老嘎達賢侄兒，這一卦可很有玄機，恕老朽直言，你們這趟出門，凶多吉少！」

這句話，擲地有聲，聽者俱是目瞪口呆。

「聽我勸告，賢侄兒最好辭掉這趟差事，不然，輕則有牢獄之災，重則有刀槍之劫！」鐵喜老

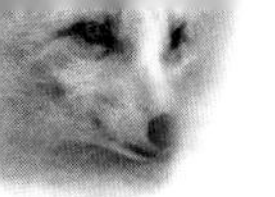

「孛」面對杜爾本・沙，自己也驚愕不已，嗓音微顫。

老嘎達臉色已變，轉而又有些疑惑：「老巴格沙，有那麼嚴重嗎？辭這趟差事談何容易，在馬隊裏，我的槍法騎術都頂尖第一，最近老梅林又提我當了小隊長，管十幾個人，他不可能准我辭呈請假，要是不去，倒有可能把我關進大牢，難啊。」

鐵喜老「孛」又細細地觀看起老嘎達面相。

「你這一生必經多次劫難，方可有大成，這次便是最重要的一次。」

「五尺男兒，志在四方。老梅林甘珠爾對我也有知遇之恩。這樣時刻，我哪能袖手退出，我不能這樣做人。老巴格沙，有沒有破解之法？我只能是聽天由命了，不去不可能。」老嘎達說得很是果斷，鏗鏘有力。

鐵喜老「孛」重新審視起杜爾本・沙，指著那隻孤零零落在桌角的紅色羊拐骨，說：

「本來你若像這隻『沙』置身事外，或許可以逃過此劫，但你執意投身於此行，那只有求老天保佑了。如果小侄兒聽老朽的話，真遇著啥事，到時候，學那隻跳出三界外的紅色羊拐骨，保持一定距離，脫離出事點，再求生存，或許整個血光之災會有挽救的餘地。這真叫『禍兮福所倚，福兮禍所伏』，禍福相替的可能是會有的。只要你闖過這一關，定有大的前程！」

老嘎達孟業喜當場下跪磕頭，感激地說：「多謝老伯指點，老嘎達銘記老伯的忠告，闖過這關回來見你！」

鐵喜老「孛」扶他起來，摸鬚感歎：「不必這樣，其實，生死由命，禍福天定，我一個看卦的老朽，豈能扭轉天意，這都是說著玩的，不必太當真，到時候，全憑你賢侄兒造化，看自己靈活應付了！」

他們重新入座坐定，喝了半天酒才散席。

老嘎達孟業喜已經開始了艱難的一生，想安全闖關回來，談何容易！

四

這兩天哈爾沙村發生的一連串事件，很快驚動了旗、鄉兩級政府。

古治安旗長去盟裏參加全哲盟治沙會議剛回來，正準備在哈爾沙鄉召開一次現場會議，重點推廣哈爾沙村鐵木洛老漢的治理沙窩子經驗，卻聽到了哈爾沙村發生的墓地鬥毆、開槍、殺狐等等事件，便立即帶著幾個人，馬不停蹄趕到哈爾沙村。

先在村部辦公室召集村幹部們，又叫來鄉長劉蘇和，還有那位派出所所長楊保洪，讓大家談談情況。在哈爾沙村調查薩滿教、「孛」資料的旗志辦白爾泰和古樺，也列席了這個會議。

唯有差著村長胡大倫。去叫的人回來報告，胡村長病在炕上起不來。古治安說，抬也要把他抬來。那個人說，胡村長的病很特殊，腦子一陣清醒一陣糊塗，不宜參加會議。

古治安皺著眉頭說：「惹出這麼多事兒，他自個兒倒病糊塗了，早點兒糊塗多好，一會兒我去看看他！」

儘管有病也叫來參加會議的老支書齊林，這會兒一邊咳嗽著一邊插言：

「咱們村出這麼多事，我也有責任，身體不好吧，老胡找我商量事也就少了，就說這次鬥毆事件的起因，砍那棵老樹的事，他們深夜開會，可能嫌我老，身子有病，以爲不能參加會吧，就沒通

知我，第二天打完了我才知道，唉。」

老支書齊林輕輕地推卸了責任，說的倒是事實，可那些村幹部中不少人翻白眼，嘴角露出冷笑。

聽了一陣子大家七嘴八舌的談論之後，古治安問：

「傷了多少人？」

「二十五六個吧，有十幾個住在鄉醫院。也沒啥大事，擦破頭皮，弄折手腳啥的……」民兵連長兼副村長的古順，大大咧咧地說。

「沒啥大事，說得倒輕巧！不分青紅皂白，瞎胡鬧，聽說你還是主要功臣！」古治安一見自己不爭氣的弟弟那個樣兒，就氣不打一處來，「稀里糊塗，沒有頭腦，跟著別人瞎撞胡幹，那國家的槍是讓你們搞民兵訓練，保衛國家的！不是叫你們朝巫婆杜撇嘴兒開槍，朝狐狸群掃射的！都像你們這樣，國家不亂了套！劉鄉長，叫鄉武裝部來人，把哈爾沙村民兵連的槍全收走！放在他們手裏，誰知他們還能幹出啥傻事來！」

「收槍我沒意見，不讓我當這民兵連長也沒啥說的，可這砍老樹的事，老胡說是鄉裏批准同意的呀？沒鄉裏的話，我們也不敢啊！」古順有些不服氣。

「劉鄉長，你們誰批准的？」古治安問。

「這……我……我，」劉蘇和額上滲出細汗，「老胡倒跟我講過，既然老是鬧狐狸，弄得村裏不安寧，我尋思砍就砍了吧……唉，我太信了老胡的話了。」

「哼，作爲一個鄉長，劉蘇和同志，新來乍到，應該多做些調查瞭解，不要人云亦云，隨便表態！就這小小的哈爾沙村，我土生土長，也很少參與村裏的事，很少表態，你才來了幾天？啊？瞎表態，讓人舉著你的尙方寶劍辦事，你是不是吃喝人家的多了點？」諳熟鄉下情況的古治安，毫不客氣地訓斥劉蘇和。

劉蘇和額上冒汗，臉上紅一陣，紫一陣，頻頻點頭，意思是領導教訓得很對，很深刻。

「還有你，楊保洪所長，聽說你的槍被一個女瘋子搶下了？還朝老胡開了一槍，打穿了他的耳朵，真熱鬧啊！你的本事也不小嘛，砍不砍樹的事，也屬你派出所管轄範圍嗎？又是被胡大倫招呼上來的，是吧？唉，你們都行。你向旗公安局去談你的事吧。」古治安巡視著眾人，向齊林說道，「齊支書，你派個人把鐵木洛老漢找來。我要聽聽他怎麼說。」

不久，派去的人回來說，老鐵子追蹤老銀狐進了大漠，但最後還是無功而返，一氣之下喝個酊大醉，尤其祖宗墳地的老樹倒後對他打擊太大，現在是啥事也不想管了，生不如死的樣子。

古治安搖了搖頭，回過頭對坐在身後的旗農業局局長金斯琴說：「金局長，這可又麻煩了，咱們還想推廣他的治沙經驗呢，他卻弄成這種樣子，唉，這小小的哈爾沙村，可怎整喲！」

「那老倔驢還能有啥治沙經驗……」古順低聲說了一句。

「你給我閉嘴！」古治安一下子火了，臉變鐵青，兩眼冒火，聲色俱厲地手指著弟弟古順罵開了，「他比你強百倍！他知道自己要幹什麼，知道自己是吃幾碗乾飯的！你以爲自己多大能耐，還真以爲有點本事哪？你能當副村長，當民兵連長，那是人家看在你哥哥當大旗長的面兒上選你的！你還真以爲自己有兩把刷子哪？扛了兩天槍不知自己姓什麼，胡、鐵、包三家在這村裏生活和爭鬥了幾百年，你姓古的才來了幾天？偏袒一方，瞎摻和事，人家墓地私人老樹，活了幾百年，你們想

砍就砍，想放就放，也不經過人家主人同意，找個理由就想砍，你們這不是倚仗權勢欺壓百姓嗎？啊?!有狐狸，誰說有狐狸就砍樹？狐狸鬧村，那是狐狸的事嗎？那是你們人的事！愚昧、落後、迷信，再加上其他不可告人的目的！作爲一個民兵連長，不幹正經事，隨便開槍傷人，挑起群眾鬥毆，多人受傷住院，震動了全旗！這挑事的主兒，還是我這大旗長的弟弟，你說我這旗長怎麼當?!應該把你扣起來！不好好想自己的問題，還有閒心對別人說三道四，明兒個你去老鐵子窩棚上看看，看看人家是怎活法兒！」

古治安越罵越來氣，渾身哆嗦。眾人誰也沒有見過平時很溫和平易近人的古治安旗長，發起如此之大的脾氣，尤其古順，他哪兒見過大哥有這麼大的火兒啊，這才想到自己惹的事的確不小，給大哥臉上抹了黑，影響很大，嚇得趕緊低頭縮脖，閉嘴不敢出大氣了。

古樺從旁邊扯了扯大哥的袖子，低聲勸一句：「大哥，消消氣……」

「這氣能消得了嗎？還有妳，還有白爾泰同志，村裏發生著這麼大的事，作爲旗裏下鄉幹部，你們怎麼一點兒不過問呢？啊？」古治安質問起白爾泰和古樺。

白爾泰剛想解釋，古樺噘著嘴嚷嚷了：「嗨，大哥，別把矛頭對準我們呀，我們招誰惹誰了？那天早上，我們倆去照顧那個差點上吊抹脖子的瘋媳婦珊梅，趕到鐵家墳地時，人家都打完了。再說了，咱們的任務是調查資料，村幹部誰向我們透露要發生的事啊？你可別冤枉我們……」

「我們還是有責任的，在我們身邊發生著這麼大的事，我們沒發揮到作用，尤其是鬧狐狸的事，我們應該正確引導群眾的。古旗長批評得很對。」白爾泰倒很平靜地檢討著責任，自我批評般地如此說。

古治安較欣賞地點點頭，沒再追究此話題，的確，要這兩個書呆子過問此事，實在是難爲了他們。

「好吧，劉鄉長，你通知旗公安局，讓他們派人來，按法律程序調查哈爾沙村的幾起開槍和鬥毆致傷事件始末做出處理，該抓的抓，該關的關，作爲一次案例通報全旗，讓各村各鄉吸取教訓！」

一聽這話，聞者全傻眼了。

「大哥，這，我……」古順更是慌了神兒，囁嚅著，用懇求的目光可憐巴巴地望著古治安。

「你也一樣，等著接受調查處理，有多大責任負多大責任。不能是旗長的弟弟就受到保護，受到照顧。腳上起泡，全是自己走的！」古治安扳著臉，毫不留情，鐵面無私。

在場的人們用佩服的目光看著古治安。

「金局長，你跟劉鄉長一起到鄉政府那兒，籌備北部沙化地區治沙現場會議，派兩個秀才和科技人員到老鐵子的窩棚上，總結和整理出他的治沙基本資料，準備重點推廣。我們半個月以後召開現場會議。」古治安旗長停一下，環視著眾人，「另外，劉鄉長，你們鄉政府派組織部長和主管黨委書記兩個人，進駐哈爾沙村，這個村的村幹部班子需要調整。這個班子，不能再是這個樣子了！馬上要開始大規模的治沙運動，他們這種狀態，完全不適應新的形勢。我的意思是，誰實幹，誰苦幹，誰能帶領哈爾沙村農民治住沙漠，走向富裕之路，就讓誰當這村的頭兒！不管他有沒有資歷，是不是黨員等等！我們要打破常規，要適應農村改革開放的新形勢！」

古治安的話，再次一石擊起千層浪，在人們心中引起強烈震動和波瀾。

「好，我們照辦！」劉鄉長和金局長應諾。

「好，大家散了吧。齊支書，我們一起去看看胡大倫和鐵木洛大叔。」古治安說。

當古治安一夥人，走進胡大倫那座圍著院牆的「一面青」磚房子時，胡大倫正蜷縮在炕上呻吟。一見有人來，身子更縮進被窩裏，兩眼驚恐不安地閃動著亮晶晶的光束，嘴裏直說：

「別咬我，別咬我……快救救我，救救我……」

他顯然是嚇出了病，嚇出了精神恍惚症，按老百姓說法是「失魂症」。有人在古治安耳朵旁，低聲說明了那天胡大倫差點被老銀狐撕爛咬死的情景。

「唔，殺了人家那麼多家族成員，當然要付出些代價了。俗話說，兔子急了也咬人呢，何況狐狸！」古治安伸手揭開胡大倫的被頭，看看他臉和脖子上的傷。沒一處好地方，一條條被狐爪子抓破的傷全結起黑紫色血痂子，深一道淺一道，慘不忍睹。胸脯處傷得厲害的地方已經化膿，散發出一股狐騷臭氣，嗆鼻子。胡大倫正發著燒，身上滾燙滾燙。

「怎麼，沒請醫生看呀？」古治安回過頭問胡大倫的老婆、兒子和女兒。

「請鄉醫院大夫打過破傷風的針。」大姑娘說。

「這哪兒成？傷處化膿，人發燒說著胡話呢，你們還讓他這樣躺在家裏？想要他命啊？快送進鄉醫院住院治療！」古治安吩咐。

胡大倫的家人這才急了，出去套驢車。

古治安俯下身子問：「老胡，我是古治安，你感覺怎麼樣啊？」

胡大倫費力地睜著眼睛，可還是認不出古治安，嘴裏直叨咕說：「別咬我，我認罪，我向『銀狐大仙』認罪……我給你修個大狐仙堂……嗚嗚嗚……」胡大倫說著哭將起來，渾濁的眼淚吧嗒吧嗒往下掉。

古治安苦笑，搖了搖頭，說：「他這真是嚇出了魂，靈魂出竅了。唉，真沒想到，好好的大活人，圖個啥呀，就那麼恨狐狸？非把人家狐狸趕盡殺絕？想的招兒還挺狠毒挺絕，放煙熏，開槍掃，真虧你想得出來，老胡呀，你真是不應該呀，好吧，你已經弄成這個樣子，我也不好說啥了，等你的病治好了，神志清醒了，咱們再好好談一次。哈爾沙村的這三姓家族糾紛，應該有個徹底了結了。」

這時，套好車的胡大倫的兒子走進來，跟他姐姐和媽媽一起，抬著胡大倫走出屋子，安置在驢車上。

古治安離開胡家院子，朝村西北的鐵木洛老漢家走去。

半路上，古治安向一起來的白爾泰和古樺詢問起鐵山媳婦珊梅的情況。於是，白爾泰和古樺輪著說明他們知道的一些事情，然後二人相互看一眼，中途打住了。

「你們好像還瞞下了什麼事情。」古治安敏銳地看一眼二人的神色，笑著點破。

「這……這，有些不好說。」白爾泰囁嚅。

「照直說。有啥不好說的，我最煩別人吞吞吐吐。」古治安說。

白爾泰看一眼古樺，於是把那天夜裏有人冒充鐵山，在草料房誘姦神志不清的珊梅的事如實告訴了古治安。

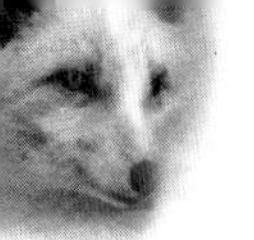

「無恥！」古治安怒罵起來。「一定要查出這個畜牲！趁人之危，幹出這種豬狗不如的事情！等公安局的人來了，你們倆一同報案揭發此事。」

「好，我們一定照辦。」白爾泰說。

「那草料房是誰家的？」古治安問。

「第二天，我去核對了一下，就是那間！」白爾泰抬手指了指身後，那是挨著老胡家院角的一間土倉房。

「是胡大倫家的草料房嗎？」古治安驚疑地問。

「是的，所以這事兒，有些，那個……」白爾泰支支吾吾。

「當然了，事情沒查清以前不好說誰幹的。這只是個線索。」古治安皺起眉頭，看著正往鄉醫院方向趕去的那輛驢車，不再說話。

沒有多久，他們就到了鐵木洛老漢家。

老鐵家的裏外門都敞開著，屋裏跟外邊一樣冰冷。滿屋子酒味，地上全是醉後吐出的穢汙，那隻大黑狗正在舔吃那些髒物。鐵木洛老漢橫躺在土炕上，鼾聲如雷。他的嘴邊臉上沾著髒兮兮的吐物，臉色發紫，顯然凍得渾身發僵，由於醉酒不醒，他已不知道寒冷。

「再這麼躺著，這老漢非凍過去不可。古樺，妳去生火燒炕，這屋子像個冰窟似的，要命呢。」古治安吩咐。

齊林支書走過去，推一推鐵木洛老漢。

老鐵子昏睡不醒，像根木頭，這邊推，他就滾過那邊，那邊推，他就滾過這邊，渾身酒氣熏天，一會兒半會兒沒有醒過來的樣子。

齊林搖了搖頭，說：「他這個樣子，明早晨見了。」

「鐵山上哪兒找媳婦去了？」古治安問。

「聽說跑遍了附近幾個村子，都沒找到，誰知他這會兒跑哪裡去了。」齊林答。

「你們多派幾個人幫著找一找，大冬天的，別凍死在野外。一個瘋瘋癲癲的女人，啥事都會出的，馬上派幾個人去找。」古治安對齊林說。

「好好，我這就去派人。」齊林答應著往外走。

「這老漢怎辦？」

「古旗長，他一時半會兒醒不過來，我留下來陪著他吧，正好我有好多事要問他，借這個機會跟他接近接近。」白爾泰主動請求。

「也好，你就留下來陪他吧。夜裏等他醒來時，給他弄個熱湯喝一喝，把炕燒熱乎一點。」

「放心，這些活兒，我都能做得來，我插過隊，啥都幹過。」白爾泰笑著說。

「我也留下來幫你弄飯吧。」古樺回過頭，「行吧，哥？」

古治安看一眼妹妹，至今他還是看不透這二人的關係，但這種有些形影不離的情景，畢竟還是說明了一些問題。倘若，自己這位心比天高的妹妹，真能跟這位書呆子白爾泰談成戀愛，他這個當大哥的可舉雙手贊成。

「好吧，好吧。我把鐵木洛大叔就交給你們二人了，他過些日子可是個重要人物，你們倆把他哄好了，弄服貼了，我就給你們記一功！」古治安說完，帶著一干人走了。

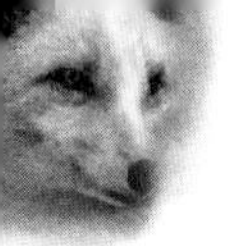

白爾泰明白古旗長說的話的含義。鐵木洛老漢不僅在古治安旗長的治沙戰役中，是個舉足輕重的人物，而且對他白爾泰來說，也是揭開薩滿教「孛」在庫倫旗的歷史，以及在東部蒙地的歷史的重要線索，他豈敢怠慢。

傍晚，老鐵子沒醒過來。由於屋裏暖和了，炕也燒熱了，他睡得倒更舒服了。送走古樺回家睡去之後，白爾泰簡單喝了一碗粥，吃了點鹹菜，便挨著老鐵子和衣躺下來打盹。鐵山還是沒有消息。

後半夜，鐵木洛老漢哼哼著醒過來了，一個勁兒喊頭疼。他要水喝，白爾泰倒了一杯溫水給他，他一把撥拉開，要缸裏的涼水喝。白爾泰沒有辦法，從水缸裏舀了一瓢冰涼的水給他。他如牛飲水般「咕嘟咕嘟」喝個精光，直說「痛快、舒服」。此時，他睜開眼看了一下遞水的人，才覺著不對。

「你不是鐵山？」

「我是白爾泰。」

「鐵山呢？」

「出去找媳婦還沒回來。」

「你啥時候來的？」

「昨天下午。還有古旗長，他也來看過你。」

「古旗長也來過？」老漢拍拍額頭，「我可一點也不知道，喝得多了點，一點都不知道你們來。」

「豈止多一點，多得太厲害。要不是古旗長領我們來看你，燒暖和了你這冰窟，誰知道你到這會兒會怎樣了……」白爾泰笑說。

「那就凍挺了唄，嘎嘎嘎嘎，」老漢粗獷地笑了，「那倒痛快了，省得老受他孫子的窩囊氣！」

「胡村長也夠受的，差點被那隻老銀狐扯零碎了，沒魂似的說胡話，現在送醫院搶救去了。」

「活該！人他媽鬼事辦多了，肯定叫『鬼』給纏住嘍。唉，可惜了我那老樹。」老漢黯然神傷。

他肚子餓，白爾泰把溫在火盆上的大楂子粥和熱湯給他盛過來。

「侍候人，你比我兒媳婦強。」老漢說。

「這是古旗長安排的。你要謝，就謝他吧。」

「他是個正經人，辦正經事，辦實際事。他也不會在乎我這個草民的感謝不感謝。」老漢看一眼窗外的黑沈沈的夜色，「現如今，當官兒的有那麼幾個辦正經事辦實事的，我們草民就受益匪淺了。」

「是啊，不過，這次古旗長可能挺在乎你的感謝。」

「哦？爲啥？咱們可是啥也不是的白丁兒一個。」

「但你在他看來挺重要的，過兩天，他會找你談話的，到時候你就明白了。」白爾泰考慮古旗長的工作，不過分多說。

「談啥呀？他們家老二跟『騷胡』穿著一條褲子。」

「白天古旗長可把古順狠狠擼了一通，恐怕他的民兵連長、副村長也很難保了，弄不好還吃官司呢。」白爾泰說。

「那小子是應該敲打敲打，太給他大哥丟面子了，渾球一個。」老漢不吱聲了，「呼嚕呼嚕」喝起粥來。

吃完，他們二人並躺在熱乎乎的炕上。

「你幹嘛留下來侍候我？」

「旗長的安排。」

「沒有別的了？」

「有別的。老爺子當然心裏有數。」

鐵木洛老漢又不吱聲了，似乎考慮著什麼。

半晌，老漢說：「薩滿『孛』的事，對你真的那麼重要？」

「那是我的終生追求。」白爾泰說得懇切。

老漢側過頭，眼光銳利地看白爾泰一眼，嗓子眼裏「哦」的一聲，又沈吟片刻才緩緩說：「那你跟著我吧，過些日子，抽空我領你去一個地方。」

白爾泰心裏一陣猛烈驚喜，心撲騰撲騰亂跳，試探著問一句：「那是一個什麼地方呢？」

「到時你自然就知道了，別再多問。睡覺吧。」老漢翻過身去，很快進入夢鄉，打起呼嚕來。

白爾泰可一夜似睡非睡，昏頭脹腦中做了一個夢：自己變成了一位會飛的「銀狐・孛」。

第二天，鐵木洛老漢的情緒好了許多。一大早起來後，張羅著幹活兒。正這時，鐵山回來了，垂頭喪氣，疲憊不堪。

「還知道回來呀？」老鐵子沒好氣地問，「還是沒有找到？」

「臭娘們兒，真可能死在哪兒了，要不叫野狼叼走了。」鐵山也沒好氣，「我他媽再也不找了，愛死哪兒就死哪兒！一個瘋娘們兒，找回來也是累贅，哪有空侍候她呀！」

老鐵子白了兒子一眼，沒再說話。他扛起鐵鍬鐵鎬等物，對兒子說：「走，跟我一塊兒去把那老樹的坑給埋了，要不那空下的狐狸窩，別的野獸又接著做巢了。」

「我睏死了，我要睡覺，你自個兒幹吧。」鐵山頭也不回進屋去了。

「沒用的敗家貨！」老鐵子扛著家什往外走，對身旁的白爾泰說，「你也回去忙你的吧。」

「你不是答應讓我跟著你嗎？」白爾泰笑一笑。

「好吧，那你扛著這個。」老漢把鐵鎬塞給他。

鐵鎬挺沈，白爾泰扛在肩上，緊跟上老漢的又快又大的腳步。

他們走到鐵家墳地那棵老樹那兒。那些被打死的狐狸，依舊血乎乎地堆積在坑裏，凍得都梆硬梆硬，沒有人動牠們。大概由於銀狐顯威，撕咬胡大倫致使「失魂」，村裏人誰也不敢再上這兒來惹那死狐狸了。儘管狐皮誘人，但還是自己的命要緊。

老鐵子拍了拍老樹的主幹，有些傷心，愧疚地說：「對不起你了，老樹，沒有保護好你。」

站在坑邊，白爾泰望著老鐵子，又望著那些死狐，臉色依舊有些駭然，說：「把狐狸都埋了

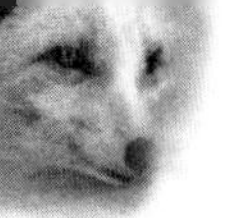

吧？」

「不。先別急，我要扒這些狐狸的皮。」鐵木洛跳進坑裏，揀起那些死狐往外扔，「一張好狐皮值三百多呢，我可不在乎老銀狐迷人魂，正好用這些賣狐皮的錢買些草籽兒，種在我窩棚那兒的沙窪子裏，再買些『刺兒鬼』、化肥啥的。明年我在黑沙窩棚那裏大幹一場！擴大改造面積，再多種點糧。」

他們倆數了數，不多不少，大小正好是六十四隻死狐。攏了一堆火，把死狐狸挨著火堆不遠處放著烤一烤，等稍爲變軟之後，老鐵子就把死狐掛吊在樹枝上，開始扒皮。他幹這個很內行，很熟練，咬著腮幫，揮著牛角刀，乾淨俐索地扒著狐皮。扒下皮後，就把血淋淋的屍體扔進那老樹坑裏，白爾泰就塡一些土進去。

扒皮的活兒進行得很順利，老鐵子額頭上滲出細汗。沒有發生什麼意外。老鐵子扔進一個，嘴裏嘎嘎樂著報數：「十七……十八……二十……」同時，嗓子裏不時哼兩句不知名的老歌。

你色瞇瞇地縮在我家炕上幹啥呀，喇嘛，
小心打黃羊的丈夫回來剝你的皮，喇嘛，
哲嘿呀——哲嘿嘿哎——哲嘿！

他這回可發了，白爾泰心想。

五

北部沙鄉的治沙現場會議，春節過後才開成。主要耽誤在哈爾沙村的村領導班子調整，以及調查處理哈爾沙村發生的幾起重大事件上。

經歷了一連串的事件，哈爾沙村百姓這年過得很平常。人們都提不起精神，不愛說話，各自默默過著自己的窮日子，村裏開個會都召集不起人來。人們都懶得出頭露面，沒有了心氣兒，似乎傷了元氣一般。

旗公安部門經過深入細緻的調查取證，重點拘留了幾個那天在墓地鬥毆中重傷他人的愣頭青，還有開槍擊傷老巫婆杜撇嘴兒的那位倒楣的民兵排長。

經過討論，鑒於胡大倫的身體狀況，先是暫停了他的村長職務，同時撤消了古順的副村長和民兵連長職務。那位鄉派出所楊保洪也受降級處分，調離此地。劉蘇和鄉長則受到通報批評。

在找誰代理村長職務的問題上，大家犯難了。討論來討論去，找不出一個合適的人選來。

這一天，古治安旗長盤腿兒坐在鐵木洛老漢的土炕上，喝著紅茶，聊完老鐵子治沙經驗和改造黑沙窩子的想法，他琢磨著這麼說：

「老鐵叔，我有個想法。」

「啥？」老鐵子問。

「我看，你出來當這個村長得了。」古治安眼睛盯著老鐵子的臉。

「我？得得得，『王爺』大人別拿草民開涮吧。」老鐵子笑起來。

「不是開涮，真是這個想法。」古治安不笑，很認真的樣子。

「那不成！我哪兒有那本事？往沙窩子裏墊土還成。」見古治安當真，老鐵子慌了。

「你就把如何往沙窩子裏墊土的經驗告訴大夥兒，然後領著大家去幹就行了。」

「墊土誰都會幹，只要捨得力氣。」

「那也得有個人振臂一呼：大家跟我來呀，挑土去！」

「算啦算啦，你就另找這喊口號的吧。我又不是黨員，在村裏連個小組長都沒當過。」老鐵子一個勁兒搖晃腦袋。

「不是黨員怕啥，也不是讓你當黨支部書記。領著大夥兒去住窩棚，改造沙漠，這個村子我看就你合適。」古治安堅持著說服鐵木洛老漢。

「旗長，你真的鐵了心讓大夥兒去住窩棚，改造沙窩子呀？」老鐵子眼盯著古治安問。

「你以爲是開玩笑啊？除了這條路，這北部沙鄉還有其他法兒嗎？可耕土地越來越少，沒幾年沙子就淹過來了，再不能等了。」古治安說得堅定不移。

鐵木洛老漢不吱聲了，吧噠著煙袋鍋。

「這樣吧，你先還是讓老齊頭兼著村長，我先考慮考慮。到動真格幹的時候，我幫著張羅張羅，把我幹過的一套說給大家。」老鐵子最終咬咬牙這麼表態。

古治安搖搖頭，看著老鐵子笑說：「你可真是個倔巴頭，名不虛傳。」

老鐵子自個兒也樂了。「不是老倔巴頭，是老倔驢，大家都這麼叫。」

「不管怎著，你得把你幹的那一套辦法，先在現場會上介紹給大家。參加會的全是北部沙鄉各村的頭頭腦腦，還有旗林業局、農業局的幹部和技術員。」古治安說。

「我的老娘！我可要風光一番了，呵呵呵，這不要我老命嗎？」老鐵子把煙袋鍋磕在炕沿上，眼睛眯成一條縫。

「先讓秀才們幫你整理出個資料來。到時候，你照著念。」

「我不認識字。」

「你不認識字？不會吧。」古治安肯定地看著他。

「呵呵呵，會是會點，認幾個老字兒，拼讀拼讀還成。」老鐵子遮掩著乾笑。

「那你就到會上去拼讀吧。」

就這麼著，金斯琴局長派來兩個秀才，跟了老鐵子一個星期左右，又跑到黑沙窩棚的實地去調查，終於搞出了鐵木洛老漢的大會發言資料。

其實，資料成了多餘的。到了會上發言時，老鐵子把資料撇在一邊，就信口開講起來。反正就那些事，講起來比念資料省事。他的發言概括起來有幾點：

一、科爾沁沙地地下水位高，尤其沙窪地往下挖個一二尺便可見水；

二、改造沙漠先從改造水位高的沙窪地開始，每塊沙窪子承包給個人；

三、具體辦法是，往窪地拉墊黑土再摻進牛羊豬糞，少用化肥，多用有機肥，由小到大，慢慢向四周發展擴大；

四、要保護改造成功的沙窪地，必須把沙窪地四周的流沙固定住，在沙窪地周圍種出一圈兒耐旱防沙的沙柳叢和沙巴嘎蒿叢，以防流沙侵入窪地。

他的發言造成轟動反應。更由於他實際做出了成果，去年在黑沙窩棚的沙窪子裏打出了幾百斤

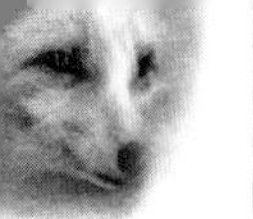

糧食，他的發言更具有了說服力和意義。

會議中間，古治安帶著與會者去黑沙窩棚實地考察參觀，大家心服口服。人們看著硬是靠肩挑車拉墊出的巴掌大的莊稼地，不由感歎。只要肯幹，沙漠並不是不可改造的。

旗農林部門的專家們給老鐵子的經驗起了個學術性名稱：家庭經濟生物圈。就是說，在沙窪地裏先形成一個小小的生物圈，然後慢慢像滾雪球般擴大，這圈越滾越大，以至改造整個沙地。

老鐵子的經驗，無疑給整個沙漠沙鄉帶來了希望。原先，古治安和大多數人的意見，基本上想放棄北部沙地，把沙地屯落遷走，以期望沙地自己恢復自然植物群落。其實，這是行不通的，放棄改造，那沙漠便越滾越大，沙化面積將席捲整個草原大地，人還能撤到哪兒去呢？除非離開地球。

會上形成決議，北部沙鄉的每個鄉政府，首先調查摸清第一批可改造的沙窪地，然後動員各村每家每戶住進這些沙窪子，承包給他們。旗裏鼓勵和物資上獎勵這些承包者，發放貸款，給予各種優惠政策。工作必須開春前落實，兩年內拿出第一批改造成功的沙窪地——家庭經濟生物圈。

會開得很成功，古治安心裏勾勒著美好藍圖。

離開哈爾沙村前，他又一次光臨鐵木洛老漢的破土房。他脾氣也很固執，非得說服老鐵子出任這村長不可。

「風光了一氣，老鐵叔，你該答應我了吧？」古治安笑著說。

「旗長，不行，眼下真不行。」老鐵子依舊不肯。

「眼下不行？你有什麼更重要的事辦嗎？」

「是的。」

「啥事比當村長更重要？」

「我要進莽古斯大漠。」老鐵子說，他誠實地看著古治安，「古旗長，請原諒我。解凍之前，我要進一次死漠。」顯然，老鐵子深思熟慮，早有自己的計劃。

「進死漠？那可危險，進那兒幹啥？」古治安驚疑，看著老鐵子的那雙沈思的眼睛，想得到解答。

「追蹤那隻老銀狐。」老鐵子說，「我想那隻老銀狐可能在死漠裏，牠的另一個老巢可能建在死漠，而且我能猜出牠的具體地點。」老鐵子有把握地說。

「你追蹤牠幹啥？你們有仇啊？」

「對。不能便宜了那該死的畜牲。牠穴居我家祖墳裏，又把老樹的根全啃壞，我不宰了牠，哪能對得起我鐵家的各位祖先！我要扒牠的皮！」老鐵子咬牙切齒。

「你呀，別把這事看得太重。家族的興旺，哪能寄託在祖墳風水的好壞上。咱們村，你們三姓明爭暗鬥了上百年，也沒有搞出個啥名堂。」古治安半勸解半開導著說。

「我們鐵家從來沒有去鬥過別人，一直是別人鬥我們，包括狐狸。這次，要有個了結。我跟牠早晚要有個了結。」老鐵子木木的臉上沒有表情，口氣鑿鑿，「有人看見我那兒媳珊梅也在大漠裏，說是跟那銀狐在一起。」

「哦？有這事？」古治安感到奇怪。

「那隻老銀狐不是一般物兒，我要看看牠到底有多少道行。」

老鐵子沈默了。

古治安見這情況，只好打消了勸他馬上出任村長的打算。

老鐵子送走古治安旗長，叫兒子鐵山到西屋子說話。

「我要進大漠，找那隻狐狸，也順便找你的媳婦……」

「我有課，我沒空跟你去。」兒子鐵山趕緊這麼說。

「哼，沒有良心的東西，當初跟人家談戀愛時要死要活的，今天到了這份兒上，你卻不管不急了，你真是個沒有心肝的畜牲！」老鐵子不由得怒罵起兒子來。

「我有課嘛。我也去找過，我也不能全耗在這上吧！……」鐵山爭辯。

老鐵子揮揮手，不想再說這煩人的事，停了一會兒。「我走後，你要做幾件事，一是照看好咱家墳地，別再出啥事；二是準備春耕的東西，今年咱們要在黑沙窩棚那兒擴大種耕面積，你到庫倫鎮採購好糧種，再購進些沙打旺草籽兒。」

「沙打旺草籽兒？」

「對，沙打旺種在沙窪子四周，固定流沙。沙打旺適合沙地，只要種活了，年年自個兒長，咱不用管，咱們省事，讓它替我們擋風沙。」

「好吧，這些我都可利用星期天幹。」鐵山訕笑著，似乎對老爺子放過自己，不再生拉硬拽著進死漠表示感謝，「爸，進死漠可要小心，一定要趕在春季風沙起來前出來，困在裏邊可夠嗆。」

「用你教我？我對死漠裏邊的情形，比你對天天講的課本還清楚！」老鐵子瞪一眼兒子，向院外走去，「我去高力陶家借駱駝，你在家做晚飯吧。」

「人家會借嗎？」

「我租用，也不是白使。實在不行，用咱家的馬交換使用。」

老鐵子說完，走出院子。

鐵山看著老爹遠去的背影，搖搖頭。

這時候，白爾泰來找他爸。

「哎，我說白主任，你怎老追著我爹屁股後頭？你到底想幹啥呀？」鐵山不大高興地問一句。

「我們這次下鄉，主要是調查過去薩滿教的『孛』在庫倫旗的活動情況。」白爾泰耐心解釋。

「你覺得我爸瞭解這些？」

「是的。我的分析，他不只是瞭解這些的問題。」

「哦？」

「你應該知道的，解放前，你們鐵家中出過『孛』，後來喇嘛教興起，你們鐵家的『孛』就無聲無息了。」

「呵，你對我們鐵家歷史比我還清楚。」

「主要是你的興趣不在這上頭。再說了，除了我，也不會有多少人對這感興趣的。鐵老師，你能告訴我鐵大叔去哪兒了嗎？」

鐵山看他一眼，心中似乎有了個主意，微笑著從灶口站起來，靠近白爾泰，壓低聲音問：「白主任，你真想從我老爸那鐵嘴鋼牙裏，掏出點東西來？」

「那當然。」

「好，那我告訴你一個絕妙的好主意。」鐵山賣起關子來。

「你有啥好主意？」

「你陪他進大漠，陪他去找那隻該死的銀狐！」鐵山指點迷津。

「老爺子要進大漠？」白爾泰詫異。

「是啊。他剛才出去借駱駝去了，一會兒就回來。你在這兒等他吧。」鐵山畢竟是親兒子，對老爸獨身一人進大漠不放心，如果把這書呆子鼓動活了，陪他老爸一起進大漠，兩個人互相有個照應，豈不是兩全齊美的好辦法？其實他哪裡知道，白爾泰用不著鼓動，還巴不得呢。他一直尋找或等候著一個這樣接近老鐵子的機會。

掌燈時分，老鐵子牽著兩匹駱駝回來了。

「到底老爸有一套，還真把人家駱駝給『騙』來了。」鐵山給老爺盛著飯說。

「啥話？現在的人都比猴子還精，誰等著讓別人去『騙』？」老鐵子往嘴裏扒拉著大糌子飯。

「那你出了啥高招兒？」

「我答應送給他三張熟好的狐狸皮！」

「三張狐狸熟皮子，可值一千塊呢！」鐵山心疼地嘖嘖嘴。

「你心疼，那你給我馱水馱吃進大漠！」

鐵山吐吐舌頭，不吱聲了。

「老鐵大叔，我陪你進大漠吧，給你馱水馱吃，怎麼樣？」白爾泰說。

「你？」老鐵子這才發現炕沿角的暗處坐著白爾泰。「你啥時候來的？」

「人家早就來了，一直等著你回來。爹，你就帶人家去吧，好歹有個伴兒。」鐵山說。

「不行！」鐵木洛老漢一口回絕。

「咦？老鐵大叔，你可是答應過我跟著你的。」白爾泰說。

「這次可不同。」

「爲啥？」

「這次危險，有生命危險。我擔不起這個責任。」老鐵子頭也不抬，臉無表情。

「我立個字據，如有意外，責任不在你，我咎由自取，自取滅亡。」白爾泰笑說。

「那也不行。這不是兒戲。你跟著去了，讓我分散精力，又消耗食物。」老鐵子毫不鬆口。

白爾泰有些著急，可他知道這老漢的脾氣，不敢再央求，於是求救般地悄悄看鐵山的臉。

鐵山搖搖頭，往外呶呶嘴。

白爾泰知道他的意思，告辭走出鐵家。

鐵山送他到院門口，白爾泰問：「鐵山老師，你有啥好主意？你爸想定的主意，讓他改變可是難了。」

「嗨，這有啥難的。知父莫如子。」鐵山走近白爾泰，悄聲說，「老爸主要擔心，兩匹駱駝拉的食物不夠兩個人吃喝的，沙漠裏時間長，沒有水是不行的。」

「那我怎麼辦才好？」

「真笨！你不可以也準備個駱駝馱自己食物啊？」鐵山點撥道。

「妙！高！」白爾泰一巴掌拍在鐵山肩上，「鐵老師，村裏誰家還有駱駝？我沒有狐狸皮，可

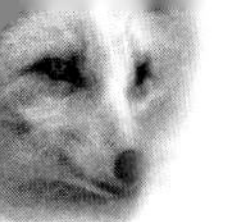

有人民幣，有票子！」

「我再教你一個招兒吧，」鐵山神秘兮兮地附在白爾泰耳朵旁說，「這個事啊，你去找村裏齊林老書記，你就說工作需要陪老爺子進大漠，讓老齊頭給你攤派個駱駝！這不齊了，還省了你那筆錢。」

「這成嗎？工作需要嘛，這倒的確是爲了工作，可增加了農民負擔。不成，我還是掏錢雇吧，你領我去找找有駱駝的家。」白爾泰挺老實地想想這麼說。

「你呀，真是一個書呆子。算啦，算啦，我陪你去找駱駝吧。另外，我再告訴你，老爺子要是還不同意，你就順著他的駝印兒跟蹤，一直走到大漠裏，他就不好意思趕你走了。」鐵山細心地教著他。

「真謝謝你。你鐵山，對你老子倒挺看重的，不像對媳婦。」白爾泰笑著點一句。

「哪兒啊，這都是爲了你好哇，爲了你能開展工作，有所收穫呀！你老白真是『狗咬呂洞賓』……」

鐵山說著自己也樂了。

兩個人都心照不宣開心地笑著，相互拍了拍肩膀。

一輪彎月升上來了，斜掛在光禿禿的樹梢上，像一把磨得光滑的鐮刀，放射著冷光。誰家養的貓兒開始鬧叫起來，好像嬰兒在啼哭。春天可能不遠了，貓已經開鬧了。

①梅林：僅次於章京的旗官職，分軍事梅林、文職梅林等幾種。
②高其克：侍從。
③畢扯根・格爾：處理旗務的衙門公房。
④必扯其：文書之類的隨從。
⑤道格信大王：兇暴的大王之意。
⑥梅丹其其格：在民間藝人中傳誦時，此名被改成牡丹其其格，其實有誤。
⑦杜爾本・沙：綿羊拐骨，由四隻組成，「孛」們主要用來算卦占卜等事。
⑧圖勒克沁：主管占卜的祖先。

第九章　孛法大會

頭戴紅頂子帽冠的王爺們，
是閻王殿的劊子手托生；
從通紅的火陣中走出的十三神孛，
是天父地母孕育的精靈！
啊——哈——嘿——
神奇的蒙古孛！
啊——哈——嘿——
燒不滅的十三孛！

——引自科爾沁草原民歌《十三神孛》

一

「嗚——」

老銀狐揚起尖長的嘴，衝那柱「大漠孤煙」發出長嗥。嗥聲尖利，刺耳。

牠孤獨地佇立在一座猙獰的沙丘上。

這裏是莽古斯大漠的邊緣地帶。那些逶迤的沙丘，被季風沖刷後怪態百出，如群獸奔舞，似萬頃波谷浪峰，顯得奇異詭譎，危機四伏。

近處的一片平沙上，一股沖天的旋風疾速旋轉著，把黃沙碎草裹捲其中，往上直沖雲霄，形成連接天地的高柱子，滾滾呼嘯著沖捲而來。遠遠望去，此景如古時狼煙高起，因而被人稱奇，發出「大漠孤煙直」的慨歎。

老銀狐久久矚望著越來越近的「大漠孤煙」。一雙漠然的眼睛，又不時往遠處的東南方向眺望。那片人類生活的地區，牠曾有過一處溫暖的地下巢穴，還有隨時可逮吃的蝙蝠，以及牠眾多的家族成員。如今那一切都不復存在，老巢被搗，眾狐被槍殺，牠孤獨一身逃出此劫，徜徉在這荒漠野坨上，顯出疲憊、失落之態。

一切重新開始了。遠離人類居住的地區，在茫茫大漠中開闢出另一生存環境，這裏缺水少吃，沒有很多植物和鼠蟲，唯有眼前這種「大漠孤煙」隨處可見，可成為孤寂生活的伴侶。

然而，這裏沒有人類的槍聲。白天和黑夜，牠都可以自由地行走出沒，不必顧忌任何有害於自己的東西。

此時，牠的目光流露出關注之色，緊盯著沙丘下邊的一個「影子」。因為那股「孤煙」——也稱「龍捲風」的旋風，正向那「影子」衝去。

這個「影子」已經跟隨牠很多天。長髮披散，蓬頭垢面，衣衫襤褸，有時瘋笑有時傻哭，叫牠為「鐵山」。

牠早已熟識她，甚至懷有一種感激之情，要不是當時她緊抓住那死老漢的槍，也許牠已倒在那

老漢的槍口下了。牠和她，若即若離地在沙漠中轉悠已經好多天了。牠已是丟不下她。沒有生命的大漠中，她們相互還是個伴兒。

那個「影子」趴臥在黃沙上，玩著自己的長髮，衝那股越來越近的旋風發愣。她坐起來，抓一把沙子衝旋風揚。旋風毫不客氣地裹捲了她，吞沒了她。從那混沌渾黃的風柱中，傳出她似哭般的狂笑：「啊哈哈哈……」

銀狐如箭般射出去。

龍捲旋風已捲過去。沙地上，昏倒著口吐白沫的那個「影子」。牠圍著她轉，焦灼地甩尾巴，使出前爪子動一動那昏迷的軀體。

「影子」毫無反應。

牠吠嗥兩聲，伸舌頭舔她嘴邊的白沫，一遍又一遍，舔得乾乾淨淨，「影子」依舊沒有動靜。銀狐來回奔跑轉悠。

牠發現不遠處的一個小窪地，積雪和沈冰在陽光下融化後，汪了一點水。於是，銀狐用嘴巴咬住「影子」的衣領處，拼命把她拖往積水處。

狗一樣大的獸類，拖一個百八十斤的人體，很是有些費力。「影子」在沙地上被拖出一片深印兒，一米，兩米……終於到達那片水窪坑。

銀狐伸出舌頭舔一下水，然後把舌上的水滴進「影子」的乾裂的嘴唇裏。一次，兩次，三次，牠再用尾巴沾沾水，往「影子」臉上灑掃。

「啊哈哈哈……」那「影子」終於狂笑一聲，翻身坐起。她揉著雙眼，迷茫地說：「該死的旋風，該死的旋風……」

她發現了在一旁善意地盯視自己的銀狐，喜叫一聲：「鐵山！」便把銀狐抱住不放了。而銀狐並不掙脫開，微閉雙目，接受著來自人類的這種溫存，毛茸茸的大尾巴輕緩地搖擺。

「鐵山，你老跑，我追得你好苦哦！我餓了……」她臉貼著銀狐的頭，無限幸福的感覺。

「嗚——汪！」銀狐似乎聽懂了，向沙窪地的枯草處尋覓而去。

銀狐跑跑停停，從這片窪地竄到另一片窪地，不知過了多久，牠終於又跑回來了，嘴裏已叼著一隻小野兔。她經不住饑餓的誘惑，拿起那隻野兔。尖利的指甲剝開兔皮，於是，她就開始了祖先的茹毛飲血的原始生涯。

銀狐很滿意地盯看著她，生吞活剝那野兔。牠已經感到她與牠一樣。

牠和她站起來，要走離這一帶了。

這時，太陽已偏西，牠們要尋覓一處可供棲住的暖和的窩穴。

牠和她，向那茫茫的莽古斯大漠深處走去，相依為伴，親親密密。漠風緩緩吹拂著他們，夕陽暖暖照射著他們，軟軟的平沙上留下他們一人一獸奇特的遺跡。

於是，大漠中出現了一隻老銀狐和一個老「狐婆」，雙宿雙奔，形影不離，開始了他們艱難的大漠中求生存的生涯。

大漠展開寬闊的胸懷，歡迎這一對被人類驅趕和遺棄的人和獸，接納他們成為大漠的驕子。

哦，大漠，寬厚的大漠。

二

主人老包頭把那匹駱駝牽出了柵欄。駱駝高昂著褐黃色的頭，下巴微揚著，又圓又大的黑眼睛漠然地俯視著他。

或許因冬季營養不良，駱駝身上很瘦，黃毛一把一把脫落後露出一層黑皮，唯有身材偉岸，雙峰高聳，短小的尾巴有力地甩動著。大肚子癟癟的，大足砣卻沈甸甸的。

「嘖嘖嘖，老包啊老包，看你把駱駝侍弄的，餵成了一條瘦狗！」鐵山搖著頭笑說。

「沒辦法呀，去年大旱沒打著多少草，又餵不起料豆兒，你想，光啃乾苞米稭子，能長出膘兒嗎？」老包頭摸著黃稀鬍子叫苦。

「對付著使吧，老白，全村就這麼幾頭駱駝，差不多都這個德性，好不到哪兒去。」鐵山向旁邊的白爾泰說。

他前後轉圈看著駱駝，不說話。闖蕩那無邊無際的大漠，不是鬧著玩的，全指望駱駝了，萬一是一匹有毛病的駱駝，他可就送命在那大漠裏了。

「看你這架式，好像懂駱駝？」鐵山看著白爾泰的樣子，嘲笑起來。

「當年我插隊去內蒙西部的阿盟，放過幾年駱駝。」他並不在乎鐵山的口吻，依舊端詳著駱駝，「這匹駱駝四歲口的樣子，看牠的眼神兒，今春牠可能發情。」

「呵，厲害！有兩下子，一個白臉書生有這兩下子！哈哈哈……」包老漢很是服氣地點點頭，「歲口不差，發情也有可能，去年牠沒鬧春。」

「你連駱駝發情也看得出來，是有點門道兒！發情會怎樣呢？」鐵山這才謙遜地打聽。

「要是春天野外遇上發情的駱駝，你可得當心點，不管是公的母的，脾氣變得都很暴烈，叫瘋駱駝，會追人的。」他輕輕摩挲那匹駱駝的脖子，交流著感情，「有一次，我們集體戶的一個男生從公社開會回來，沙坨子裏遇上這麼一頭正在發情期的瘋駝。那駱駝滿嘴噴著白沫，沒完沒了地追蹤他，時間長了，人肯定跑不過駱駝，那知青也聽說過發情期的駱駝追上人後就把人撞倒，再用身體狠狠趴壓在人身上，以致把人壓死為止。」

「我的媽呀，這麼嚇人啊！我們東部養駱駝的少，沒有聽說過這種事。」鐵山搖頭感歎，「後來你們那個同學怎樣了？」

「我們那個同學急中生智，想起了當地老百姓說過的一個辦法，就跳進了沙窪地的一眼乾井，駱駝就沒辦法壓撞他了。你說絕不絕，這匹駱駝硬是用龐大的身軀封壓在那乾井口上，還臥著不走。我們那同學困在井下出不來，駱駝臥半天還沒有走的意思，他又怕又累，後來他又想出一招兒，劃火柴點著了一把草，從下邊燎那瘋駱駝的肚皮，那匹駱駝這才嗷嗷叫著跑開了。」

「呵呵呵，有意思，這事真新鮮！你可當心點這匹駱駝，牠也快發情了。」鐵山逗說。

「沒事的，發情的駱駝再瘋，也認得主人。」白爾泰說，接著，他和主人老包頭談起了租用的價錢，看在上邊下來的幹部，齊林老支書又打過招呼，算是半個公用，老包頭答應，等白爾泰從沙漠裏回來後，再按時間計算價，或者村委用其他的辦法頂農業稅啦、土地稅啦等等。

回到村委辦公室，齊林老支書也已讓人準備好了白爾泰需要帶的所有東西：人吃的水、乾糧、用具；駱駝吃的鹽巴、豆料等物。白爾泰千謝萬謝，並囑咐著鐵山，千萬別讓他家老爺子先知道了信兒。

這時，古樺來了。

「白老師，你真的一個人去，不帶我呀？」

「古樺，抱歉。我跟妳說過了，就這一匹駱駝，兩個人不夠用，另外，大漠裏生活艱難，有危險，妳一個女孩子不合適去。留在村裏，妳還有好多事可做，首先要撬開老喇嘛吉戈斯的嘴，讓他倒出自己知道的所有薩滿教的事兒，這事兒很重要，妳攻他，我去攻老鐵子。」白爾泰耐心地向古樺解釋。

「你這是想方設法擺脫我，不讓我跟著你……」古樺不悅地看著白爾泰，眼神有些傷感。

「不要誤會……」白爾泰看一眼在旁邊的齊林、鐵山等，有些不好意思地閃避古樺那雙眼睛，「這都是爲了工作需要，工作需要。等我從大漠裏回來，咱們再好好談談，好不好？」

「也只能這樣了，我也不能把你拴住不讓去呀。」古樺噘著嘴說，不免流露出擔憂，「大漠裏小心點，多聽聽鐵老爺子的話，那裏可不是進城逛街。」

「我知道，妳放心，我會照顧自己的。」白爾泰奇怪地發現，自己內心中對古樺變得很淡漠，甚至離開她進大漠有些高興。他要利用這段漫長的孤寂的旅途，好好反思一些問題。如愛和性、沙漠和宗教、人與自然、人與獸等等讓他迷惑不解的問題。

借助於鐵山的傳遞消息，他準確地掌握著鐵木洛老漢的動態，以及動身日期。

這一夜，他躺在村部那鋪還燒得暖和的土炕上輾轉反側，浮想聯翩。自己著迷的東蒙薩滿教歷史之謎，能否揭開其神秘的面紗，成敗全在此一舉。老鐵子曾許諾過的領他去觀看一個地方，或許這次能夠實現。

半夜，院子裏的黃駝似乎受驚，呼兒呼兒地噴鼻。他披衣出去查看，原來是一隻閒蕩的夜狗，受凍後，擠睡在牠毛茸茸的暖肚子下邊。

他笑著揮樹棍，趕跑了那隻騷擾駱駝的「入侵者」。他親暱地拍拍駝脖兒，抓一把鹽巴加進駱駝嘴邊的草料盆裏。明天趕沙漠路，駱駝需要養足力氣。

他回屋一睡，便睡過頭了。

鐵山呼哧帶喘地跑過來報信，見他還在呼呼大睡，一把掀開了被子，喊開：

「老白，老白，你這樣子還想進沙漠呀！快起快起，再不走，你可跟不上老爺子了，追丟了老爺子的駝印兒，你自個兒闖沙漠小命可危險！」

白爾泰一骨碌爬起，慌亂不堪地往黃駝上套鞍架，挎放攜帶的東西。鐵山和看村部的老查頭也幫助他弄著東西，一切弄妥之後，老查頭跑回自己家，往塑膠兜裏裝了幾個玉米麵貼餅帶給他當早飯，還裝了一大塑膠桶艾日格（奶酸湯）送給他帶上，說：

「這玩意兒又解渴又去毒，沙漠裏比水都管用，臭老鐵子可沒這好玩意兒，等他答應了你的事才給他喝！」

「查大叔，你可真夠偏心的！」鐵山笑說。

「我只管上邊來的幹部，你那倔老子我可管不著。」老查頭笑著解開駱駝韁繩，牽上駱駝，「老白，我送你到沙漠口兒，幫著找那死老頭的駝印兒，別一走就迷了路！」

「謝謝，謝謝。」白爾泰不勝感激地表示著，與鐵山一起跟著老查頭走出村部院落。

古樺也趕來了。自行車上拖著一大口袋炒米，默默地架放在駱駝鞍架上。

「當年，成吉思汗打天下，他的部隊全靠了炒米和馬。馬等於現在的坦克，有速度有衝擊力，有了炒米不用起火搭灶，行動方便迅捷。」古樺一改昨日的埋怨般的神態，顯得很歡快輕鬆，逗著笑話，「有了這一袋炒米，你足可以征服整個莽古斯大漠，可別辜負了成吉思汗發明的炒米作用！」

「謝謝妳，有了妳這一袋炒米墊底，什麼樣的沙漠我都能對付！」白爾泰見古樺想開了，他也輕鬆了許多，笑呵呵說。

村西北的沙坨子邊緣，殘雪還留的沙地上，他們發現了一行清晰可辨的駝印兒，橢圓形的，中間帶岔的，好像把兩片彎月合在一起的大駝足印兒，這行駝足印兒，義無反顧地伸向西北方向的大漠深處，兩邊的稀稀落落的沙柳條子被折斷了不少，那是駱駝邊走邊啃的。樹梢上有隻灰鵲在叫。

白爾泰告別送行的鐵山、古樺、老查頭等。

「保持距離，走遠點才跟老爺子會合，別讓他沒走幾步，就把你給趕回來了。」鐵山教著他。

「我有數，反正，這次他打死我也把他纏住，不見棺材不回頭。你們回去吧，等著我們凱旋的消息吧。」白爾泰乘上駱駝，揮手告別。

古樺懷著留戀的目光，不再說話，只是招招手。眼睛有些紅。

就這樣，白爾泰和他的黃駝，開始了那不可知的、神秘的、無法預測結局的遠行：瀚海征程。

清冷的冬末早晨，地上掛著白霜，遙遠的東南方向有朦朧的晨曦微露，那是太陽正在懶懶地醒來，先散射出微弱的訊息告知萬物：新的一天開始了。

近處的沙包更加清晰起來，晨鳥「啾啾」啼叫著從頭頂飛過，鑽進沙梁坡上的黃柳叢中覓食，前邊連綿的沙漠丘包漸呈莽莽逶迤的雄闊之色，似乎向人類發問：誰敢踏進我的疆域一步？

白爾泰面對著茫茫前路，心潮難平，抖一抖韁繩，無畏地上路了。

他沿循沙上駝印，不急不慌地跟隨而行。他知道，沙漠裏行路不能心浮氣躁，時時注意節省人和畜的體能。

由於還沒解凍，沙的層面還很硬牢，駱駝的圓面大足，受力面大，不易踏進軟沙層，故而行走起來不很費勁。白爾泰也很放心，冬天沙漠裏很少起風，前邊老鐵子的行跡不至跟丟，於是他慢悠悠地在駝背上搖晃著，邊欣賞大漠風光，邊思考薩滿教的事緩緩行進。

登上一道沙梁，身處高丘，整個遠近沙漠一下子一覽無餘了。

此時，冬日已從東南升上來，大漠裏不僅明亮了許多，也暖和了一些。蒼莽的沙漠沈靜而平緩地起伏，曲線柔和又寬闊，坡下灣處的殘雪依舊很白，與稀稀落落的葦草亂蓬冰結在一起，從那裏偶爾飛出一兩隻野禽來。科爾沁沙地畢竟是從草原演變成沙漠的，生命的痕跡還是不時發現。當然從這邊緣地帶的沙漠再往深處的死漠挺進，那就另當別論了。

白爾泰手遮額前向前遙望。在很遠的一片平沙上，有一黑點在蠕動。他嘴角一樂：鐵大叔，我終於看到你的影子了。他加快了駱駝的步伐，準備在中午時分趕上他。

沙漠裏寂靜得可怕，不是擔心跟丟了那老漢，而是他急需有個伴說說話，要不他無法忍受這四周空寂的沙漠無聲的擠壓。沒有聲音的世界，是一個多麼可怕的世界，沙漠裏單人獨行時間久了，

會讓人發瘋的。

結果，他苦苦追到傍晚，才趕上那老漢。那還是對方歇息駱駝，準備住宿了。沙漠裏的距離，看著很近，可真的走起來，可不是那麼回事了，白爾泰判斷出錯，差點黑夜裏一個人迷失了方向。

這是依傍一座沙山的小沙灣子。三面環沙坡，避風又暖和，沙灣裏還可揀些乾樹根和乾葦草生火。落日的餘輝照在東邊的沙坡上，灣子裏已是陰影模糊。老鐵子燃起的火堆，白煙升起老高，當白爾泰悄然而至時，老漢著實吃了一驚。

他的黑臉立馬兒耷拉下來了，聳著濃眉冷冷地問：「誰叫你跟來的？」

「這……老鐵大叔，我想……」白爾泰支吾起來，一路上想好的詞兒，此刻一見老漢那冰冷的臉，全嚇沒了。

「你啥也不用想，馬上給我走，回村去！」老鐵子不容他再說，下了逐客令。

「天黑了，這黑夜茫茫的，你叫我怎回去？」白爾泰苦笑說。

「那等天亮了走，我不許你跟著我。」

「這是爲啥，我也不吃你的不喝你的，還可以對你有個照應……」

「我不需要別人照應，你只會添亂！我是爲你的一條命著想，我擔不起這責任！我這趟進大漠，誰知遇著啥事，我這次豁出這條老命闖大漠……」

「那我也豁出這條小命陪著你！」

「不行！」老鐵子一口回絕，斬釘截鐵，「我不要陪葬的，你跟這事無關！」

「有關！我要爲自己的追求負責，爲薩滿教的歷史負責，必須搶在你老漢死之前，把資料搞清楚！要不是這個，我撐的？死纏著你，還看你的死臉子！」白爾泰也生氣了，一改溫文爾雅，變得強硬，紫紅著臉毫不客氣地回敬老鐵子，「你這死倔巴頭，身爲薩滿教『孛』的後人，不爲失傳的『孛』教做點事，遇著我這樣千載難逢的記入史冊的機會，你也不動心，死守著老榆木腦袋中的那點秘密，你對得起你的薩滿教歷代『孛』祖們嗎？你把知道的全帶進棺材就滿意了？見到你的那些『孛』祖們，你還有啥臉面？你說！」

鐵木洛老漢一下子被罵矇了。這輩子，他哪兒挨過這麼厲害的羞辱和訓罵呀。他的臉唰地變青了，兩眼閃動著火球，霍地從火堆旁站起來，篝火映紅了他那鐵青的臉，鬍鬚抖動著，握拳衝白爾泰走過走。

白爾泰手裏攥著自己的駝韁，一動不動地迎著他站在原地，臉不改色地說道：

「你想打我，是嗎？打吧，但是能打走我剛才說的那個道理嗎？能打走你心靈的錯誤嗎？能打走你的『孛』祖們對你的譴責嗎？」

鐵木洛老漢在白爾泰前邊站住了。一雙眼睛如刀子盯著白爾泰，拳頭始終沒有抬起來。

正這時，從附近沙漠深處傳出一聲怪叫。

「咯咯咯……嗚嗚……」

像鬼叫，像狐吠，又像人瘋笑，怪嗥、刺耳、淒厲，聽得使人毛骨悚然。

「啥聲音？啥物在叫？」老鐵子敏捷地一跳，從篝火旁抓起獵槍，然後再踅身跑向旁邊的沙梁上尋覓。

黃昏迷茫，景物模糊。莽莽黃沙重歸寂靜，那聲音已經消失，了無痕跡。

老鐵子獨立沙丘，諦聽良久，然後搖搖頭，滿臉疑惑地走下沙梁。

「老爺子，是啥玩意兒？」白爾泰看著老漢的臉色，緩和下口氣問。

「大概是『夜貓子』叫……」老鐵子並不看他，但態度顯然有所好轉，把槍扔回火堆旁。

「哦，原來是貓頭鷹啊，怪嚇人的，聽著真不舒服。」白爾泰竊喜幾分，心中感謝那隻貓頭鷹，丟下駝韁，去幫助老鐵子堆積沙灣子的乾淨白雪。

經驗老到的老鐵子先不用自己帶來的水，而準備化雪取水。他們倆一聲不響地往洋鐵桶裏裝雪，然後提來倒進架在篝火上的洋鐵鍋裏。乾樹根和葦草火燃得很旺，洋鐵鍋很快冒出白色的蒸氣，水在鍋裏沸騰。

老鐵子舀了一茶缸水遞給白爾泰，自己又舀出一缸，然後往鍋裏倒進碾碎的玉米糝子熬大糝子粥。

「別愣著了，先讓駱駝臥下來卸東西，你想讓駱駝馱著東西站一宿嗎？」老鐵子對受寵若驚端著水發呆的白爾泰說。

「好，好，我這就卸東西，呵呵呵……」白爾泰撓撓頭，把水杯放在沙地上去卸東西。老鐵子仍是不動聲色地攪著粥，又往粥中加了些乾菜葉子和鹽巴。

「蘇庫！蘇庫！」白爾泰抖動駝韁繩，衝黃駱駝吆喝著。

那「蘇庫」是駝語，「跪臥」的意思。只見站久了的那匹黃駝，「噢噢」叫著，感謝著主人的恩賜，先跪下前兩腿，再彎下後腿，安靜地等待著主人卸貨和餵東西給牠。

白爾泰從駝背架上卸下所有物品，堆放在篝火旁，再舀出一小碗鹽巴，攪在塑膠盆中的草料和豆餅末中，放在黃駝嘴下。

老鐵子默默地注視著白爾泰的舉動，讚許地說：「還很在行嘛，城裏的讀書人還會照顧駱駝，乖乖。」

「不瞞你說，鐵老爺子，我當知青插隊時整整放了三年駱駝！這方面，我不是吹牛，說不定比你還強哩！」白爾泰笑了笑說。

「那還真有可能，我們這邊駱駝少，我沒怎麼侍弄過這玩意兒。你是在哪兒插隊放駝的？」

「在西部的阿拉善盟，那邊全是沙漠，駱駝比牛羊多，瀚海方舟嘛。」白爾泰抓住時機宣揚起來，「駱駝這玩意兒可不像牛馬，脾氣看著溫馴，聽話，可一旦來性子，你勒都勒不住，尤其到春季，可得小心！」接著，他又把懾服鐵山等人的有關駱駝的傳聞故事，講給老鐵子聽。

老鐵子「哦哦」應聲著，心裏也犯起嘀咕：自己從來沒養過駱駝，看來真不是隨便弄的，帶上這小子一起走，興許還真用得著。他抬眼怪怪地盯了一眼白爾泰。

把這一切看在眼裏的白爾泰，也心裏有數，淡淡地說道：「其實，我只會給你老爺子當助手，不會是累贅。這三匹駱駝要是鬧騰起來，我絕對有辦法治服牠們。」

「好吧。」老鐵子終於下了決心，一雙眼睛炯炯盯著白爾泰交代道，「可我有約法三章……」

「五章六章都行啊！」

白爾泰會心地笑了。

鐵木洛老漢看著他那孩童般開心的笑樣，也不由得嘴角邊露出一絲笑紋。

大漠的夜降臨了。紅紅的篝火，映染了附近的黑的沙、黑的天，映紅了勇敢的這一老一少。硬樹疙瘩在火裏「劈啪」燃燒作響。

他們開始喝起熱乎乎的大糙子粥了。

三

小鐵旦掰著手指數日子，老嘎達叔叔走了已有快一個月了，該回來了。走時，老嘎達叔叔答應回來後帶他去打獵，他現在是按捺不住，天天盼著老嘎達叔叔快點回來。

「爺爺，告訴我，老嘎達叔叔到底啥時候回來呀？」小鐵旦纏住爺爺問。

「快啦，快啦，去玩吧，爺爺忙著寫東西，別打擾我。」爺爺輕輕撫摸小鐵旦的頭說，又趕寫起他那總寫不完的文字。

小鐵旦不高興地走出後院小屋，在院外碰見他爸爸鐵諾民陪著一位五十多歲的人正從外邊進來。小鐵旦認得此人，是那位管附近幾個自然屯落的艾林・達（**大屯長**），名叫金巴，人威風八面，脾性暴烈，別說百姓們怕他，連村街上的狗碰見他也夾著尾巴繞道走。

小鐵旦站在一旁，讓他們過去，一雙明亮的眼睛好奇地瞪著這位稀客。

「鐵旦，快叫艾林・達爺爺好！」爸爸說。

他不大情願地怯生生叫一聲：「達爺爺好。」

「好，好，這小巴拉看著挺機靈的嘛，是不是也學『孛』呢？」艾林・達金巴停下步子，打量著小鐵旦問。

「是，是，跟著他爺爺學呢，剛入門兒，還早呢。」鐵諾民謙恭地笑一笑。

「不會錯的，名師出高徒嘛！哈哈哈……」金巴屯長粗獷地大笑著，黑鬍子中央露出一個很大的嚇人的血盆大口。

小鐵旦從他們身後伸伸舌頭，趕緊跑走找小夥伴們玩去了。

諾民「孛」領著屯長大人，走進父親鐵喜老「孛」的法事房兼書屋。

經過了一陣寒暄、讓座、敬茶之後，金巴屯長摸著黑鬍子樂呵呵地說道：「老鐵大師，有個好事告訴你！有個特大好事啊！」

鐵喜老「孛」奇怪道：「屯長大人，這個兵荒馬亂的年代，還有啥好事啊？」

「有，有啊，告訴你，我昨天接到哲里木盟盟主大人道格信大王的通告，下個月在達爾罕旗召開全哲盟十個旗，外加不屬哲盟的庫倫旗也參加的共十個旗的『孛法大會』！」

「孛法大會？」

「對，『孛法大會』！就是把全哲盟外加庫倫旗的所有號稱『孛』的人，聚集到一起開大會！」金巴的大嘴很是興奮地一張一合，介紹著情況。

「這倒是新鮮事，我當『孛』一輩子，頭一次聽說王爺們參與『孛』的事，還開『孛』會，光聽說喇嘛們開廟會，從來沒聽說過開啥『孛會』！屯長大人，這『孛會』是啥內容呀？」鐵喜老「孛」心中生起一絲疑問，回想起老嘎達孟業喜曾說過，達爾罕王與韓舍旺密談「孛」的情況，更爲不大放心了。

「其實，我也不大清楚。這是哲里木盟十旗盟主道格信大王的公文，我只是奉命通知管轄的

幾個屯子的『孛』和『列欽』們罷了。」金巴撓著頭，喝一口奶茶，「嘎蹦嘎蹦」嚼著就茶的奶疙瘩，「我聽送信的達爾罕王府快馬使者說，好像要搞啥『孛法』比賽，王爺們要給你們獲得名次的名『孛』們，封號賞金啥的，看樣子，反正挺熱鬧的，像你這樣的遠近聞名的大『孛』師，肯定獲得封號賞金，沒得跑兒。所以嘛，我第一個上你這兒來報告好消息，討你的好馬奶酒喝喝，哈哈哈……」

鐵喜老「孛」只好吩咐兒子鐵諾民去準備酒席，宴請這位不請自來的艾林・達金巴屯長。席間，鐵喜問：「艾林・達大人，不參加『孛』會行嗎？」

「怎回事嘛，正好是像你這樣的高手大顯身手的時機，你怎縮脖兒呢？嗯？」金巴往大嘴裏「咕嘟」一聲倒進半碗馬奶酒，抹抹嘴巴說。

「咳，我年事已高，身體又不大好，不願意拋頭露面趕熱鬧……」

「不行喲，老鐵大師，公文上說明，要是不參加這次『孛』會獲得認可證書，往後就不准當『孛』，搞『孛』的活動了，王府要查辦。你瞧瞧，這事還挺嚴的，馬虎不得呢！」

「這麼厲害?! 真是怪事，這『孛』從成吉思汗時代跳到這會兒，哪個朝代還給『孛』發過證書啥的，這世道越來越奇怪得叫人摸不著頭腦了。唉，好吧，到時候老朽就湊合著去吧，見識見識那『孛法』比賽的場面。」

屯長大人喝到天黑才酒足飯飽，打著酒嗝兒搖搖晃晃地走了，還稱對其他的「孛」們，他就派個人送信就行，自己不再跑了。鐵喜暗笑著心想，你這個貪酒鬼，豈能放過這種喝足「孛」們好酒的機會，這一個月夠他喝的。

第二天開始，門德師弟和鄰近村的大小「孛」們，都陸續上鐵喜老「孛」這兒討教，探問詳情和商議此事。

「咱們哲里木盟的王爺們還不錯嘛，開個『孛法大會』，興許『孛』還會興起來哪！」

「是啊，西部蒙地早他媽絕『孛』了，就咱們科爾沁草原上還續著這根香火！這回好了，『孛』們好好熱鬧一場！」

年輕一點的興致勃勃，摩拳擦掌。

老一點的搖頭懷疑，不置可否。

「也夠奇怪的，咱們『孛』不像喇嘛，有廟有經文有組織團體，還分三六九等，『孛』從一開始就單打一，各行其是，沒有幫會團體，也沒有據點經文，好比粒粒散沙分散在草原各地，隨風飄動。這聚眾開會，透著點怪哩！」

「是啊，小心點好，誰知道黑心的王爺們安著啥心，搞啥比賽呢，我是不去了。」

「不去？往後你當不當『孛』了？不參加這次會，王府不讓你再當『孛』，還說嚴格查辦，你有招兒嗎？」

從古到今，頭一次遇上開「孛」會，這些流散在民間毫無系統的個體「孛」們，有些不知所措，議論紛紛。又考慮到以後的生存要靠這碗飯混日子，大家也只好先去看一看，聽一聽。

既然是比賽嘛，大家便各自回去抓緊時間練自己「孛」功「孛」法去了，也想到時一試高低，露露臉。

鐵喜老「孛」這回像他的孫子小鐵旦一樣，也天天盼起老嘎達孟業喜快點回來，以便能探聽些

達爾罕王府內的動靜。出荒的事不提了，突然要開「孛」會，王爺們在玩啥把戲？他幾次祭杜爾本・沙問卦，也都預示出某種不吉之兆，更使得老「孛」憂心忡忡。

一個天高氣爽的秋日，「孛」會召開日期終於來臨了。老嘎達孟業喜還是未能趕回來。鐵喜老「孛」無奈，也只好硬著頭皮去赴會。

這一天早晨，他剛騎上馬出發，只見從東南坨子根兒躥出一小股旋風，久久盤繞在他家門口不走，接著，右側門旁柱子上懸掛的「孛」師五色幡，被那股旋風刮掉在地上。

「不好！」鐵喜老「孛」失聲大叫。

「爹，有啥妨礙嗎？」諾民「孛」的聲音也變了。

默想片刻，鐵喜對兒子說：「這趟出門肯定不吉利，好像要出啥事。這樣吧，你就別去了，家裏有老有小，需要有男人照顧，有啥事，我自個兒還能應付。」

諾民有些不大情願，練了這麼多年的「孛」，可一直處在老爹的蔭佑下，很想透過這次「孛」會比賽露一手，弄個名次出來。他不大高興地木訥著：「爹……」

「你的心思，我明白。但這會不比往常，絕不是讓『孛』們露臉的會，是福是禍不可預料，我們要留一手，絕不能貿然妄動。聽爹的，你就留下看家吧！」

鐵喜老「孛」家教嚴格，諾民不敢再開口力爭了，看著父親的那張蒼勁而嚴峻的臉，他提醒著說：「那你老可一定小心……」

「是禍躲不過。父天在上，母地在下，我鐵喜『孛』走南闖北，經歷了那麼多次生死劫難，還活到現在，這趟也未必拿我怎麼樣！」老「孛」豪邁地說道，他走過去，揀起那一面小幡，從容地撣撣上邊的沙土，重新往門口柳柱上掛上去。那象徵著名望和地位的五色幡旂——「孛」旗，又隨著秋風，嘩啦啦地獵獵飄動起來了。

鐵喜向著「孛」旗默禱幾句，然後，六十多歲的他依舊矯健地翻身上馬，揚起了馬鞭。

正這時，從院內傳出一聲兒童的喊聲。

「爺爺，等等我！我也去！」

是小鐵旦，今早睡懶覺，才醒過來，匆忙中提褲子趿拉著鞋跑出來了。

「湊啥熱鬧！回去！」諾民半路攔住兒子訓斥。

「我要去嘛，我要去開『孛』會，我也是個小『孛』嘛！」小鐵旦掙脫開爸爸，跑過去抓住爺爺的馬轡繩。

「哈哈哈……」鐵喜老『孛』聽了孫子的話不由笑起來，「他還是個小『孛』哩！有志氣，口氣也不小！但這次『孛』會，好孫子還是不去的好！」

「我要去，這麼熱鬧的大會，我這當『孛』的哪能錯過！我一定要見識這場面！」說著，小鐵旦不由分說，手腳俐索地一下子躍上了爺爺的馬背上，抱緊了爺爺的腰。「爺爺，這回你甩不掉我了！」

鐵喜老「孛」這回難辦了，寵慣了這調皮小猴，捨不得把他推下去，而帶他一同去，又怕有啥麻煩。

這時，鄰村的門德「孛」他們也過來會合了，見狀便說：「好一個英俊的小『孛』！就是提

著褲子不大好看，師兄，還是帶上他去見識見識，開開眼界練一練吧，沒事的，看他那一臉福相樣子，一般事落不到他頭上！」

「謝謝二爺爺，還是你疼我，不像我這自己的親爺爺。」小鐵旦做著鬼臉說。

「你再說，我真把你摔下去了啊！坐穩了，諾民，把他的褲腰帶拿過來給他，光著屁股參加『孛』會，王爺會把你打出來的！」鐵喜也笑起來。

一行人就這樣說說笑笑地出發了。暫時的赴會的興奮之情，沖淡了一絲絲的疑慮和不安，陣陣馬蹄踏碎了路上的草尖露珠，春天的馬匹也興奮起來，昂頭揚蹄，主人都有些勒不住嚼子和韁繩。

四十里平坦的路，馬走得還沒出汗就到達了。他們在路上遇見一撥兒又一撥兒赴會的「孛」們，沿著草原上的小路，從四面八方放歌而來。有的騎馬，有的乘車，有的步行，縱笑、鬧罵、比馬、賽跑，在寬敞的草地上，這些「孛」們邊行進邊玩鬧，似乎不是去參加什麼激烈的競爭和角逐，而是像去赴草原上的那達慕大會，興高采烈，喜氣洋洋。

達爾罕王府的所在地——烏力吉圖草灘上，更是熱鬧非凡，洋溢著節日氣氛。一座座白色帳篷、蒙古包猶如珍珠般撒落在綠色草灘上，百年不遇的「孛法大會」，吸引了遠近幾個旗的牧民農人百姓們趕來觀摩，都在草灘上安營紮寨，有些機靈的牲口販、首飾布疋商，更是不放過這等大好機會，也拉著貨物趕來做生意，一時間，這裏成了草原上的集日馬市，人來車往，沸沸揚揚。

那些個只要是節假日便不可或缺的酒肆飯鋪茶館旅店，也悄然興起來，不乏三五成群的紅臉赤脖漢噴著酒氣、搖搖晃晃，或罵街，或大笑，或狂歌，或倒在路坑渾然大睡。

這些年，在東部蒙地，漸漸受百姓喜愛的蒙古說書藝人，背著四弦琴在遊蕩，個別的已經拉開場子，扯著沙啞的嗓子說唱著從內地傳來的歷史演義故事，什麼《薛仁貴征東》啦，《隋唐演義》啦等等，引得聽眾悲時泣樂時笑，好不熱鬧。當然，也少不了好色的潑皮們，擠進姑娘媳婦堆裏，東摸一把，西捏幾下，弄得女人們大呼小叫，瞪眼紅臉，倒也不乏風騷一些的女人開心地瘋笑，如花亂顫，好像是渾身上下哪兒都發癢，只有亂摸亂捏才透心的舒服。

人們都把這次極新鮮的「孛」會，當成草原上的盛大節日。或許，廣袤的草原太寂寥了，人們集會聚眾的機會太少了，所以才如此。

小鐵旦的眼睛瞪得又圓又大，跟著爺爺牽著馬穿行在這些熱鬧的人叢中，東看看西望望，長這麼大哪兒見過這場面啊，暗自慶幸自己可來對了，可憐的爸爸和老嘎達叔叔喲，卻錯過了這麼好的機會。

「跟緊我啊，別走丟了！」爺爺不停地囑咐著他，不一會兒，他們終於尋到一家可以投宿，又可幫客人料理馬匹的臨時旅店。

說是旅店，其實就是架起了幾頂帳篷，往篷內地上鋪上幾張羊皮或氈褥等，再放一隻木製地桌就行了。客人可隨來隨走，說好價錢，一般都不付現金，而是秋後以羊、牛、馬來兌算。草原上的牧民樸實憨厚，即便不認識，只要說出哪屯哪鄉或哪個草甸子什麼什麼人，欠幾隻羊幾頭牛，到時儘管去趕牲口，絕不賴賬。

這是個來自甘旗卡鄉的大富戶伊達開的住店，還供一日三餐，用繩子圍出個院子範圍，在地上挖出的大灶鍋上，燉著香噴噴的羊骨頭，招來了不少投宿者。關鍵還供酒，供甘旗卡著名「燒鍋」——燒刀子鋪釀製的烈性白乾兒燒刀子酒。

鐵喜老「孛」一行人住下此店，把馬匹交給店的夥計去飲水後趕到遠處的草甸上吃草。然後，他們先去觀看「孛」會賽場，以便心裏有個數兒。

問了半天，好多人都不知道那個比賽的場子設在何處，人們也好像不大關心此事，反正有熱鬧玩就可以了，管它那場子擺在哪兒，到時肯定會知道的。鐵喜老「孛」搖搖頭苦笑，最後，從人群中一個巡邏的「旗兵」口裏，才探清那場子設在西南甸子上。

當他們趕到西南甸子場子附近時，被這一帶守衛巡邏的旗兵和馬隊攔住了。

「幹什麼！幹什麼！往後退！」旗兵臉上可沒有節日喜慶之色，蠻橫地衝他們吆喝起來。

「我們是來參加『孛』會的『孛』，想看看場子。」

「不行不行，王爺有令，場子先不許進入，開會前誰也不能入內，違者抓走押牢！」

「呵，這麼厲害！不是賽場，倒像是法場！」門德「孛」說一句。

「差不多。快走，快走，再囉嗦，就不客氣了！」旗兵晃一晃肩上的槍，手中的刀。

鐵喜示意眾人往回走，免得門德等人火氣上來，跟王府兵痞們起了干戈。場子這一帶的氣氛很是異樣，顯得冷清又神秘，三步一崗五步一哨，從遠處看不清場子內的佈置情況。

鐵喜心中很不是滋味兒，一個千兒八百人的「孛」會，也不至於弄得如此緊張，如臨大敵的，王爺們到底安啥心呢？他真有些猜不透。

到了晚上，他也沒心思去逛街或飲酒，吃完晚飯便早早歇息，養精蓄銳，考慮明天就召開的「孛」會事情。小鐵旦由門德他們領著，聽蒙古書去了，他一人和衣躺在氈褥上，望著帳篷圓頂出神。

迷迷糊糊中，他睡著了，做了一個奇怪的夢。在夢中，他似乎身在一座大殿，外邊突然刮起大風，狂烈的黑風中，這座大殿飄搖不定，磚瓦掉落，牆壁殘破，急忙中，他用一根又粗又長的繩子把大殿從四面捆綁勒緊，以防吹散了架，直至挨過了大風。

他在夢中魘住，正呻吟著醒不來時，小鐵旦他們回來了，見他的樣子便推醒了他。他渾身大汗淋漓，驚魂不定。

「爺爺，你怎麼啦？」小鐵旦奇怪地問。

「我做了一個可怕的夢。」鐵喜回憶著剛才的夢，心有餘悸。

「嗨，爺爺，男子漢大丈夫還信那個！誰叫你剛吃完飯就睡的，你老總訓我飯後百步睡香長壽，你這是窩食兒！」小鐵旦童言無忌，學著爺爺的口氣訓斥起爺爺來，弄得鐵喜老「孛」也被他逗笑了，沖淡了不少不安的情緒。

「師兄做了個啥夢，如此上心，說來聽聽。」門德「孛」問。

「我身處在一座大殿，結果這個大殿風雨飄搖，快被大風吹散架，我用一根粗繩強把它綁住穩住，唉，想來真險啊！」鐵喜的神情好了許多，沈思著說，「雖說是飯後窩食之夢，但畢竟是一個夢，或許是某種凶兆的預示也說不定，師弟，你研讀過《成吉思汗夢解》，對夢學頗有研究，能否解釋看？」

門德聽後笑了笑，說：「師兄有些多慮，夢有五不占：神未定而夢者不占；妄慮而夢者不占；寤知凶厄者不占；寐中撼病而夢未竟者不占；夢有終始而覺佚其半者不占。你這夢是屬於一二條不占之列，就是『神未定』和『多慮』而夢，強佔也不驗矣。」門德口說不占，其實在心中也暗暗推

算，「倘若硬占，你這場夢屬『想夢』和『象夢』之範疇，『想夢』是『日有所思，即有夢憂』；『象夢』嘛，就是夢中有所象徵也。大風撼殿，終有繩護，依愚弟測試，興許有難，但定能無恙而安全度過，放心吧，師兄。」

鐵喜老「孛」頻頻點頭，說：「佩服，師弟這番點說，令老哥茅塞頓開，頗有心得。好，咱們早些歇息，明日還不知有何事等著咱們去闖哩！」

翌日。

他們早早起來，洗漱和喝完早奶茶，慢悠悠地向西南甸子上的場子走去。

這裏已是人山人海，亂哄哄鬧嚷嚷，很多來看熱鬧的百姓都被攔住，不許往裏進，只有「孛」和「列欽」才允許先到大門口帳篷處報名登記。

由於「孛」們都沒有證書，好多想看熱鬧者，冒稱自己是「孛」後也混了進去，於是在報名處登記的「孛」數已超過了兩千人。而那位胖胖的登記官員，微微笑著也不在乎真的假的，只要來報名參賽，都統統登記放行，每人發紅綢布條，上邊書寫「××孛」字樣，掛在脖子上，並憑這綢布條通過幾道崗，才走進裏邊真正的場子。

「沒想到科爾沁草原上有這麼多『孛』，都從哪兒冒出來的？」維持秩序的旗兵說。

「可不，就像是聞著血腥的蒼蠅，嗚鬧兒嗚鬧兒的！」另一兵丁附和。

「待一會兒就知道他們有沒有真本事了，嘿嘿嘿……」那位管登記的胖官員，如貓頭鷹般陰森地冷笑。

「待一會兒怎麼個知道法兒呢？」鐵喜老「孛」擠過來，一邊登記一邊笑著問。

「不用多問！到時就知道了，你也是『孛』嗎？」胖官員變了臉，盯著鐵喜老「孛」問。

「算是吧。」

「你們這麼多人都是『孛』呀？還有這十來歲的小娃子也是？」胖官指著小鐵旦喝問。

「我三歲學『孛』，現在已有七年了！」小鐵旦毫無懼色朗朗作答。

「唔……你老就是鐵喜『孛』呀？聽說過，聽說過，挺有名氣嘛，好好，這小的也算一個！」

胖官看了鐵喜寫下自己的名號之後，態度變得熱情起來。

鐵喜微微笑著：「老朽就是鐵喜，承蒙官爺誇獎……」他湊近那位官爺，暗中把一捲銀票子悄悄塞進對方的袖口中，低聲問：「官爺，能否透露一下王爺們的考法兒？」

那位胖官收了銀票，左右看一看，往鐵喜老「孛」的手掌裏用手指比畫了一個字。

「嘎樂（火）？」鐵喜驚問。

「對喲，小心啦。」胖官悄聲說。

鐵喜老「孛」沈吟片刻，又低聲向那位胖官說：「官爺，老朽帶他們先到外邊準備一下行頭，再來進場子，通融一下。」

「好好，沒問題，開賽前啥時候進場子都行。」

鐵喜帶領門德等人又擠出登記處，走到外邊，向附近的一家新開的茶館那兒買來兩桶水，說：「看來今天的『孛』會不同凡常，那位官爺透露『嘎樂』一詞，我想賽法兒可能與『火』有關，你們用水沾濕各自的『蒙皮法鼓』和法衣，再喝足水，儘量別撒尿排水。」

眾人全照老「孛」的意思做了，然後才重新返回報名處，領了各自的紅綢條，走進「場子」裏去。

「場子」設在一處地勢低窪的平展展草灘上，三面高坡，唯有東南顯低，成爲一個口子。正北面的土臺子上，設著王爺們就座的主席臺或者觀閱台，上邊搭著遮日光的涼棚，用綠草野花在台兩邊紮出彩門，涼臺正面上頭插著哲里木盟十個旗會盟青旗，圖案則是揚蹄的駿馬和展翅的猛鷹，十面青旗迎風飄動，獵獵作響。

盟主道格信大王是圖什業圖旗郡王，受清朝廷御封的世襲王爺，成吉思汗親弟哈布圖•哈斯爾的第二十六代子孫，本名叫諾爾布仁親，由於這位王爺平時性情暴烈、手段野蠻殘忍，對手下奴才說殺就殺，仗著自己是受朝廷恩寵的命官，欺壓百姓，幾乎是無惡不作，人們故稱他爲「道格信」——殘暴的王爺，也有叫「瘋王」的。

此時，這位「瘋王」威風凜凜地坐在臺上正中主位，兩邊則是被邀請來的哲盟十旗的王公貴族們。「孛」會總管，是達爾罕旗的管旗章京韓舍旺，正在台前臺後地忙活。

土台下，站滿了來參加會的十個旗的「孛」和「列欽」們，按各自旗屬分別排隊，人數極多，真「孛」和假冒混進來的都一起擁擁擠擠，吵亂不堪。每人脖子上繫掛著一個紅綢條，隨風飄動。

四周的坡丘上，佈滿了從十旗調集而來的旗兵和馬隊，還有從臨近洮南縣、雙遼縣等地借調的奉天府所轄的荷槍士兵，把場子包圍得十分嚴密，封鎖得簡直一隻蒼蠅也飛不進來，也飛不出去。

一開始，這些「孛」們處於興奮狀態，並沒在意這狀況，只覺得那只不過是爲了王爺們的安全和會場的秩序而已。會場裏沒有一個其他閒散人員，戒備森嚴。在眾「孛」們所站位置的後邊不遠處，有一個用矮土牆圍出的圈場，大約有一百平方米的面積，不知幹什麼用。

這時，韓舍旺總管站在土臺上，衝下邊的眾「孛」喊道：「大家安靜，安靜！現在請哲盟十旗盟主圖旗郡王老爺，給大家訓話！」

大腹便便的瘋王，由下人扶著走到台前，一臉橫肉，滿嘴金牙，兩隻黃豆般的圓圓小眼閃射著兩道寒光，開口訓起話來：

「孩兒們，你們現在都是寫了名號的『孛』，這台前一站黑壓壓一片，他娘的，真他媽多，咱們科爾沁草原上，沒想到養著這麼多的『孛』，哇哈哈哈……」道格信瘋王張開大嘴狂笑起來，那兩排金牙在秋日陽光下閃閃發光，「今天，老王我考考你們，你們這些領了名號的『孛』有沒有真本事！哇哈哈哈……考法也簡單，在你們身後的那座土牆裏，我擺了五六百隻大缸，缸是空的，裏邊可裝兩三個人，哇哈哈哈……」

「哦——」眾「孛」的嗓音拉長了，吃驚了。

「擺空缸幹啥呀？考啥東西呢？」「孛」們議論。

韓舍旺揮揮手：「安靜！聽王爺訓話！」

瘋王輕蔑地俯視著台下眾「孛」，對他來說是一群如牛羊牲口般的奴才，冷笑著說道：「不是考！是烤！用火烤！用火烤你們！哇哈哈哈……」

瘋王又爆發出一陣狂放而冷酷的大笑。

「火烤？火烤活人？」

「那受得了嗎？這、這……」

台下的「孛」們開始不安靜了，議論紛紛。

「不用擔心！老爺的考法比較特殊，你們大夥兒三三兩兩坐進那五六百隻大缸裏，大缸周邊都堆著乾柴，用火烤大缸，聽說『孛』都有火功，這第一項就是，根據接受火烤的時間長短來給你們大家排名次！誰要是忍受不了火烤，隨時可以走離火場子，能忍受多長時間算多長時間，熬到最後一個就是咱們哲里木盟第一名大『孛』！王爺我給重賞，發金冠、金法衣、金法鼓、金手劍！」

「噢！」「孛」們愕然，那些混進來的假「孛」，和平時打著「孛」號活動的沒有真功法的「孛」們，開始驚恐不安了。

「好啦，我的訓話完了，韓總管，你們可以開始比考了！哇哈哈哈……」瘋王大笑著，回到座位上，同一旁的達爾罕旗同族王爺交談起來，臉上的得意笑容背後，隱藏著極其陰冷而不可告人的用意，一旁的眾王爺們見他的狂笑樣子，也都不寒而慄。

韓總管向瘋王爺點頭哈腰，謙恭微笑，並附在他耳旁說兩句，見瘋王爺點頭首肯，才走到台前說道：

「大家聽著，比考馬上開始，有誰不想進場子參賽，可以舉手，站到左邊去，但是要按照大王爺的指令，賞一百馬鞭就可離開會場，好，有沒有現在就想退場的！」

台下，黑壓壓的人群中一時鴉雀無聲。那些冒充的假「孛」們，左右爲難，留也不是，離也不是，怕火烤離場子吧，可那一百下馬鞭也夠受的，不是半死也皮綻肉開。而真「孛」們呢，也有苦衷，雖然練過些「孛」的火功，可是能忍受多長呢？坐進那大土缸裏受火烤，那滋味可也夠受的，好在有個僥倖心理，王爺有話，不能忍受可以隨時離開火場子，所以「孛」們的心態稍微好一些，安穩一些。

而且大家發現，進了這個會場，四周都被旗兵、馬隊、士兵層層把守包圍，想不參加考賽，不挨皮鞭輕易離開，談何容易！人們這才有些後悔起來，尤其那些假「孛」們，只爲了混進會場看個熱鬧而受這份罪，可太划不來了，欲哭無淚，深感到瘋王爺的殘暴用心和折騰人的鬼把戲！瘋王、瘋王，可真是名不虛傳！

韓舍旺提高嗓門，連問三遍。

這時，有幾十個混進來的假「孛」最後權衡利弊，還是覺得馬鞭之苦比火烤好受一些，於是紛紛舉手站到左邊去了。接著，也有幾十人學著他們的樣子站過去了。

韓舍旺一招手，從土台後邊的帳篷內，走出幾十個手持馬鞭的赤膊大漢，列隊站在土台左側，準備對退場的假「孛」執行懲罰。

「哦——」人們一見這陣勢，嚇得失聲，還想站過去的一些人都縮脖兒又回來了。

赤膊大漢們開始鞭打那些想退回來又不可能了的假「孛」們。頓時哭聲大起，喊聲震天，皮鞭抽打聲，人們鬼哭狼嚎的哭叫聲，摻雜混合著在空中傳蕩。這邊，站在場內的眾「孛」們都不寒而慄，變了臉色。

「哇哈哈哈……」瘋王開心的笑聲，從臺上傳出來。

鐵喜老「孛」和他的人，始終站在眾「孛」中間靜靜觀察著事態的變化，此刻雙眉緊皺，把嚇壞的孫子小鐵旦護在懷裏，低聲安慰：「別怕，有爺爺在，放心。」

「我不怕，爺爺，你從小傳我火功，現在正好用得上，驗一驗。」小鐵旦雖然臉色發白，但還

是很勇敢地如此說，擲地有聲。

門德等眾人本也有所畏懼，見小孩兒都這樣說，也都豪氣頓生，收心斂氣，準備應變。

鐵喜老「孛」悄悄對門德等人說：「看來登記處的那位官爺沒有瞎說，果然跟『火』有關。見這架式，事情很不簡單，我懷疑這一切說不定是個圈套……你們進火場子後，別爲了什麼名次耗太長時間，快點離開，還不知道發生啥事呢！」

門德等人應允。

這時，受完一百馬鞭懲罰的那些人，都被人拖出會場去了，沙地上留下了斑斑血跡和碎布爛鞋。

「好啦！該走的都走了，留下的，你們都是真正的『孛』！」韓舍旺又開始在臺上陰陽怪氣地喊話，眼睛冷冷地巡視著台下的眾「孛」們，「現在，真正的『孛』會比賽——火烤『孛』功開始！你們大家排成兩隊，隨兩邊的衛兵進場子，按照規定，兩個人或三個人坐進大缸中！等火燃起之後，你們可以根據自己的承受功力，隨時可以脫離火場子，從這扇進去的門出來，到臺上來報出名號，再等待最後的名次排列！聽明白了嗎？」

眾「孛」們都忐忑不安，不知火場子內的真實情況，大家都心中沒底。但事已至此，退又退不得，只好硬著頭皮往火場進了，好在隨時可以自由出入。

那些手持皮鞭的打手們，拖出那些挨打的假「孛」之後，又回來帶領這些留在會場的真正「孛」們，走進已打開柵欄門的土牆圍子裏去。

土牆圍出了一片很大面積的廣場平地，裏邊整齊而密實地排列置放著幾百隻大缸，星羅棋布，大口朝上，真不知王爺們從哪兒的燒窯子那兒弄來這麼多大缸！可見其用心良苦。

缸陣周圍以及隔開的行間，都堆積著山包般高的乾木柴，都是些坨子裏的杏樹疙瘩和老榆木塊兒，上邊都澆灑了牛油麻油等易燃物，油光閃閃。土牆外圈，已圍上來那些旗兵、馬隊和借調來的士兵們，虎視眈眈地監視著已入缸陣的上千號的「孛」們，預防他們逾土牆逃走。

鐵喜老「孛」選擇靠中間的一隻大缸，抱著孫子小鐵旦坐進去，裏邊倒寬敞，兩個人並不感到擁擠。挨著他的是門德「孛」和一起來的其他幾位「孛」，都兩三人一夥兒坐進大缸裏。

那些打手們，安頓完這些上千個「孛」都坐進缸裏之後，魚貫退出柵欄門，然後關死了那板門。

韓舍旺從臺上看著土牆裏的情況，向道格信瘋王請示道：「稟報王爺，一千多個『孛』全部進入大缸中了，請王爺發令吧！」

「哇哈哈哈……有趣！甕中燒孛，有趣！」瘋王拖著臃腫肥胖的身軀，站到土台前，瞇縫著黃豆眼觀看土牆裏的缸陣，「他媽的，都給我當縮頭烏龜了！媽的，這回看你們這幫平時神氣不凡的兔崽子們的真本事了！韓總管，奶奶的，你真是神機妙算！」

「哪裡，哪裡，都是大王的指點，大王的決策英明！」韓總管謙卑而諂諛地說。

「點火！給我燒！燒！」這位名叫諾爾布仁親的圖什業圖旗郡王、哲里木盟十旗盟主、成吉思汗親弟哈布圖・哈斯爾第二十六世孫、外號叫「道格信」瘋王的蒙古王爺，肸手一揮，陰冷地狂笑著，下達了科爾沁草原歷史上最殘忍最冷酷的一道命令，由此寫下了東部蒙地慘絕人寰的「燒孛」這一血腥的歷史事件①。

包圍著土牆的那些旗兵們，此時把手中的火把點燃，紛紛擲進土牆之內的乾柴上。「呼啦！」木柴堆猛地燃起來了，漸漸形成了一道熊熊燃燒的火牆，把坐著「孛」們的缸陣，包圍在一個很大的火圈中。

環繞缸陣，堆積如山的老杏樹疙瘩、老榆木塊兒，一旦燃起來火力旺，熱焰兇猛，持續時間長，霎時間，黑煙滾滾，火龍躥動，乾柴「劈啪」亂響，幾丈高熊熊噴燃的火焰山，頃刻間吞沒了由幾百隻土缸組成的這片缸陣。

開始，火力烤不到中間缸陣，因中間本有涼爽空氣，漸漸，大火越燒越旺，中間的空氣愈加稀薄和熾熱起來，強烈的熱度開始炙烤得缸裏的「孛」們難以忍受了，中間地帶似乎空氣也燃起來了。

外圈兒缸中的「孛」們，開始往外逃竄。

鐵喜老「孛」一見這架式，趕緊一腳踩碎大缸底部，再用腳用手刨挖出下邊地面濕土層，讓孫子蹲在下邊小坑中接住濕氣和地氣，他自己則蹲跨在孫子頭上，脫下水沾濕的袍衣遮在大缸上口，然後揮手「咚咚」敲起蒙著牛皮的法鼓，嘴中念念有詞地做起「孛」法來。一旁的門德「孛」，也學著師兄的樣子做起法事。

這時，內圈兒缸中的「孛」們，也開始往外逃奔。

「救命啊！受不了了！」

「別燒了，火太大了，要出人命啦！」

「孛」們湧向進來的那個有門的方向衝去。

有些「孛」的衣帽已著火，慌亂中就地打滾，想滅身上的火，可湧過去的眾「孛」們發現，那道門已不見了，那扇柵欄門也已燃燒起來，門口重新堆放了乾柴，大火封死了出口。

「瘋王爺要燒死我們啊！」眾「孛」們這才徹底明白，他們落進了一個可怕的陰謀，殘暴的瘋王不是要他們比「孛」法，而是要「孛」們死，要把「孛」們活活地燒死！

這是一個精心設計的圈套！而且要把「孛」們一網打盡！

「救命啊！快放我們出去！」

「別燒了！快滅火啊！」

「求求王爺！我們還有孩兒老小啊！」

「孛」們在大火中喊叫、哭嚷、求救，尋找出口，尋找火力弱的方向。可是四周全是沖天的火焰，茫茫火海，衝哪個方向，只要掉進那大火中，肯定片刻化歸灰燼。「孛」們開始絕望。

土臺上。那位道格信瘋王帶領眾王爺都走到台前，從高處觀望火海中的眾「孛」們的烤火比賽。

「哇哈哈哈……燒得好！這遊戲真他媽有趣！真他媽好玩！燒！快燒！龜孫子們快施『孛法』呀！快跳快唱啊！哇哈哈哈！」瘋王爺紅了眼，這個「遊戲」大大刺激了他的欲望，臉上肥肉抽搐著，張牙舞爪，狂叫瘋笑。

有些心腸軟的王爺，不敢目睹這慘狀，低下了頭，可又畏懼瘋王的淫威，不敢說話。

韓舍旺總管陪著自己的達爾罕旗王爺站在台前，不時向另一旁的瘋王諂媚地笑一笑，那位傻不傻呆不呆的達爾罕王，也開心地大笑著，誇讚著韓總管和瘋王爺，想出這麼一個天下無二的好玩的

「遊戲」供他們欣賞。

這時，有幾個身強力壯的「孛」，從原先進口的門那兒衝出火圈兒來。可身上都著起火，又被早已守護在火外的旗兵馬隊的惡漢們一湧過去用鞭子抽打著他們，把他們重往火裏趕，有的乾脆抓起來扔回火圈之中。很快加大火勢，封住封死了這個口子。

火海之中，外圈的土缸經不住火烤紛紛爆裂，上千個「孛」們鬼哭狼嚎，在火海中左奔右突，衝出去的仍被打回來或拋回來。人們詛咒、哭喊、暈厥、奔突，亂成一團。

也有一些「孛」們顯然功力非凡，紋絲不動地坐在缸中，有的或念咒，或丟「鬼」，或揮劍，或擊鼓，各顯其能，拒避著火舌炙烤。唯有老「孛」鐵喜的那座缸，與眾不同，上邊蓋覆著一件大袍，濕漉漉冒著白氣，火舌躥到缸上，又神奇地被一股從鼓起的衣袍中升起的濕氣所擊退。

他旁邊門德「孛」的坐缸則不同了，雖然上邊也蓋著濕袍子，可已經開始烤焦，沒多少濕氣，馬上就要起火，情況岌岌可危。

「門德師弟，跺碎缸底，接土地中的濕氣往上抗！」鐵喜老「孛」坐在這邊的缸中，似乎感覺到了旁邊的情況，大聲提示道。

不一會兒，門德坐缸情況有所好轉，顯然他領會了師兄的指點。他們帶來的幾位「孛」們，沒有他們二人的功力，無法抗拒大火的燒烤，坐缸也爆裂，便紛紛逃竄出來，加入了那些尋找出口的眾「孛」們的群體。

大火還在燒。

火圈中的狹地，空氣在燃燒，土地在燃燒，人也在燃燒。可憐的「孛」們，年老體弱者，多數被煙熏火燎倒斃在地，身強力壯者或有些功力者，也幾番衝撞火牆後，都毛髮燒焦、衣衫起火、狼狽不堪，也只等精疲力竭之後烤死或熏亡。

乾旱的天氣似乎什麼都能燃燒，包括那天上的白雲也被燒起來變紅了，於是招來了常見的西北風。

風乍起，火勢更猛，烈焰滿天飛舞，然而火勢全被大風吹向東南方向。於是，守護在東南邊土牆外的旗兵馬隊們受不住了，大風把火焰全往他們身上刮，一時騎兵們向兩邊閃開了空間。在火的縫隙中發現這一狀況的「孛」們，機不可失地全都不顧死活衝過去。

火和兵的包圍圈，終於被撕開了一個口子，還活著能跑的倖存的「孛」們，全衝出那個口子，向荒野上逃竄。於是，原野上到處奔逃著燃燒的「火人」。

「抓回來！全給我抓回來！趕回火場！」瘋王狂叫。

韓總管把手中的令旗一揮，傳達出命令。巡邏埋伏在外圈的士兵和騎兵們衝過去了，他們多數人手裏揮動著套馬桿，騎馬追擊逃竄者。追上後用套馬桿套住，拖在馬後，又把他們拖進火場之內。

有的「孛」動手反抗，士兵們便用刀砍，用箭射，開槍打，馬蹄踏，手無寸鐵的「孛」們衝出火場子已經半死不活，哪能經得住這番衝殺砍戮，在東南這片口子一帶，很快屍體滿地，血流成溪，慘不忍睹。

很快，東南口子又被堵住，逃出去的「孛」不是被砍死射死，就是又被抓回摔進大火內燒死，基本無活口。

沒有往東南逃的，只是些氣息奄奄昏倒在火場之內無法動彈的「孛」們。他們有的燒焦，有的氣竭，有的烤死，整個火場內屍體堆積，一片慘狀，有些靠近火的屍體已開始燃燒起來，瀰漫著濃烈的人肉燒焦烤糊的惡臭氣味，令人作嘔。

這是天下人類之間最殘忍的一幕大屠殺，一次歷史上罕見的科爾沁草原蒙古王爺「燒孛」、「滅孛」的野蠻兇殘的行爲，至今草原上的人們說起來都毛骨悚然，不寒而慄，如掉進恐怖的噩夢中一般。

濃煙終散盡，大火終熄滅，熊熊火焰終變透明的紅霧，火場內的景象一一清晰起來。

韓總管派士兵走進場子裏查看。

有一奇異的現象呈現在士兵們眼前。

在眾多的屍體和滿地的缸瓦碎片中，場地內還完好無損地矗立著一些大土缸，數一數正好有十三隻。當士兵們靠近那些缸時，一股灼燙的熱氣逼得他們紛紛後退。

「報告王爺，場內還有十三隻大缸，不知道裏邊的情況，沒法兒靠近，有些古怪！」士兵跑去報告。

「什麼？還有這等事！走，下去瞧瞧！」瘋王瞪大了圓眼，來了興致，驅動肥碩的身軀走下土台，向火場裏走過去。後邊跟著韓總管和達爾罕王，以及幾個膽大些的其他王爺。

火場裏冒著青青的淡煙，遍佈著透明的紅霧。士兵們清除路口的紅白色火炭，請王爺們走進去。瘋王哈哈笑著，踏著遍地焦糊的屍體人肉，向那十三隻透著古怪的大缸走過去。

果然，大缸外皮燒成暗紅色，散發著灼人的熱氣，無法靠近。尤其一隻缸被衣袍遮蓋著上口，那件大布袍子經歷了這場大火依舊完好，從上邊還冒著淡淡濕氣白煙。而且，似乎還隱約聽見從裏邊傳出的「咚咚」鼓聲。

「他娘的！這是啥妖怪？快拿水來，澆在這只缸上，老爺我非要見識見識！」瘋王下令。

下人們立即抬來了幾大桶水。

「澆！」瘋王命令。

「哧！」接著，「砰」的一聲，見水後火紅的大土缸立即爆裂開來，碎瓦片堆散在地上。

這時，裏邊的「妖怪」呈露出來了，一位黑鬍白髮老者跨腿蹲立在那裏，髮鬚上掛著白霜，法鼓上結著冰碴兒，怒眉高聳，法眼緊閉，嘴裏渾厚地呼號道：

「長生天乃我父，長生地乃我母，我乃天地之子，天地間的木火乃我祭物，豈能傷害我髮毛矣！」

他就是鐵喜老「孛」——科爾沁草原蒙古「孛」的傑出代表人物，十三位倖存者「孛」之首。而在他的胯下，蜷曲昏迷著一個十歲小孩，身上還潮濕，性命顯然無憂。

「妖怪！妖怪！你是什麼人？」瘋王這時才生出一絲驚懼心理，往後退著步子發問。

只見鐵喜老「孛」微微睜開佈滿血絲的紅眼，怒眉高揚，「咚」地一擊法鼓，朗朗答道：

「我乃鐵喜老『孛』，庫倫旗人士，學『孛』六十年，微有小成，上對得起天地父母，下對得起蒙古百姓！老爺，今天你造了大孽，會有大的報應，不得善終！」②

「快殺了他！殺了他！」瘋王顫慄著大叫。

「別費心了，王爺，這麼大的火燒不死我，你那幾支火槍刀劍更奈何我！只要他們一動，你和

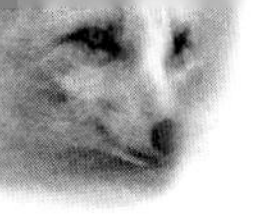

在場的這些王爺都不會有好果子吃！我一生沒殺過人，殺人不在今天。你還是當著這麼多人，還有外邊那些圍過來的千萬個草原百姓，兌現你說出去的諾言吧，賞賜這些還活著的十三名大『孛』，我們是真正通過了大火比賽的蒙古『孛』！」

這時，那些陸續從缸中走出的其他十二名「孛」，手擊皮鼓，晃動彩衣，作歌而來。

「孛」法通天的鐵喜「孛」，
架子十足的門德「孛」，
黑面黑鬚的參布拉「孛」，
頭上冒火的李良「孛」，
腳下流汗的查列「孛」，
眾人的僕人寶力高「孛」，
群鳥的主人少布來「孛」，
拜天祭地的哈爾「列欽」，
拜山祭河的包迪「列欽」，
放「鬼」驅火的敖其爾「幻頓」，
吞水祭湖的吉達「幻頓」，
吞火祭樹的阿柏「幻頓」！③
……

這些安然無恙的十二名「孛」、「列欽」、「幻頓」——科爾沁蒙古薩滿教・孛的精華們，緩緩走過來，圍站在鐵喜老「孛」的身後，靜靜地注視著面前的一幫殘暴的王爺們。

「好，好，本王爺賞賜你們，賞賜你們……」肥胖的瘋王心裏清楚，這些大火都燒不死的十三名「孛」，法力無邊，傷人於眨眼之間，現在千萬別惹他們，再何況外邊已經圍過來了海水般的赴「孛」會的老百姓們，自己不能當眾食言和胡來，於是他又大喊道：

「你們都是科爾沁草原上的『神孛』！哲盟十旗王爺賞封的『十三名神孛』！」

鐵喜老「孛」掐醒了小孫子鐵旦，他聽見了王爺的封賞，不服氣地叫起來：「不對呀，王爺，是十四名，十四名『神孛』，還有我這一個小『神孛』哩！」

「好，好，十四名，十四名『神孛』！」瘋王說。

「好啊好啊！我也是『神孛』，我也是『神孛』……」可他轉眼一瞅周圍的滿地燒焦的屍體，立即緘口了，抓緊了爺爺的衣角，恐懼而憤恨地看著瘋王。

鐵喜老「孛」錚錚而言道：

「各位王爺，我們十三『孛』記住了王爺的封號，但你們、王爺們，也要記住你們今天幹的活人的『血祭』，我們蒙古『孛』再殺畜血祭，但絕不殺活人『血祭』！有一句古語說：拔劍者終亡於劍，天令其亡，必令其狂！你們記住這句話吧，王爺們！」

只見鐵喜「孛」往肩上一扛小孫子鐵旦，帶領十二名「神孛」往場外昂然而去，不再理睬發呆的眾王爺們。

從他們嘴裏又飄出「孛」歌來。

頭戴紅頂子帽冠的王爺們，
是閻王殿的劊子手托生；
從通紅的火缸中走出的十三神「孛」，
是父天母地孕養的精靈！
啊——嘿——咿——
神奇的蒙古「孛」！
啊——嘿——咿——
燒不滅的十三「孛」！
……

四

篝火還未熄。白色灰燼中，透出暗紅色火光。洋鐵盆裏，還殘剩著大粒子粥，沙漠中散發著誘人的熟米香氣。三峰駝閉著眼咀嚼食物——豆餅草料再加鹽巴。眼睛雖閉，但耳朵始終支楞著，可聽八方任何細微動響。

兩位主人卻都沈睡了。他們挨著火堆，懷抱獵槍，鑽進毛皮睡筒中鼾聲如雷。

突然，三峰駝的鼻子「噴兒、噴兒」地響個不停，環眼驚瞪著離火堆不遠的一個暗處。主人未醒，駝鼻子聲響還不足以吵醒疲累後睡死的主人。

於是，有個黑影爬行著，「噌」地從黑暗處躥出來，迅疾無比地撲向篝火堆旁的食物。這是一隻野獸，只是前兩肢短後兩肢長，如澳洲的袋鼠。只見這隻怪獸，伸出前肢，猛地一抓那個剩有糌子粥的洋鐵盆，轉身就向外跑。由於匆忙，撞翻了腳邊的空鐵壺「劈哩撲嚕」一陣亂響。

「誰?!」老鐵子驚醒，翻身而起，端起獵槍。只見一個黑影抱著洋鐵盆，消失在茫茫黑夜中。

「啥東西？老爺子，啥野獸？」白爾泰揉著眼睛，也朝黑暗處矚望，可已什麼也看不到。

「我也不知道是啥物兒，可偷走了咱們吃剩的糌子粥，看來是米香引來了牠。」老鐵子搖著頭，仍舊盯著那暗處說。

「看情形，那物兒是餓壞了，偷走偷走吧，怪可憐的，反正咱們有的是大糌子。」

「你說得倒輕巧，有米可洋鐵盆呢？我們拿啥熬粥？用手捧煮嗎？」老鐵子沒好氣。

「別急，老爺子，我也帶了全套野外用具！」說著，白爾泰從旁邊的馱架筐裏拿出一隻鋁盆。

「這還不賴。」老鐵子放心了，可仍有疑慮地深思著說，「啥物兒這麼大膽呢？大漠裏我還從沒遇上過這麼大膽的偷食動物！狼？豹？沙豹不會偷只會搶，而且先撲人不會先撲粥，沙狼也這樣，只對人肉感興趣，不會對人吃的粥感興趣。難道是……」老鐵子不說下去了，眼神一亮。

「難道是啥？老爺子，到底是啥呀？」白爾泰著急地問。

「說不準，」老鐵子裝了一袋煙含在嘴裏，慢慢吸著，噴雲吐霧，「除非是人，也只有人才對

熟米粥感興趣……」

「人？這大漠裏還有野人嗎？」白爾泰驚問。

「不是野人，是真人，你也認識……」

「啊？她？！難道是她？！」白爾泰這才想到了誰，望著黑夜深處叫出大聲。

「我想可能就是她了，不會是真野獸。」老鐵子磕一磕煙袋鍋，斷定地說。

「那她不必來偷呀，她完全可以過來跟我們相認，向我們要吃的。」白爾泰不解。

「這你還不明白？她可能沒認出我們是誰，也可能跟隨那隻老銀狐，變得獸性了，另外，就是她的腦子還是不正常，魔症著呢。不過，她出現就好，說明她和牠果真在大漠裏遊蕩呢，我要透過她摸到那隻老銀狐！媽的！」

天亮時，他們又被一聲淒厲尖長的怪嗥聲驚醒了，還是昨晚黃昏時聽到的、那種被老鐵子稱之爲「夜貓子」的聲音。

乍聽起來，像長長的哀鳴，像失去親人子女後的悲婉的哭泣，那悠遠的泣訴般的聲音中，透出一股對天地間遭遇的深深不滿和控訴，是一種綿綿的哀怨和憤怒。只要這聲音傳入你的耳膜，就如一把不可阻擋的鋒利冰冷的尖刀，穿透你的心肺，穿透你的神經，使你心靈深處震顫，爲之情動，不由得生出一絲與牠一起哭一起哀傷的共鳴。

這是經歷過曠古的大悲大哀之後，才會產生的哀鳴長嗥。

白爾泰和鐵木洛靜靜佇立原地，諦聽這晨間祈禱般的哀婉嗥聲，臉色肅穆，莫名的悲傷情緒油然而生，眼睛都有些濕潤，這是一曲人類任何天才音樂家無法創作出來的最動聽的獸類哀樂。

他們看見了牠。

在東方不遠處沙梁上，佇立著牠的身影。瑰麗的晨霞，映照著牠那雪白色一塵不染的軀體，更顯出無比迷人的美麗色彩。

牠揚起尖長的嘴巴，衝那輪從東方沙線上冉冉升起的紅金太陽，不停地悲嗥，似乎是向那輪火球傾訴自己的哀怒。

牠的毛茸茸長雪尾拖在地上，白潔的毛皮在霞光下，閃射著似銀如雪的亮光，令人頭暈目眩。而牠的旁邊，也站立著一隻「怪獸」，牠站的姿勢與那隻銀狐一樣，四肢著地，蹲在後兩肢上，前兩肢輕輕支著地面，而一頭長髮也已變得雪白，身上衣衫破碎成條狀隨風飄蕩。只是嘴巴沒有狐般尖長，髒黑的臉上也沒有長出長毛，不過黃色茸毛已佈滿臉頰，而且，「牠」的肚子似乎微微鼓起來了。

「是她們嗎？」白爾泰輕聲問。

「是她們。」鐵木洛老漢也靜靜地答。

他們倆再無話，似乎誰也不想打破這美麗瞬間。老鐵子也一反常態，沒去抓他那桿老獵槍。只是靜靜地注視著沙梁上那一對天地間最奇特的「怪獸」組合。他猜不透，人和獸爲何如此和諧，如此和睦相處，甚至相依爲命呢？

白爾泰思考的是另一層意思：珊梅活得挺好，她已變成另一隻「銀狐」了，是個「狐婆」，美麗的「狐婆」。她已經融入了狐的世界，融入了大自然，融入了大漠，學會了狐類的生存方式，其

實說開來，她只不過重新恢復了人類遠祖們的生存功能而已，每個人身上都具有一種獸性，只要放進大自然中與獸類爲伍，都能萌發出那種潛在的獸性功能。

人本來是一種動物，只是有了高級思維後，覺得自己不應是動物而已，除了這點，人與獸有何區別呢？照樣吃肉，吃得更狠更廣，照樣吃米，吃得更貪更多，照樣佔有，佔有的更奢侈更無境，照樣相鬥，相鬥得更殘酷更持久。其實，人比獸更「獸」，因而稱之爲「高級動物」。

晨禱般的哀嗥結束之後，牠和她從那座沙梁上消失了，無影無蹤。

老鐵子和白爾泰也收拾起東西，騎上駱駝，開始了漫長的追蹤。

後來，他們好幾次在早晨聽到過那祈禱般的哀嗥。他們倆心裏清楚，老銀狐失去那麼多親族，是何等的哀傷和悲痛，牠唯有通過晨間寂靜，向世界，向莽莽沙漠傾訴自己無盡的哀思，呼喚同類的靈魂，呼喚新的夥伴。可牠清楚，這廣袤的莽古斯沙漠裏，再沒有一隻與牠共命運的狐狸了。

乾硬而黃褐色沙地上，隱約可辨那兩行不很清晰的遺跡。時斷時續，時而消逝於沙窪地乾蒿子叢間，時而出沒於丘壑縱橫的沙山之中，有時完全失去了他們的蹤跡。老鐵子下駱駝幾乎一粒沙一片草地去尋覓，最終還是從另一處有水或有野鼠的沙地上，找到那一對足跡。

「老爺子，你真是碼腳印追蹤專家！」白爾泰面對著遠遠伸向大漠深處的那兩行足跡感歎。

「我真納悶兒，這隻老銀狐，帶著我那兒媳婦要去哪裡？牠一直跟我們玩捉迷藏，想甩掉我們，牠好像故意不回牠的真正的巢穴。」老鐵子也望著那足跡出神。

「牠還有一處真正的巢穴？」

「那是肯定的。牠們出來覓食被我們撞見的。可這隻狡猾的傢伙一發現被跟蹤後，就繞起圈子來，死活不回老巢了。牠不回老巢，我們就沒辦法靠近她們，哦，這個老狐狸！」

「那怎辦呢？」

「別急。我琢磨著，牠的老巢肯定在那兒，我們乾脆先直奔那地方，不跟牠兜圈子了！」老鐵子一拍駝背，果斷地做出決定。

「那是在哪兒啊？啥地方？還多遠呢？」白爾泰疑惑地望著老漢那張在沙漠裏變得更粗糙更黝黑的臉。

「遠嘍，在大漠深處。是一座古城。」

「古城？」

「對，一座叫沙漠淹埋的古城。我們管它叫『黑土城子』。」

白爾泰的眼睛突然一亮：「老爺子，我聽說過這個黑土城子，據史料記載，是一座被沙漠淹埋的古城。那次你說帶我去看一個地方，是不是說的就是這個黑土城子？」

「對，就是這黑土城子。」

「好哇！老爺子，那座古城裏究竟有啥呢？」

「到了那兒你就知道了。其實，我早就想到了，也就在那兒，老銀狐可以找到一處安全又溫暖的窩兒，這茫茫大漠，別處牠是無法長期居住的。」

於是，經驗老到的鐵木洛老漢，做出了一項大膽的決定，放棄了繞著圈子步步跟蹤，而是直奔莽古斯大漠深處的那座古城——黑土城子，等待她們，以逸待勞。

「老爺子，你是啥時候去過黑土城子？現在還能找得到那兒嗎？」

「早哩——」鐵木洛老漢脫口說出，臉上閃過一絲對遙遠歷史回憶的專注神情，接著突又緘口。

「早是什麼時候？」

「好了！別刨根問底兒了！到了時辰，我自然會告訴你的！」老鐵子吼起來，顯然他是極不願提起往事，提起那遙遠的往事。

白爾泰閉住了嘴，不敢再觸動老鐵子那早年的歷史經歷，往日秘密。他告誡自己，耐心，再耐心，要像這眼前的沈寂的大漠般耐心，他已經接近那謎底，接近那深埋在沙漠下邊的歷史沈澱了，千萬不要操之過急。

他們默默地行進。整日地在駝背上晃悠，到了晚上便找一處沙灣子過夜，第二天接著走，沒完沒了，似乎趕著一個無頭無境的路。不知道終點在何處。

白爾泰的嘴唇皸裂，起滿水泡，冬末的漠風，吹打得那張白皙的臉已經又黑又粗糙，上邊長出了長長鬍鬚，本已夠長的頭髮現在更長，看著似乎像個野人，只是顯得極度的疲憊和虛弱。唯有那雙眼睛，始終閃動著希冀的光芒，倔強而勇敢地直視著茫茫前路。而且，那張嘴始終沈默著，從不多說一句廢話，也不打聽任何趕路程的情況，一切聽任鐵木洛老漢的安排。他深知自己該說什麼和該做什麼。

老鐵子心中，不得不佩服這個文弱書生的堅強和耐力。他甚至有些暗暗喜歡起這年輕人了，他那股爲自己喜歡的事，敢於赴湯蹈火的勁頭讓他心動。要是自己的兒子鐵山像他這樣多好啊，老漢心中突然冒出這樣一種念頭。他兀自笑了。搖了搖頭。

白爾泰在後邊的駝背上聽見老漢的怪笑，抬起微閉的眼睛看了看老漢的後背，沒有說話。他已經很是木然。漫漫的路，茫茫的沙，他們都需要縮進各自的內心世界，回嚼自己的生活，反省人生得失。

人類賢哲的感悟，不是在燈紅酒綠的鬧市和充斥銅臭的張狂飛揚的生活中所得，而應都在這種純淨的大自然懷抱裏，在毫無巧取豪奪、世俗紛爭的時候，也就是在這天人合一的狀態下，冥冥古井般的心境中，才能有真正的思考和樸拙的感悟。古時老莊如此，近代消亡的「孛」的賢哲們也如此，他們都是崇尚大自然，把自己置於自然狀態下，才獲得思想的解脫，哲思的飛躍。

現代人正在失去人的自然狀態，忘卻了自己是什麼，來自何處和走向何處，這是現代人的悲哀，現代人變得「現代」之後反而迷茫了，反而呈另一種的愚魯了，只知征服，只知巧取豪奪，只知更要「現代」。

白爾泰忽然感覺到，人就像那被漠風吹拂的一粒粒沙子，時停時滾，時飛時聚，時在高空舞揚，時在窪地草根下埋沒，聚眾時千軍萬馬橫掃曠野，單粒時孤孤寂寂，可嵌進獸毛草葉，一切活動、一切結局——甚至沒有的結局，全聽憑於大漠之風的強弱疾緩、東西南北上下左右的方向來定。

漠風是沙粒的主宰。萬能的大自然是人這粒粒塵沙的主宰，只是這粒塵沙被拋到空中時，卻忘卻了是風把它送上來的，便變得張狂起來，覺得自己是下邊塵世的主宰。

這是一粒沙的幼稚和可笑，也是它的悲哀所在。

他冥冥中感到，有一種啓示在催動著他，要不懈地追尋「孛」的賢哲蹤跡，因爲那蹤跡正是現代人所失去的人的自然狀態，人的崇尙大自然的心靈軌跡，人在大自然之中的準確位置。人應該尋回自己的自然，恢復這準確位置。其實，人不應忘了自己是大自然的產物。所謂「上帝」創造了人類，這「上帝」其實就是大自然。

想到此，他突然朗朗一笑。於是嘴唇上的水泡破裂，滲出淡淡的血水，疼得他歪了歪嘴。前邊的鐵木洛老漢回頭看了一眼他，然後又轉過去。不久，從他嘴裏飄流出一首古歌來。

當森布爾大山，
還是泥丸的時候，
當蘇恩尼大海，
還是水塘的時候，
咱們祖先就崇拜天地自然，
跳唱「孛」歌「安代」祭祀萬物——
哦，跳「孛」來喲！
哦，唱起「安代」！
我們崇拜長生天，
我們崇拜長生地，
我們崇拜自然萬物

——因為我們來自那裏！
哦，跳「孛」來喲！
哦，唱起「安代」！

白爾泰明白，老漢唱的是薩滿教的「孛」歌，也就在這大漠中亙古的寧靜裏，沒有任何生命痕跡的空天空地空沙間，他的心靈才會被勾回往日的歲月，回想起那些充滿生命活力的老歌。也就是這種環境裏，人才可能重溫過去，遙想當年，捕捉心靈中一閃而歿的往日輝煌來慰藉此時的孤寂。

蒼涼而雄渾的「孛」歌——「安代」旋律，代表了已逝去的整整另一時代，音律沈古而高亢，如風穿行高山松林間，如溪淌過清寂岩洞中，激越而不張狂，悠遠而不乏旋律，你眼前似乎浮現出藍色的大海和浮動著一座冰山，無限的高空中，一座火山口噴發著熾熱濃紅的岩漿，又似風雨中頑強的蜘蛛在續吐生命的絲網。

白爾泰的內心深深感動，屏住呼吸不敢出聲，捕捉和牢記著這古歌透出的所有含義。他拿出小本子，先記下那歌詞，又簡單勾記了那重要的旋律。

這時，老鐵子的歌聲戛然而止。

他的白駝也停下了。

「你看，古城，咱們到了。」老鐵子揚一揚駝鞭，指著前邊。

於是，白爾泰也看見了。黃澄澄的大漠沙山腳下，一座土城廢墟展現在眼前。

「萬歲！老爺子，你真把它從大漠裏撈出來了！」白爾泰高興地大叫，整整走了二十多天，大

漠裏風餐露宿，日夜兼程，受盡風沙和冬寒之苦，終於有個目的地了。白爾泰長長喘了一口氣。

「黑土城子，還是老樣子。」老鐵子凝視著那座古城。

明亮的陽光下，在周圍莽莽黃漠襯托中，土城廢墟呈出暗褐色，殘垣斷壁，毫無生氣，更顯出荒涼而古舊。一隻老鷹在其上邊高空中盤旋，土城後靠的沙山，巍峨聳立又橫亙如臥龍，土城前邊則是一片平闊的沙地。

「走，咱們進城，今晚可以睡個好覺了。」

鐵木洛老漢抖動韁繩，驅動白駝。

駱駝們似乎也知道了將到達終點，都有些興奮地加快了腳步，「噢兒、噢兒」地叫起來。

哦，黑土城子。誘人的黑土城子。

五

她，孤獨地徘徊在村西北那片小榆林中。

面容依舊清秀，經歷了前一陣感情的波瀾，她的神色卻沈穩了許多，不像當初那麼激情、幼稚和熱狂浮躁。抿緊雙唇，眼睛裏有了思索。

她時常到這無人的小樹林裏散步。想想心事，想想自己和那位遠赴大漠至今不歸的男人之間的情感之事。由於遠離了實在的人，她考慮起來冷靜了許多，這是個間離作用，距離產生思想。

她在小沙村長大，長大後，到哲盟的通遼師範讀書，畢業後回村當個小學教師，後因大哥的關係，改行當了一名文職人員，在旗府工作，在小小縣城，她是高傲的公主，雖然未見過大的世面，可也在不大不小的中等城市通遼，接受過幾年中等文化熏陶，自然而然地在小縣城自命不凡起來。

白爾泰的出現，白爾泰身上表現出的那種深層文化人的孤傲，一下子征服了她的心，她變得不顧一切，卻忘記了若違背自然程式，「強扭的瓜不甜」這一結局。於是，她要承受這種感情的折磨。

她時時想，自己哪點做錯了，自己的條件、地位、家庭環境，以及品行相貌，哪一點比不上那個窮酸文人？可白爾泰的態度，若即若離地應付自己，深深刺傷了她那脆弱又高傲的自尊。

她此時的心情清醒了許多。她想通了白爾泰所說的話，先以朋友相處，她不能一見對方是合適人選，便以一種功利心態追求和捕捉對方。看來錯就錯在這裏。

她兀自苦笑了，長歎一口氣。

斜陽，暖暖地照射在沒有葉子的樹木間，腳下的土地稍稍變軟，冬天基本過去，沙漠這邊的田野上農民們開始勞作，大地正在復甦。從土地上、從發青的樹枝上、從麻雀的歡叫上，都可聞到春天要來臨的氣息。

她心中也隱隱春潮泛動。一個花期稍晚的年輕女人，想委身於情郎的那種期盼和渴望，如那乾草根下新從土裏往上拱的嫩芽，使她心顫。

他爲何還不歸來？就是他不要她，她也願意跟他在一起，工作，說話，一起尋找薩滿教的線索。她喜歡他那可笑的笨拙和木訥，他那固執和孤傲，有時沒必要的謙卑。

她著急，也有話告訴他。經過自己幾次拜訪老喇嘛，甚至由老支書齊林帶著她去找老喇嘛吉戈斯，並抬出大哥，事情終於有了突破性進展。

據老喇嘛吉戈斯神神秘秘的介紹，鐵木洛老漢的一個叔叔，當年曾經是一名薩滿教的「孛」。那會兒他小，也就是五六歲，不很懂事，家人把他送到庫倫大廟上當小沙彌，在他七八歲時，旗上的喇嘛王爺召集了全旗的「孛」和「列欽」開會，勒令他們不再當殺生的「孛」，改邪歸正，讓他們轉信佛爺。從此，庫倫旗的「孛」迫於形勢，基本全歸順了喇嘛教，改信了佛爺，傳說當時有六個「特爾蘇德・孛」逃出庫倫，不知去向，後聽老人講，其中就有鐵木洛老漢的先人。

留在旗裏的那位鐵木洛老漢的叔叔，雖然明裏投降了廟上，可暗中要是百姓請他，他還是跳「孛」，後來被喇嘛王爺查禁。「土改」前幾年，因參與「倒喇嘛王爺」的運動，被庫倫旗最後一位王爺羅布桑・仁欽把他關進了大牢。後來，他從牢裏逃脫出來，回村裏務農，不久，又被旗保安隊拉去當嚮導，追蹤一夥兒叛匪，結果打仗時，被叛匪的流彈給打死了。這就是他所知道的村裏最後一個「孛」的情況。

當她問到鐵木洛老漢的情況時，老喇嘛說，小時候他並不知道有這麼一個人，他們鐵家人也從未說起過，後來「土改」前後，他從外地回村來的具體情況，老喇嘛也不很清楚。但從各種蛛絲馬跡和議論判斷，鐵木洛老漢的歷史跟「孛」很有關係，人們過去也曾議論過，他們家祖先中出過大「孛」。

她知道了這情況，心裏很興奮。終於幫助白爾泰辦成了一件事，摸到了新線索，進一步確定了鐵木洛老漢是最終關鍵人物。由此想到，白爾泰緊盯住鐵木洛老漢是何等正確。看起來木訥的這個木頭人，辦起事來的確心中有數。

她抬頭遙望西北方向，大漠茫茫。

此刻，你在哪裡？還安全嗎？何時是歸期？她輕輕歎氣。

她慢慢往回村的路上走。踩著乾軟的樹葉，聞著春天的潮氣。

在村口，她碰見二哥古順正和在老牆根曬太陽的胡大倫說話。胡大倫的病情顯然好了許多，神志也已正常，不過臉色還是黃瘦黃瘦，一雙眼睛仍有些賊亮賊亮，透出一股神經衰弱者常有的那種失眠後的過分亮晶的目光。

「小樺，一個人野外瞎走，不害怕呀？」二哥古順遠遠打招呼。

「大白天的怕啥呀？老狐狸也跑了，啥玩意兒還能嚇人？」古樺笑著看一眼胡大倫，「我待在屋裏悶得慌，出來透透氣。」

一聽「老狐」，胡大倫身上不由得打了個冷戰，苦笑著說：「老妹兒，別提那鬼東西了，想起來就害怕。一個人到野外散步，有心事吧？」胡大倫不陰不陽地笑笑，村裏早已傳開她和白爾泰談戀愛的事，他當然也清楚。

「我有啥心事啊，有心事的才是你們倆哪！在村頭嘰嘰咕咕，又不知神神秘秘地商量著啥鬼花樣呢！」古樺嘴上不饒人，如刀子般劃在他二人要害上。

「小樺，妳怎這麼說話！」古順瞪妹妹一眼，「人家胡大哥病剛好，說說話也犯法呀？再說哩，大哥只是讓他暫停了村長的職務，沒有說撤職，等病好了再說嘛，這就是說，他病好了還可以當村長，是不是？」

「噢，原來你們倆在這兒鬼鬼祟祟，商量著如何復辟哪？真有你們的，還做你們的春秋大夢，出了那麼多人命關天的大事兒，還想著重新當官兒！唉，咱們中國人怎就都那麼官兒迷呢，包括大

字兒不識幾個的農民！真是邪了門兒了！」古樺說完，揚長而去，丟下兩個人愣在原地光嘎巴嘴，瞠目而視又無可奈何。

「這丫頭越來越野了，不用理她，咱們說咱們的。」古順說。

「唉，這年頭，虎落平原，誰都叨咱們一口，真難嚥下這口氣！」胡大倫忿忿地看著身後，村莊和田野上有忙碌的村民，「以前誰見我都點頭哈腰，殺豬包餃子都喊上我，現在倒好，有人路上碰見我昂著頭走過去，硬是沒見著我這大活人一樣！我有病想借劉三兒的好驢套車去趟醫院，可他硬是把我給撅回來了！你想這世道，這些勢利小人，當我在臺上時，都一個個小哈巴狗似的，我放個屁都說香！現在，我倒成了一堆臭狗屎，誰見了都躲著走，真他娘的腿！」

「我還不是一樣，咱們只好忍一忍了，胡大哥。那一天，我去鄉裏見著劉鄉長，訴了訴苦，他卻叫咱們別再折騰了，說上次是咱們拐帶了他受通報批評。這小子現在也猾得像兔子一樣了。」

「都他媽爲了保官保烏紗帽，往後不用理那孫子！」胡大倫琢磨著心事，又說，「聽說你大哥上盟裏開會去了，不知回來沒有，咱們這事還得找他。旗裏邊有傳聞，說你大哥要調到盟裏去，上邊要派個新旗長來，不知道是真的假的。」

「我也聽說大哥要動窩兒，上頭徵求過他的意見，好像他表態不把庫倫北部沙漠治出個樣子，哪兒也不去。你說他傻不傻，提拔他到盟裏去當官兒，他還不幹！」

「哼，你我懂啥，人家下的是大棋，將來搞出大成績，那提的官兒還不得更大呀！可話說回來，這北部沙鄉沙漠治好談何容易！不小心還有陷在這兒的可能喲！」胡大倫莫測高深地說著，歪起頭看一眼有些變涼的太陽。

他背後是一堵矮牆。舊土牆被人遺棄不用，風蝕雨淋後變得上豁下空，不知哪一天一陣大風會把它吹倒，可此刻依舊苦撐著，頑固地挺立，以顯示自己還是一堵牆。

「是啊，我也覺著玄乎，啥『家庭經濟生物圈兒』，名字倒好聽，可村裏像老鐵子倔巴頭那麼往死裏幹的有幾個呀？別說，我大哥還真看上他了，說是還要讓他當村長哩！」

「啥？有這事？」胡大倫立刻盯住古順問，聲音都變了。

「當然有了，都找他聊過，只是他沒答應，說先進大漠，殺那隻玷污了他家祖墳的老銀狐回來再說。你沒瞧見咱村的村長位子一直空著嗎？你當是真留著等你復出哪？早有主兒嘍！」

「不成！我是大夥兒選出來的村長，憑啥撤我？我現在病好了，我要開始工作了！讓誰也不能讓那老倔驢騎到我的頭上來！」胡大倫喊叫起來，黃臉發青，亮眼睛更亮更鼓起來，從土坎兒上霍地站起身，向村裏走去。

「你幹啥去呀？」古順從他身後問。

「我去找老齊頭兒，告訴他我病好了，我要當我的村長！」胡大倫頭也不回地留下這句話。

古順有些後悔自己多了一句嘴，給齊林支書惹出這個麻煩來，不過轉而一想，也好，讓他去折騰折騰，出出氣。

自打被免了副村長和民兵連長的職務，他總覺得空落落的，沒有了往日的權力，在村裏很不習慣，心裏不順暢堵得慌，有時心中暗暗責怪大哥太不顧手足之情，沒有關照自己。因而他常常希望村裏再出點啥事，看看熱鬧。

齊林老支書剛從沙坨裏回來，捶著腰，準備吃飯。這時，臉色異樣的胡大倫走進他的屋裏來。

「老胡，坐坐，你真是稀客，身體怎樣？一塊兒喝兩盅？」齊林熱乎地寒暄著，心中也犯起嘀咕：他這是啥來頭兒呢？

「老支書，我現在還有啥心情喝酒喲，我有話跟你談。」胡大倫坐在炕沿上，不冷不熱地開口。

「有話跟我說？好哇，咱們倆也好久沒說話了。」齊林拿出一盒煙遞給胡大倫，他自己是不抽煙的，他的支氣管兒就是年輕時被煙熏壞的。

「老支書，我的話也很簡單，現在我的病全好了，精神也好多了，我想，嗯，出來工作……」

「出來工作？」齊林心中吃了一驚。

「是的，村裏的工作這麼多，不能老讓你老人家一個人撐著呀？我就出來當我的村長，給你減輕點負擔吧！」胡大倫說得一本正經，毫不含糊。

聽了這話，齊林老支書似乎不認識似的看了看胡大倫，又懷疑他是不是精神上還有些不正常，可對方鎮定自若，氣色冷靜，只是口氣上有些咄咄逼人的味道。這回，齊林老支書犯難了，他怎麼答覆呢？難道胡大倫真的至今不明白，上頭古旗長他們實際上已經撤了他的職嗎？出了那麼多事，沒對他進行明確的處分，是因爲看在他病情較重，又是屬於精神方面的毛病，所以把事擱起來。可是換村裏的領導班子，重新整頓班子這事，是古旗長早就明確定下來的事了，而且也早已內定，等鐵木洛老漢回來後讓他當村長，帶領全村人治沙搞「生物圈兒」。現在胡大倫公開要求恢復職務，自己怎答覆好呢？

齊林老支書琢磨片刻，仍笑吟吟地對胡大倫說：

「老胡啊，你想工作的心情我理解，可這事不是我老齊頭能決定的事，前一陣子的事，旗裏決定整頓咱村領導班子，要提前換屆，只是因爲有些具體原因，暫時讓我這老病號代理兼管著，這不，這些日子我天天往沙坨子裏跑，搞調查搞測量，準備把那些能改造的沙窪子全分給各戶，攤牌著幹，旗和鄉裏的治沙工作隊也馬上要進村了，大家都忙得顧不上啊。你的事到底怎著，那只能等古旗長從盟裏開會回來，由他決定了，你就直接找他提要求吧，好不好？我的情況你也不是不知道，還不知道幹幾天呢？」

一席話，說得胡大倫不知道怎麼再開口，心中暗罵：老狐狸，輕巧地推到上頭古旗長那兒了，真他媽油滑透頂！

「那照你的意思，村班子要是整頓我還有事了，是不是？」

「有沒有事，我可不敢說。前一陣兒抓了幾個，古順被他大哥臭罵一通就地免職，楊所長也受處分調離咱們鄉，劉鄉長受通報批評，老胡你想想，咱們村出的事小嗎？你老胡前一陣兒有病，精神又不大好，所以旗領導沒找你談，讓你好好養病，尤其考慮別再讓你精神上受刺激，領導上對你還不錯的……」

聽到這兒，胡大倫啞口無言，心裏已經清楚，那話的意思是：你老胡不知輕重再鬧騰，那等於自己去主動申請處分或處理呢。可他心裏不服呀，要是真的讓那個死老漢上臺，那還有自己的好果子吃嗎，經歷了這麼多年大風大浪，好容易熬到哈爾沙村的頂上位置，就這麼輕而易舉、稀里糊塗地下來，他實在不甘心，咽不下這口氣。可這老齊頭說的也是實情，別的當事人都受了處理，自己

因病逃過這關，如果再提舊賬，自己真說不定是主動申請處分呢。

他有些悻悻地告辭出來，回家的路上心裏咬著牙想：騎驢看唱本，走著瞧，十年河東十年河西，咱們等著看，我就不信我老胡的路子走到頭了！

「胡大村長，你這是跟誰較勁呢，咬牙切齒攥拳瞪眼的！嘿嘿嘿……」有一人從路旁鑽出來，陰陽怪氣地衝他說。

胡大倫一見此人，更是氣不打一處來，見了蒼蠅般地厭惡起來。說話者是杜撇嘴兒「杜半仙」，額頭上紮著黃布帶，黃不拉嘰的臉上擠堆著肉皮乾笑，一雙眼睛比胡大倫的眼睛還賊，如水缸裏掉進兩隻亮玻璃球般死亮死亮。那麻稈兒似的瘦小身板兒，一笑三晃，要是風吹得厲害點就會刮倒的樣子。顯然她也大病初癒，拄著拐棍在村街上溜躂，這都是些閒不住的主兒。

「死巫婆兒，閃一邊兒去！別叫我噁心！」胡大倫惡語相加，毫不客氣地把氣兒向她撒。

「呵，官兒下來了，僚兒還沒下來，脾氣還挺大！你別走，我有賬跟你算！」杜撇嘴兒攔住了要走的胡大倫。

「耍啥無賴，我不欠妳一分一毫！」

「啥，你帶人開槍打傷我，就把那個愣頭青推出去當完事啦？你是罪魁禍首！我住院那麼長時間，我的醫藥費，身上的損失費，都衝你要！你得給我賠償！」杜撇嘴兒嚷嚷起來。

「妳那是搞迷信，自己撞槍口的，妳賴誰呀！」胡大倫沒想到杜撇嘴兒會來這一手，有些慌。

「誰說搞迷信就可以開槍打？還有沒有王法？你還是黨員、當村長的官兒哩！你得給我賠，不賠，我告你去！」杜撇嘴兒不是省油的燈，不是一句「搞迷信」就能嚇退的主兒。其實她那醫藥費，大部分已由那位開槍的愣頭青家承擔了，她只是覺得放過了主事者胡大倫，太便宜了他，所以心裏有氣地來跟胡大倫攪和搗亂。

「妳去告吧，我等著，我老胡怕過啥了！」說著，胡大倫繞過巫婆杜撇嘴兒，心虛地疾步而去。

「哈哈哈……看你那熊樣兒！不怕？你別走啊！哈哈哈……我真告你，你等著！」杜撇嘴兒在胡大倫身後開心地大笑起來，挖苦地損說著，渾身亂顫。

村街上聚集了不少看熱鬧的。一隻狗圍著老巫婆兒轉來轉去，她拿拐棍衝狗劃拉了一下，狗卻咬住了她的棍子，一下子把她拽倒了。人們轟地樂了，一個小孩兒叫走了狗。她從地上爬起來，拍打著屁股上的土，邊罵邊搖晃著走。

「這是啥世道！狗和人都欺負我！狗和人都一個德性，都雞巴會咬毛！」

聽她滿嘴髒罵，人們又轟地樂了。

小小哈爾沙村，每天啥新鮮事都發生。

①燒「孛」事件，上世紀二十年代發生在內蒙古東部達爾罕旗，今科左中旗境內，據史料查實，當時燒死幾百名「孛」師。

②據史料記載，道格信大王後被起義造反的奴隸們殺了全族。韓舍旺後投靠日本鬼子，被暗殺，也無善終。

③據史料稱，這次「燒孛」中只倖存了四名「孛」，而民間傳頌則有十三名大「孛」安全脫困，毛髮無損。本書取民間流傳之說。

第十章　回歸自然

人的大腦哎——
病得不輕，
六神無主喲——
走向灰濛，
回歸吧，回歸——
這是銀狐的預言，
這是銀狐的圖騰！
記住吧，人們！
記住吧，眾生！

——引自民間藝人達虎．巴義爾說唱故事：《銀狐的傳說》

一

銀狐又吠嗥起來。

站在高高的沙丘頂上，向著東方，向著大漠，揚起尖尖的長嘴，久久悲涼哀婉地哭嗥。整個沙漠，甚至整個宇宙，似乎都被牠的淒厲的嗥聲所震住，陷入一片死靜，沒有任何回響。唯有這銀狐的悲啼在久久飄蕩著，慢慢消逝在蒼茫的天際。

「狐婆」始終依偎在銀狐身邊。

似乎來了興致，「狐婆」也學著銀狐的樣子，揚起短嘴，衝著東方的天空尖叫了一嗓子。

這一嗓子卻把銀狐嚇了一跳，回首看了一眼「狐婆」，大概牠沒想到，這兩條腿的人也跟牠一樣會發出狐的長嗥，於是親暱地拱了拱「狐婆」的臉。

受到了鼓勵，「狐婆」更是信心陡增，擠著嗓子，尖尖地嗥叫個不停。然後，她咧開長著黃細絨毛的嘴巴笑了，「咿咿呀呀」地衝銀狐似笑似語地比畫起來。

荒漠裏的生活，「狐婆」全然已習慣，牙口變得尖利，身上的沒有衣遮的，皮膚上也長出硬繭，餓了，吃野鼠野草根，渴了，隨銀狐尋沙漠中稀少的水飲喝。銀狐似乎對沙漠中的一草一物都熟悉，只要到了渴時，牠帶著她尋尋覓覓，準能找到水源和食物。她的胃也奇異地變得堅硬起來，吃進什麼都能消化，也特別能忍，有時幾天不吃東西，也照樣沒事，照樣奔跑。而且她的奔跑也變得非常快，不亞於狐狸，四肢格外地發達起來。

這一切，她自己倒似乎沒有什麼感覺，而唯一留在她嘴邊上的一句話就是「鐵山！鐵山！」兩個字。似乎只要跟自己所愛的「鐵山」在一起，至於她變成什麼、吃喝什麼都無所謂，無關緊要。她在不知不覺中，在頭腦不正常的情況下，在廣袤的大自然中發生著演變，爲了簡單的生存，她使自己的所有功能適應著自然環境，順應客觀生存條件，變得強健和堅韌。

當然，她唯一無法改變的是自己的「肚子」。那悄悄隆起的「肚子」，她開始時沒什麼感覺，漸漸，當躺在野外的沙洞中的草窩時，不自覺地摸一摸正發生著變化的肚子。那裏似乎裝進了什麼東西，有時微微顫動。

後來，她的本能終於有所意識，又驚又喜，又怕又怪，又叫又嚷，拉著銀狐的前爪子摸摸自己的肚子，嘴裏斷斷續續地說出些已忘得差不多的人類語言：

「鐵山，這裏……肚子……有東西……草料……房……你……你……我……我……嘎嘎嘎……」她突然爆發出狂笑，爲她自己期盼已久，又付出那麼多痛苦代價之後，肚子裏終於有了孩子而狂喜狂樂，一雙變得野性的眼睛濕潤起來，溢滿淚水，在溫柔中含情脈脈。

而那隻老銀狐呢，似乎被她的舉動弄得莫名其妙，疑惑不解地盯著她狺狺吠叫兩聲。

她對「鐵山」的笨拙和無動於衷生氣起來，學著狐狸的聲音「呼兒、呼兒」低哮起來，然後不知從身上什麼地方小心翼翼地拿出一物給「鐵山」看。這是一捲兒裹傷的白藥布，變得又黑又汙髒，上邊的血跡也呈出黑褐色。

「草料……房……你……跟……我……這……藥布……藥布……」她的手比畫著，做出藥布是當時他「鐵山」包紮頭部傷的，是她那一晚當他匆匆丟下她走時，從他頭上扯拉下來的。

銀狐依然不懂，「哽哽」嗚咽般地吠哮。

她重又拉過銀狐的爪子，放在自己的肚子上，這一回，銀狐似乎有所意識，不是用爪子，而是伸出尖嘴尖鼻去嗅起她的小肚子和她的兩腿間。而後銀狐揚起尖嘴，衝著高空，細細地辨別般地嗅嗅停停，接著便搖起尾巴顯出興奮的樣子，吠叫個不停。顯然銀狐弄明白了。

她抱起銀狐的頭親起來，嘴裏低低哮叫著「鐵山，鐵山」個不停。她似乎沈浸在陶醉之中，終

於為她和「鐵山」給鐵家續上香火而欣喜不已，感到一切受苦受難都很值得，算不了什麼。

自從老銀狐明白了同伴「狐婆」已有身孕之後，也開始變了。每天睡窩穴時，牠的尖嘴伸進她那碎布條下面，用舌頭不停地舔她的小腹和肚臍。這舉動天天如此，開始時她不習慣，後來感到很舒服，似乎覺得一股神秘的氣體透過銀狐的舌尖、透過牠的舔舐，熱乎乎地源源不斷地流進自己的小腹之內，使肚子裏的小生命變得更為安穩和牢固起來。她似乎預感到他們的孩子將來出世之後，肯定是神奇無比和勇敢聰明。

每天出去尋食物時，老銀狐也不像往常那樣迅跑猛躥了，時時回頭關照著「狐婆」，甚至讓她休息不動，牠去尋回食物。

後來，老銀狐領著她向大漠深處進發了。牠似乎預感到什麼，需要找到一個安全而溫暖的、其他人和動物無法找到的秘密巢穴。

她們走了很多天，幾乎跨越了整個莽古斯大漠。最後，銀狐和她來到一座舊土城子。在這裏，早有一個理想的可以孕育孩子的暖窩兒。她們在這裏很安定，歇息幾天，又一同出去覓食幾天，老銀狐很明智地把食物一點一點地儲存在土城子的一間地下房窯內，那裏陰涼如秋，食物不會腐爛，宜於保存。

有一天，她們在大漠中遇到了那位老對頭。銀狐變得非常警覺，時時提防著，那「狐婆」對那兩個似乎倒不認識了，只是對他們的食物感興趣，老想圍著他們的食物轉。

銀狐領著「狐婆」遠遁。可始終甩不脫追蹤者，又不敢帶著他們回老巢，於是他們在沙漠裏玩起捉迷藏。

終於，老對頭放棄了追蹤，丟下她們的腳印直奔大漠深處而去。老練的銀狐更是起疑了。牠反而悄悄跟蹤起這兩個人的足印，一直目送著他們走進他們的老巢——那座舊土城子。

於是，牠遠遠站立在沙山上長長嗥叫起來。「狐婆」也學著嗥叫。這兩聲怪異的嗥哮，在沙漠中迴盪，傳送著恐怖的訊息。

那座土城子裏一片死靜。

銀狐蹲坐在後兩腿上，久久地凝視著土城子。眼中閃爍著猜疑、憤怒、不安的光澤。牠意識到，那老對頭的狡猾老道，一點也不亞於自己，他倒先摸進了這座土城子，佔領了自己的老窩兒。牠和她可怎麼辦？

老銀狐漸漸從焦躁中安穩下來，和「狐婆」一起臥伏在沙山上的一處隱蔽處，等候天黑。

當那輪火球躲進大漠那頭之後，這黑暗的世界就屬於他們了。因為，牠長著一雙黑夜裏照樣燃燒的綠色眼睛。

二

這是一座死城。

殘垣斷牆是死的，碎瓦陳磚是死的，甚至空氣也是死的。這都是因為周圍的沙是死的，是沙把這座原有生命的土城，活活給扼殺死了。於是形成如今這樣，萬古的死氣和荒涼。

「老天，這裏可太靜了，死靜死靜的！」白爾泰隨鐵木洛老漢踏進黑土城子，牽著駱駝待在那裏感歎。

「這裏的另一個名字，就叫死城子，當然沒有活氣兒了。」老鐵子似乎熟識這裏的佈局位置，向土城內的一處如迷宮似的層層土牆內走去。

「老爺子，你知道這黑土城子是哪個朝代的嗎？」白爾泰瞪大了驚奇的眼睛，觀察著那些半露半埋在沙土中的城牆殘缺。

「聽我爺爺講，好像是遼代的。從這裏往西南上百里，就是遼代的東京。這土城子好像是遼代的一座州府。」鐵木洛老漢不覺中第一次說出他的爺爺。

白爾泰以前曾查閱過史料，在北方的草原上，就是建立遼代的契丹族最早開始墾荒耕種，把原先的遊牧經濟轉爲固定的農業經濟，結果，農業經濟使社會文化及政體結構發展了，然而賴以生存的草原土地卻退化了，在地底沈睡千萬年的沙子這惡魔被犁尖解放了出來，日益吞噬良田草地。

滄海桑田，日月輪迴，曾雄踞北方的契丹族連它的民族、文化、經濟均埋進沙漠下邊，唯留下黑土城子這樣的死城殘墟，令後人感歎悲噓，生出「前不見古人，後不見來者，念天地之悠悠，獨愴然而涕下」的世紀末感慨。

「老爺子，我看過一篇資料，中東敘利亞大沙原上，也從沙底下挖掘出過一座古城，叫埃布拉古城，是一座十萬人口的城市，當初也被黃沙埋進地底。這座黑土城子跟它很相似，只是不知道地底下的部分有沒有價值，考古家們來沒來過這裏？」白爾泰思索著說。

「得了得了，別提啥考古家啦發掘啦，他們一來，啥都毀了，叫黑土城子安靜待在沙底下吧。」

白爾泰看了看老鐵子，沒說話。

「當年，來過那麼兩位，非要我帶他們來找這座黑土城子，我就帶他們在沙漠裏轉了半個月回去了，我告訴他們，黑土城子還埋在沙底，啥時候被風吹出來了，我再通知他們來考察，哈哈哈哈。」老鐵子得意地笑起來，笑聲在死城裏回聲很大，傳蕩很遠很久。

「你這倔老爺子，真有你的。」白爾泰也笑了。

他們穿梭行進在一座座舊院牆和殘存廢墟間。這些古建築，地上部分都沒有頂蓋，磚土結構的牆壁則倒塌、裸露、毀壞、風蝕雨侵後豁牙露齒，沙土中埋著腐爛的陳物和古陶舊瓦。老鐵子並不在意這些古城遺址的奇象，不像白爾泰走走停停，摸摸這碰碰那，滿懷著好奇探究之心。

鐵木洛老漢終於停下了。

「就這裏了，沒錯，就這兒。」他站在一座倒塌的磚石牆壁前邊。顯然這裏是一座舊宮殿，牆磚堅固，面積挺大，半埋半立的宮牆呈出黑褐色，依稀辨出宮門殿前的痕跡。

只見老鐵子丟下駝韁繩，向前走過去，在一堵完好的舊壁下邊蹲下來看看，然後從駝架上拿下一把小鐵鍬，又走回舊壁下，挖起下面的經雨水澆濕後變得乾硬的積沙。

白爾泰想幫忙，老漢把他推開了，說別礙事，他只好靜靜地看著老漢一鍬一鍬地挖沙土，清理舊宮牆下的所有沙土和沈積物。

不久，舊宮牆下部，露出一扇石板門。鐵木洛老漢放下鐵鍬，用肩部頂扛那扇石板門。他頂得臉漲紅，額上青筋暴突，只聽「吱嘎嘎，吱嘎嘎」的聲響，石板門終於被移動到一邊。

白爾泰發現，石板門後邊原來是一個黑洞，通向地下，黑咕隆咚，深不見底，有階梯，從裏邊吹出一股陰冷陰冷的微風，刮在臉上涼颼颼冷麻麻的。

「老爺子，這黑洞下邊是啥呀？」白爾泰驚奇地問。

「地下宮殿。這上邊宮殿的地下部分。」

「你老爺子對這裏好像很熟悉。」白爾泰疑惑地說。

「太熟悉了。」

「過去來過？」

「來過。別問得太多了。」

「只剩一個問題，你現在打開它是……」

「我們要住在裏邊。」

「行嗎？」

「遼代州府老爺的地下寢宮，怎不行。你不願意，可以住在上邊的黃沙上。嘎嘎嘎，嘎嘎嘎……」老鐵子拿白爾泰開玩笑。

「不不不，我還是隨你老人家住州官老爺的寢宮吧，上邊是下人丫環們的住地兒。」白爾泰也笑著說，「不過，老爺子，你那老對頭——老銀狐住在哪裡呢？」

「等安頓完了，我去找找，跑不了哪兒去，肯定也在哪個舊牆角落裏搭了窩兒。別急，她們還沒回來呢，我們得耐心等。」

說完，鐵木洛老漢把駱駝牽進宮牆之內，讓駱駝跪下後，開始卸東西。白爾泰也照著他做。他們把駱駝韁繩拴在牆角的石柱上，又拿出些豆料鹽巴餵給駱駝。駱駝已釋重負，安閒地吃起來，享受主人的恩賜。

「好啦，駱駝就住在這兒。」

「我們住下邊。」

「但有話跟你說，」老鐵子嚴肅起來，眼睛盯著白爾泰一本正經地說，「到了下邊，你不要亂動亂摸，不要瞎走，要聽我招呼。」

「好好，沒問題，絕對聽你招呼。老爺子，下邊到底有啥呀？」

「等會兒下去就知道了。」

「那咱們快下去吧，等啥呀！」

「透透氣，等裏邊的陰冷死氣換乾淨了再下。你急啥呀！」老鐵子白了他一眼。白爾泰頓時緘口了，伸伸舌頭，整理起馱架上的東西。

「我們先搭灶做飯，吃頓熱乎粥吧。這兩天頓頓乾嚼炒米，胃都撐硬了。」老鐵子說。

「好吧，我出去揀柴火。」

「土城子後邊那座沙山腳下有柴草，你帶一把鐮刀去吧。」老鐵子想了一下，又說，「算啦，我跟你一起去吧，別一會兒你迷路了，轉不出死城子回不來了。」

「也行啊，有老爺子帶路更好。」變得很乖的白爾泰不多說什麼，兩個人帶著背柴火的繩子和砍柴的斧鐮，奔城北而去。

幸虧是老鐵子自己帶路，左轉右繞，穿過迷宮似的城北部地帶，他們來到城北邊，那座高大巍峨的沙山腳下。

其實，這是一座真的由岩石組成的山，只是經過了多少年大風吹來黃沙，漸漸被黃沙掩埋住，那岩石也日夜被風摧沙蝕，演化為手搓可化為沙質灰土的沙石岩，一座石頭山也活活地被黃沙吞噬掉了。大自然真無情，不可抗拒，它殘酷得讓你面對這座沙山，渾身發抖。

「別站在那兒發愣了，砍柴吧。」

「老爺子，這石頭也會變成沙粒兒呀？」

「這有啥稀奇的，有朝一日，整個地球都有可能變成一個沙球！這都是人自個兒折騰的！」老鐵子不知衝誰發火兒似的，說了這麼一句，便砍起那一叢叢稀稀疏疏的沙漠植物酸棗棵子。畢竟是一座山，還有儲存雨雪積水的功能，山腳下的沙質土上，還能生長出些稀稀疏疏的沙生植物。

「老爺子，這塊地還能長柴草，要是雨水好，這裏還可以種莊稼哩！」

鐵木洛老漢看他一眼，似乎心有觸動，思謀著說：「你的話沒錯兒，倒提醒了我，將來在這兒開闢一個小綠洲住一住倒不錯。我煩透了村裏的那些事，人他媽的都像狼似的，一睜開眼就琢磨著互相咬，沒勁透了！」

白爾泰理解地笑一笑，說：「在這兒出家倒不錯，只是水源成問題。」

老鐵子向他神秘地眨眨眼：「有水，這裏還有一條河哩！」

「在哪兒？」白爾泰茫然四顧。

「不在上邊，在地下，回去我帶你下去看一看。」老鐵子丟下吃驚地瞪大眼珠的白爾泰，不再說話，揮鐮砍柴。

回去的路上，他們就聽到了那聲怪嗥。那個恐怖而淒厲刺耳的哀嚎，不知從哪面的沙漠裏傳出來的，久久地在黑土城裏迴盪。

「她們來了，咱們快回去！」

「果然叫老爺子猜著了，這裏是她們的老窩兒！」白爾泰隨著老鐵子小跑起來。回到住地，撂下柴火，鐵木洛老漢從馱架上抽出獵槍，對白爾泰說：「走，咱先去察看一下她們的老巢在哪兒，回來再弄飯吃。」

「東西就放在這兒呀？她們來偷怎辦？」白爾泰想起那一晚的事兒，擔心地說。

「沒事兒，天黑以前，銀狐那鬼東西絕不會進土城子一步！放心！」老鐵子說完，大步流星往外走，白爾泰拿起剛才的砍柴斧頭，緊跟上老頭子走出舊宮廢墟。

他們從黑土城子的一頭兒開始搜尋，梳頭般細細地查看一處處舊牆陳隅，一座座殘墟古址。經驗老到、富有追蹤技巧的老鐵子，憑他對動物秉性和周圍環境的敏銳判斷，終於在城東一處半地下的暗窯，找到了銀狐老巢。看其樣子，這是一戶富裕人家半地下窯房，專門儲藏物品用的，裏邊乾軟的沙地上，鋪著一層軟軟而溫暖的蒲草葉子，可供躺臥。房角有些破罐兒，還有些曬乾變硬的野兔和山雞等食物，顯然那是儲存下來的東西。

「哇哈，過得蠻不錯嘛，有吃有喝——咦？她們喝什麼呀？」白爾泰感歎著問。

「我估計，哪塊地窖中有雨雪積下的水，或者附近哪塊兒還有水泡子，老狐狸當然會找到沙漠中的這些極少的水源了。」老鐵子說。

「下一步怎麼辦，老爺子？找出了老窩兒，你怎麼對付她們？」白爾泰關心起來。

「我要打死牠，扒牠的皮！」老鐵子依舊是那句充滿仇恨的話，「走，咱們先回去，等老銀狐

歸窩兒了再來。」

他們原路回到住地。

三峰駝依然安詳地嚼著食物，見主人回來，「噢兒噢兒」地叫了兩聲。

他們開始燒火做飯。死城子裏，多年來頭一次升騰起人間煙火。

由於無風，空氣寧靜，那縷炊煙拔得老高，淡黃色的煙霧直直升入高空雲際才消散。他們美美地喝飽了熱乎乎的大糌子粥，然後，老鐵子對白爾泰說：「走，咱們下去安排睡的地方兒去！」

鐵木洛老漢從馱架上的大口袋裏，拿出早已準備好的一盞馬燈，裝上油，點燃之後提在手上，走向旁邊牆下的那個黑乎乎的地宮進口，回頭吩咐白爾泰：

「你扛上咱們的行李物品，小心跟在後邊。」

他們沿著磚石階梯往下走。每處拐角都置放著一個挺大的立體銅鏡，可以相互反射陽光，正好照進地下宮內。每面銅鏡古樸古色，鑲在黑檀木框架裏，高雅而結實，足見主人的精心設計和良苦用心。

白爾泰驀然有種預感，他正在接近自己多年來孜孜追求的那個神秘的歷史——薩滿教的秘史。他從老鐵子那變得嚴肅莊重的臉色、那雙顯得神聖虔誠的目光，感覺出這一點。

他的心猛烈地跳蕩起來，雙手有些發顫。他不停地告誡著自己：別說話，別打攪他，別碰撞東西，一切聽他安排，既然他帶你下到地宮，肯定也會向你袒露那埋藏多年的秘密的！可一定要小心，千萬不要惹翻了他！

轉了三次彎，每段臺階有十八級，越是往下走越陰涼，不時還有一股潮濕氣飄散上來，比起上邊大漠的乾燥空氣可舒服多了。

鐵木洛老漢終於停下了。借助從上邊反照下來的日光和老鐵子的馬燈光，白爾泰發現，他們是站在一間精緻而較寬敞的地下小寢宮之內，約有幾十平方米，八角形呈圓狀，上頂穹隆而帶裝飾花邊，周圍牆則全是大塊兒平面石板砌築而成，上有浮雕圖案，有些是狩獵圖，有些是宮廷生活圖，靠左側牆，置放著一張寬大的雕刻而成的石床，古樸而華貴，床旁是石礅石几，還有石盆陶器等物。床旁牆上有凹槽兒，裏邊可以置放燈盞和書籍或其他日用品，另一牆上還鑲有銅鏡，鏡前是石桌梳粧檯。

「老爺子，這裏可真棒，這位州宮老爺還真會享受！夏天，上邊肯定是大漠中酷熱難當，所以不計費工費金，搞出這麼一間地下寢宮，躲避上頭的酷暑！」白爾泰說。

「你說得不錯，那會兒這一帶雖然沒有像現在這樣全是沙漠，可也沙化得差不多，夏天一定是很熱了。還有一個更神奇的，你知道下邊的潮濕涼爽空氣，是從哪兒來的嗎？」

「從哪兒來的？」白爾泰的確深感蹊蹺。

「跟我來！」

鐵木洛老漢提起馬燈，讓白爾泰把行李放在那張大石床上，白爾泰自語般地說：「這回可以體驗州府老爺的生活了！」然後隨老鐵子向牆角走過去。

只見那裏有一扇半開的石門，由於光線暗，白爾泰沒發現，老鐵子領著他由那扇門進去，再順臺階往下走下去，不久，白爾泰便隱隱約約聽到了淙淙水聲。

「水聲！流水聲！」白爾泰驚呼。「真有一條河，這裏真有一條地下河！」說著，他們便順臺階到了河邊，老漢舉起那盞馬燈照了照。

只見一條大約有兩米寬的河水，從深處的溶洞裏流出來，再沿著一條狹長的溶洞往下處流過去，在燈光下閃出藍幽幽的光澤，發出淙淙錚錚的聲音，有股陰涼而潮濕之氣冉冉升騰，撲面而來，令在沙漠裏待久的他們渾身感到舒服。

「啊，太神奇了！神奇的大自然！太美妙太神奇了！」白爾泰一邊感歎，一邊俯跪下去洗手洗臉，再用手捧著喝喝那河水，「這真是上天的仙露水，陰涼又好喝！太妙了！」

「是啊，誰也不知道它是從哪裡流出，又流向哪裡，別看這裏是大漠，可大自然，上天的創造，我們人是沒辦法知道它的全部的。當初，那位州官建這地下寢宮時，不知道是先知道有河而建的，還是建宮時巧合而發現的河。不過以我猜想，他可能先知道這裏有條地下河。」鐵木洛老漢沈思著這樣說。

「是嗎？那這位州官不是一般人物。」

「你說對了。」鐵木洛老漢的眼睛，在燈光下突然閃射出深邃而幽遠的睿哲之光，這是白爾泰從未見過的。「這位州官名叫耶律文達，他是遼國的一位很有名氣和地位的薩滿教大師，據記載，他通曉天文地理，還當過遼國的副國師。所以，他先知道這條地下河，一點也不奇怪。」

「薩滿教大師？這位州官是一位薩滿教大師？」白爾泰驚異了。

「這也沒啥稀奇的，那時候，黃教沒有進入北方草原之前，這裏的蒙古、契丹、女真、鮮卑等民族都信薩滿教，薩滿巫師在朝內都享有國師之類地位。這些你應該知道的，成吉思汗的好多著名戰將和智囊人物，也都是『孛』師。」

「這些我是知道的，我研究這個。可我冒昧地問一下老爺子，這些你是怎麼知道的呢？」白爾泰壯著膽子，試探著問。

「哈哈哈……」鐵木洛老漢爆發出爽朗的大笑，在地下寢宮和河的溶洞中迴盪，「你跟我來，你很快就知道這些內幕了，哈哈哈……」

他們又順原路登階梯而上，回到耶律文達的寢宮。

鐵木洛老漢走到另一牆角，只見他伸手摸了摸，拉開一個栓，然後用手推了推一扇與牆壁同一花色的石門。「吱嘎嘎」，沈重的石門緩緩啓開，門後又神奇地呈現出一間暗室。

鐵木洛老漢提著馬燈走進去，後邊跟著白爾泰。這時的鐵木洛老漢臉色凝重，腳步輕緩，走到這間密室的一面牆前。

只見那石牆上，掛著一幅很寬長的人物圖像。鐵木洛老漢在這幅圖像前雙膝下跪，雙手伏地磕頭膜拜，嘴裏輕輕說道：

「爺爺，小孫兒前來向您老人家跪拜磕頭了！您老仙靈萬安！」

鐵木洛老漢滿臉虔誠，兩眼在燈光下閃著淚珠，黑蒼的臉變得哀婉而溫情，久久地跪在那裏，嘴中默禱不停。

白爾泰被老爺子的那種凝重和虔誠所感動，屏住呼吸，有些緊張地也跪在老鐵子的身後。他悄悄抬頭端詳那幅圖像。有上下兩軸，絲綢上裱著宣紙，上畫的是一位老人像。那老人鷹目聳眉，一張剛毅而威嚴的圓臉，一縷黑髯鬚飄在胸前，身穿長袍，端坐在一張太師椅上，給人一種高貴而超

人的威懾力，不敢久視，那雙銳利的鷹眼盯視著你，似乎能穿透你的五臟六腑。在圖像的下角寫有一行字：科爾沁神孛——鐵喜大師遺像。

鐵木洛老漢默禱完畢，站起來，對白爾泰莊重地說：

「到了今天，我也不必瞞你了，我爺爺就是當年叛出庫倫旗的『特爾蘇德．六孛』之首，威震科爾沁草原的名『孛』大師，名號爲鐵喜老『孛』，也就是那位授封於成吉思汗親弟哈布圖．哈薩爾親賜的、祖傳名『孛』第二十五代傳人郝伯泰大師的徒弟，經歷『道格信』瘋王火燒千名『孛』後，倖存的十三神『孛』的爲首大『孛』……」

鐵木洛老漢嗓音有些哽咽，心情激動而莊嚴，微微低下頭，似乎陷入那遙遠的往事長河中追索、思念，心中又似乎奔騰起千軍萬馬，燃燒起萬丈高焰，那波瀾壯闊的歷史畫卷似乎重新浮現在他的眼前。

他浩歎一聲。

「往事如煙，天地茫茫！兩千多年的蒙古薩滿『孛』，最後一撥兒精英叫一場大火燒滅！這是天道逆轉，地理返輪，草原的災難不是人力所能挽回！哦——額其克．騰格爾——長生天！」

「老爺子，那您就是那位傳說中潛回庫倫北部的『黑孛』傳人了，是吧？請告訴我。」白爾泰虔誠而恭敬地探問。

「大道已滅，我這偷生者還有啥臉面稱自己是『孛』教傳人！我早已放棄演習『孛』法了。」

老鐵子黯然神傷，一臉悲戚之容，不堪回首往事，提著燈又向前移動，從遺像前的石几上拿起一個木匣。

老鐵子的手微微顫抖，他輕輕打開匣蓋，裏邊用紅褐色錦緞包裹著一個東西。老鐵子拿起這錦緞包裹，鄭重地交給白爾泰，說：

「這是我爺爺畢一生精力所撰寫的書，叫《孛音・畢其格》（孛書），記載了他老人家所有『孛』的學問，以及整個東蒙薩滿『孛』的狀況和有關歷史。今天，我把它交給你。你的行爲和爲人感動了我，再說，東蒙科爾沁『孛』的歷史也不能埋在地底下，也應該讓後人知道這個過去輝煌過上千年的『孛』教是怎麼回事。那我也對得起我爺爺，也對得起『孛』教祖先了。」

白爾泰接過錦包時，雙手劇烈地顫抖，胸中湧動著波濤，他感覺似乎接過了整個歷史，嘴裏喃喃低語：

「感謝老爺子的信任，我不會辜負您老的信任，一定好好學習和研究，讓這部書放射出光芒！」

「那面牆上，我爺爺還畫了『行孛圖』，在書裏不懂的地方，你可以參照那些圖。」鐵木洛把手裏的馬燈交給白爾泰，又說，「側面牆上還刻著一段文字，記述著這寢宮的主人——那位遼國契丹族薩滿巫師耶律文達的身世，從中也可以瞭解到一些契丹人的薩滿教狀況。好了，你在這兒自己先看吧，我上去照料一下駱駝和我們的東西，夜裏我還要去對付那隻老狐狸哪！」

「老爺子，什麼時候給我講講你和你爺爺爲什麼躲到這座黑土城子，老太爺的晚年情況如何？這些對我都是個謎。」白爾泰在老鐵子身後說。

「不要著急，我會慢慢全告訴你，這是一個漫長的歷史，也是一部痛苦的故事。你先看看書和牆上的畫吧！」

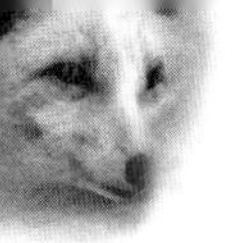

鐵木洛老爺子的身影消失在石門外邊。密室裏又寂靜下來，模模糊糊的光線中，周圍顯得更爲神秘朦朧、不可捉摸，猶如身處一個夢幻般的境地。唯有那張圖像上的老人，鷹眼如燭地俯瞰著他，白爾泰身上不由得打了個冷戰。此時此刻，他手捧珍貴的「孛」書，面對這位一代名「孛」遺像，心潮澎湃，感到數月來的辛苦追索，多年來的孜孜鑽研和探求，今天終於有了豐厚回報，他感謝蒼天，感謝深藏不露的「孛」教傳人鐵木洛老爺子。

白爾泰抑制住自己心情，手捧錦書，舉著馬燈，走向那神秘的「行孛圖」和契丹族薩滿巫師耶律文達的石壁文字。

他正與那神秘的歷史接軌，耳旁似乎迴盪起激越雄渾的薩滿「孛」師的安代旋律。

蹦波來——
唱安代——
天是我父！
地是我母！
萬物自然是「孛」的崇拜！
啊呵嘿——
天久地長，
自然永恆，
「孛」道在萬物！

「孛」道在萬物！

三

草原在悲鳴。

天上的風在嗚咽，地上的水在哭泣。

烏力吉圖草甸上，人體烤焦氣味和血腥氣向科爾沁草原的四方溢漫，空氣中瀰漫著令人窒息的恐怖和壓抑。千萬個百姓被這赤裸裸的燒人、殺戮所震驚、怨怒，儘管老實而軟弱的百姓只敢怒而不敢言，但這種血腥燒殺被人銘記心底，載入史冊，同時，這也在人民心裏埋下了一顆永不熄滅的仇恨的火種。

既然是火種，總要燃燒成大火，清算那歷史的欠賬。果然，沒有幾年，在科爾沁草原上席捲起嘎達梅林起義、陶格陶起義、華連動兄弟起義等等多起聲勢浩大的農牧民百姓反抗道格信瘋王、達爾罕王等蒙古王爺殘暴腐朽統治的運動，果然應了鐵喜老「孛」那句話：拔劍者終亡於劍。

鐵喜老「孛」站在烏力吉圖草甸一處土坡上，向身旁的那十二名倖存的「孛」們沈痛地說：「眾『孛』兄弟們，大家就此散了吧，記住這次王爺們的陰謀，記住這次血腥事件，記住這次科爾沁蒙古『孛』被燒滅的歷史！我想，王爺們對我們十三人也不會放過的，大家往後多加小心，提防王爺們變著花樣的迫害！」

老「孛」長歎一聲，眼淚順著他那黑紅的臉頰靜靜流淌下來。

十三「孛」們相互抱頭痛哭一場，然後相互安慰和祝願著，各自回奔各自的家園去了。從此，

這些「神孛」們在草原上隱姓埋名，銷聲匿跡，永遠地流散於民間了。

時至如今，再沒出現公開亮出「孛」的旗號，行走草原的「孛」師，然而，在二十世紀五十年代末，庫倫旗的下養畜牧村、白音花村等地突然興起了一群跳群唱「孛」的安代舞的風氣，受到政府扶持，作爲蒙古族民間舞蹈來整理發掘，當時的內蒙古自治區主席烏蘭夫題詞鼓勵，他的女兒、當時哲里木盟副盟長雲署碧，親自到下養畜牧村蹲點，挖掘「孛」的安代舞的唱跳方面的已埋沒多年的歷史資料。很快，安代舞風及全內蒙古草原，作爲優秀的民間文藝，保存和發揚在廣大的蒙古民族中間。

歷史證明，植根於民間的「孛」教文化，不是一場大火和一場刀劍便能燒殺殲滅的。那些上千個被燒殺的「孛」的亡靈，知道這一結果，應在九泉下含笑了。

同時，近些年來，草原上的蒙古人中間，不時冒出一些神奇的亞斯・別拉齊（接骨神醫）、烏吉耶齊（占卜神手）、額木齊・道木齊（蒙醫及助產婆）以及蒙民至今保留的祭敖包、祭天祭地等等習俗，都與「孛」教遺傳有關，是「孛」教的新一種形態的表現。畢竟「孛」文化與蒙古族的誕生和發展息息相關，是本民族的文化，不是外來的，不是爲了某種需要而人爲弘揚的宗教。

鐵喜老「孝」領著小孫子鐵旦，和師弟門德「孛」匆匆趕回鎮上租住的旅店，算清店賬，攜帶好一同來後被燒死的另幾位「孛」的遺物，然後三人騎上快馬，飛速馳出烏力吉圖鎮。

他們星夜回村，鐵喜和門德商量好，分頭收拾家物，準備一同搬離達爾罕旗，遠走他鄉，去投奔大東北的呼倫貝爾草原。

三天之內，他們變賣家產，會合在一起，趕著幾輛帳篷車走出村子。

在村外的路口，一位騎者正飛速而來，認出他們之後，這位騎者滾下馬鞍，跪在門德「孛」的車前，哭訴道：「門大叔，快救救老嘎達吧……」

門德在車上往下一看，原來是老嘎達孟業喜的女人梅丹其其格，她風塵僕僕單騎奔來報信，他急問：「出啥事了？快站起來說！」

原來，老嘎達孟業喜隨老梅林甘珠爾護送達爾罕王爺的母親老福晉太太去庫倫大廟朝聖後，回來路上遇上土匪搶劫，老梅林甘珠爾槍戰中中彈身亡，老福晉太太被土匪綁票，拉到瓊黑勒大溝①。老嘎達單人獨馬身負重傷闖出土匪包圍，前來王府報信兒，結果被惱怒的王爺大罵一通，關進了大牢。

「天意，真是天意。老嘎達還是應了我那都爾本・沙的占卜，血光之災呀！他能留一條性命活著回來，已經不錯了！」鐵喜老「孛」摸鬚長歎。

「師兄，這可怎辦？咱們得想辦法救出老嘎達呀！」門德焦灼起來。

「襲擊他們的土匪報出名號沒有？」鐵喜問梅丹其其格。

「聽說叫啥九頭狼的鬍子隊，我去探監時，老嘎達講，那個老鬍子槍法極準，人又兇狠……」

「九頭狼？」鐵喜老「孛」一聲驚呼。

「師兄，知道此人？」門德問。

「九頭狼是我乾爺爺！他還送我一把寶刀哪！」小鐵旦在車上歡叫起來，旁邊的他爸爸諾民趕緊捂住他的嘴，緊張地左右顧盼。

鐵喜老「孛」搖頭苦笑：「九頭狼是我們來達爾罕旗的路上，在黑風口結交的一個朋友，他也

帶人劫過我們，後來懾服於我的『孛』功陣法和咱們師傅當年的威名，結交成朋友，還認了小鐵旦爲乾孫子。要是真的是九頭狼，這事還有轉機！」

「鐵大叔，求求您，一定要救出老嘎達，我願捐出我的所有家產！」梅丹其其格「撲通」一聲，跪在鐵喜前邊，哭泣著哀求。

「快起，快起！妳也不要這麼說，以我們和老嘎達的交情，哪能見死不救！放心，咱們一起想辦法，這兒不是說話的地方……」

「你們這是要去哪裡？」梅丹這才疑惑地問。

「我們準備逃難，遠走呼倫貝爾草原。」

「唔，那正好，乾脆先都住到我家去。我們家單門獨院住在敖來毛都，離附近村子都有三五里路，別人不會知道你們的行蹤。」梅丹是位幹練果斷而很有主見的女人，馬上做出決定邀請他們。

鐵喜老「孛」看看門德，考慮片刻說：「也好，那我們就不客氣了，只好打擾府上了。」

於是，他們回轉車頭，由梅丹其其格騎馬引路，直奔老嘎達家居住的敖來毛都草甸子。

這是一片地勢較高的草甸子，有三棵長得粗壯又高的胡楊樹，老遠看去非常顯眼。七八間土房，房後是牲畜欄，房子前邊三里處呈現著兩面小湖，中間由稍高的坨包隔離開，被稱爲「二龍戲珠」，據說有位陰陽先生看了此處後，曾說這一帶有風水，要出驚世人物。

老嘎達兄弟三人，兩位哥哥都分出單過開門立戶，按照蒙古族的習慣，這裏老宅子和大多財產留給小兒子與老人過生活。老嘎達的父親已經過世，他自己又成天忙活在王府當差，家裏只有老母親和新娶的媳婦梅丹其其格照料。

他們還算是中等富戶，牲口群雇用牧人放牧，按季節還雇人種些糜子。老嘎達曾娶過兩房妻子，第一個因產後風而死，第二個肚子疼，婆婆給她找來大煙土吃，結果給吃死了。梅丹是老嘎達娶的第三位妻子，老人們說老嘎達的命硬剋妻，必須遇上相當命硬的女人才能站得住，這才看著八字，從老遠幾百里外的達爾罕旗東部敖日木屯子，娶來了合適人選梅丹其其格。

梅丹人長得漂亮，又能幹聰明，很快獲得婆婆喜歡，也在附近一帶出了名，幫助婆婆把家治理得井井有條，順順當當。

她把鐵喜、門德兩家人分別安頓在東西兩個廂房，又準備了一頓豐盛的午飯，一邊商量搭救老嘎達的辦法。

「『九頭狼』陶克龍是專劫富人大戶、看不慣王爺們賣地開荒的有名兒的俠盜『鬍子』。這次他是衝達爾罕王爺來的，要不是老嘎達小兄弟挾在裏邊，我老朽對他這次襲擊達爾罕王老福晉，拍手稱快！大出了我胸中的惡氣！我也恨不得爲那麼多被燒死的蒙古『孛』兄弟，向達爾罕王爺討還血債！」鐵喜老「孛」放下酒杯忿然而說，「當然，爲了救出老嘎達，咱們還得把腦子動在救出老福晉安全回來這點上，跟達爾罕王爺的這筆賬，放在以後再說了。」

「這事兒還得求你老鐵大哥出面周旋了，我和兒媳都是婦道人家，有啥能耐？花費錢財方面，你老鐵大哥儘管吱聲，我們盡全部家當做準備。」老嘎達的老母親，也是個懂得事體的女人，好酒好肉招待客人，說話也很有分寸。

「師兄，是不是你親自出馬，去一趟瓊黑勒溝兒？」門德笑笑說。

「瓊黑勒溝是肯定要去的，九頭狼也肯定給老朽一個面子的。問題是我們把人救回來了，達爾罕王爺還拿老嘎達保護老福晉不力、失職爲由，不放老嘎達怎麼辦？」鐵喜老「孛」不無擔憂地分析。

「那簡單，讓老嘎達叔叔去救出那個老福晉不就得了！」小鐵旦在一旁隨口說出。

「著！還是我的小孫子說到爺爺心坎兒上了！」鐵喜老「孛」摸摸小鐵旦的頭，呵呵一樂，「我有主意了，梅丹侄媳明天去探監，轉告老嘎達，讓他向達爾罕王爺自告奮勇請求，有辦法救回老福晉，嗯，就說老嘎達有一家親戚在奈曼旗，跟出自奈曼旗的九頭狼是世交，有把握不費一槍一子兒救回老福晉。我想達爾罕王也不會有啥良策，肯定會放出老嘎達去試一試的。」

「好！這主意高！只要老嘎達迗回老福晉，那還是有功之臣，達爾罕王還會犒賞他哩！」門德高興地支持師兄的主意，老嘎達的老母親抱起小鐵旦親個沒完，誇他聰明，還賞了他好多好玩的沙格、咕日耶等草原兒童喜歡的玩意兒。

第二天，梅丹其其格依計行事，去牢裏探望丈夫老嘎達孟業喜，轉告了鐵喜老「孛」的主意。老嘎達心領神會，等梅丹離去之後，立即喊來牢卒要求見王爺，表示想出了救老福晉的良策。

那位愚魯肥胖的達爾罕王爺，這時正如熱鍋上的螞蟻，爲救回老母親而傷透腦筋，焦慮萬分，摔碎了無數茶杯酒碗，罰打了所有丫環侍從，罵得旗裏其他官差老爺們狗血噴頭，灰頭土臉，仍舊無計可施。

而且，那個大土匪九頭狼已經捎過話來了：本來「綁票」老福晉，是出於敲詐達爾罕王豐厚的贖金這一目的，現在也不圖這筆贖金了，而是要拿老福晉點「天燈」，祭奠那些被達爾罕王爺他們燒殺的上千名蒙古「孛」的冤魂，因爲九頭狼的有些當「孛」的朋友和親戚，也在被燒殺的上千名蒙古「孛」當中。點「天燈」的祭奠日，定在燒滅蒙古「孛」的第四十九天上。

這一下，整個達爾罕王府炸窩兒了，達爾罕王又氣又惱又怕，想派兵武力征討吧，旗裏已無精兵強將可派出；向兄弟旗王求援吧，誰還爲他的私事兩肋插刀派出旗官兵增援，再說，那瓊黑勒溝，本是遠近聞名的殺人越貨的地方，一個近百里長、裏邊長滿上千種原始森林和野生植物的野溝，別說幾百名旗兵，就是上萬人馬開進去，也不一定能搜索到土匪老窩兒。這一下，達爾罕王爺六神無主了，就拿管旗章京韓舍旺開罵出氣，都怪他出餿主意壞點子，讓道格信瘋王燒滅了上千名「孛」，結果，現在他老母親爲此事要付出老命，叫土匪點「天燈」。

正這時，牢卒傳來了那名闖進大牢的馬隊小隊長孟業喜的求見請求。王爺吩咐帶孟業喜來見。老嘎達孟業喜見了王爺，如此這般地說一通，並說王爺若不信，可以派一名可靠的官爺隨他一同去見九頭狼，也監督此行。

達爾罕王一拍巴掌，誇獎老嘎達的自告奮勇，答應真的救回了老福晉，定有重賞絕不虧待，接著，立即手一指那一個勁兒往後縮的韓舍旺說：「你去！你陪孟業喜去見九頭狼最合適！」

韓舍旺身上一激靈，脊梁骨那兒發涼。當初是他硬推人家甘珠爾老梅林護送老福晉去庫倫大廟，送了命，沒想到輪迴無常，報應今日落到自己頭上了。

「王爺，老臣……老奴才……身體……身體不好……是否另派另派……」韓舍旺管旗章京，一個勁兒擦著額上的冷汗，囁嚅著。

「派誰？誰還比你更合適？事情是由你的壞點子引出來的，你要是不去救回老福晉，本王爺要

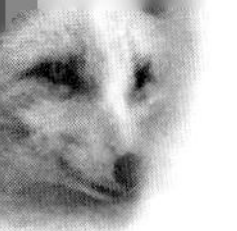

先砍了你的狗頭！」達爾罕王爺火了，一拍茶案，大罵而起。

「是是，老奴才去……老奴才去，王爺息怒……」韓舍旺嚇得臉色蒼白，趕緊下跪表態，收回了推脫不去的想法。

老嘎達在一旁暗暗冷笑。他是個聰明人，用這一石二鳥之計，既可讓王爺對自己放心，又可讓這個老狐狸韓舍旺受受這趟罪。

在王府大門口臨別時，老嘎達對韓舍旺不冷不熱地說：「韓大人，我回家準備一下，先聯絡聯絡我家那位親戚，約定了出發的日子，再通知你韓大人。」

「你小子耍啥鬼點子，你只不過想金蟬脫殼，還找我老夫給你墊背！你這是想著給你們那甘珠爾老梅林出氣，徇私報仇！」韓舍旺惡氣惡聲地罵道。

「大人說話可小心點，別讓王爺聽見了，這都是爲了老福晉的安危著想，小的並沒想什麼『金蟬脫殼』，一心就想救回老福晉立功贖罪！」老嘎達朗朗高聲回敬韓舍旺章京，嚇得他趕緊揮揮手，回頭看看王府門口的衛兵，悻悻地轉身而去。

老嘎達回旗兵馬隊駐紮的兵營，騎上自己親愛的戰馬黃驃馬，迅速趕回敖來毛都的家院。鐵喜、門德以及家人見他脫離牢獄之困，安然回來，都歡喜不已，擺上酒宴慶賀一番。

老嘎達恭恭敬敬地給鐵喜老「孛」敬上一杯酒，並下跪磕頭說：

「小侄兒多虧鐵老伯幫助，今日才脫離牢獄之災。想當初，也是鐵老伯給小侄兒指明了道兒，遇九頭狼時，只受皮肉之傷平安而回，不像甘老梅林命喪黃泉。鐵老伯對小侄兒有再造之恩，受小侄兒三拜九叩之禮！」

「請起，請起，賢侄兒如此大禮，實在見外，我們這都是一個字：緣。哈哈哈……」鐵喜老「孛」仰脖兒飲盡老嘎達的敬酒，扶老嘎達起身後又爽朗而說，「賢侄兒赴庫倫前，老朽給你占都爾本·沙之卦，最後還有一句話，那就是，若是賢侄兒當時置身事外，躲過那血光之災全身返回，定有更大發展，前程無量。現在，這個時機已經來臨，還望賢侄兒不要錯失良機！」

「全憑老伯指點，小侄兒心裏有數。」老嘎達說著，接著給門德、諾民等人敬酒，表示謝意。

「老嘎達叔叔，九頭狼是我的乾爺爺，我陪你一道去，肯定馬到成功！」小鐵旦學著大人的樣子，豪爽地拍胸而說，引得眾人大笑不止。

酒宴後，鐵喜與老嘎達等人詳細商量起此次行動的細節來。

鐵喜稱讚老嘎達，找一個墊背的韓舍旺一同去，非常之好，到時可以把這老狐狸交給九頭狼出氣，甚至交換老福晉，讓他傾家蕩產贖老命。另外，要王府準備一套厚禮，讓他們帶去送九頭狼，鐵喜拿筆寫出具體禮單：草原駿馬九匹、奉天府購進的杭浙絲綢九匹、洮南府酒窖老白乾九缸、科爾沁肥羊九雙、科爾沁黃牛九雙、奉天府造老槍九雙（每支配一千發子彈）等等。

接著擬定，鐵喜老「孛」只帶著老嘎達和王府監督韓舍旺，押著禮品前往，其他人都不必去，可小鐵旦哭鬧著非要跟著去見他那九頭狼乾爺爺，鐵喜老「孛」沒辦法，一想讓他去調節一下氣氛也好，就答應了他跟去。

禮單送到王府，達爾罕王爺救母心切，禮品中，除九雙老槍和子彈讓他心疼之外，其他都是九牛一毛，不在話下，很快按數兒備齊禮品，通知老嘎達和韓舍旺出發。

鐵喜老「孛」擇一吉日，和老嘎達、韓舍旺、押送禮品的五六名侍從，以及接老福晉的紅頂帳

車一輛，悄悄向西南二百里之外的瓊黑勒大溝兒出發了。

剛一見面，韓舍旺對鐵喜老「孛」似曾相識，心有疑惑地打量著說：「這位仁兄，好像在哪裡見過……」

「我是老嘎達的一位遠親，跟九頭狼是故交。說你我相識嘛，貴人多忘事，大人應該記得前些天你們搞的『燒孛比賽』。」鐵喜老「孛」不卑不亢，氣宇軒昂。

「唔，記起來了，你就是那位十三『孛』中的領頭『孛』！叫、叫啥來著？」韓舍旺心中更是驚悸不已，收斂起乍開始的那股狂傲之態。

「草民叫鐵喜，這次全都是爲了老福晉安危，豁出老臉去碰碰九頭狼。要不是老嘎達賢侄兒對王爺的耿耿忠心感動了我，我老朽根本無心蹚這趟渾水的。我們這些當『孛』的，現在啥心情，韓大人想必心裏也清楚。」

「唔唔，鐵大師肚子裏能撐船，胸襟豁達，不計前嫌爲王爺效勞，事成之後，王爺不會虧待大師的。」韓舍旺深感這趟差事荊棘艱險，凶多吉少，自己又落入這位心懷大仇的神「孛」手掌，只好滿臉笑容地奉承著鐵喜。

「還望韓大人在王爺面前多多美言，給咱們留一條活路，草民就感激不盡了。」

「言重，言重，鐵大師的安危我韓某包了，放心吧。我韓某交定你這位『神孛』朋友了！」

其實，往後的風雲歲月中，韓與鐵恰恰勢不兩立，攪起了科爾沁草原上的血雨腥風，譜寫了一段驚天動地的歷史。

且說鐵喜老「孛」一行，曉行夜宿，日夜兼程，好在鐵喜「神孛」的威名遠揚，一般宵小不敢染指打他們主意，五六天之後，他們終於趕到瓊黑勒大溝的邊界地帶——一個叫甘旗卡的小鎮子落下腳。

鐵喜想好，百里野溝，上哪兒找九頭狼的老窩兒，還不如以靜待動，在此住下，安心等候九頭狼自己出頭來見他。於是，住下甘旗卡鎮之後，鐵喜老「孛」就讓大夥兒傳出鐵喜「神孛」前來會九頭狼，還帶了豐厚的禮品，其中還有奉天府造老槍等等消息。

很快，鎮中鬍子埋下的眼線，早把此信兒傳遞到瓊黑勒大溝中的九頭狼老巢。

第三天夜晚，鐵喜老「孛」避去屋中其他閒人，讓韓舍旺大人早早安歇之後，他自己在屋中火盆裏溫著酒壺，小方桌上備放兩套碗筷，還有下酒好菜，獨自秉燭讀書等候起來。

大約三星偏西之後，有一黑衣人閃進屋裏來。鐵喜老「孛」頭也不抬，手一指桌旁，笑曰：「黑狐二當家的，這麼姍姍來遲，我老朽酒涼又溫，酒蟲又出動，還真有些等不及了！」

「哈哈哈，鐵大師，神機妙算！我蒙著頭，還是叫大師猜出來了，哈哈哈……」黑狐摘下蒙頭巾，大大咧咧往桌旁一坐，熱乎乎地寒暄起來。「大師是怎就猜得這麼準，日子和來人一點不差呢？」

「嗨，這還不簡單，從送出消息到來人，按行程計算，來人也就今晚到達，至於來人是誰，想必九頭狼陶老弟不可能親自出馬，也只有派出你這位跟我相識，又有交情的『外交官』黑狐老弟來接引我了。哈哈哈……喝酒喝酒！」

二人高興之餘，連乾三杯，鐵喜老「孛」又說：「我給你引薦一人。」說著擊掌三下，不一會

兒，從隔壁走進來身材高䠷兒，鷹目鉤鼻的老嘎達孟業喜。

黑狐眼睛一亮，精明地說道：「認識，認識，那天單騎脫困而去的，就是這位勇士！我們大當家的從他後邊讚賞半天，阻止我們追擊，說此人是個明白人，沒向我們弟兄開槍傷人，咱們也留個交情吧！」

「多謝大當家、二當家的手下留情，老嘎達才小命安在，這也是受鐵老伯的指點，留了點心眼兒，沒有傻打傻衝傻賣命！哈哈哈，先世緣分，今日又得見二當家的，真是三生有幸！」老嘎達與黑狐攜手入座，相見恨晚，痛痛快快飲起酒來。

酒酣半晌，黑狐告知鐵喜老「孛」大當家的安排，明晚由他黑狐引領他們到達瓊黑勒溝兒的一處秘密入口，那兒有大當家的等候迎接他們，一切話見了大當家的再說。大當家的又吩咐，把韓舍旺暫留在甘旗卡屯子，不必帶他一起來。

第二天夜晚，他們按照大當家的意思，留下韓舍旺，帶著禮品，跟隨黑狐悄悄來到瓊黑勒溝兒的一處入口，果然，從密林中走出九頭狼陶克龍。依舊那麼豪爽粗直，威風凜凜，抱住鐵喜老「孛」喜極而泣，連連說：

「我差點以為這輩子見不著你鐵大哥了！操他娘的王八蛋羔子達爾罕王、道格信瘋王他們，把你們『孛』燒殺了那麼多人！開始那陣兒不知道大哥的下落，急得我真想帶著弟兄們去殺了那些狗王爺們！正好那會兒我們逮住了狗王的老娘，要是你老哥真被狗王們燒沒了，我就拿狗王的老娘點天燈祭你們冤魂！哈哈哈哈……你老哥真是神通廣大，法力無窮，咱們又見面了，哈哈哈……」

「陶老弟還惦記著老哥哥，我鐵某真是感激不盡，心裏熱乎乎的。狗王們的那點火，還不至於燒傷我一根毫毛，只是燒死了那麼多無辜『孛』道兄弟姐妹，心裏實在是不好受，不是滋味兒，唉……」鐵喜老「孛」淒然，難抑悲憤之情。

「好，好，這筆賬咱們往後跟那些狗王們算，先到草舍落腳喝酒再說。」說著，九頭狼正轉身帶大家走，從後邊車上跳下來一人，撲過來抱住他喊：「九頭狼爺爺，這回你該給我講九個頭的故事了吧！」

九頭狼一見是小鐵旦，哈哈大樂，抱起來就狂親：「哈哈，我的小乾孫子也來啦！真是高興死我老狼了！哈哈哈……」

鐵喜等人無不爲九頭狼的真摯感情和俠肝義膽所感動，心裏都湧動著暖流，喉頭哽咽。

接著，鐵喜老「孛」就手把老嘎達孟業喜介紹給九頭狼說：「陶老弟，要不是他被狗王押進大牢，我才不來管這趟閒事哩！」

「真是一條漢子！咱們蒙古人有漢子！」九頭狼一拍老嘎達的肩頭，欣賞著他英武神態，「那天我站在高處觀望，一切看得清楚，老嘎達兄弟辦事有分寸，知道自己回天無力，一開始就不隨便傷我弟兄，也不輕易投降，有勇有謀，單騎衝出包圍回去報信，要是我是達爾罕王，定要重用這種人才，哪能關進大牢！昏庸啊！」

「多謝陶大叔誇獎，更感謝大叔手下留情，放我一馬，小侄兒終生銘記大叔的恩德！」老嘎達屈膝下跪，「噹噹」地磕下三個頭，弄得九頭狼沒有準備，驚愕片刻才恍然大笑，扶他起來。

「我交你這條漢子了！夠味兒，合我脾氣兒！哈哈哈……」九頭狼仰天長笑。

一行人很快消失在百里野溝中。

這一條遠近聞名的瓊黑勒溝兒，後人稱大青溝兒，由遠古時期的一個地球斷裂帶形成，平展展的沙地上，似乎誰用利刃劃開了一條道兒一樣，上百里長，深達一百多米，裏邊生長著千百種原始樹種和茂密森林、自然植物，其中不乏外邊大地上已消失的稀奇植物，名花異草。

這裏地處偏遠，人煙稀少，狼豹出沒，漸漸也成了土匪鬍子們殺人越貨、避世躲禍的好地方。茫茫百里深溝，森林茂密，洞豁縱橫，下邊還有一條小溪常年流水，只要躲進這裏，外邊的人沒法找到。好多野狼也群集這裏，不時從此出發，奔襲草原上的牧群。所以，附近百姓一提瓊黑勒溝兒都聞風喪膽，心驚肉跳。

九頭狼把大家安置在一處秘密木屋，吩咐下人準備酒席。

「陶老弟，你本來在庫倫北部、奈曼南部的黑風口一帶活動，怎麼跑到這庫倫東邊的賓圖旗所轄地界，藏進這條黑茫茫的瓊黑勒溝裏來了？」鐵喜老「孛」在酒席上問。

「嗨，不用提它了！還是你老哥當初預料得對，庫倫馬隊的蘇山那老賊最後還是出賣了我，跟奈曼旗的馬隊聯合起來夾擊攻我，我誤入埋伏，九死一生，才帶幾個弟兄逃進這野溝兒的。」九頭狼感慨起來。

「這裏怎麼樣，原來我聽說這溝兒裏有好幾撥兒人馬呢，他們怎容得下你這後來的溜子？」

「打了幾場，不服的打老實了，打跑了，服氣的呢，各幹各的，相安無事，反正百里長溝兒大著呢。」

鐵喜老「孛」讓人獻出那些帶來的王府禮品。

「老哥見外了，還帶這麼多東西幹啥？這不是罵老弟一樣嗎？」九頭狼搖著頭說。

「這可是人家達爾罕王爺孝敬你的，我哪兒弄這麼多東西。不要白不要，都是你老弟用得著的東西，這次，我把老昏王狠狠宰了一刀，讓他出出血，哈哈哈……」鐵喜撫鬚大樂。

「那我就不客氣了。尤其槍和子彈，來得真及時，我們快斷頓了。不過，鐵老哥，你真想接回那個昏王的老娘啊？」九頭狼問。

「不接回不行啊，老嘎達兄弟脫不了干係喲。再說，老嘎達在王府當差，將來有發展，對大家都是個照應。你老弟就給老哥一個面子吧！」

「既然老哥這麼說，我九頭狼當然不敢不從，再說老嘎達也已成了我的兄弟，這事兒就這樣了，你們把人接回去。不過，還有個條件……」

「啥條件？」鐵喜老「孛」的心，一下子提起來。

「你們留在這兒，陪我喝三天酒！」

「哈哈哈……」

眾人開懷大笑。

接著三天裏，大碗喝酒，大塊兒吃肉，瓊黑勒溝裏洋溢著無拘無束自由自在的歡樂氣氛。

三天後，鐵喜他們告別九頭狼，悄悄走出瓊黑勒溝兒。黑狐二當家的陪他們回到甘旗卡鎮，會合了等在那裏著急萬分的韓舍旺管旗章京。一見老福晉太太安全歸來，他又驚又喜，下跪請安，忙個不停。

黑狐一把提起韓舍旺的脖領子，陰冷地笑著說：

「韓大人，別忙著張羅，我們大哥有話，叫我帶你一隻耳朵回去，給那些被你燒死的『孛』們祭奠時放在祭盤子裏！本應該留下你一個狗頭祭他們亡魂的，但先暫時寄放在你脖子上，以後到時再取！」說著，黑狐二當家唰地抽刀一揮，割下韓舍旺一隻耳朵，一氣呵成。

看著自己耳朵血淋淋地被包在布巾中，韓舍旺大人才感到疼，殺豬般地喊叫起來，摸著光禿的耳根蹲在地上哭嚎。

老嘎達和鐵喜等人護送老福晉，半個月後，便到達烏力吉圖草甸上的達爾罕王府。

達爾罕王一見老娘安然歸來，喜出望外，論功行賞，又鑒於老梅林甘珠爾已身亡，位置空缺，於是王爺一高興，就提拔老嘎達代替甘珠爾當了軍事梅林職務。從此，科爾沁草原上，頭一次出現了不是貴族出身的壯丁戶子弟擔任的軍事梅林。果然應了老「孛」鐵喜的預言。

幾天後，老嘎達苦苦挽留執意要走的鐵喜老「孛」，留在他的梅林府給他當巴格沙——先生，並報請達爾罕王獲得批准。

半年後，科爾沁草原上，重又刮起王爺們出荒賣地的風潮，同時揭開了以嘎達梅林為首的廣大牧民百姓反對王爺出荒賣地的波瀾壯闊的嘎達梅林起義序幕。

四

白爾泰沈浸在《孛音・畢其格》，沈浸在這部書所描繪展現的薩滿教・孛歷史的壯麗畫卷中。

這是一部奇書。不僅記載了東蒙科爾沁「孛」的歷史與現實狀況，還詳盡介紹了練習「孛」法的入門知識、唱詞、曲譜，以及一些類似氣功的「孛」功練法。另外一大部分則是記述了作者對天、地、自然、萬物的認識，「孛」教崇拜長生天、長生地爲父母的傳統習俗，其中有很多深奧又奇異的觀點，如：「人對萬物自然不可征服，只有依附或融入」，「人與獸蟲一樣，都是地球之母身上寄生的蝨子」，「人不可失去對自然、對宗教的神秘之感，一旦失去了將變得無法無天，無所不爲，所以在人類頭頂要永遠高懸不可知的神秘大自然之斧刀」等等，同時處處流露著對蒙古人正在失去「孛」教信仰的憂慮，認爲沒有了「孛」教的信仰，等於將失去長生天、長生地對自己的保護，將跌落無限的黑暗中，在書的後部，也長篇記述了他們祖孫二人的經歷，如瘋王燒「孛」事件、嘎達梅林起義前後、潛隱黑土城子等等。

白爾泰掩卷思索，感慨萬千。

後半夜，鐵木洛老爺子從外邊回來了。

黑暗中，白爾泰對鐵木洛說：「老爺子，你隱瞞了一個重大而榮耀的歷史：你參加過嘎達梅林起義！」白爾泰聲音有些顫抖，兩眼閃著亮光。

「那時我才十一二歲，啥也不懂。」鐵木洛老漢一邊脫衣，一邊上那州官耶律文達的睡床，口氣淡淡地說道，「你覺得榮耀，我覺得是麻煩，沒完沒了的麻煩。當年跟著老嘎達叔叔幹過的幾個人，『文革』中死的死，殘的殘，『左』的時候是壞蛋，『右』的時候是英雄，反正壞蛋和英雄都得挨折騰！幸虧誰也不知道我這段事，別人也想不到，我那時才十多歲小孩嘛！」

「我在七十年代末去達爾罕旗，用一年時間調查過嘎達梅林起義的史料，走訪過當時還活著的嘎達梅林兩個『炮手』，還有他那位神奇的夫人梅丹其其格！」白爾泰說。

「你見過梅丹——嬸嬸？」老鐵子驚問。

「見過，我追到長春調查，當時她是跟後嫁的丈夫所生的孩子一起生活。」

「哈，你小子行！有心！看來你這小白臉的歷史也挺複雜嘛……哦，聽說她從長春回舍伯吐的新艾里老家，幾年後死了……唉，說起她，真不知道是啥滋味。」老鐵子黯然神傷，滿臉複雜的神態。

「根據我調查的資料下的結論是：成也蕭何，敗也蕭何。」白爾泰也感歎著這麼說一句。

「是啊，她後來……唉，不說她了，睡覺！」老鐵子嘟囔一句，顯然心中很不痛快。

「老爺子，找到你那老對頭銀狐了嗎？」白爾泰轉移話題，口氣輕鬆地問。

「找到了，鬼東西後半夜才悄悄進窩了。可我那兒媳跟牠形影不離，沒法兒下手。明日個白天再說。」

「老爺子，非殺牠不可嗎？」白爾泰小心地補問一句。

「廢話！幹啥來了？你小子給我閉嘴！」

白爾泰伸伸舌頭，果然閉嘴了。

不久，老鐵子鼾聲大起，白爾泰卻百思湧心，輾轉反側，久久不能入睡。

第二天。

早飯後，白爾泰到後山腳下揀柴草，老鐵子背著槍，提著鐵夾子去對付老銀狐。走時，他抬頭看了看太陽，說：「這兩天可能起風，不要走遠。」

那輪東南沙漠上空的太陽周圍，有一層淡淡的黃暈。

當他走到古城北沙山腳下時，正好迎頭碰見了那一對冤家——銀狐和珊梅。當時，珊梅坐在沙灘上歇息，老銀狐正在草叢間尋覓野鼠洞。

由於相逢意外，雙方愕然。

「珊梅！珊梅——」白爾泰呼叫。

「你……你……」珊梅則有些驚恐，對他似曾相識，又好像不全認識的樣子，從沙地上站起來，愣在那裏。她的雙唇乾裂，起著白皮，渾身乏力，肚子挺鼓，頭髮全白如亂草蓬，顯然她嚴重缺水，缺鉀，缺營養。

「珊梅，妳別害怕，我是白爾泰，咱們認識，我是白爾泰……」白爾泰輕輕安慰般地說，見她整個人不像人，獸不像獸，身上飄蕩著幾縷碎布條，幾乎全身裸露，皮膚上全是黑黑硬繭，對大自然的風寒已沒什麼反應，白爾泰心中油然生起一股深深的憐憫之情。

「你……白……」珊梅的語言功能正在艱難地恢復。

「對，我是白爾泰，別怕，我給妳水喝，水喝！」

「水……水……水……」珊梅的雙眼頓時亮了起來，急切地喃喃言語。

白爾泰立刻解下身上的水壺，慢慢走過去，遞給珊梅。這時，那隻老銀狐始終站在珊梅身後的不遠處，也並不逃走，似乎知道對方沒有惡意。

珊梅疑疑惑惑，但終於抵不住水的誘惑，走過來把水壺接過去，然後又走開，保持一定的距離，接著就是「咕嘟咕嘟」一頓猛飲，她感謝地看看白爾泰，然後轉過身走過去，把水倒給銀狐喝。顯然，那隻神奇的老銀狐也渴急了，仰著脖子，向上張開尖嘴，接舔那珊梅灑在牠舌尖上的

水。

此時，一支槍口從附近土坡後伸出來，緊緊瞄準起那隻銀狐。但由於珊梅與銀狐挨得太近，那黑洞洞的槍口始終沒有冒出火光來。

「珊梅，快閃開！快閃開！」土坡後傳出老鐵子的喊叫。

老銀狐聞聲而逃。隨之，「砰」的一聲槍響，子彈呼嘯著從銀狐的頭頂飛過。

珊梅也從驚愕中醒來，拔腿就追隨銀狐跑去，嘴裏還喊著：「鐵……山……鐵……山……等……等……我……」

鐵木洛老漢拎著槍，從土坡後邊站出來，嘴裏叫叫嚷嚷：「又叫牠跑了，媽的，早晚要叫牠吃我槍子兒，媽的！」

「老爺子，還有你的兒媳哪！小心傷著你兒媳婦！」白爾泰面對如此固執的倔老頭，不知說什麼好，只是搖搖頭。

「不是考慮她，我的槍子兒早他媽把老銀狐給撂倒了！咦，奇怪，你看見沒有，珊梅的肚子鼓得老大，好像有身孕了，是不是？」鐵木洛望著她們逃走的方向，疑惑不解。

「是的，她是懷孕了。」白爾泰說。

「說得這麼肯定，你好像早知道！珊梅跟我兒子結婚五年沒有懷孕，她現在懷的也不是鐵山的種！」老鐵子怪怪地盯白爾泰一眼，沒有好氣地說。

「別這麼看著我，沒有我的事，怪嚇人的！」白爾泰笑起來，接著，便把那一晚發生在草料房的事，告訴了老鐵子。

「畜生！趁人之危，不是人！我他媽回去後，一槍崩了他！」老鐵子怒吼起來，一拳砸在沙地上出個大坑。

「別急，老爺子，你沒有證據，沒在當場抓住，他會抵賴的，弄不好你還鬧個誣陷罪！當務之急，先把珊梅弄回來，給她治病，讓她恢復正常，到時一切就清楚了！」白爾泰勸道。

「那好，你想法接近她，她好像不怕你。」

「不是她不怕我，我看主要是她們缺水，嚴重缺水！」

「春旱開始了，雪水都化乾了，她們肯定缺水，咱們正好利用這個做文章！」老鐵子樂了，似乎心中有了主意，去揀回珊梅走時丟掉的那只水壺琢磨良久。

「你想怎麼對付？」

「水壺裏放迷藥，放倒了她們兩個，一舉兩得！」老鐵子已然胸有成竹。

「主意是好主意，不過嘛，只可惜……」

「可惜啥，你小子又要可憐那老狐狸！」

「不是可憐，應該感謝！牠對你那發瘋的兒媳珊梅照顧得多好！幾個月來，相依爲命，珊梅還安然無恙，沒出啥事，你應該好好感謝老銀狐才對。」白爾泰大膽地爲老銀狐辯護。

「小白，別跟我說這個，我跟老銀狐勢不兩立！牠把哈爾沙村攪得天翻地覆，把我鐵家祖墳搗得亂七八糟，又迷我兒媳，變得人不人鬼不鬼的，你還要我感謝牠！我吃牠肉，喝牠血都不解恨！往後，在我面前，你別再提同情銀狐的話！」老鐵子氣呼呼地甩下鐵壺，提著槍追蹤老銀狐的足印而去。

白爾泰苦笑著搖搖頭，揀起鐵水壺，背著柴草慢慢走回住地。

下午，白爾泰下到地下寢宮，繼續研讀《孛音・畢其格》，以及那鐵喜神「孛」遺留的壁圖。馳騁在那神秘而遙遠的世界裏，他腦海中突然萌動起一個念頭：我要學「孛」！這似乎是一種遠古的召喚，他頓時熱血沸湧，心情激動，甚至有些迫不及待。

晚飯後，等鐵木洛老爺子要上床歇息時，他便走過去，「撲通」一聲跪在老爺子面前。

「老爺子，請您收我爲徒吧！」

鐵木洛老漢被他弄矇了，瞪著眼睛看他。

「我要跟你學『孛』，當一名『孛』師！鐵大叔，請您教我吧！我要拜您爲巴格沙（師傅）！」

「哈哈哈……笑話，現在誰還信『孛』？你當『孛』幹啥？有啥用？」

「我當『孛』不是爲了行走社會，只是爲了繼承這門民間的宗教藝術和習俗文化，別到我們這一代就失傳了！」白爾泰說得誠懇而堅定，令鐵木洛老漢不得不沈思起來。

「唉，你的誠意我理解。可是我老漢實在不配當你的巴格沙，這麼多年我完全放棄了演習，我哪有本事教你喲！」

「不，我相信你的功力。你直接拜你爺爺爲師學習『孛』法，肯定功底紮實，哪能那麼容易說丟棄就丟棄了，你老爺子就收我爲徒吧！」白爾泰「噹噹」地磕起頭來。

「你先別忙著磕頭，讓我考慮考慮。」鐵木洛老漢只好這麼說，「當年，我爺爺一直教我學到八重關，也就是在這裏，過最後一道九重關時功虧一簣！唉。」

「那是什麼原因呢？」

「我和爺爺在沙漠裏發現了一棵多年靈芝，精心守護著它，準備到季節時收取，幫我通關，結果可能就是現在的這隻狡猾的老銀狐捷足先登，搶走了那棵靈芝。弄得我沒法通過那九道關，爺爺也氣得大病一場。」

「難怪這老銀狐那麼神奇呢，人鬥不過牠！哎，老爺子，你和老太爺怎麼躲到這裏來的？」

「說起來話長，也是緣分，當年，老嘎達叔叔的起義失敗後，我們到處躲避官兵追捕，最後，爺爺就帶我來到了這裏，他說他的師傅郝伯泰祖師爺發現了這個黑土城子，還有這地下寢宮，正好供我們躲避亂世和達爾罕王、張大帥部隊的追剿。唉，好像這都是天意，草原的興衰、蒙古『孛』的滅絕，這都是天意啊，人力不可挽回的，所以我也就早已心灰意冷，放棄『孛』的演習了……」

鐵木洛老漢不堪回首往事，神色淒然。

「其實，老爺子你並沒有放棄『孛』教的信仰，你對長生天長生地的崇拜，你對大自然的認識，以及對大漠的不服氣、在黑沙坨子裏搞的試驗等等，你全是按照『孛』教的宗旨在行事，只不過你是沒有天天去跳『孛』唱『孛』，沒做具體『孛』事而已！」

「我也就只能做到這一點了，『不常拜孛只求心中有孛，時而祭天唯念意升九天』了。」

「好一個『不常拜孛只求心中有孛，時而祭天唯念意升九天』！」白爾泰讚道。

「這也是我爺爺留給我的最後一句話，不是我的創造，我哪有我爺爺的悟性喲。」鐵木洛老漢抬眼，凝望寢宮上頂無限的冥冥高空，說，「你要是真有誠意，那我勉爲其難，盡我所能開導開導你吧，這樣也對得起爺爺的一片苦心了。」

「巴格沙在上，受學生三拜！」這回白爾泰規規矩矩磕頭，行了拜師大禮。

「其實，你好好研讀我爺爺那本書就成了，不懂的地方，我再指點指點你，慢慢來吧，既然這樣，我也恢復恢復我以前的『孛』功了，重新揀起來還很費事哪！」鐵木洛老漢伸手扶白爾泰站起來，心中雖有些高興，但臉上仍呈出複雜的表情。

從此，白爾泰日夜勤練起「孛」的功法來。鐵木洛老漢則白天繼續固執地追蹤那隻老銀狐，可每每快成功時，都因珊梅的出現和保護而功敗垂成。老銀狐在黑土城裏與他捉迷藏，老漢也曾把灌迷藥的水壺放在她們的窩邊兒，可那隻老銀狐再也不碰他們的水，也不讓珊梅喝那壺水，恨得老漢咬牙切齒，無計可施。

第三天，從下午開始刮起了大風。果然被鐵木洛老漢說中了，風刮得很大。開始時，風頭在沙面上颯颯輕捲小沙粒兒，漸漸從沙坡上如風車般噴吐起沙幕，很快攪得天昏地暗，黃沙漫天，天地間除了呼嘯的風，狂捲的沙，沒有其他了。這就是北方聞名的春天的黃毛風。地面解凍，又加乾旱，風從大漠中形成後向四方席捲，形成強烈的沙暴，向東南綠色的田野、草地、村莊襲擊而去。

老鐵子他們在大風開始時，就把能搬的東西全部挪進地下寢宮中，三峰駱駝無法入內，只好讓牠們跪臥在外邊的牆角避風沙。他們再用木棍柴草等物擋堵上入口，以防流沙灌進地宮內。

「巴格沙，這回好了，這是老天爺叫咱們在地下安心練『孛』，不叫咱們出去走動。」白爾泰說。

「這場風沙來頭不小，我在擔心拴在外邊的駱駝。再說，這春季的風天一開始，咱們回去也成問題，我們雖有水源，可帶出來的吃的可快沒了……」老鐵子不無擔憂，臉色凝重。

「那咱們風停後就回去，想法子帶上珊梅一塊兒走……」

「不，我一定要打死老銀狐！實在不行，你們先走，我留下繼續追蹤老銀狐！」老鐵子說得斬釘截鐵。

「那哪兒行啊？沒吃的，你在大漠裏怎過呀？」

「老銀狐能活，我也能活，他吃啥我也吃啥！都是天地間的大自然造的東西，我比牠差啥！」

外邊的大風沙改變了一切，改變了他們的命運。

從颳風後的第二天開始，他們在地宮之內感覺不對了，胸口愈來愈發悶，呼吸也變得非常困難，地宮裏顯得很壓抑。地下寢宮裏的新鮮空氣越來越稀薄了。老鐵子和白爾泰立即爬上去察看那入口。可那入口黑咕隆咚，原來堵著柴草的入口全被流沙堵死了，堵得嚴嚴實實，一絲兒氣也不透了。

「天啊！」老鐵子失聲叫起來，撲過去，扒開擋門的柴草，接著又奮力去扒那流沙。白爾泰也過來幫忙。

他們找來了鐵鍬，輪流倒扒不知有多厚的流沙。可是，這場罕見的大沙暴不知捲來了多少流沙，似乎把整個外邊的州府舊墟全掩埋了。他們開始絕望了，這樣把流沙不停地灌進下邊的寢宮，很快會填滿了寢宮，他們自己也會一同被流沙埋在下邊的。

「長生天啊，今天你絕我們生路啊！」老鐵子大喊一聲，雙手拍打那無盡無頭的流沙，由於空

氣窒息，再加上扒沙疲累，他的鼻孔流出殷紅的鮮血。大概是空氣稀薄的緣故，旁邊掛牆上的風燈也弱得欲滅欲燃，搖搖擺擺，暗暗淡淡。

「巴格沙，你說過，這都是天意……」白爾泰大口大口喘著氣，趴伏在老鐵子身旁，安慰著斷斷續續地說，「老天……真要絕我們……那那我們……順天意，就留在這兒吧……」

「不……我，要……殺那銀……銀狐……」老鐵子似乎不殺死銀狐死不瞑目，人已經奄奄一息，仍然這樣憤怒。

「巴格沙，何必喲，你馬上可以陪伴老太爺了，還……還……放不開……這疙瘩……那銀狐也是一條命，大漠裏所有生命都……不容易，牠的所作所爲也都是爲了活命……人類對牠們、對動物都快殺絕了，從來不留情……可牠們有啥罪，人爲啥對牠們趕盡殺絕……我有時真希望宇宙也冒出一個比人類更厲害的生命群體，把人類也殺它個片甲不留、鬼哭狼嚎，哈哈哈……」白爾泰艱難地說完，有些開心地笑起來。然而，他的肺腔裏幾乎要爆炸般的窒息，與世隔絕的緊閉和擠壓，使得他的笑聲漸漸停息，無力地終止，接著人就入了睡般的昏過去。安安靜靜，軟軟綿綿，一動不動。

老鐵子摸了摸他粗糙的臉，發軟的身軀，長歎一聲，喃喃自語：

「你又何必跟著我來這裏殉葬呢……這都是天命嗎……也好，我也累了，這輩子活得也夠的了，該歇息了……好在……我爺爺也在這兒……還有那《孛音·畢其格》……跟咱們的『孛』道一起埋這兒吧……」老鐵子低語著，艱難地拖抱著白爾泰，往下沿著臺階向寢宮裏走。

一步，一步，呼吸愈來愈局促，身上愈來愈虛弱，他萬念俱灰，唯一的想法就是去爺爺那兒躺下，好有個伴兒……結果，還沒走到最後臺階，他就「撲通」一聲栽倒在那裏。

外邊，風已停息。初春的陽光明媚。

經這一場大沙暴的洗禮之後，大地似乎乾淨了許多，也似乎疲倦了，萬籟俱寂，大漠和黑土城子又恢復了往日的那種死靜。沒有鳥叫，沒有蟲鳴，唯有沙在靜默，唯有陽光在普照。

然而，風沙也改變了黑土城子原來的佈局。東半部全被狂風吹裸了出來，好多原先埋在沙中的舊城下部根基，這回全被吹出來，輪廓鮮明，恢復了古城舊貌；而西半部，多處原先的舊址全被埋進流沙下邊，如大海中半沈沒的船隻和礁石島嶼一般，那座州官舊殿也半埋在沙裏，難怪老鐵子他們從裏邊挖不透這厚厚堆積的流沙。

此時，這裏出現了一個身影。是那隻老銀狐。牠神情奇異，不時回過身去咬咬不愛走動的珊梅。

由於她們所處的東邊沒有流沙掩埋，再加上銀狐的本能，顯然她們安然渡過了這場沙暴襲擊的災難。

也許是三天的乾沙風暴熬乾了她們身上的水分，也許是其他的生命本能，老銀狐帶著珊梅尋尋覓覓，停停走走，出現在老鐵子他們住宿的營地舊址。三面環牆的舊殿半埋在沙裏，有一隻駱駝倒斃後被埋在沙裏，只露出駝峰尖部，而其他兩隻不知去蹤，也許都埋在流沙下邊，也許掙脫開繩子跑散在大漠裏。

只見那隻老銀狐停在原先入口處的位置附近。牠衝發愣的珊梅吠哮兩聲。珊梅依舊茫然。

銀狐衝牆下堆積如山的流沙又吠哮兩聲，同時用前爪去扒了扒那流沙。

「水……白……」珊梅指指那牆下的流沙，不由得說出人類語言。

「噢——嗚——」銀狐似乎同意般地長嘯。

接著，老銀狐拼命揮動兩隻前爪，扒挖起那堆積的流沙。前兩爪挖，後兩爪往後揚，不停地把那堆流沙往後清理，珊梅也感悟到什麼，也過來加入了銀狐的挖流沙行動。一人一獸就這樣挖起了流沙。

那銀狐神情似乎很是迫切，不停歇地挖著，而珊梅挖累了，呼哧帶喘地想休息，可銀狐卻不讓她休息，咬咬她的腳，帶動她一起繼續挖沙子。

堆如小山的流沙，從外邊挖還是好挖多了，不知過了多久，她們終於清理出一條通道，通向那入口處，兩邊堆著半人高的流沙。於是，外邊世界的無窮盡的新鮮空氣，源源不斷地流進那黑幽幽的地下寢宮。哦，空氣，萬物離不開的生命的空氣。

銀狐累趴在那洞口，紅紅的舌頭伸出老長，「呼呼呼」地狗樣喘著氣，四隻腳爪都滲著殷殷鮮血。牠似乎已完成使命，不再急迫，顯得安然。

珊梅也累坐在銀狐旁邊，兩個眼睛卻驚奇地盯著那深不見底的入口，嘴裏疑惑地發問：「白……水……你們……在哪裡？」

銀狐不理她，閉上眼睛歇息著，等候著。

地宮裏的人還活著嗎？牠在等候什麼？誰也不清楚。

大漠裏陽光明媚，依然死靜死靜。

五

一縷清涼的空氣，吸入鐵木洛老漢窒息的肺胸間，他漸漸甦醒過來，恢復了知覺。旁邊的白爾泰也正在伸手摸索，大口大口呼吸著新鮮的空氣。一股強烈的氣流，正滾滾湧入耶律文達的地下寢宮。

「巴格沙，我做了一個長長的噩夢，夢裏總有個黑乎乎的麻團堵在胸口……咦？洞裏亮了！巴格沙，我們得救了？」白爾泰揉著眼睛，驚喜地叫。

「看來是的，閻王爺不收咱們這號荒漠冤魂，窮哈哈的沒啥油水兒。真怪，上邊那厚厚的流沙怎就打通了呢？」鐵木洛老漢抬頭瞧著那透進明亮陽光的入口，用手背擦去鼻血，疑惑不解。

「上去看看就知道了，當年關公顯靈救過他的兒子，說不定今天是老太爺顯靈，救了我們！」白爾泰說。

「走，咱們上去瞧瞧，不管誰救了咱們，我這輩子感謝他再造之恩！」鐵木洛老漢完全恢復了精神氣兒，抬腿往上走，後邊跟著白爾泰。

外邊那明亮的陽光，刺激得他們睜不開眼睛。那陽光暖暖地照在他們臉上，大漠中的微風習習吹拂著他們的身軀，外邊的世界多麼美好，即便是死漠，也比下邊死亡的世界美麗多了。

啊，生命，活著的確美好，白爾泰心中如此感歎。

老鐵子睜開了眼睛，於是那隻銀狐便映入眼簾。他習慣性地往身後摸，可惜身上沒有槍。同時，他想到了一個問題，誰救了他們？

銀狐拉開距離，蹲坐在後兩腿上，安然又有些嘲笑般地瞅著他們，並沒有逃走的意思。牠的一

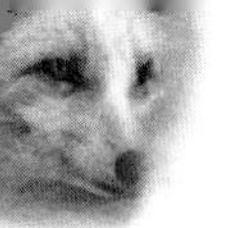

旁，坐著大腹便便的珊梅，驚愕地看著從地底爬出來的他們兩個人。

「是妳救了咱們嗎，珊梅？」老鐵子看著她的大肚子，有些不相信地問。

「不……不……是，是牠，是鐵山……我不知……道……你們埋在……下邊……」珊梅指一指旁邊的銀狐，搖搖自己的頭。

「哈，原來是你的老冤家救了咱們！這可好玩了！」白爾泰拍手樂說。

鐵木洛老漢察看打通的沙道，的確都是印留著老銀狐挖扒的四足爪印，再看看珊梅行動不太靈便的身子，看來老銀狐救他們是確信無疑了。

「是牠救了我們嗎？」老鐵子指著銀狐，再問一聲珊梅。

「是，是……是鐵山，他領我……找，找你們……他挖開……那沙子……他啥都知道……」珊梅磕磕巴巴，語無倫次地說出大意。

「沒錯兒的，巴格沙，你沒見珊梅的大肚子嗎？她能扒得動這麼多沙子呀？」白爾泰說。

鐵木洛老漢雙眼流露出複雜的目光，久久地盯視著老銀狐。而神奇的老銀狐也一動不動地盯視著他，這一對幾十年的老冤家對頭，就這樣懷著複雜的心態對視著，久久地對視著。空氣似乎凝固了，大漠的風也靜止了。鐵木洛老漢的目光，落在正滲出血絲的銀狐四爪上。

只見鐵木洛老漢「撲通」一聲，原地衝銀狐跪下，聲音乾澀而顫抖地說：

「這都是上天的安排！我鐵木洛老漢在這兒給你磕頭，感謝你的救命之恩，你比我歲數大，我喊你一聲長輩，你我之間的恩恩怨怨，從此一筆勾銷！我老漢終生報答你的恩德！」

老銀狐似乎聽懂了他的話，只見牠也霍地站立在後兩腿上，像人一樣站立起來，前兩爪子交疊在雪白美麗的胸前，搖一搖，好像是回敬般地作揖行禮。然後，牠仰起尖尖長嘴，衝無限的宇宙高空發出一聲長長的嗥嘯。

「噢——嗚——」

這嗥聲那麼激越，那麼豪邁，又那麼久遠而亢揚，如萬山深壑中的古猿啼嗚，如千里藍空上的蒼鷹長啼，大漠為之震顫，為之回應，整個大地迴盪著這動人心魄的長嗥。

「鐵山，你……你唱得……真好聽……」珊梅抱住老銀狐的脖子說，又回過頭對老鐵子和白爾泰說，「牠喜歡你們……說保護我一樣保護你們……嘻嘻嘻，你真好……鐵山……」

「老天，珊梅妳真是一個好翻譯，人類和動物之間，多些妳這樣的翻譯多好！人和獸太需要溝通了！」白爾泰興奮地衝珊梅大聲喊叫，接著又翻身跑下那地下寢宮，很快手裏拎著一壺水跑出來，對珊梅和銀狐說，「水，給你們水喝！我看你們渴得夠嗆！」

「水……白……水！」珊梅高興了，接過水壺喝幾口，然後又趕快倒給正張嘴等待的老銀狐喝。

鐵木洛老漢看著這一幕，也不由得樂了。樂得很舒心，很真誠。他長長舒一口氣，如釋重負，似乎擺脫了與老銀狐的多年怨仇，他身上一下子輕鬆了許多，心頭豁然開朗，搬開了心頭壓了幾十年的大石頭，渾身的血暢通了，熱燙了，更富有生命的新鮮朝氣了。

仇恨，的確讓人變得古怪和失常，把人的血攪得緊繃繃、黑糊糊、冷冰冰；而愛的情感則完全不同，就像那明媚的春光，和煦的暖風，淙淙的山溪，清脆的鳥鳴，令人心胸開朗，血液流暢情緒飽滿，耳聰目明，延年益壽，青春常駐，就像那抱著銀狐的珊梅，沈浸在愛的幻覺中，與獸為伍，

依舊其樂融融，其悅無窮。

愛，是人類正常的健康的情緒，生命的情緒，也是最基本的情緒；如今的人類，正在失去自己的愛心，於是漸漸變得貪婪、狠毒、無常、狹隘、自私、狂傲而又短命，變得對人類自己、對大自然、對萬物沒有了同情心，只剩下利己的殘忍和破壞、掠奪、征服、戰爭、無限制的爾虞我詐勾心鬥角相互殘殺……因失去愛心，人類的大腦才出了故障，想擺脫人類自己，想超越自我，從生理上、從大腦中都想打破極限，瘋狂地追求非人類的欲望。

人類的大腦是病得不輕，正導致人類走向毀滅。人類唯一的出路、唯一自救的希望，就是人類回歸自然，而唯有回歸自然，也許才能恢復人類的正常。

這是大漠銀狐的預言。

荒漠的圖騰在大漠中閃現，這是一種啓示。回歸自然，這是神狐圖騰的預言和啓示。記住吧，人們。

鐵木洛老漢從流沙裏挖出那隻死駱駝。另兩匹駱駝不在流沙下邊。他吩咐白爾泰準備飯，自己去附近的土城子和沙漠上尋找那兩匹走失的駱駝。

白爾泰領著珊梅走下那地宮臺階，去拿米和柴。她好奇地一一參觀耶律文達的寢宮，以及留有鐵喜老祖師遺像遺書的密室，最後再下到那條神秘的地下河旁邊。

珊梅的雙眼瞪得更大更圓，驚奇地觀看著這大自然的奇景，「嗚哇」叫著感歎，接著，她蹲下去前俯著上身子，想用手捧水喝，不料，她肚子大重心前移，腳下一滑，人「撲通」一聲掉進前邊的地下河裏了。

「哇……哇……救……命……」黑暗的河水中，傳出她急切的呼救聲。

「珊梅！珊梅！」旁邊的白爾泰嚇呆了，事出突然，他慌了，趕緊把手中的風燈放在岸邊，不顧一切也跳進那條黑幽幽閃著藍光的地下河水裏。

水淹到他的脖子，刺骨的寒冷，令人身骨發僵。他伸手在水裏摸索著，尋找著，嘴裏不停地呼喊著：「珊梅！珊梅！妳在哪裡？」

下邊的呼叫驚動了一直留在外邊進口旁的老銀狐。牠「呼兒」的一聲躥進洞口，沿臺階往下迅疾跑下去。

牠轉眼間循聲來到地下河旁，看見白爾泰在黑暗的河中摸索著，喊叫珊梅的名字，老銀狐似乎明白了發生什麼事了，只見牠縱身一跳，也一頭扎進河水裏，不見了蹤影。

白爾泰焦急萬分地喊著，摸著，冰冷的河水拍打著他身骨，他的渾身開始凍僵，上下牙齒打戰，顫抖不已。正這時，從下游幾米遠的河面上，冒出個模模糊糊的黑影。白爾泰趕緊撲過去，是珊梅。她的身子浮在水面上，下邊是那隻老銀狐用身子托著，費力地往岸邊游動。

白爾泰驚喜萬分，伸手接過珊梅的身子托出水面，慢慢靠近有燈光的岸邊，把珊梅推到岸上，然後自己爬上岸。

珊梅昏迷不醒。那隻老銀狐也從水裏跳出來，抖落掉身上的水珠，黑暗中，牠的身軀通體白亮，沒沾一滴水，晃人眼目。

「珊梅！珊梅！」白爾泰搖晃著珊梅的肩頭，他憑著平時的常識，趕緊做急救，慢慢擠壓她前

胸，左右擺動她雙臂，最後他顧不得許多，嘴對嘴地人工呼吸。

終於有效了。只見珊梅微弱地呼喊一聲：「鐵山！鐵山！」便醒過來了，大口大口吐著水兒。於是，奇蹟發生了。

珊梅茫然環顧，面對著黑暗的溶洞和河道，她喃喃自語：「這是哪兒啊？我在哪裡？我這是怎麼啦？」接著，她認出旁邊的白爾泰，驚叫道：「你不是旗裏來的白老師嗎？你怎麼在這兒？這兒是啥地方？怎麼這樣黑呀？」

很快，她又看見了近處那隻通體白亮的老銀狐，嚇得大叫：「野狐！野狐狸！白老師，那兒有個銀色野狐！」

或許，神奇的地下河水在她身上發生了神奇的療效。珊梅徹底清醒了。

「珊梅，妳別怕，說來話長，咱們先上去，我再一一說給妳聽。」白爾泰扶著珊梅站起來，沿臺階往上走。

「我身上怎麼這麼發沈呢？我的肚子怎麼這麼大，這麼隆隆鼓鼓的呀？」珊梅一邊走，一邊奇怪地撫摸著自己肚子發問。

「哈哈哈……」白爾泰大笑，「這個，妳也別害怕，我告訴妳個好消息，妳已經懷孕了！」

「啊?!我懷孕了?!」珊梅失聲驚叫。

「是的，妳懷孕已經好幾個月了！」

「那鐵山在哪兒？我丈夫鐵山呢，他肯定高興死了？是不是？他呢？他在哪兒啊？」珊梅急切地叫起來。

「珊梅，先上去，別急，我慢慢把一切告訴妳，妳剛恢復正常，先別著急……」白爾泰扶著珊梅，慢慢走出地下寢宮。

那隻老銀狐，這會兒只是遠遠跟著他們，牠似乎知道了發生的一切，與他們保持著一定的距離，不像原來那般親近和友善，變得很是警惕。

坐在外邊陽光下的沙地上，白爾泰向珊梅一一講述起她患「魔症」病以後發生的所有事情，如她受村婦奚落，病發嚴重，在家尋短見，銀狐相救，鐵家墳地老樹事件一直到殺滅狐群，以及她如何槍口下救銀狐，把銀狐當鐵山相伴於大漠荒野等等，聽得她心驚肉跳，臉紅耳熱。

「這麼多天，我一直跟牠在一起？在野外？」珊梅指一指不遠處的銀狐，又看看身上幾乎裸露著的狀況，不免臉紅起來，白爾泰趕緊把自己的長外套脫下，給她披在身上。

「白老師，你講的這些都是真的？我怎麼會這樣子呢？跟狐狸一起在野外生活……這真是打死我也不相信……」

「不相信，妳走過去摸摸那銀狐，牠肯定不跑，剛才也是牠把妳從地下河裏救上來的，要不妳的病還好不了呢！」白爾泰微笑著告訴她。

「我怕……牠不會咬我吧？」珊梅爲了證實，也對銀狐從內心深處有某種親近感，壯著膽子走過去。

那隻銀狐一直眼睜睜地看著她的一舉一動，見她走來，親暱地搖搖尾巴，「嗚嗚」地低鳴起來。

珊梅走到牠跟前，銀狐並不懼怕和逃走，珊梅摸摸牠那白亮迷人的毛皮，銀狐則伸出舌頭舔舔

她的手背手心，用腦袋依拱她的雙腿。珊梅的大腦中，依稀浮現出自己跟銀狐大漠裏相依爲命的情景，心裏一熱，一下子抱住銀狐的頭哽咽著哭起來，「謝謝你，銀狐，謝謝你，這麼多天你照顧我……真不敢相信我們是怎麼熬過來的……」

銀狐由她抱著，愛撫著，綠眼溫情地閃動，尖嘴柔順地拱蹭，表示著親熱，微微搖晃著尾巴，進行著真正的與人類之間的溝通，溫馴得像隻貓。

「那我丈夫鐵山呢？他爲啥不來找我？他知道我懷孕了嗎？」珊梅抬起頭，突然不解地問。

白爾泰有些難以回答，怕說出真實情況，又傷了她的心，正左右爲難，珊梅問：

「是不是鐵山對我不好，我才跑出來的？印象中他好像打過我，不理我……白老師，你告訴我真相，我再也不想被蒙在鼓裏了！」

白爾泰想了想，她的人已經清醒了，再也不能瞞著她了，於是，他把鐵山如何對她不好、她發瘋後如何到處跑著找鐵山，甚至那一夜晚不幸發生在草料房的事情，都一一毫不保留地告訴了珊梅。

珊梅驚愕地聽完，臉由蒼白變得通紅，雙唇抖顫著，掩面哭泣起來。哭得很傷心，淒淒楚楚，淚流滿面。

「那……這肚子裏的孩子，不是鐵山的了？」珊梅抹著眼淚，從身上拿出那捲兒又黑又髒的裹傷藥布條，「這藥布條，我當時好像記得是從鐵山頭上扯下來的……記得當時他匆匆忙忙地要走，我沒有拽住，好像就扯下了這個……」

白爾泰接過那捲兒血跡已乾的紗布條，回想起來說：「那就對了，當時，那個壞蛋，白天在墳地上耳朵受傷，流血不止，肯定是回家用藥紗布裹的傷！村中沒有別人傷頭傷耳朵流血的，他的耳朵還是妳開槍打掉的！」

「我？……我開槍打的？天啊！」珊梅叫起來。

白爾泰又給她講述了一下當時的情景。

「那肯定是那個王八蛋了！真噁心，我懷了他的野種！我不要這孩子，不要這孩子！」珊梅哭叫著捶起自己的肚子。

白爾泰趕緊抓住她的手，制止說：「珊梅，妳不要這樣，孩子是無辜的，都好幾個月了，妳懷著他在大漠裏奔波生活，容易嗎？怎麼能說不要就不要呢！」

白爾泰嚴肅起來，鄭重地開導她：「再說，妳經歷了這麼多人生變故，應該看開一些人世間的事，有些問題不能過於認真，何況，妳除了肚子裏的孩子，還有一個更大的收穫：結交了銀狐這樣通人性的朋友！牠是這大漠裏的神物，天地間最有靈性的超凡的野獸！」

珊梅抱著銀狐的頭，傷心地哭泣著：「是啊，我現在是只剩下牠了，銀狐，你真好，村裏人，連我丈夫都嫌棄我，欺負我，只有你跟我好，陪伴著我，保護著我……嗚嗚嗚……」

白爾泰想說什麼，欲言又止。

這時，鐵木洛老漢尋駝回來了。幸好，那兩匹駱駝很適應沙漠風沙，從這裏掙脫開繩子，逃出去後，躲到古城北邊的沙山腳下的避風處，安全渡過了沙暴襲擊。那個死在原地的駱駝，是因爲未能掙脫開拴繩子，活活被流沙埋死的。老鐵子把尋回的駱駝拴在外邊，然後準備收拾那死駝，剝皮後把肉曬乾當他們的食物，沒注意瞪大眼看他的珊梅的異樣表情。

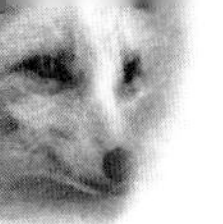

珊梅認出公公後有些驚慌，顯得不好意思，局促不安，從老鐵子身後怯生生地叫了一聲：「爹——」

鐵木洛老漢吃了一驚，回過頭異樣地看著珊梅：「咦？妳認出我了？」

「爹，兒媳……實在沒臉見你……老人家，嗚嗚……」珊梅說著眼淚又流下來。

「別哭，別哭，妳的病好了？這可是大喜事！太好了，太好了。咦？妳的病是怎麼好的？」老鐵子顯得很高興，放下手中的刀，用布擦著手上的駝血，黑臉上佈滿笑紋。

白爾泰從一旁說明了剛才發生的事情經過。

「呵，因禍得福，這都是天意啊！看來那條地下河不尋常，咱們也下去泡一泡，興許還能治好我這老寒腿呢！呵呵呵……」老鐵子爽朗地笑起來，見到兒媳婦恢復了正常，老漢打心眼裏高興。

「好，好，珊梅妳就歇著，老爹一會兒給妳燉一鍋香噴噴的駱駝肉吃，妳需要好好補補身子，再給我生一個大胖孫子！哈哈哈……」

珊梅不好意思地低下頭，咬著嘴唇也暗自笑了，剛才的那傷心和心頭的陰霾漸漸消失了，她走過去幫助公公處理駝皮，熟練地幹起活兒來。

鐵木洛老漢撫鬚樂了，隨著用刀切下一塊鮮嫩的駝肉，扔給那邊遠遠站立的銀狐，說：「這是給你的，這麼多天你陪伴著我兒媳，保護著她，我真得好好感謝你呀，銀狐長輩！」

銀狐「嗚——汪——」嗥了兩聲，表示著感謝之意，然後叼起那塊鮮美駝肉，走到一旁好好地享用起來。

中午，大家也滿足地吃了一頓燉駝肉之後，圍坐在暖暖的沙地上，商量起來。

「我們的糧食快沒有了，我們要及早地離開這裏回村去。」鐵木洛老漢鄭重地拉開話頭，抽著煙袋，「我和小白這次出來，主要目的是尋找銀狐，還有妳，珊梅，現在我跟銀狐化解了恩怨，珊梅也找到了，我們不能待在這兒了，要趕緊離開這裏。春季的風也開始了，回去的路很不好走呢……」

「巴格沙，駱駝少了一匹，可人多了一個，咱們能不能走一條節省日子的近道兒？」白爾泰問。

「近道兒是沒有，一刮春風，原來的方向都很難找了。咱們只能一匹駱駝馱東西，一匹駱駝騎人，三個人輪流騎……其實，也只能讓珊梅騎，我們倆徒步跟了。」老鐵子看一眼珊梅的大肚子說。

「那哪兒行啊，我也要跟你們一起走。老爺子歲數大，你騎駱駝，我跟白老師一起走。」珊梅說，同時看了看那一旁臥息的銀狐，「爹，那銀狐怎辦呢？留下牠自己孤伶伶地在這兒呀？」

「牠就是這荒漠中的野獸，牠的家就在這大自然中，牠也不可能跟我們到村裏生活。」

「我真捨不得離開牠……」珊梅又傷心起來，走過去撫摸著銀狐的頭脖。

「這是沒辦法的事情，妳也不能總跟牠一起生活在荒漠中吧……」

珊梅悶悶不樂起來，提到回家，她臉上絲毫看不出有任何高興的樣子。而那隻銀狐，似乎也感覺到即將來臨的別離，也顯得黯然神傷的樣子，提不起精神，更是與珊梅形影不離。白爾泰十分羨慕她們這種人獸之情，暗暗觀察著她們的一舉一動。

鐵木洛老漢顧不上這個，他為回去路上的糧米不夠吃犯愁。來時都騎著駱駝不費時，這回回去

幾乎全要徒步，沒有足夠的吃的，可怎蹚過這茫茫大漠喲。他是領頭的人，爲大家的安全負責。好在曬乾的駝肉可頂一陣兒用，但還遠遠不夠。

「唉，怎算，咱們吃的不夠用，走出這大漠夠艱難的。只能走一步算一步，咱們明天就出發！」老鐵子犯愁著說。

那隻銀狐看看老鐵子，又看看白爾泰，站起來伸了伸懶腰，接著衝珊梅「嗚嗚」叫兩聲，再咬了咬她的腿，然後轉身向外走去。珊梅知道銀狐要帶她出去。她站起來，看看公公又看看白爾泰，還是跟著銀狐走了。

「珊梅，是不是妳又要跟牠走了？」老鐵子從她身後問。

「爹，我……我不跟牠走。可銀狐好像有事，我跟牠去看一看。」珊梅說，「要不你們一起來吧，看看銀狐有啥事。」

「妳快去快回，不要走遠了。我還要整理東西。」

「巴格沙，我跟她一起去看看吧，好有個照應。」白爾泰向老鐵子請求。

「也好，你陪她去吧。不要走離黑土城子。」老鐵子吩咐。

銀狐果然有啥事情，前邊急急地小跑，直奔黑土城子東部舊址而去。珊梅和白爾泰二人幾乎有些跟不上。

這一帶被狂風沖吹得很厲害，原來的舊牆根老底子全顯露無遺，呈擺著許多遼國州府的遺物器皿，陶陶罐罐的碎片或生銹的銅鐵用具。白爾泰感歎，要是有時間在這兒好好發掘一下，他們肯定大有收穫。

從顯露的遺物上判斷，這座城市好像是沒完全撤離遷移時，受到一場罕見的沙暴襲擊後被掩埋的，那些舊址上不時發現的人體骸骨，可證明這一點。將來有一天，我一定返回這裏好好考證一下。白爾泰暗自想。

銀狐終於在一座舊房遺址上停下了。這兒的一處地面上鋪著青磚，下邊好像是地窖之類的。那銀狐用前爪子不停地扒一扒那一層青磚，然後回過頭來瞅一瞅珊梅他們。

珊梅和白爾泰走過去，動一動那層青磚。

由於年深日久，砌磚留縫的白石灰土已腐蝕鬆動，那層青磚很容易被他們揭開。下邊鋪著的一層木板也已腐爛，提不起來，他們一一清理出去，再下邊就是地窖了，地窖整齊地擺放著五六個大缸。

他們倆有些激動，不知大缸裏裝著什麼，於是輕輕搬開大缸上邊密封的瓦蓋兒，一看，他們驚呆了。原來裏邊全是穀子，黃澄澄的穀子！六個大缸裏全部裝著穀子，而且完好無損，多年來埋在乾爽的沙漠下邊，一點沒有腐爛。

「天啊！契丹人的穀倉！這一下足夠我們吃的了！每只大缸裏的穀子足足有一兩千斤，這六個大缸，夠我們三個吃一兩年的，哈，太棒了，真是天助我也！」白爾泰驚喜地大叫，珊梅也高興地抱起銀狐親熱。

「你可真神啊，『鐵山』，你還知道這黑土城子裏埋著糧食？你還知道別的啥秘密？」珊梅習慣地又叫著牠「鐵山」，笑吟吟地問。

「嗚——嗚——嗚——」銀狐用舌頭舔一舔珊梅的大肚子，似乎在說還知道很多，這些穀子是

給妳坐月子吃的。

白爾泰在一旁樂了。接著，他留珊梅在這裏守護著，自己跑回去向老鐵子報信兒。

鐵木洛老漢聞訊趕來，面對著黃澄澄的穀子也驚歎不已，爲回去的糧食有了著落而高興萬分。

老鐵子按需取走足夠的穀子，其餘的照原樣蓋上瓦蓋兒封好，但他想了一下，把其中邊上的一個大缸的蓋子又揭開，對銀狐說：

「銀狐長輩，這只缸裏的穀子留給你吃，不封蓋兒了。」

銀狐似乎聽懂了一樣，又衝他「嗚嗚」吠叫兩聲。

晚上，他們又好好地吃了一頓小米乾飯和駱駝肉，早早歇息，準備明天起早趕路。珊梅和銀狐相擁在一起，一夜沒睡。

第二天，東方剛發亮，鐵木洛老漢就起來了，張羅著往兩匹駱駝上架放東西。草草吃完昨晚的剩飯剩肉，帶夠了地下河的水，灌滿所有的能裝水的器皿，嫌不夠，又從城東揀回來些契丹人遺留的能用的陶器，再裝上水，滿滿登登架放在兩匹駱駝上。

然後，鐵木洛老漢領著白爾泰下到地下寢宮，走進密室，雙雙跪在那面鐵喜神「孛」遺像前。

「爺爺，孫兒前來跟您告別。我會好好帶小白學好咱們的『孛』，不會讓您失望的。過一段日子，我再來看望您，給您做伴。」

他們二人磕頭告別，珊梅也不知何時跟進來了，在他們後邊也悄悄磕著頭。

老鐵子深情地看了一眼爺爺的遺像，老眼有些濕潤，依依不捨地緩緩走離密室，並把石門封死。

他們上去後，老鐵子又推來原來那塊封門的大石板，想了一下，回頭看一眼銀狐，就用石板只封了多半，留下一個能容銀狐進出的口子，然後回身對銀狐說：

「銀狐長輩，這下邊有水源，又可避風避雨，就留給你當老窩兒吧，你替我好好看管我爺爺的家。」

銀狐「嗚嗚」長嗥。

「好了，我們上路吧！」鐵木洛老漢揮揮手，一聲令下。

兩匹駱駝的銅鈴叮噹響起來，邁開大步緩緩走動了。

他們依戀不已地頻頻回望黑土城子和耶律文達的寢宮，大家的眼睛都有些潮濕。尤其珊梅，久久地抱著銀狐的脖子不放，眼淚沾滿臉頰。而那隻銀狐，也低低地悲鳴哽咽著，不停地用舌頭舔她的手、臉和肚子。在老鐵子再三催促下，珊梅才嗚咽著站起來，跟上他們。

那隻大漠靈獸奼干・烏妮格——老銀狐一直跟隨著他們，在他們後邊悲嗥著，撕心裂肺地哀叫著，走走停停，真有些催人淚下，感人肺腑，牠送了一程又一程，最後終於佇立在一座高沙丘上，遠遠目送他們，不走了。

他們走進一片沙窪灘，終於看不見銀狐的影子了。可珊梅的神情愈加低落，愁容滿面，三步一回頭，尋望那茫茫沙漠，顯得失魂落魄。

白爾泰相伴在她身邊，不由得歎口氣。

看著這一切的老鐵子，在前邊牽著駱駝，也長歎一聲，誰曾想，天地間人獸的別離也如此艱

難，如此傷心，如此揪人心魄。

「嗚——嗚——」這時，一聲長長的悲嘷從大漠中傳出，淒厲而哀婉地在天地間迴盪。

「銀狐！是銀狐，是牠在呼號！」珊梅一下子臉上放光，雙眼閃動，興奮地大叫起來。

她跑上附近的一座高沙頂，回首遙望。可大漠莽莽，天地空空，哪裡有銀狐的神影兒。然而，那聲悲哀的長嘷依舊在天地間迴盪，久久地迴盪，震撼著他們的心靈，震撼著大漠，震撼著整個宇宙。

珊梅從沙包上下來，走到鐵木洛老漢的前邊跪下了。

「爹，公爹，原諒我，我不能跟你回去了。」珊梅淚流滿面、聲音悽楚，但神色堅定，想定了主意，語氣也堅決，「說實話，我心裏厭倦了村裏的人間生活，我回去實在很難忍受人世炎涼。您老也清楚，鐵山也不想要我了，現在我又懷著別人的孩子回去，他更得嫌棄我了，我們兩人不能在一起生活了。其實，我早就習慣了這野外的大漠生活，我跟銀狐實在離不開，牠對我好，比人更好，我要回去跟牠在一起，一起在黑土城裏生活。」

鐵木洛老漢望著兒媳婦，半天默默無語。他似乎想到了早晚會有這樣的事發生，顯得很平靜。

珊梅磕一個頭，站起來，有些歉疚地說：「您老往後多保重，兒媳不能再孝敬您老人家了。」說完，珊梅向白爾泰也告別了一下，然後義無反顧地順原路向黑土城子走去，挺著大肚子，邁著堅定而有力的步子。

「等等，我給妳留下火鐮，還有鍋，另外，開春後，妳可以在後沙山腳下種些穀子，那兒能長莊稼！」鐵木洛老漢從珊梅背後喊，接著，他拿出火鐮和做飯的鋁鍋。

「我給她送過去吧……」白爾泰似乎也有心事地說，神情有些慌亂地要接過鍋和火鐮。

「莫非，你也想留下來嗎？」老鐵子問。

「巴格沙在上，學生也真想留下來，一邊陪她，一邊研讀祖師爺的《孛音‧畢其格》……望巴格沙恩准。」白爾泰果然也雙膝下跪，懇切地請求。

「好哇，好哇，你們都留下吧，都留下吧，我老漢一個人回去。」老鐵子似乎賭氣般地丟下火鐮和鍋碗，牽起駱駝大步向前走，頭也不回。

「巴格沙保重，等珊梅生下孩子後，我們帶著你的孫子去看你老人家！」白爾泰從他後邊喊。

白爾泰拿著老鐵子留下的東西，去追趕往回走的珊梅。

「等等我，珊梅！等等我！」

鐵木洛老漢孑然獨行。駝足和他的雙腳同樣沈重。

大約走了一袋煙的工夫，鐵木洛老漢長歎一聲站下了。他看看前邊的茫茫沙路，又回頭遙望珊梅、白爾泰的身影，感歎著喃喃自語：

「哦，這大漠的路，我也走煩了，走累了，我幹嘛非要現在回去呢？這黑土城子裏，有我爺爺，有我爺爺的『孛』道，還有他們，還有銀狐……還有那麼多穀種，我們完全可以在沙山腳下種植耕耘，噢，對，就這麼辦，我也先不走了，春季風沙已起，也不好走，乾脆在這兒幹一陣，反正哪兒都是跟沙漠幹，這兒比黑沙窩棚那兒更好幹！更舒心！把這兒搞成綠洲，讓村裏人來參觀參觀！入冬地硬了再回去！」

於是，大漠裏出現了這樣一個奇景：

金色燦爛的朝霞，普照著萬里明沙，這時，一隻雪亮晶瑩的銀狐，從大漠深處飛奔而出，如美麗的幻影般在沙漠上騰挪閃跳，迎接回歸的人們；而前前後後三個人影，相互追逐著，邁動輕鬆愉快自由活潑的步伐，向那隻神奇而美麗的銀狐和其身後瑰麗誘人的王國——大漠走去。

於是，人和獸都融入大漠，融入那大自然……

①瓊黑勒大溝：現稱大青溝，國家一級自然保護區，位於通遼市南科左後旗境內。

當代名著

銀狐〔新修版〕

作者　郭雪波
出版者　風雲時代出版股份有限公司
出版所　風雲時代出版股份有限公司
地址　105台北市民生東路五段一七八號七樓之三
網址　http://www.books.com.tw
官方部落格　http://eastbooks.pixnet.net/blog
電子信箱　h7560949@ms15.hinet.net
服務專線　（〇二）二七五六—〇九四九
郵撥帳號　一二〇四三二九一
執行主編　朱墨菲
封面設計　吳宗潔
法律顧問　永然法律事務所　李永然律師
　　　　　北辰著作權事務所　蕭雄淋律師
版權授權　郭雪波
出版日期　二〇一四年十月　初版換封
定價　新台幣二九九元
總經銷　成信文化事業股份有限公司
地址　新北市新店區中正路四維巷二弄二號四樓
電話　（〇二）二二一九—二〇八〇
行政院新聞局局版台業字第三五九五號
營利事業統一編號二二七五九九三五

國家圖書館出版品預行編目資料

銀狐 / 郭雪波著. -- 初版. -- 臺北市 : 風雲時代,
2014.07
　面；　公分
ISBN 978-986-352-090-0(平裝)

857.7　　　　103014761